Für Markus und Peter,
die mich jeweils auf ihre Weise
dazu inspiriert haben
dieses Buch zu schreiben,
und denen ich dafür
von Herzen danken möchte.

Yvonne Henseler

Kassel Rock City

Roman

Bibliografische Information der Deutschen Nationalbibliothek:
Die Deutsche Nationalbibliothek verzeichnet diese Publikation in der Deutschen Nationalbibliografie; detaillierte bibliografische Daten sind im Internet über http://dnb.dnb.de abrufbar.

© 2014 Yvonne Henseler

Herstellung und Verlag:

BoD – Books on Demand, Norderstedt

ISBN: 978-3-7357-1876-1

ERSTER TEIL
November 1993 – Januar 1994

1

Der kalte Novemberregen prasselt auf Kassel nieder. Laura entscheidet sich dazu, ihren Hausmüll zu entsorgen, der im Abfalleimer überquillt. Im Erdgeschoss des Apartmentkomplexes, den sie im Zentrum der Stadt bewohnt, wirft sie die prall gefüllte Mülltüte in einen der Container, steigt dann wieder die Treppen zu ihrer Wohnung auf der vierten Etage hoch.

Vor ihrer Tür wird ihr schlagartig bewusst, dass sie ihren Wohnungsschlüssel nicht mitgenommen hat. In ihren Hosentaschen ist er nicht zu finden, als sie danach kramt. Auf den Schreck, dass sie sich ausgesperrt hat, lehnt sie sich an die Wand und überlegt krampfhaft, was sie nun tun soll.

Es ist fast Mitternacht an diesem Montagabend, und sie traut sich nicht, auf gut Glück bei ihren Nachbarn zu klingeln, so spät möchte sie niemanden mehr stören. Stattdessen horcht sie auf ihrer Etage an den verschiedenen Wohnungstüren, um festzustellen, ob noch Geräusche aus dem Inneren dringen. Doch in jeder Wohnung ist es still. Allmählich wird ihr klar, dass sie die Nacht vor ihrer Tür verbringen muss, wenn nicht noch etwas geschieht. Sie lässt sich vor ihrer Türschwelle nieder und ärgert sich, dass ihr ein solches Missgeschick passiert ist.

Nach einer halben Stunde schaltet jemand das Flurlicht an. In einer der Etagen unter ihr vernimmt Laura Stimmen und Schritte, die die Treppenstufen hochsteigen. Es ist doch noch jemand wach, denkt sie aufgeregt, sie muss die Leute unbedingt abfangen! Mit einem Ruck erhebt sie sich, läuft die Treppen bis zum zweiten Stock hinab, wo sie nur noch die Schatten der Personen sieht, die in einer Wohnung verschwinden, bevor sie sie erreichen konnte. Kurzerhand klopft sie dort an.

Die Tür wird geöffnet, und ein schwarz gekleideter, hochgewachsener, schmaler junger Mann mit einer Kappe auf dem Kopf und einem Piercing im rechten Nasenflügel sieht sie verwundert an. Laura freut sich, dass sie jemanden gefunden hat, den sie nach einem Telefon fragen kann. Ihr Nachbar schmunzelt, als sie ihm die Situation schildert und sich bei der Gelegenheit als Bewohnerin aus der vierten Etage vorstellt. Er nickt ihr zu und lässt sie in seine Wohnung, aus der Musik und Männerstimmen dringen. Sie erfährt von ihm, dass er Manuel heißt, aber von allen nur Manu genannt wird.

Laura betritt das Wohnzimmer, wo zwei Männer mit jeweils einer Bierflasche in der Hand auf einem Sofa sitzen und sie mit interessierten Blicken ansehen.

Manu: (zu Laura) Das sind Bernd und Schlumpf, wir lassen gerade die Nacht mit ein paar Bierchen ausklingen.

Laura: (belustigt) Schlumpf?

Schlumpf: (grinst vergnügt) Also, eigentlich heiß ich ja Stefan. Aber das ist so ein beknackter Vorname, da find ich Schlumpf viel netter. Und den Namen hab ich halt einfach weg.

Bernd: (scherzhaft) Fehlt nur noch, dass wir dich blau anmalen und dir so ´ne blöde Zipfelmütze aufsetzen.

Schlumpf: Ha, blau bin ich schon längst! (hält seine Bierflasche hoch, Manu, Bernd und Laura lachen)

Im Wohnzimmer, in dem sich das Telefon befindet, entdeckt Laura etliche leere Bierflaschen, die im Raum verteilt herumstehen. Ihr fällt sofort auf, dass die Wohnung spärlich eingerichtet ist.

Manu: (geht mit ihr Richtung Telefon) Durch meinen verschobenen Tagesablauf komme ich leider nicht dazu, meine Nachbarn kennenzulernen. Wie lange wohnst du schon hier im Haus?

Laura: Seit knapp einem Monat. Und mach dir nichts draus, ich hab genau dasselbe Problem. Ich schlafe, wenn andere wach sind, und treffe hier auch nie jemanden.

Manu: (interessiert) Ja? Was machst du denn, wenn ich fragen darf?

Laura: Ich arbeite in einer Kneipe, an der Theke. Und du?

Manu: Ich spiele in einer Band. Bin dadurch ständig unterwegs und kaum zuhause. (reicht ihr den Telefonhörer) Ich hab leider kein Telefonbuch, kennst du die Nummer der Auskunft?

Laura: (nickt, nimmt den Hörer) Ja, danke.

Sie ruft die Auskunft an, um mit einem Schlüsselservice in Kassel verbunden zu werden. Bernd macht in diesem Augenblick eine Bemerkung zu Manu, die Laura nicht versteht, da sie gerade verbunden wird, sieht aber noch, wie Manu sich die Kappe vom Kopf zieht und sie Richtung Bernd schleudert. Daraufhin brechen die drei Männer in Gelächter aus. Am anderen Ende der Leitung meldet sich ein Schlosser, der allerdings erst in einer Stunde kommen kann. Laura fragt Manu, ob der Schlosser bei ihm klingeln könne oder ob er bald schlafen gehe. Manu winkt ab und entgegnet, das sei kein Problem, und dass er die dritte Klingel von unten benutzen solle.

Nach dem Telefonat drückt ihr Manu eine Bierflasche in die Hand und fordert sie freundlich auf zu trinken, denn das verkürze die Wartezeit. Sie versteht dies so, dass sie bei ihm in der Wohnung auf die Ankunft des Schlossers warten solle.

Manu, Schlumpf und Bernd beziehen sie umgehend in ihre Gespräche ein, davon ist sie angenehm berührt. Mit der Zeit beginnt sie, sich zu entspannen und die Gesellschaft zu genießen. Die drei Männer sind in bester Trinklaune und reißen manchmal schmutzige Witze. Laura findet sie trotzdem sympathisch. Sie beginnt sie näher zu betrachten.

Bernd ist kräftig gebaut, hat kurz geschorenes Haar, seine Arme und Hände sind von Tattoos bedeckt, was sie nicht verwundert, als sie von ihm erfährt, dass er ein Tattoostudio im Zentrum der Stadt betreibt.

Schlumpf ist schlank, nicht besonders groß, hat dunkle Augen und dunkelbraunes, schulterlanges, zerzaustes Haar. Sein Lachen wirkt auf Laura witzig und ansteckend. Er studiert an der Kasseler Universität im vierten Semester Medienwissenschaften.

Manus rabenschwarzes Haar wächst scheinbar gerade aus einem Kurzhaarschnitt heraus und wirkt dadurch wild und wuschelig. Dazu hat er auffällige grüne Augen, und beim Lächeln erscheinen kleine Grübchen neben seinen Mundwinkeln.

Die Zeit verfliegt für Laura, und plötzlich ertönt die Türklingel. Der Schlosser ist eingetroffen. Laura begleitet ihn in die vierte Etage, wo er lediglich eine Minute braucht, um ihre Tür zu öffnen. Sie bezahlt die

Rechnung auf der Stelle, bringt ihn anschließend zum Ausgang. Auf dem Weg zurück nach oben stoppt sie bei Manu, um sich zu bedanken und sich zu verabschieden. Manu bittet sie wieder herein, auch Bernd und Schlumpf rufen ihr zu, dass sie ihnen noch etwas Gesellschaft leisten solle.

Laura setzt sich zu ihnen und erzählt von der Bar, in der sie seit einem Monat arbeitet und die sich Bogen nennt. Der Bogen ist eine kleine Bar mit bogenförmigem Eingang, daher der Name. Er befindet sich auf der kleinen Kneipenmeile von Kassel. Die drei kennen und mögen den Bogen. Schlumpf bemerkt grinsend, dass er die ganze Zeit das Gefühl gehabt hatte, sie irgendwo schon einmal gesehen zu haben, dass dies wohl im Bogen gewesen sein muss. Laura lacht angenehm berührt auf und nickt. Sie lädt ihn, Manu und Bernd kurzerhand dorthin ein und verspricht ihnen einen Gratis-Shot bei ihrem nächsten Besuch.

Manu schlüpft in seine schwarze Lederjacke, steckt Laura eine Zigarette zu und tritt mit ihr auf den Balkon, um zu rauchen. Dort philosophieren sie über Gruftis, Skater und Punks. Manu meint, er wäre von jedem etwas und grinst dabei. Laura erwähnt, dass sie ein Grunge-Fan sei. Er betrachtet sie und findet, dass man diese Vorliebe bei ihr feststellen kann. Sie trägt eine abgewetzte Jeans, ein gestreiftes Oberteil und Stiefeletten mit flachem Absatz. Die vollen kastanienbraunen Haare, die ihr über die Schulter reichen, trägt sie offen. Seiner Ansicht nach verleihen ihr die ausdrucksvollen, haselnussbraun-grünen Augen und ihre Stupsnase ein überaus attraktives Gesicht.

Laura blickt in den Nachthimmel und stößt genüsslich eine Zigarettenrauchwolke aus. Sie fühlt sich wohl in Manus Gesellschaft. Zufrieden bemerkt sie, dass sie anscheinend auf derselben Wellenlänge sind. Außerdem fasziniert sie etwas an ihm, sie kann nur nicht genau ausmachen, was es ist.

Sie blickt wieder zu ihm, in seinen Augen erscheint ein benebelter Blick, und einige Haarsträhnen fallen ihm in die Stirn. Trotz seines leicht berauschten Gesichtsausdrucks lässt sein einnehmendes Lächeln sie wissen, dass er sie klar wahrnimmt.

Nach einer Weile verabschiedet sie sich von Manu, Bernd und Schlumpf und bittet sie nochmals, bei nächster Gelegenheit in den Bogen zu kommen. Sie versprechen es und wünschen ihr eine gute Nacht.

2

Am nächsten Vormittag schreibt Laura Manu eine Nachricht:

„Hallo Manu, danke noch einmal für deine Hilfe gestern Abend. Kann ich dich vielleicht mal zu einem Drink einladen? Aber besser an einem Abend, an dem ich nicht arbeite, damit ich mittrinken kann. Sag mir einfach Bescheid. Vierte Etage, zweite Wohnung rechts, wenn du die Treppe hochkommst. Würde mich freuen. Lieben Gruß, Laura."

Sie begutachtet ihr Geschriebenes noch einmal, bevor sie den Zettel zusammenfaltet und ihn unter Manus Wohnungstür hindurch schiebt.

Anschließend hört sie tagelang nichts von ihm, bis er überraschend mit Schlumpf im Bogen auftaucht. Sie freut sich die beiden zu sehen und gibt ihnen, wie versprochen, eine Runde aus. Schlumpf und Manu setzen sich zu ihr an die Theke. Manu beginnt von den Proben mit seiner Band Screaming Gun zu erzählen.

Er fragt Laura in diesem Zusammenhang nach ihren musikalischen Vorlieben. Zu Lauras Lieblingsbands zählen Nirvana, Guns n' Roses und The Cure. Manu hingegen schwärmt von den Rolling Stones und den Ramones. In diesem Zusammenhang erzählt er ihr, dass es vor allem diese beiden Bands waren, die in ihm erstmals die Lust geweckt haben, selbst Musik zu spielen, und dass es Screaming Gun ohne sie nicht geben würde.

Laura fällt auf, dass Schlumpf und Manu diesmal ruhiger, aber genauso nett wie beim ersten Treffen sind. Auf sie wirken sie wie lockere Typen, die gerne scherzen. Sie kann solche Gesellschaft im Moment gut gebrauchen angesichts der Strapazen, die sie in der letzten Zeit hatte und die der Grund für ihren Umzug von ihrer Heimatstadt Dortmund nach Kassel waren.

Nach dem Getränk müssen Manu und Schlumpf aufbrechen, da sie mit Freunden verabredet sind.

Manu: (zu Laura) Ach ja, nochmal wegen deiner Nachricht. Wir können gerne zusammen etwas trinken gehen, gute Idee eigentlich. Aber nur, wenn du mir nichts ausgibst.

Laura: Wieso 'n das?

Manu: (zuckt mit den Schultern) Is´ halt so.

Laura: Wie soll ich mich sonst bedanken?

Schlumpf: (ruft) Ha, mit 'nem Kuss, oder?

Schlumpf und Manu lachen, doch Laura beugt sich vor und drückt Manu tatsächlich einen flüchtigen Kuss auf die Wange.

Manu: (verwundert) Ui …

Laura: (verschmitzt) Reicht dir das etwa als Dank?

Manu: Ja … nee, kannst gerne nochmal. (Schlumpf lacht auf)

Laura: Ihr zwei seid echt Granaten. (schüttelt den Kopf)

Schlumpf: Okay, wir müssen jetzt aber wirklich los. Mach´s gut, Laura, man sieht sich.

Schlumpf und Manu stehen auf. Laura und Schlumpf umarmen sich zuerst. Manu grinst Laura an, als sich ihre Blicke treffen.

Laura: (zu Manu) Abschiedskuss, oder was?

Sie wirft ihm ein keckes Lächeln zu. Manus Grinsen wird breiter. Er lässt sich von ihr drücken und einen Kuss auf die andere Wange geben.

Manu: Wow, heute Nacht kann ich bestimmt saugut schlafen. (alle drei lachen)

Als Manu und Schlumpf fortgehen, hängt Laura eine Weile ihren Gedanken nach. Sie kann es nicht fassen, dass sie jemanden, den sie erst zum zweiten Mal gesehen hat, auf die Wange geküsst hat. Zwar versteht sie sich nach nur so kurzer Bekanntschaft blendend mit Manu, aber sie kennt ihn doch eigentlich gar nicht. Das Temperament geht ihr manchmal durch, stellt sie verlegen fest. Sie spürt, dass sich durch die Anwesenheit der beiden ihre Laune verbessert hat und hofft, sie bald wiederzusehen.

3

Manu hat wegen der Proben mit Screaming Gun in den nächsten Tagen wenig Zeit. Das macht Laura neugierig. Sie fragt sich, welche Musik sie wohl spielen. Manu hinterlässt ihr eine Nachricht, in der er ihr mitteilt, dass er demnächst noch einmal in den Bogen kommt, wo sie sich unterhalten können.

Schlumpf begegnet sie mittlerweile öfters im Bogen, er stellt ihr jedes Mal seine Begleiter vor. Immer, wenn sie gerade die Möglichkeit hat, gesellt sie sich für einige Minuten hinzu. Schlumpfs durchdringendes Lachen ist unverkennbar und bringt Laura jedes Mal zum Mitlachen. Er richtet ihr häufig Grüße von Manu aus, der mit Screaming Gun nach wie vor beschäftigt ist.

***

An einem Abend betritt Schlumpf mit einem breiten Grinsen den Bogen. Ein Mann in karierten Hosen und einer Jeansjacke, die mit Nieten beschlagen ist, folgt ihm. Schlumpf stellt ihn ihr vor, er heißt Tom. Tom ist ein Freund und Bandkollege von Manu. Er ist in etwa so groß wie Schlumpf und trägt mittelbraune, halblange Haare, die von einem Stirnband zurückgehalten werden.

Laura: Was wollt ihr denn trinken? Kann ich euch einen Shot als Begrüßung ausgeben?

Tom: (verwundert) Ist das dein Ernst? (flötet anerkennend)

Laura: Ja, sicher! (hebt den Zeigefinger) Aber nur heute noch, ich soll nämlich nicht mehr so viele Leute abfüllen, hat man mir hier gesagt. (zwinkert ihnen zu)

Schlumpf: Haha, so freigiebig, wie du die Getränke ausschenkst, ist das leicht zu glauben!

Laura: (zuckt mit den Schultern) Was soll ich sagen, so läuft's eben. Hier, Kräuterschnaps. Hoffe, ihr mögt das.

Tom blickt erstaunt zu ihr, nimmt den Schnaps dankend an. Laura beugt sich zu Schlumpf vor.

Laura: (leise) Nur mal so 'ne Frage … Manu?

Schlumpf: (nickt) Ja, er kommt heute endlich auch mal. Wenn schon Tom hier ist, dann kommen die Anderen auch. Bleibt nur zu hoffen, dass Manu bei den Proben nicht so viel gesoffen hat, denn der hier … (stößt Tom an) … ist schon etwas durch den Wind. (grinst kurz) Danke übrigens für den Shot, find' ich klasse von dir! Kommst du heut' noch irgendwann von der Theke weg und kannst dich zu uns setzen?

Laura: Klar! Noch 'ne Stunde, dann bin ich hier durch! Ihr könnt euch aber schon mal hinsetzen, dahinten ist noch ein Tisch frei.

Schlumpf: Okay, bis dann.

Schlumpf und Tom gehen zum Tisch und setzen sich.

Kurz darauf betritt ein großer Dunkelhaariger in verwaschener hellblauer Jeans, Turnschuhen und Lederjacke den Bogen. Er geht sogleich an die Theke, schaut sich um, als ob noch jemand nachkommen würde, dreht sich dann Laura zu. Sie blickt erwartungsvoll zu ihm und stellt fest, dass er eine muskulöse, aber schlanke Gestalt, dunkelblaue Augen und einen 3-Tage-Bart hat.

Laura: 'N Abend. Ich denke schon, dass du hier richtig bist. Wenn du was trinken willst, jedenfalls. (lächelt ihn ungezwungen an)

Der Dunkelhaarige: (lächelt zurück) Ich wart' noch auf jemanden. Aber egal. Was haste denn Schönes vom Zapfhahn?

Laura: Was du willst. Frisches Pils aus der Region kann ich zum Beispiel empfehlen.

Schlumpf und Tom blicken zu ihnen. Tom ruft laut: „Frankyboy!", daraufhin drehen sich Laura und ihr Gesprächspartner zu ihnen um.

Der Dunkelhaarige: Ach, da seid ihr! Hab schon gedacht, ich wäre schon wieder der Erste!

Schlumpf und Tom kommen an die Theke, wo sie ihn begrüßen.

Schlumpf: (zu Laura) Das ist Frank, auch aus der Gurkentruppe. (zu Frank) Und das ist Laura, Manus Nachbarin.

Frank: Oh, echt? Der hat 'ne Nachbarin, die Bier zapft?

Laura versteht das als Aufforderung und macht sich ans Zapfen. Schlumpf bestellt ein weiteres Bier, Tom ebenfalls. Sie ist ins Zapfen vertieft, während sich die Männer an der Theke unterhalten. Auf einmal hört sie eine vertraute Stimme, die ihr zuruft: „Haste auch noch eins für mich übrig?". Sie sieht auf, Manu lächelt sie freundlich an.

Laura: Hey, da bist du ja, super! (kehrt mit drei gezapften Bier zurück) Ja, da fehlt wohl noch eins, aber erst mal … komm her. (legt einen Arm um ihn, sie umarmen sich) Und, wie läuft's?

Manu: Ganz gut, aber brauche was zum Kehle Anfeuchten. Hab zu viel gesungen, das macht durstig.

Laura: Kommt sofort. (geht zurück zum Zapfhahn) Wie viele willste denn?

Manu: Erst mal nur eins. Nachher sicher noch mehr.

Laura: (lacht leise) Na klar.
Manu: Und du? Hast du bald Feierabend hier?
Laura: (kommt mit dem Bier) Ja, in einer knappen Stunde ungefähr.
Manu: Geht doch noch. Haste die Flaschen dahinten schon getroffen?
Er deutet zu Frank, Tom und Schlumpf, die mit den Getränken zurück zum Tisch gegangen sind.
Laura: Ja, Schlumpf ist zusammen mit Tom gekommen, und der andere Typ hat Bier bestellt, wie heißt er noch gleich?
Manu: Ach so, Frank. Ist unser Schlagzeuger.
Laura: Ach ja, genau. Find ich toll, dass ihr heute in den Bogen kommt.
Manu: Klar, wieso nicht? Bei so 'ner netten Bedienung doch gerne. (zwinkert ihr zu)
Laura: Ach komm, geh weg.
Manu: Glaubst mir wohl nicht? (grinst über ihre Verlegenheit)
Laura: Naja, ich tu mein Bestes.
Manu: (steckt sich eine Zigarette an, hält ihr auch eine hin) Komm, Begrüßungsziggy.
Laura: (zögert) Ähm, eigentlich rauch ich nicht so gerne bei der Arbeit. Aber okay, weil du's bist. (lässt sich ihre Zigarette von Manu anzünden)
Manu nippt an seinem Bier, sieht zum Tisch mit seinen Freunden, zu denen sich mittlerweile noch mehr Leute gesellt haben, und dann wieder zu ihr.
Laura: Willst du nicht zu deinen Leuten gehen?
Manu: (winkt ab) Die hab ich heute schon den ganzen Tag gesehen. Oder willst du mich loswerden?
Laura: Natürlich nicht. (lächelt kurz) Aber es dauert leider noch etwas, bis dass ich mit euch bechern kann.

Manu: Jo, passt schon. (Tom kommt zu ihnen)

Tom: Hey, ihr Schnuckelchen, können wir noch was von dem köstlichen Gebräu haben?

Manu: (legt einen Arm um den kleineren Tom, zieht ihn an sich heran) Jaja, der übermütige Gitarrist hat Durst, was?

Tom: Genau! (ergreift Manus Glas, doch der nimmt es ihm sofort wieder ab) Vor allem Gitarrist und nicht Bassist, damit das mal klargestellt ist! (knufft Manu in die Seite)

Laura: (zu Tom) Wie viele Bier kriegste denn eigentlich?

Tom: So viele, wie geht! (grinst breit)

Laura: Hm, okay.

Sie wendet sich zum Zapfhahn und beobachtet beim Zapfen, wie Manu und Tom miteinander diskutieren. Sie kann nicht verstehen, was sie sagen, da es zu laut im Bogen ist. Mit drei vollen Biergläsern kommt sie zu ihnen zurück.

Laura: (zu Tom) So, mehr kannste eh' nicht tragen.

Tom: Doch, wetten?

Laura: Lieber nicht. (Manu lacht kurz auf)

Tom: Super, danke dir! (hält inne und überlegt)

Manu: So, jetzt zeig mal, wie du's machst.

Laura: Kannst auch gern zweimal gehen.

Tom: Ha! Unsinn! (pfeift, die Anderen wenden ihm ihre Blicke zu) Bier is´ hier!

Schlumpf und ein korpulenter, kleiner Mann mit kurzen blonden Haaren kommen zur Theke.

Schlumpf: Hey, Laura hat Mika noch nicht getroffen!

Manu: Genau, unseren Dicken.

Mika: Hallöle! Bin der Mika.

Laura: Hi! Auch aus der Band? (Mika grinst und nickt) Lass mich raten, du spielst bestimmt Gitarre.

Mika: (erstaunt) Sieht man mir das an? Stimmt genau!

Tom: Aber nicht so gut wie ich! (lacht)

Manu: (spaßend zu Tom) Nee, du spielst doch Bass, schon vergessen?

Tom: (drohend) Halt's Maul, Manu! Ich komm dir gleich dahin!

Schlumpf: Leute, diskutiert sowas im Proberaum, nicht hier!

Tom reicht Mika und Schlumpf jeweils ein Bier und nimmt sich selbst das dritte, wendet sich an Laura.

Tom: Kannste bitte noch zwei machen?

Manu: (ebenfalls zu Laura) Und eins für dich!

Laura: (am Zapfhahn) Nee du, erst bei Dienstschluss, dafür aber dann umso mehr!

Manu: Au ja!

Mika: Saufen tut ihr wohl oft zusammen, was?

Laura: Nö, bis jetzt nur einmal.

Manu: Wird Zeit für ein zweites.

Laura: Hm?

Manu: Mal.

Laura: Ach so, ich dachte Bier.

Manu: Ja, das auch.

Laura: (verdreht die Augen) Ihr habt vielleicht 'nen Zug drauf.

Mika: Haben ja auch schwer geschuftet heute.

Tom: Nö, find ich nicht. (läuft zurück zum Tisch)

Mika: Na, Hauptsache er widerspricht mir! Sack! Hat er heute schon den ganzen Tag gemacht!

Laura lacht und wendet sich von ihnen ab, um eine weitere Bestellung aufzunehmen. Sie ist mit dem

Ausschenken von Getränken beschäftigt, während mehr und mehr Gäste aufbrechen. Nach einer Weile geht sie zu mehreren Tischen, um zu kassieren. Dabei scherzt sie mit denjenigen Leuten, die regelmäßig in den Bogen kommen und sie schon kennen. Einige Männer sehen ihr hinterher, wenn sie vorbeigeht, nun auch Mika und Manu.

Mika: (stößt Manu an, grinst) Is'n bisschen ausgeflippt, die Kleine, was?

Manu sieht ihn nur an und weiß nicht, was er dazu sagen soll.

Schlumpf: Ja, und? Is' doch gut. Hoffe, sie hat gleich endlich mal Feierabend.

Mika: Ja, hat sie doch gesagt.

Sie beobachten, wie Frank zu Laura eine Bemerkung macht, sie daraufhin lächelt und zurück zur Theke geht. Etwas später verschwindet sie hinter einer Tür. Ihr Chef erscheint, um die Schicht bis zum Ende zu übernehmen. Laura tritt mit ihrer Umhängetasche und Jacke zu Schlumpf, Manu und deren Freunde an den Tisch. Alle freuen sich, dass sie endlich hinzukommen kann. Schlumpf und Tom jubeln ihr zu.

Laura (verwundert): Werde ich etwa so sehnsüchtig erwartet?

Schlumpf: Na sicher! Komm, setz dich und nimm das!

Er stellt ein Glas Bier vor sie auf den Tisch. Alle nehmen ihre Getränke hoch und stoßen miteinander an. Laura sitzt neben Mika und vertieft sich mit ihm in ein Gespräch. Sie erzählt, wie sie Manu und Schlumpf kennengelernt hat, als sie ihre Schlüssel in der Wohnung vergessen hat.

Während der Unterhaltung fällt Laura auf, dass Mika weniger angetrunken scheint als der Rest. Tom macht einen aufgedrehten Eindruck, Frank sieht müde aus. Schlumpf ist gut gelaunt, lacht oft schallend, vor allem mit Tom zusammen. Manu dagegen bleibt ruhig und scheint in Gedanken versunken zu sein. Laura erhebt sich, als Mika auf die Toilette geht, ihr Blick trifft den von Manu. Aufmerksam beobachtet er, wie sie sich auf den freien Platz neben ihn setzt.

Laura: Na, was ist? Denkst du nach, oder was?

Manu: Hm, bin irgendwie kaputt. Aber ich hab absolut keinen Bock, schlafen zu gehen.

Laura: Kenn ich, das Gefühl. Ich brauche auch immer 'ne Weile um runterzukommen. Also, um zur Ruhe zu kommen, meine ich. Aber es ist doch noch lang hin, bis dass du schlafen gehst, oder? (lächelt ihn an)

Manu: Na klar, keine Sorge. Die Nacht wird lang. (lächelt zurück) Es gibt genug Schuppen, in denen man bis sechs oder so bechern kann.

Laura: Genau, und wenn die zumachen, macht der Weihnachtsmarkt auf, da kann man dann fleißig Glühwein hinterher schieben.

Manu: Igitt. (rümpft die Nase) Süße Scheiße. (Laura muss lachen) Du bist zwar noch nicht so lange in Kassel, aber kennst du den Joker?

Laura: Hab ich von gehört. Das ist die Graffiti Bar, stimmt's?

Manu: Genau, da hängen die ganzen Skater rum. Und die Punks. Und –

Schlumpf: (mischt sich ein) – die Junkies!

Manu: Naja.

Schlumpf: (zu Laura) Die harten Burschen. (zuckt mit den Schultern) Unsere Freunde halt.

Manu: (zu Schlumpf) Da müssen wir auch mal wieder hin und dem Chris Guten Tag sagen.

Schlumpf: Ja, stimmt. (zu Laura) Der Chris schmeißt den ganzen Laden da, is'n super Typ! Durch den haben Manu und ich uns kennengelernt, er ist ein gemeinsamer Bekannter von uns.

Laura: Cool. Wenn ihr dahin wollt, wäre ich dabei. Zeigt mir ruhig all die wichtigen Plätze in Kassel.

Als sie aus dem Bogen hinaustreten, möchte Mika nicht mit in den Joker kommen und bricht nach Hause auf. Tom und Frank sind müde und machen sich ebenfalls auf den Heimweg. Laura schließt sich Schlumpf und Manu auf dem Weg zum Joker an.

4

Im Joker gefällt es Laura auf Anhieb. Es stört sie keinesfalls, dass dort viele mit Alkohol oder Rauschmitteln vollgedröhnte Leute anzutreffen sind. Da sie selbst bereits mit Drogen experimentiert hat, macht ihr dieses Umfeld nichts aus. Es erinnert sie jedoch stark an ihren Freundeskreis in Dortmund, den sie zuletzt dort hatte. Er bestand zum großen Teil aus Drogenabhängigen. Dunkle Gedanken an ihre Vergangenheit steigen aus ihrem Unterbewusstsein hoch und wühlen sie auf.

An diesem Abend, zwischen all den zerstörten Gestalten im Joker, nimmt sie an, was ihr angeboten wird. Eine Prise Kokain von einem jungen, niedlichen Kerl mit Dreadlocks kann ja nicht schaden, findet sie, und geht mit ihm hinaus. Sie hofft, dass sich ihr Gemüt durch das Schnupfen des weißen Pulvers wieder beruhigen wird.

Schlumpf und Manu merken bald, dass sie Laura aus den Augen verloren haben. Schlumpf macht sich darüber keine Gedanken, doch Manu wird unruhig. Er verlässt den Freundeskreis und sucht sie. Schließlich findet er sie draußen mit Matze, einem Kokainabhängigen, der dicht bei ihr steht und ihr über die Wange streicht. Manu erkennt sofort, dass beide auf Kokain sind, und dazu Matze sehr an Laura interessiert ist. Das passt ihm nicht, er schreitet ein, indem er Matze von ihr wegzerrt. Matze bewundert und respektiert den älteren Manu, der so viel mehr Lebenserfahrung als er selbst hat. Er versteht, dass Laura zu Manu gehört und entfernt sich daher unverzüglich.

Laura: (sieht Manu vor sich und packt seinen Oberarm, begeistert) Manu, da bist du ja wieder!

Manu: Jetzt sag mir nicht, du hast mit Matze was genommen! Der hat ganz übles Zeug, von dem man besser die Finger lässt!

Laura: Tja, zu spät würd ich sagen. (lächelt unschuldig)

Manu: Na, Scheiße. Komm, wir gehen zu Schlumpf.

Laura kichert leise, als Manu sie in den Arm nimmt und mit sich zieht. Manus markante Augen nehmen sie gefangen. In ihrer Euphorie hält sie ihn für einen äußert interessanten Typen.

Sobald sie Schlumpf erreichen, erklärt Manu ihm, dass Laura mit Matze Kokain genommen hat. Schlumpf versteht, was das bedeutet. Es wird nicht lange dauern, dass sie von ihrem Trip herunterkommt, denn Matzes Kokain taugt nichts. Es wirkt nur kurzzeitig, und nach dem Trip geht es niemandem gut, das haben er und Manu schon selbst erfahren. Schlumpf stimmt nachdrücklich zu, als Manu ihm mitteilt, dass er Laura besser nach Hause bringt.

***

Auf dem Nachtmarsch nach Hause ist Laura derart vergnügt, dass sie Manu von seiner Befangenheit ablenkt und zum Lachen bringt. Wie von Manu vorausgesehen, lässt die Wirkung des Kokains bald nach. Lauras Beine knicken vor Erschöpfung ein. Sie stürzt mehrere Male beinahe hin, so dass er sie in einen Stützgriff nimmt. Als sie beginnt von Dämonen zu erzählen, wird Manu hellhörig. Sofort begreift er, dass nun ihr Unterbewusstsein zutage tritt. Betroffen zieht er die Augenbrauen hoch. Er spürt, dass sie großen Schmerz in sich birgt und fragt sich, was sie bloß erlebt hat.

Sie gelangen zu Lauras Wohnungstür, sie schließt auf. Manu verabschiedet sich, als Laura ihn durchdringend ansieht. Er entzieht sich ihrem Blick, es ist ihm unangenehm, sie so verstört zu sehen. Zudem beginnt er, sie sehr gerne zu mögen und möchte sich diesen Gefühlen nicht zu stark aussetzen, denn sie steigen ihm zu Kopf und gefallen ihm nicht.

5

Am nächsten Vormittag stellt sich bei Laura durch die Nachwirkungen des Kokains eine leichte Depression ein. Ihre Augen brennen und ihr ist kalt, deshalb bleibt sie im Bett.

Allmählich macht sie sich Selbstvorwürfe, dass sie so dumm gewesen ist und von irgendeinem Dahergelaufenen billiges Kokain angenommen hat, dessen aufputschende Wirkung ohnehin nicht lange anhielt. Der Stoff schwächte sie eher noch zusätzlich, so dass sie kaum gehen konnte. Vielleicht hätte sie nicht in den Joker gehen sollen. Am Anfang war es ja noch witzig bei Schlumpf, Manu und deren Freunden, die sie kennengelernt hat. Plötzlich kam dann aber dieser gutaussehende Typ mit dem gewinnenden Lächeln auf sie zu und bot ihr einen kleinen Trip an. Er versicherte ihr, dass sein Kokain leicht zu vertragen und Horrortrips ausgeschlossen seien. Es ärgert sie, dass sie sich von ihm so leicht überzeugen ließ. Sie erinnert sich, wie Manu auf einmal wieder da war und sich um sie gekümmert hat. Er hat sie sogar nach Hause begleitet. Was für eine Schmach für sie, sie hasst es, einen schutzbedürftigen Eindruck zu hinterlassen. Sie möchte nur auf sich selbst gestellt und nicht auf die Hilfe anderer angewiesen sein. Zwar meinte es Manu gut mit ihr, das ist ihr klar, trotzdem ist sie wütend darüber, dass sie ihn nicht abgeschüttelt hat. Was sie auf ihn für einen Eindruck gemacht hat, möchte sie lieber nicht wissen. Aber eigentlich sollte sie das nicht kümmern, schließlich ist sie niemandem Rechenschaft schuldig.

Gefangen zwischen Zorn auf sich selbst und tiefer Verzweiflung steht sie am Mittag auf und duscht.

Danach ruft sie ihre beste Freundin Janine an, die in Kassel als Kurierfahrerin arbeitet und gerade eine ihrer Belieferungstouren fährt. Janine ist dank eines geschäftlichen Mobiltelefons auch während der Touren erreichbar. Laura erzählt ihr nichts vom vorigen Abend, aber Janine merkt, dass es Laura schlecht geht. Sie schlägt ihr vor, sich nach ihrer Tour in einer Stunde im Stadtzentrum zu treffen. Dort könnten sie weiterreden, bevor Laura in den Bogen muss.

Laura macht sich schon früher auf den Weg ins Zentrum. Sie schlendert, ihren Gedanken nachhängend, die Straßen entlang. Das kalte und windige Wetter macht ihr nichts aus. Janine muntert sie schließlich auf und verspricht ihr außerdem, am nächsten Abend nach der Arbeit in den Bogen zu kommen.

Später lenken die Besucher im Bogen Laura von ihrer Verstimmung ab, und sie fühlt sich wieder ausgeglichener.

***

Nachts um zwei kehrt Laura nach Hause zurück. Sie findet einen Zettel, der unter ihrer Wohnungstür hindurch geschoben worden ist. Es ist eine Nachricht von Manu, die sie sofort liest:

„Hi, ich wollte nur mal nachhören, wie es dir geht, aber du bist nicht zuhause. Naja, ich muss jetzt auch zu den Proben. Bis bald, Manu."

Laura fühlt Unsicherheit in sich aufkommen. Was denkt er eigentlich von ihr, wieso will er wissen, wie es ihr geht? Warum sollte es ihr nicht gut gehen? Sie kann doch auf sich selbst aufpassen, sie braucht niemanden, der sich nach ihrem Wohlbefinden erkundigt. Jetzt ist sie sich sicher, dass sie am Vorabend einen hilflosen Eindruck auf Manu gemacht hat. Diese Erkenntnis lässt erneut die Wut auf sich selbst in ihr auflodern.

6

Am nächsten Tag geht Laura tagsüber lange spazieren. Sie hat Manu keine Antwort hinterlassen, nichts mehr von ihm gehört und nicht einmal an ihn gedacht.

Abends im Bogen erscheint, wie versprochen, Janine. Sie setzt sich zu Laura an die Theke. Es ist noch früh und nicht viel los in der Bar, die beiden können in Ruhe miteinander reden.

Janine: Geht's dir wieder besser?

Laura: Jaja, passt schon.

Janine: Was war denn los gestern, wieso warst du so verstimmt?

Laura: Ach ... (seufzt) Die ganze Situation, weißt du. Ich hab mich nicht so gut im Griff im Moment.

Janine: (vorsichtig) Denkst du wieder an deine Eltern?

Laura: Die ganze Zeit. Sie fehlen mir, Janine. Ich fühl' mich so alleine.

Janine: (legt eine Hand auf ihre, leise) Ich weiß, Süße. Es tut mir unendlich leid.

Laura: (sieht ihr direkt in die Augen) Ich hab' wieder Kokain gesnifft.

Janine: (sorgenvoll) Pass bloß auf damit.

Laura: Hm. Verdammt. Es war dazu auch noch mieser Stoff, der hatte fast keine Wirkung, und danach ging's mir beschissen, ich hab wieder Depris geschoben. Es hat mich an meine Freunde zuhause in Dortmund erinnert. (kurze Pause) Du weißt ja, dort kannte ich ja genug von denen, die waren fast alle richtig drauf.

Janine: Ja, ich weiß. Du musstest da echt weg, Laura. Ich bin froh, dass du nach Kassel gezogen bist.

Vielleicht kriegst du hier ein bisschen Abstand von allem, was passiert ist.

Laura: (missmutig) Sieht nicht danach aus.

Janine: Du bist doch erst seit einem Monat hier, hab mal ein bisschen Geduld. Das wird schon noch. (streicht über ihren Unterarm) Ich bin immer da, wenn du reden willst, aber das weißt du ja.

Laura: Danke Janine, du bist lieb. (lächelt leicht, dann erscheinen erneut Sorgenfalten auf ihrer Stirn) Ich hab Angst, dass Björn rauskriegt, wo ich bin.

Janine: Wie soll er es denn rauskriegen? Du hast doch keiner Menschenseele gesagt, dass du in Kassel bist, oder?

Laura: Nein.

Janine: Na, also. Und deine Tante weiß es auch nicht, oder?

Laura: Nein, sie weiß es auch nicht. Aber ich glaube, sie ist froh, dass sie mich losgeworden ist.

Janine: Wie bitte?

Laura: Ja, sie kam damit nicht klar, dass ich die Ausbildung abgebrochen und stattdessen gekokst hab. Meine Cousine ist so 'ne Mustertochter mit Einsen in der Schule und den ganzen Sportmedaillons, die sie schon gewonnen hat und so'n Zeug, da war meine Tante überfordert mit so einer wie mir, die gar nichts mehr auf die Reihe kriegte.

Janine: Mach dir nichts draus, das ist jetzt vorbei.

Laura: (bestimmt) Außerdem kann ich auf mich selbst aufpassen.

Janine: Genau.

Plötzlich stellt sich jemand an die Theke und grüßt mit einem freundlichen „Hallo".

Laura: (verwundert) Oh, hallo. (überlegt kurz) Tom, stimmt's?

Tom: (lacht) Erraten! Wie geht's dir?

Laura: Gut, und dir? (Tom nickt als Antwort) Das ist Janine, eine gute Freundin von mir.

Janine: (reicht Tom die Hand) Hi.

Tom: (drückt Janines Hand) Ah, hallo.

Laura: Und was gibt's Neues bei dir?

Tom: Ich bin am Wochenende umgezogen und wohne jetzt hier in der Nachbarschaft. Wirst mich wohl von nun an öfter im Bogen antreffen, denke ich.

Laura: Ah, cool. Ist die neue Wohnung billiger, oder wieso? Oder hattest du einfach nur Bock auf einen Wechsel?

Tom: Tapetenwechsel, genau! (lacht auf) Nee, die neue ist schon billiger und liegt näher an den guten Plätzen der Stadt. So wie zum Beispiel am Bogen. (lässiges Grinsen)

Laura: Das ist ein guter Grund für den Umzug, muss ich zugeben.

Janine schmunzelt und hört dem Gespräch schweigend zu, erblickt dann zwei Männer, die sich ihnen nähern.

Tom: (dreht sich zu den Männern um, dann zurück zu Laura und Janine) Hier, das sind Alex und Erik, zwei Freunde von mir. (zu seinen Freunden) Laura und ich kennen uns eigentlich durch Manu, die beiden sind Nachbarn.

Laura: Aber du bist damals mit Schlumpf hierhin gekommen, er hat uns einander vorgestellt, nicht Manu.

Tom: Oh verdammt, ich schmeiß ja alles durcheinander! Hatte wohl einen Filmriss an dem Abend. (Janine und Laura lachen)

Erik: (grinst Tom neckisch an) Wen wundert's. Und was geht heute Abend?

Tom: Was soll schon gehen? Wir lassen uns jetzt ein paar leckere Bierchen von Laura zapfen und knallen uns dahinten an einen Tisch, was meinste?

Erik: Bin ich dafür.

Alex: Ja, ich auch.

Laura: Gut, dann setzt euch schon mal, ich bring euch gleich das Bier.

Erik und Alex steuern auf einen Tisch zu. Laura spricht Tom nochmals an, bevor er sich zum Gehen wendet.

Laura: Apropos Manu, wie geht es ihm denn so?

Tom: Ganz gut, denk' ich, er war jedenfalls gut drauf heute beim Proben. Hast du ihn länger nicht gesehen, oder wieso fragst du?

Laura: Ja, wir haben uns verpasst. (Tom blickt fragend) Na, ich war nicht zuhause, als er vorbeikommen wollte. Egal. (winkt ab) Er kommt heute nicht hierhin, oder?

Tom: Keine Ahnung. Ich glaube, er ist nach den Proben nach Hause gegangen. Soll ich ihm was von dir ausrichten, oder was?

Laura: Nee, schon gut. War einfach nur so 'ne Frage. Also, ich zapf euch jetzt mal das Bier, bis gleich.

Tom: Ja, bis gleich. (geht zu Alex und Erik an den Tisch)

Janine: Seit wann kennst du Punks?

Laura: (beim Zapfen) Punks?

Janine: Ja, der sieht voll nach einem aus mit diesen Stiefeln und den Nieten überall. Fehlen nur noch die bunten Haare.

Laura: Stimmt. (lacht)

Janine: Du, ich muss jetzt gehen, morgen fange ich mal wieder früher an. Muss schon um sieben in Lohfelden sein.

Laura: Ja sicher. Schön, dass du hier warst. Schlaf gut.

Sie umarmen sich herzlich zum Abschied, Janine verlässt daraufhin den Bogen.

Laura bringt Tom, Alex und Erik die Getränke. Sie bemerkt, dass die drei in ein ernstes Gespräch vertieft sind. Nachdem sie ihnen die Gläser hingestellt hat, kehrt sie wieder zur Theke zurück.

Alex: (lehnt sich vor) Sach ma' Tommy, was ist aus dem Vorspiel bei dieser Band geworden? Wolltest du nicht überlegen, vielleicht zu wechseln?

Tom: Ja, da war ich gestern. Die Musik von denen war gar nicht so schlecht, aber irgendwie ist der Funke nicht übergesprungen. Denen haftete so'n bisschen was Überhebliches an, dabei waren die eigentlich recht dilettantisch, jedenfalls im Gegensatz zu Screaming Gun. War'n schon ein paar gute Beats dabei, aber der Sänger überzeugte nicht richtig. Denen fehlte eindeutig ein genialer schräger Vogel wie Manu. (grinst)

Erik: Wieso willst du überhaupt wechseln, wenn ihr sowieso besser als andere Bands seid?

Tom: Will ich doch gar nicht, aber mir geht's tierisch auf den Sack, wenn Manu mir den Bass aufzwingt, nur weil er meint, seine akustische Gitarre spielen zu müssen!

Erik: Aufzwingt? Wie meinste das?

Tom: Ach, er liebt seine elektro-akustische Klampfe heiß und innig. Da hat er es sich in den Kopf gesetzt, sie auch bei manchen der neuen Songs einzusetzen. Aber ich bin dann derjenige, der den Bass übernehmen muss, und das nervt langsam.

Alex: Wieso ist es so schlimm, Bassgitarre zu spielen? Du warst doch früher irgendwann mal Bassist in einer Band, oder nicht?

Tom: Ja, aber nur kurz. Nee, es ist ja gar nicht schlimm, aber ich find's viel amüsanter, die Rhythmen auf meiner Epiphone runterzuschrammeln, da kommt bei mir einfach viel mehr Stimmung auf. Außerdem spielt Manu viel besser und lieber Bass als ich.

Alex: Aber du hast doch nicht ernsthaft vor, Screaming Gun nur wegen dieses Bass-Problems zu verlassen, oder?

Tom: Hm … (unschlüssiger Blick)

Alex: Das sind doch deine Freunde!

Tom: Ja, die Jungs sind wie Brüder für mich, das stimmt. Weiß nicht, ob ich dazu imstande wär, abzuhauen. Ich gehöre fest dazu, und wir sind eigentlich schon ganz cool. Wenn ich mich so umhöre, find ich keine Band, die so klingt wie wir.

Erik: Stimmt. Und die große Knete machst du sowieso mit Musik nicht, von daher …

Alex: Sag Manu einfach, er soll nicht so ein Softie sein und das Akustische gleich ganz weglassen. Ihr seid doch gerade so gut, weil ihr richtig rocken könnt.

Tom: Naja, bei manchen Songs hört sich das aber schon ganz gut an. Aber vielleicht hast du Recht. Mal sehen, wie's sich bei den Proben so ergibt, wir experimentieren ja immer noch rum. Und ich werd's mit ihm demnächst mal richtig ausdiskutieren.

Alex: Bin mir sicher, dass ihr eine Lösung findet.

In diesem Moment steuert eine kleine Frau in roten, engen Jeans und mit langen, schweren Ketten um den Hals auf sie zu. Besonders auffällig sind ihre knallorangefarbenen, mit Haarspray aufgerichteten Haare und die Piercings in beiden Augenbrauen und im linken Nasenflügel. Tom stellt sie seinen Freunden vor. Ihr Name ist Nadine, mit ihr ist er seit zwei Monaten zusammen. Laura kommt hinzu, um eine neue Bestellung aufzunehmen, auch ihr wird Nadine vorgestellt. Laura hat jedoch viel zu tun an diesem Abend und keine Zeit für ein Gespräch.

***

Eine Stunde später schließt der Bogen. Laura ist alleine, putzt die Tische ab, stellt die Stühle hoch, damit die Putzfrau am nächsten Morgen den Boden wischen kann. Kurz nach Mitternacht sperrt sie die Tür zu. Sie hat nicht bemerkt, dass jemand in der Nische einer Hauswand steht und sie beobachtet.

Als sie nach draußen tritt, erblickt sie den Unbekannten. Der Silhouette nach zu urteilen handelt es sich um einen Mann. Sein Gesicht erkennt sie nicht, da die schwarze Kappe auf seinem Kopf einen Schatten darauf wirft. Sie erschreckt sich fürchterlich, denn sie denkt instinktiv, dass es ihr Ex-Freund Björn ist, der sie gefunden hat. Doch dann fällt ihr auf, dass diese Gestalt ein ganzes Stück größer als Björn ist. In aufkommender Unruhe fragt sie sich, wer das sonst sein kann. Während die nackte Angst in ihr hochkriecht, hört sie den Unbekannten leise mit einer ihr bekannten Stimme ihren Namen sagen, das macht sie stutzig. Sie bleibt unbeweglich, als er sich ihr nähert. Das Laternenlicht fällt auf sein Gesicht, und sie erkennt Manu.

Manu: (leise) Sorry, ich hab dich erschreckt, ne?

Laura: (atmet erleichtert aus) Oh Mann ... was machst du denn so spät noch hier?

Manu: Nachtspaziergang. (lächelt leicht)

Laura: Hier?

Manu: (zuckt mit den Schultern) Ich glaub', Tom war hier. Er wollte mit mir noch etwas besprechen, aber ich bin wohl zu spät dran.

Laura: Ja, der war hier. (zieht die Augenbrauen hoch) Was hast du jetzt vor?

Manu: Hm ... magst du irgendwo etwas trinken gehen?

Laura: (überlegend) Ich ...

Manu: Nur 'n Absacker.

Laura: Okay. (nickt) Dann mal los.

Manu: Wohin?

Laura: Auf dem Nachhauseweg irgendwas, woran wir vorbeikommen. Oder gehst du nicht nach Hause?

Manu: Doch, lass uns gehen. (sie setzen sich in Bewegung)

Laura: Wie läuft's bei den Proben?

Manu: Gut, wir sind bald soweit. Dann geht's wieder los. Komm doch auch mal vorbei zu 'nem Konzert.

Laura: (grinst) Ist das 'ne Einladung? Dann gerne.

Manu: Cool.

Seine Augen leuchten, ihre Blicke treffen sich, aber sie wendet den Blick schnell wieder ab.

Laura: Ich hab deine Nachricht bekommen. (Manu blickt fragend) Den Zettel!

Manu: Ach ja, genau. (lacht leise)

Laura: Hast du gedacht, mir würde es nicht gut gehen?

Manu: Keine Ahnung, wieso? (wird unsicher durch die plötzliche Härte in ihrer Stimme)

Laura: Ich mag das nicht gefragt werden.
Manu: Oh. Tut mir leid. (verwirrt durch ihre Reaktion, aber fragt nicht weiter nach)
Laura: Ich brauche keine Hilfe, okay?
Manu: In Ordnung. (lächelt zuversichtlich, obwohl er nicht weiß, was sie meint)
Laura: (bleibt vor einer Bar stehen) Hier rein? (Manu nickt)

Sie betreten die Kneipe und setzen sich mit ihrem Bier an einen Tisch. Schnell lockert die Unterhaltung auf. Sie verstehen sich nach wie vor hervorragend, lachen viel und bestellen ein zweites Bier.

Allmählich gewöhnt sich Laura an Manu und ist letztendlich froh, dass sie ihn wiedertrifft. Manu genießt Lauras Gesellschaft. Es ist anregend für ihn, sich mit ihr zu unterhalten und sie anzuschauen. Er merkt, dass sie dabei ist, ihm den Kopf zu verdrehen und muss aufpassen, dass sein Flirten nicht allzu deutlich wird.

Auf dem Nachhauseweg fragt Laura Manu nach den anstehenden Konzerten. Manu zählt ihr auf, in welchen Städten die Konzerte stattfinden werden. Die meisten liegen in Hessen und einige in Nordrhein-Westfalen.

Laura würde sich sehr gerne einmal die Musik von Screaming Gun anhören. Manu schlägt vor, ihr am nächsten Tag etwas vorzuspielen. Sie hält das für eine gute Idee und verspricht ihm, um zwei Uhr nachmittags zu ihm zu kommen. Manu freut sich, dass sie an dem, was er tut, Interesse zeigt. Vor allem freut er sich, dass er sie bereits am nächsten Tag wiedersehen wird.

7

Am nächsten Vormittag, als Manu sich nach dem Duschen rasiert, überlegt er länger als sonst, was er anziehen soll. Seine Wohnung mit den herumliegenden Bierflaschen kennt Laura zwar schon, aber er findet, dass er trotzdem aufräumen, die Bierpfützen wegwischen und das Geschirr in der Küche abspülen sollte. Um kurz vor zwei ist er mit allem fertig, hat jedoch keine Zeit gehabt etwas zu essen. Seine Nervosität verschlägt ihm ohnehin den Appetit.

Laura klopft bei ihm an, und als er ihr öffnet, lächelt er sie erfreut an. Zur Begrüßung umarmen sie sich herzlich. Seit dem vorigen Abend sind sich Manu und Laura vertrauter geworden. Laura hat eine Flasche Wein mitgebracht, die sie gerne probieren würde, doch bis jetzt hat sich noch keine Gelegenheit dazu ergeben.

Zunächst gehen sie auf den Balkon und rauchen. Laura fällt auf, dass Manu teilweise dieselben Angewohnheiten wie sie selbst hat. Er schnipst seine Zigarettenasche in einen leeren Blumentopf, der auf einer umgedrehten Bierkiste steht. Sie selbst benutzt ebenfalls umgedrehte Kisten als Abstellfläche. Ihre Wohnungseinrichtung ist seiner ähnlich. Bis jetzt hat sie kein Geld für eine ansprechende Dekoration übrig gehabt.

Manu und Laura rauchen zu Ende und treten wieder zurück in die Wohnung. Manu ergreift eine seiner Akustikgitarren, setzt sich damit auf das alte Sofa. Laura nimmt auf dem einzigen Stuhl in der Wohnung Platz. Erwartungsvoll sieht sie ihm zu, wie er seine Gitarre stimmt. Er räuspert sich kurz, sein Plektrum fällt ihm hin, aber er winkt ab und meint, es sei egal, er brauche es sowieso nicht. Dann hält er inne und fragt, ob er loslegen solle. Sie nickt ihm zu, er lächelt verlegen wegen ihres gespannten Blicks.

Anschließend trägt er das einzige akustisch gehaltene Lied vom gerade erst eingespielten Album vor, das davon handelt, gelangweilt zuhause zu sitzen und zu viel nachzudenken. Der Text ist auf Englisch. Die Melodie und Manus Gesang gefallen Laura auf Anhieb. Sie hört aufmerksam zu und merkt, dass Manu kein Amateur, sondern musikalisch tatsächlich begabt ist. Er spielt das Lied zu Ende, blickt sie danach mit einem leichten Lächeln an.

Laura: Wow, das hat mir total gut gefallen, Manu!

Manu: Ja?

Laura: Oh ja! Das hast du selbst geschrieben? (Manu nickt) Boah, geil! Ich könnte keinen Song schreiben und vor allem keine so schöne Melodie komponieren.

Manu: Hm ... ich kann aber auch was spielen, was man kennt. Warte mal ... (stimmt „Paint it black" von den Rolling Stones an, bricht nach einer kurzen Weile ab) Nee, doch nicht, keinen Bock drauf. (Laura lacht, Manu lächelt ihr zu)

Laura: Du bist ganz schön talentiert, scheint mir. Kann ich mir auch was wünschen?

Manu: Äh, also alles kann ich auch nicht, bin doch keine Jukebox.

Laura: (lacht leise auf) Na gut, dann noch eins von dir.

Manu: (überlegt) Hm ... na gut, 'was Kleines.

Er spielt ein kurzes, melancholisch klingendes Lied an, sie findet die Melodie und seinen Gesang erneut großartig.

Manu: Also, mehr geht akustisch schlecht, dafür sind wir eine zu laute Band.

Laura: (begeistert) Mann, ich muss wirklich mal zu einem Konzert kommen, spielt ihr im Moment welche?

Manu: (rümpft die Nase) Eins nächste Woche, aber das ist zu weit weg, bei Düsseldorf irgendwo. Ansonsten um Weihnachten herum einige, die sind dann eher hier in der Nähe. Bist du dann da?

Laura: Wo, da?

Manu: Hier in Kassel, meine ich. Oder nimmst du Urlaub?

Laura: Nee, nichts geplant. Muss ja auch in den Bogen, da ist bestimmt viel Betrieb.

Manu: Ach so, hätt ja sein können, dass du zu deinen Eltern fährst über die Feiertage.

Laura: (schluckt, bestimmt) Nein.

Manu: Woher kommst du nochmal?

Laura: Dortmund.

Manu: Ach so.

Er bemerkt, dass sich ihr Blick verfinstert und fragt sich, was in ihr vorgeht und warum sie manchmal so merkwürdig reagiert.

Manu: Stimmt was nicht?

Laura: Nee, alles klar.

Manu: Naja, wie auch immer. Wenn du hier bist, kannst du ja mal kommen. Schau einfach mal, ob das klappt.

Laura: Ja, mit der Arbeit muss ich gucken. Und du, du arbeitest ja quasi auch, wenn du Auftritte hast.

Manu: Ich seh´ das nicht als Arbeit an. (grinst)

Laura: (grinst zurück) Stimmt.

Manu: Sag mal, hast du eigentlich Hunger?

Laura: Ja, so langsam. Wieso?

Manu: Ich bin noch nicht dazu gekommen, was zu essen.

Laura: Ich auch nicht, weil ich nie was im Haus hab.

Manu: Ich auch nicht! (beide lachen)

Laura: Hey, ich lade dich zu 'nem Essen ein, was sagst du dazu? Als späte Revanche für letztens, mit dem Aussperren.

Manu: Wie, meinste so richtig Restaurant und so?

Laura: (zuckt mit den Schultern) Du entscheidest.

Manu: (rümpft die Nase) Nee, da komm ich mir blöd vor. Ein Imbiss reicht auch, ehrlich.

Laura: Wie gesagt, du entscheidest. Aber was Anständiges, keine abgefuckte Frittenbude. Kennst du da was?

Manu: Sicher, einiges.

Laura: Dann folge ich dir einfach.

Manu: Geht klar. Is´ auch nicht weit weg.

Laura geht zurück zu ihrer Wohnung, greift sich ihren Mantel und Schal. Als sie wieder zu Manu kommt, setzt er gerade seine Mütze auf. Gedankenvoll beobachtet sie ihn, während er sich sein beiges Halstuch und seine schwarze Lederjacke anzieht.

„Manus Augen sind wirklich bemerkenswert. Ich mag das Verborgene und Mysteriöse darin, und wie sie strahlen. Er ist wohl eher nachdenklich und tiefgründig, das haben seine Songs definitiv gezeigt. So sensibel, genau wie ich ... und irgendwie ist er mir in seiner Denkweise ähnlich, glaub ich. Seit gestern Abend, als wir die Absacker getrunken und diese anregende Unterhaltung geführt haben, ist es irgendwie anders, er kommt mir so vertraut vor. Einen guten Humor hat er ebenfalls, wir haben viel gelacht. Seine

Liedtexte haben mich heute echt berührt, ich kann mir genau vorstellen, wie ihm manchmal zumute sein muss. Er ist wahrhaftig ein angenehmer Zeitgenosse, und in seiner Gesellschaft fühle ich mich wie ich selbst, ich muss mich nicht verstellen. Er scheint sich in meiner Gegenwart auch nicht zu verstellen und sich so zu geben, wie er wirklich ist. Und gut sieht er ja eigentlich auch aus, vor allem ist sein Lächeln richtig hübsch und sieht immer ernst gemeint aus."

Manu führt sie wenig später durch den Regen die Straßen entlang. Sie teilen sich einen Regenschirm, und durch Manus Nähe ist Laura nicht kalt.

Nachdem die beiden in einem gemütlichen Bistro im Studentenviertel gegessen haben, ist es schon fast sechs Uhr. Laura muss bald zum Bogen aufbrechen. Manu möchte sie gerne dorthin begleiten. Laura wundert sich, dass er dies angesichts des schlechten Wetters vorschlägt, freut sich aber darüber. Sie ist zufrieden, dass sie ihm endlich etwas ausgeben konnte. Allmählich betrachtet sie es als Glücksfall, dass sie sich vor Kurzem ausgesperrt und ihn dadurch kennengelernt hat.

***

Eine Stunde später liefert Manu Laura am Bogen ab und findet sich anschließend bei Benjamin ein. Benjamin ist der Bandmanager von Screaming Gun. Da in diesen Tagen keine Proben anstehen, nehmen die Bandmitglieder und Benjamin die Gelegenheit wahr, Einzelheiten zur Durchführung der nächsten Konzerte zu planen.

Tom spricht Manu bei diesem Treffen auf sein Problem an, den Bass übernehmen zu müssen, wenn Manu seine Gitarre zum Einsatz bringen möchte. Innerlich stimmt sich Tom schon auf eine lange Diskussion mit ihm ein, aber Manu zuckt nur die Schultern und schlägt vor, dass er auf Konzerten einen einzigen Song akustisch spielen könne, und zwar komplett ohne den Rest der Band, nur mit Gesang und Gitarre. Das hieße für Tom, dass sich nichts ändern würde, und Manu das Problem ganz einfach aus der Welt geschafft hätte. Tom ist äußerst überrascht über diesen Vorschlag. Manu ist wirklich unberechenbar und eigentlich viel unkomplizierter, als man meist glauben könnte, stellt Tom bewundernd fest.

Benjamin holt eine Flasche Sekt und eröffnet der Band, dass er im Frühjahr seine Freundin Silke heiraten wird. Hocherfreut stoßen Frank, Manu, Mika und Tom mit ihm an. Das Feiern zieht sich bis in die späten Abendstunden hin.

***

Laura fühlt sich zur gleichen Zeit im Bogen von einem inneren Wohlsein erfüllt, das man spürt, wenn man anfängt, jemanden wahrhaftig zu mögen. Sie und Manu freunden sich wohl tatsächlich gerade miteinander an, doch viel von sich hat sie ihm bis jetzt nicht erzählt. Er weiß nicht, was sie durchgemacht hat. Sie möchte ihm nicht unter die Nase binden, dass sie damit zu kämpfen hat, nicht durchzudrehen. Eigenartigerweise übt er einen beruhigenden Einfluss auf sie aus. Er lenkt sie von ihren Sorgen ab, ohne es zu ahnen.

Durch ihr Grübeln ist Laura bei der Arbeit stiller als sonst. Sie ertappt sich dabei, dass sie sich einige angenehme Szenen des Nachmitttags mit Manu noch einmal durch den Kopf gehen lässt.

8

Am nächsten Mittag geht Laura mit Janine während deren Mittagspause in der Stadt essen und erzählt ihr von dem mit Manu verbrachten Tag. Janine findet es schön, dass Laura zurzeit offensichtlich viele Leute kennenlernt und hofft, dass es sie ein wenig von ihren Sorgen ablenkt. Die beiden verabreden sich für Freitagabend, da Laura dann ihren arbeitsfreien Abend hat.

Als Laura wenig später im Bogen ihre Schicht beginnt, ist er bereits gut besucht. Nachts fällt sie erschöpft ins Bett und denkt, bevor sie einschläft, an die vergangenen Stunden im Bogen zurück. Dort hat sie Schlumpf getroffen, den sie seit dem Abend im Joker nicht mehr gesehen hat. Er hat sich eine Weile zu ihr an die Theke gestellt und sie oft zum Lachen gebracht. Die Leute, mit denen er gekommen ist, waren Kommilitonen von der Uni. Leider hatte sie zu wenig Zeit, um sie besser kennenzulernen. Schlumpf hat ihr mitgeteilt, dass Manu gerade mit Freunden in Frankfurt unterwegs ist, die ihn dorthin zu einem Konzert in einer Bar mitgenommen haben. Ansonsten hätte er ihn selbstverständlich mitgebracht. Laura hätte ihn tatsächlich gerne wiedergesehen, aber ohnehin kaum Zeit gehabt, mit ihm zu reden, weil sie zu viel an der Theke zu tun hatte.

***

Überraschenderweise klingelt Manu am frühen Nachmittag des nächsten Tages an ihrer Tür. Ihn hätte sie so früh nicht zurück in Kassel erwartet.

Laura: (erfreut) Oh, hallo Manu! Da bist du ja wieder!

Manu: Ich hab mich gefragt, ob du die hier (deutet auf die Weinflasche in seiner Hand) zurückhaben möchtest. Du hast sie letztens mitgebracht, als du bei mir warst.

Laura: Stimmt, wir haben sie gar nicht aufgemacht. Dein Kaffee war besser. (lächelt ihm zu, Manu erwidert das Lächeln mit erwartungsvollem Blick) Ach so, ähm … Was hältst du davon reinzukommen und sie jetzt zu trinken?

Manu: (erstaunt) Jetzt? Ich muss noch - (hält inne) Nee, machen wir, klar! Ich muss nur kurz was erledigen, bin in fünf Minuten wieder da.

Laura: Oder ein anderes Mal, wenn es dir lieber ist.

Manu: Nee, is´ schon gut, ich komme sofort, ja?

Laura: Ja okay, klingel einfach gleich. Ich stell schon mal alles hin.

Manu lächelt ihr zu, zeigt den Daumen hoch, läuft dann die Treppen herunter zu seiner Wohnung.

Laura wühlt Manus plötzliches Auftauchen auf, sie freut sich jedoch darüber, dass er spontan Zeit für sie hat und ihr Gesellschaft leisten möchte. Zerstreut verwirft sie den Gedanken an das charmante Lächeln, dass er ihr soeben beim Fortgehen geschenkt hat.

Kurz darauf steht Manu wieder an ihrer Tür. Sie zieht ihn an der Hand in ihre Wohnung, die er zum ersten Mal betritt.

Laura: Fühl dich wie zuhause. Gibt nicht so viel zu sehen hier.

Manu: Wieso, sieht doch gemütlich aus.

Laura: (tippt auf die auf den Kopf gestellte Kiste, die als Tisch dienen soll) Guck, genau wie bei dir, da hatten wir wohl dieselbe Idee.

Manu: (überrascht) Wow, so ein Zufall!

Laura: Ich glaube, wir sind wohl ein bisschen seelenverwandt, was? (belustigtes Lächeln)

Manu: Allerdings! (strahlt sie an)

Laura: (weicht seinem Blick aus, da er sie nervös macht) Ich hol mal die Weinflasche. (geht in die Küche, kehrt dann zu ihm zurück) Komm, setz dich hin. Aufs Bett.

Er nickt und lässt sich dort nieder, während sie die Flasche öffnet und Wein in zwei Gläser gießt.

Laura: War es gut in Frankfurt?

Manu: (verwundert) Woher weißt du, dass ich in Frankfurt war?

Laura: Ich weiß alles! (lacht auf) Nee, Schlumpf hat es mir erzählt, als ich ihn im Bogen gesehen habe.

Manu: Ach so. Der plaudert gerne aus dem Nähkästchen.

Laura: Oh, hätte er das nicht sagen sollen, oder was?

Manu: Quatsch. (winkt ab) Scheißegal. Schlumpf kommt ständig in den Bogen, stimmt's?

Laura: Ja, seitdem ich ihn kenne, hab ich ihn dort schon oft gesehen. Er kommt meistens mit Freunden aus der Uni. Is' halt 'ne Studentenkneipe. Ach so, Tom hab ich da übrigens auch wieder getroffen. Er ist ja in die Nähe gezogen.

Manu: Ach ja, stimmt. Gefällt es dir eigentlich im Bogen? (scherzend) Hängen da nicht zu viele Trunkenbolde rum?

Laura: Was? Nee, das ist ja gerade das, was ich am Bogen mag. Die Besucher bringen meistens gute

Laune mit, sind alles andere als aufgesetzt oder arrogant, sondern kommen eher, um sich tiefgründig miteinander zu unterhalten und dabei eben zu bechern. Also, so kommt es mir jedenfalls vor. Da ist kein Platz für Oberflächlichkeit.

Manu: (nickt) Da geb' ich dir Recht.

Laura: Ich hab nach der Schule und während meiner Ausbildung in Dortmund schon in Bars gearbeitet, und da fand ich die Leute im Allgemeinen wesentlich aggressiver, vor allem wenn sie besoffen waren. Hier in Kassel kommen mir die Leute relaxter vor.

Manu: Da haste aber noch nicht die Extremen getroffen, davon gibt's in Kassel auch genug.

Laura: Mag sein, aber ich such die eigentlich nicht. Ist mir Recht, wenn die wegbleiben. (zuckt mit den Schultern) Ist halt so mein Eindruck, wenn ich die Bars vergleiche.

Manu: Dann wird da wohl was dran sein.

Laura: Ja, mittlerweile hab ich ein Gespür dafür, glaube ich. Ich mache den Job ja schon ein paar Jahre lang. Ich mag eben viele Leute um mich herum. Und außerdem kann man man selbst bleiben, wenn man in einer Bar arbeitet, in die man normalerweise als Besucher auch gehen würde. Das ist mir wichtig, ich hasse es nämlich, wenn ich mich verstellen muss.

Manu: Oh ja, ich auch, aber wie! Es ist zum Kotzen, wenn man zu irgendwas gezwungen wird, egal was es ist. Wenn ich zum Beispiel unsere Lieder singe, dann muss ich voll und ganz hinter dem Text stehen, ansonsten funktioniert das nicht.

Laura: Das glaub ich dir gerne. Wie läuft es denn so bei euch? Sorry, ich bin immer so neugierig.

Manu: Gut. Ach so, ich wollte dir eigentlich mal eine CD von uns geben. Muss mal dran denken, mir eine für dich zu besorgen.

Laura: Echt? Aber ich kann mir doch auch eine kaufen, oder?

Manu: Ich hab gehört, dass man unsere CDs nicht überall findet. Die Leute sagen uns das bei Konzerten immer wieder und sind froh, dass unsere Alben wenigstens bei Gigs erhältlich sind.

Laura: Die gibt es nicht in Plattenläden?

Manu: Nee, leider viel zu oft nicht. Wir sind noch nicht so besonders bekannt. Gut, hier in der Region schon eher, aber man muss zu einem Konzert kommen, wenn man sicher sein will, eine CD ergattern zu können.

Laura driftet mit ihren Gedanken ab, während Manu spricht.

„Eigentlich trifft es sich ganz gut, dass ich mir die CD nicht zu kaufen brauche, ich bin sowieso viel zu abgebrannt dafür. Daran hat sich leider nichts geändert, in Dortmund war ich ja auch ständig pleite, vor allem wenn ich mal wieder durchgedreht bin und nicht mehr arbeiten konnte und eine scheiß depressive Phase hatte. Da hab ich mir lieber mit irgendwelchen Typen Kokain reingepfiffen. Ich blöde Kuh, ich hab mir doch beim Umzug geschworen, in Kassel keine Drogen mehr anzurühren. Ging ja auch gut bis vor ein paar Tagen, immerhin etwas über einen Monat lang, länger schaff ich's wohl nicht. Verdammt, ich hab keinen Bock mehr, meinen Eltern nachzutrauern, meine Freunde zu vermissen und daran zu denken, wie mich Björn gedemütigt hat. Irgendwie läuft ständig alles schief. Ich weiß überhaupt nicht, was ich tun

soll und wo ich eigentlich hingehöre. Ach Mann, alles Scheiße hier!"

Manu: (bemerkt, dass sie sich nicht wohlfühlt) Ist was? Du bist plötzlich so still.
Laura: (ausweichend) Nee, bin eben manchmal so.
Manu: Was hat dich eigentlich nach Kassel verschlagen?
Laura: (möchte ihn an ihren Gedanken nicht teilhaben lassen) Ich hab mich in Dortmund irgendwann gelangweilt und wollte mein Umfeld wechseln.
Manu begreift, dass ihr viel mehr durch den Kopf geht und sieht sie fragend an.
Laura: Was ist?
Manu: Ähm … nichts. (füllt die Gläser erneut mit Wein)
Laura versteht, dass er sich Fragen stellt. Er scheint zu merken, dass sie ihm nicht die ganze Wahrheit sagt, aber sie fühlt sich keinesfalls dazu imstande vom tragischen Tod ihrer Eltern, ihrer verhunzten Psyche und ihren Drogen-Freunden zu erzählen. Sie möchte ihm nicht verraten, dass sie in Kassel ihrer Vergangenheit entfliehen will.
Um von ihrer Befangenheit abzulenken, entschuldigt sie sich und schließt sich im Badezimmer ein. Dort schaut sie in den Spiegel und versucht, sich wieder zu beruhigen. Sie kann doch nicht ständig vor irgendetwas wegrennen! Warum muss sie denn auch immer so empfindlich sein? Heute hat sie wohl einen schlechten Tag, aber das ist ihr vorher nicht bewusst gewesen. Ist das der Alkohol? Oder weil sie Manu etwa unbewusst an sich heranlässt? Weil sie jemanden braucht, der ihr zuhört? Nein, sie braucht niemanden,

auf was für einen Unsinn kommt sie hier! Manu soll nicht wissen, wie erledigt sie ist, wie fertig mit der Welt. Und auch nicht, dass sie vor sich selbst zu fliehen versucht, was natürlich unmöglich ist. Sie vertraut keinem, auch sich selbst nicht mehr. Doch es verwirrt sie, dass Manu in der Lage ist, sie derart zu berühren, dass sie es in Erwägung zieht, ihm trotzdem ein wenig von sich zu erzählen. Aber was soll das nützen? Will Manu überhaupt wissen, was sie so peinigt? Sie amüsieren sich miteinander immer so schön, dabei soll es unbedingt bleiben. Sie möchte diese Entspanntheit zwischen ihnen nicht verderben, aber genau dies hat sie gerade getan. Erst hat sie ihn in Verlegenheit gebracht und ist dann im Bad verschwunden. Sie versaut auch alles, wieso hat sie sich nicht unter Kontrolle? Was soll sie nun zu ihm sagen, wenn sie wieder hinausgeht? Sie sollte wirklich wieder zurückgehen, man lässt keinen Besucher so lange alleine.

Zögernd öffnet sie die Tür einen Spalt und erkennt, dass Manu aufgestanden ist. Nachdenklich schaut er aus dem Fenster und spielt dabei, sicherlich aus Nervosität, mit dem Feuerzeug in seiner Hand. Als sie sich ihm zaghaft nähert, dreht er sich ihr zu, sein Blick fixiert sie. Er schweigt und scheint zu warten, dass sie zu sprechen beginnt.

Laura: (leise) Entschuldige, es hat länger gedauert.

Er bemerkt, dass ihr nicht mehr danach zumute ist, gemütlich einen Wein zu trinken.

Manu: Ist schon in Ordnung. Ich muss sowieso los.

Laura nickt und schweigt. Sie weiß nicht, ob er wirklich etwas vorhat oder bloß einen Vorwand sucht um verschwinden zu können, aber das kümmert sie nicht, denn sie möchte alleine sein.

Manu: (geht zur Tür, dreht sich zu ihr um) Ich fand's schön. Bis … äh ... die Tage mal.

Laura: Ja, bis dann. Pass auf dich auf, Manu.

Manu drückt wortlos mit leichtem Lächeln ihre Hand, geht anschließend zurück in seine Wohnung und versinkt in Gedanken. Er weiß zwar nicht genau, was der Auslöser war, aber Laura scheint richtigen Kummer zu haben, besonders, wenn sie von ihrer Vergangenheit sprechen. Oder vielmehr, wenn er ihr eine Frage stellt, die eigentlich völlig normal ist: Ob sie Weihnachten in Dortmund verbringt, warum sie von Dortmund nach Kassel gezogen ist. Alles belangloses Zeug, findet er. Was geht in ihr vor? Was ist an solchen Fragen Schlimmes dran? Warum ist sie so verschlossen? Er erwartet ja nicht, dass sie ihm ihre ganze Lebensgeschichte erzählt, aber ihm vielleicht einfach nur sagt, dass sie über bestimmte Dinge nicht reden mag, vor allem nicht über ihre Vergangenheit. Er würde sie gerne wiedersehen, hat jedoch das Gefühl, dass sie es nicht möchte.

**

Den restlichen Tag vergräbt Manu sich zuhause und widmet sich seiner Gitarre. Er vermisst Lauras vergnügtes Lachen, möchte ihr die Schwermut nehmen und sie in seine Arme schließen. Und er muss zugeben, dass er sie auch gerne küssen würde. Sie ist ein überaus bezauberndes Mädchen, findet er. Das, was er von ihr kennt, beginnt er, in sein Herz zu schließen. Sie verstehen sich so gut, soll das alles gewesen sein? Voller Zweifel und Unsicherheit überlegt er, wie er am besten wieder Kontakt zu ihr aufnimmt. Soll er sie abfangen, wenn sie den Bogen schließt, so wie neulich? Soll er Freunde in den Bogen schicken und somit einen Vorwand haben, dass er auch dorthin kommt? Lauras Arbeitsplatz ist nicht der beste Ort, um sich zu unterhalten, aber der unverfänglichste. Er wird gewiss nicht an ihre Tür klopfen und sie überrumpeln, denn vielleicht möchte sie ihn meiden. Wohingegen es ihm freigestellt ist, in welche Kneipe er geht. Doch was immer er sich als Lösung ausdenkt, erscheint ihm unpassend, und sein Frust darüber bereitet ihm schlechte Laune.

In der Nacht fällt er in einen unruhigen Schlaf, wacht einmal ruckartig mit Schrecken auf, als seine Gitarre vom Bett rutscht und zu Boden fällt. Leise fluchend dreht er sich auf die andere Seite und schläft wieder ein. Beim Aufwachen am nächsten Vormittag kommen ihm zahlreiche Ideen für neue Melodien, an denen er bis zum späten Nachmittag feilt.

Abends trifft er sich mit Schlumpf. Die beiden essen in einer Pommesbude, brechen anschließend spontan in den Joker auf. Manu trinkt viel und torkelt früh am Morgen volltrunken ins Bett. Nachdem er Stunden später aufgestanden ist, findet er einen Zettel an der Türschwelle auf dem Boden. Überrascht stellt er fest, dass Laura ihm wieder geschrieben hat, und diesmal richtig viel! Mit großer Neugier liest er ihre Nachricht.

„Hallo Manu, es tut mir leid wegen vorgestern, als ich so schlecht drauf war. Es hat wirklich nichts mit dir zu tun, es ist nur … naja, schwierig zu sagen. In Dortmund hatte ich am Ende eine höllische Zeit, bin deswegen nach Kassel abgehauen. Nicht, weil mir langweilig war. Aber ich denke, du hast schon gemerkt, dass es nicht stimmte. Es ist viel Scheiße passiert, wie es eben im Leben manchmal so läuft. Ich wollte dir das nur sagen, weil ich oft dieses Fragezeichen in deinen Augen sehe. Ist ja auch gerechtfertigt. Wenn du jetzt denkst, dass ich eine abgefuckte, depressive, dumme Gans bin, dann ist das schon okay. Ich versuch mein Bestes, auf beiden Beinen zu stehen, aber niemand ist perfekt, oder? Ich hoffe, du nimmst nicht Reißaus vor mir. Ich brauche halt eine Weile, bis dass ich Dinge aussprechen kann, und im Moment wohl etwas länger als sonst. Sie hinzuschreiben ist natürlich die einfachste Lösung. Ich hoffe, dir genügt das erst mal als Erklärung, und dass du meine Entschuldigung annimmst. Ich bin heute mit einer Freundin unterwegs und nicht im Bogen, hab meinen freien Abend. Aber du kannst immer gerne vorbeischauen. Wann du willst, ob hier oder im Bogen. Ich würde mich freuen. Drück dich! Laura."

Manu sieht das Stück Papier sprachlos an, seine Gedanken wühlen ihn auf. Was sie ihm da schreibt, das zeugt doch davon, dass sie ihm ein wenig vertraut und vor allem, dass er ihr etwas bedeutet! Er schluckt und muss sich setzen. Dieses tolle Mädchen mag ihn tatsächlich, das ist der reine Wahnsinn! Von wegen abgefuckt und blöd! Nein, sie ist eine wunderbare Frau, die ihm sehr gefällt. Er kann es kaum erwarten sie wiederzusehen. Aber heute ist sie nicht da. Dann auf jeden Fall morgen. Und er wird bei ihr vorbeigehen, möchte mit ihr alleine sein. Der Bogen ist dazu nicht geeignet.

***

In der Zwischenzeit bummeln Laura und Janine durch die Stadt. Laura erzählt Janine von der Nachricht, die sie Manu hinterlassen hat und bittet sie um ihre Meinung. Janine hat daran nichts auszusetzen. Sie befürwortet, dass Laura ehrlich zu ihm sein soll, wenn ihr etwas an ihm liegt. Und das tut es, und zwar sehr, das merkt sie, obwohl Laura es verneint. Laura betont, sie hätte nach Björn die Schnauze gestrichen voll von Männern und Beziehungen und würde von Manu nichts wollen. Gerade dann kommen die richtig guten Männer, denkt sich Janine, nämlich dann, wenn man gar nicht nach ihnen sucht. Sie wünscht es sich für Laura, und wird neugierig auf Manu. Glücklicherweise verfliegt Lauras anfänglicher Missmut, und die beiden verbringen einen amüsanten Abend miteinander.

Als Laura nach Hause kommt, findet sie keine Nachricht von Manu. Darüber ist sie etwas enttäuscht, aber sie ermahnt sich selbst, dass sie zu sehr mit dem Kopf durch die Wand will. Sie hat ihm doch erst am Morgen geschrieben, das ist nicht einmal 24 Stunden her. Er hat sicher Besseres zu tun, als ihr zurückzuschreiben.

9

Am nächsten Mittag beschließt Laura, einkaufen zu gehen, um ihren Kühlschrank aufzufüllen. Als Manu sie im Treppenhaus hört, öffnet er die Wohnungstür einen Spalt weit und beobachtet, wie sie mit einer Einkaufstasche die Treppen hochsteigt. Er hat einen kleinen Blumenstrauß gekauft, damit möchte er ihr eine Freude bereiten und ihr gleichzeitig für ihre Nachricht danken. Er rechnet es ihr hoch an, dass sie ihm doch noch erklärt hat, was mit ihr los ist. Zwar hat sie ihm keine Details verraten, aber immerhin, dass ihr schlimme Dinge in Dortmund passiert sind.

Manu wartet fünf Minuten, und als er danach die Treppen hochsteigt, klopft ihm das Herz bis zum Hals. Wieso ist er nur so nervös? Das geht ihm auf die Nerven, er kann sich kaum auf seine Gedanken konzentrieren und auf das, was er ihr sagen möchte. Er streicht sich die dunklen Haare aus der Stirn und schaut an sich herunter. Hoffentlich sieht er gut genug für sie aus. Seine Augen hat er mit Kajal unterlegt, denn Laura hat ihm vor Kurzem gesagt, dass ihm das gut stehe, er sei der Typ dafür, und es passe perfekt zu seinen Augen. Dazu trägt er eine blaue Jeans und ein langärmeliges, schwarzes Hemd.

Schließlich klopft er an Lauras Tür, die sie schnell öffnet. Sie hat ihre Haare hochgesteckt, dadurch kommen die großen, braun-grünen Augen gut zum Ausdruck. Manu steht vor ihr, möchte eigentlich etwas sagen, aber ihr Anblick verschlägt ihm die Sprache.

Laura: (lächelt unsicher) Hey Manu, wie geht's dir?

Manu: (fängt sich wieder) Ja gut, und dir?

Laura: (nickt) Ganz okay.

Manu: Naja, du warst letztens so traurig, da wollte ich dich etwas aufmuntern. (gibt ihr die Blumen, lächelt schüchtern) Für dich.

Laura: (gerührt) Oh ... Mensch, das ist ja voll lieb von dir!

Sie nimmt die Blumen in die Hand und ist hingerissen davon, wie reizend er ist. Verlegen wendet sie den Blick von ihm ab.

Manu: Und danke für deinen Brief. (ihre Blicke treffen sich wieder) Ich bin jetzt etwas schlauer als vorher.

Laura: Komm doch rein.

Sie zieht ihn sanft an der Hand in die Wohnung. Manu tritt ein, und Laura schließt die Tür. Sie kann es kaum glauben, erst nach wenigen Tagen Bekanntschaft hat sie ihm Wangenküsse gegeben, wenn auch nur zum Spaß, und jetzt wagt sie es nicht einmal, ihn zu umarmen. Wie sich die Dinge doch ändern können, aber warum ist das so? Sie hat Angst, dass er sie für blöd hält. Aber würde er ihr in dem Falle Blumen schenken? Wieso guckt er sie jetzt so aufmerksam an und sagt nichts?

Laura: Magst du ein Bier? Ich hab welches kalt.

Manu: (nickt) Na klar.

Er folgt ihr in die Küche und sieht zu, wie sie die Blumen in eine Vase stellt. Sie lächeln sich an, dann holt sie die beiden Bierdosen aus dem Kühlschrank.

Manu: Du warst also einkaufen?

Laura: (lacht kurz leise) Ja, endlich mal. Aber Bier habe ich eigentlich immer da. Hier, nimm mal. (gibt ihm die Dose) Komm, wir setzen uns aufs Bett, da ist es am gemütlichsten. (ergreift die Chipstüte, sie setzen sich hin)

Manu: (erblickt ein Buch mit Gedichten von Edgar Allan Poe auf dem Tisch) Liest du das gerade?

Laura: Ja, Poe ist einer meiner Lieblingsschriftsteller.

Manu: (nickt) Wir haben ihn auch mal vertont.

Laura: Was, echt? (interessierter Blick) Musste mir mal vorspielen.

Manu: Is' auf unserer letzten CD drauf. (schlägt sich mit der Hand an die Stirn) Die ich übrigens schon wieder vergessen hab abzuholen, Mist! (entschuldigend) Tut mir leid. Hab eine für dich reserviert, aber die liegt immer noch bei Benjamin rum, unserem Manager. Und der ist momentan nicht in der Stadt.

Laura: (winkt ab) Schon in Ordnung. Beim nächsten Mal eben. Apropos, wie läuft's? Seid ihr wieder am Üben?

Manu: (nickt) Heute Abend wieder. Übermorgen haben wir ein Konzert in Ratingen. Da fahren wir morgen schon hin und bauen auf.

Laura: Ich kann leider zu euren Konzerten in der Weihnachtszeit nicht kommen, voll blöde. Werde wohl vom Bogen nicht wegkommen können. Springe sogar noch für jemanden ein, ich brauch' echt die Kohle.

Manu: Oh Mann, das werden ja anstrengende Weihnachten für dich.

Laura: Ja, das ist gut so. Da kommt man nicht so viel zum Nachdenken.

Manu: (tiefer, ernster Blick, leise) Ist es so schlimm?

Laura: (zuckt mit den Schultern) Manchmal. Wenn ich nichts zu tun hab, dann drifte ich ab mit den Gedanken.

Manu: Stimmt, das ist gefährlich.

Laura: Und du? Feierst du überhaupt? Auf der Bühne wahrscheinlich, oder?

Manu: Naja, ich fahre auch mal kurz zu meinen Eltern nach Wolfhagen, das bin ich ihnen schuldig. Mein Bruder is' auch da, dann is' es in Ordnung.

Laura: Hm. (nickt)

Manu: Ich komme auch mal wieder in den Bogen, denke ich. An einem freien Abend, zwischen den Konzerten. Das krieg ich schon noch hin.

Laura: Ach, musst du nicht, wenn du etwas Anderes vorhast.

Manu: Ich hab nichts Anderes vor. (lächelt bestätigend) Vielleicht schlepp' ich dann 'n paar Jungs mit.

Laura: Wie du meinst. Wär' auf jeden Fall lustig. Wie geht's Schlumpf eigentlich? Den hab ich länger nicht gesehen.

Manu: Der ist im Unistress, hat bald Prüfungen.

Laura: (grinst ironisch) Och, der Arme.

Manu: Tja, was der sich da selbst einbrockt …

Laura: Wär auch nichts für mich.

Manu: Du, sag mal … (ernster Blick) Wieso hast du so unschöne Dinge über dich selbst geschrieben im Brief? Wieso solltest du abgefuckt sein?

Laura: Ach so, das. (seufzt, überlegt wie sie sich ausdrücken soll) Naja, mein Absturz letztens im Joker, als du mich nach Hause bringen musstest. Sowas wollte ich eigentlich vermeiden. Eigentlich hab ich mir geschworen, dass mir das nach dem Umzug hierhin nicht mehr passiert. Ich hab mich halt maßlos über mich selbst geärgert, das kam im Brief wohl zu sehr durch.

Manu: Das heißt also, dir ist sowas schon öfter passiert?

Laura: (nickt) In Dortmund kenne ich zu viele Kokser. (sieht ihn vorsichtig an) Aber ich bin nicht abhängig, falls du das jetzt denkst.

Manu: Ich weiß, was du meinst. Und bei mir ist es genau dasselbe. Einige meiner Freunde sind abhängig, das ist nicht immer leicht. Aber ich bin's auch nicht, das würd mir grad noch fehlen. Ich sauf' eigentlich nur ab und zu etwas zu viel, wie du vielleicht mitbekommen hast.

Laura: Nö, ich finde es geht doch noch. Hey, ich bin auch nicht besser. Und jetzt ... (hebt ihre Bierdose hoch) ... bechern wir eben zusammen.

Manu: Ja, das macht direkt viel mehr Spaß. (lächelt sie fasziniert an)

Laura: Du, Manu ... ich bin froh, dass wir uns kennengelernt haben. Du bist schwer in Ordnung.

Manu: Ich find's auch schön, dich zu kennen.

Bei diesen Worten denkt er daran, wie gerne er sie mag, aber er zweifelt daran, dass sie ihm ihr Herz öffnen wird. Immer noch kommt sie ihm sehr verschlossen vor.

Laura: Prost!

Sie stoßen lachend an. Laura ist froh, dass sie sich Manu mittlerweile verbunden fühlt. Er versteht sie so gut und nimmt sie und ihre Probleme ernst. Mit kaputten Existenzen kennt er sich anscheinend aus, er scheint teilweise ein ähnliches Umfeld wie sie selbst zu haben. Sympathisch ist er ihr auf jeden Fall, sie könnte sich niemals vorstellen, jemanden wie ihn nicht zu mögen. Auf sie wirkt außerdem der intensive Blick aus seinen grünen Augen immer anziehender, und ein guter Sänger ist er ebenfalls. Selbst wenn er spricht, gefällt ihr seine Stimme. Und sein Lächeln erst! Aber sie sollte nicht von ihm schwärmen, das bekommt ihr nicht gut. Sie möchte niemanden in ihr Leben lassen, sie hat schon genug Probleme mit sich selbst. Vielleicht ist er sowieso vergeben. Eigentlich ist es ihr egal, sie will sich im Moment vollständig aus Beziehungen heraushalten. Es ist einfach nur angenehm, sich mit ihm zu unterhalten und sich dadurch nicht mehr so alleine zu fühlen. Genau wie sie selbst scheint er innere Konflikte auszuleben, manchmal zeigen sich nämlich eine gewisse Nachdenklichkeit und Melancholie in seinen Augen. Trotzdem ist er meistens gut drauf und zum Lachen aufgelegt.

10

In den Tagen vor Weihnachten hat Laura keine gute Phase, wie jedes Jahr zu dieser Zeit. Ihre Eltern fehlen ihr schrecklich. Sie hatte immer ein inniges Verhältnis zu ihnen. Nun wird ihr wieder bewusst, dass sie ganz alleine ist. Jeder verbringt die Feiertage bei der Familie, auch Janine, die für einige Tage nach Hannover zu ihren Eltern fährt.

Janine hat Laura angeboten mitzukommen, doch das hat Laura abgelehnt. Sie würde sich wie das fünfte Rad am Wagen vorkommen, vielleicht auch mit unangenehmen Fragen konfrontiert werden. Im Moment kann sie unmöglich über den Tod ihrer Eltern reden ohne zusammenzubrechen, und sie vermeidet daher tunlichst solche Situationen.

Als Janine nach Hannover aufbricht, ist sie um Laura besorgt. Sie lässt sie ungern allein in Kassel zurück, vor allem, weil Laura im Moment besonders betrübt ist. Aber Laura ist immer lieber allein, wenn sie sich so fühlt, das weiß Janine.

Beim Abschied drückt Janine ihre Freundin lange an sich. Am liebsten würde sie sie packen und in ihr Auto setzen, das hätte jedoch keinen Sinn. Laura wird die nächsten Tage viel arbeiten. Das ist das Beste für sie in diesen Tagen, dadurch ist sie beschäftigt und verdient zusätzliches Geld, das sie gut gebrauchen kann. Zu Silvester haben sich die beiden gegenseitig fest versprochen, in Kassel gemeinsam auf die Piste gehen.

***

An den zwei Abenden vor Heiligabend kommt Manu in den Bogen. Er bringt jedes Mal Schlumpf mit, manchmal auch Frank, den Laura dadurch besser kennenlernt und der immer einen Witz parat hat.

Bei ihrem ersten langen Gespräch mit Frank an der Theke stellt Laura fest, dass er ein großes Allgemeinwissen und zu jedem denkbaren Thema etwas beizusteuern hat. Er liebt es anscheinend zu diskutieren, das wird Laura schnell klar. Es kommt ihr jedoch so vor, als ob er sich umso mehr in Rage redet, je mehr er getrunken hat.

Manu wendet sich an Laura und sagt ihr, dass er manchmal von Franks Diskussionsfieber genervt sei, sich aber daran gewöhnt habe. Schlumpf hingegen provoziert Frank so, dass dieser sich noch mehr in Diskussionen hineinsteigert. Laura und Manu bemerken, dass Schlumpf Frank mit seinen Einwänden zu necken beabsichtigt und schmunzeln darüber. Als sich Frank zu sehr erhitzt, klopft ihm Schlumpf auf die Schulter und meint, es sei Zeit für eine Bierpause. Laura nickt zustimmend, zapft dann das Bier für sie. Im nächsten Augenblick reißt Frank wieder einen Witz, woran alle erkennen, dass er sich beruhigt hat.

Laura freut sich über die Gesellschaft von Manu, Frank und Schlumpf, die ihr dabei hilft, ihre depressive Stimmung ein wenig zu verdrängen. Sie lässt sich von Schlumpfs Lachen anstecken oder amüsiert sich über Franks derben Humor. Von Manu lässt sie sich drücken, das tut ihr gut. Sie kann sich denken, dass er merkt, wie schlecht es ihr geht.

Manu hingegen hat entschieden, Laura keine Fragen zu stellen. Der Bogen ist für ein solches Gespräch nicht der geeignete Ort, außerdem kommt sie ihm nicht besonders mitteilsam vor.

Manu spricht Schlumpf auf seine Gedanken über Laura an, als sie später am Abend den Bogen verlassen.

Manu: Schlumpf, hast du auch gemerkt, dass Laura in letzter Zeit irgendwie traurig zu sein scheint?

Schlumpf: Hm … kann schon sein, dass sie grad nicht so gut drauf ist. Was ist denn los mit ihr?

Manu: Wenn ich das mal wüsste. Sie redet darüber nicht. Das ist echt blöd, das wurmt mich total.

Schlumpf: (klopft ihm auf die Schulter) Naja, ich versuche, sie die nächsten Tage über bei Laune zu halten. Ich werde wohl meine Lernpausen hier verbringen, zuhause werde ich sonst noch verrückt. Wann bist du denn von den Konzerten wieder zurück?

Manu: Erst nach Weihnachten, am zweiten Weihnachtstag oder so. (zu Frank, der sich zu ihnen stellt) Wann sind wir wieder hier, weißt du das?

Frank: (zuckt mit den Schultern) Ich glaub, am 26. oder 27. Sicher bin ich mir aber nicht. Und danach ist ja noch das letzte Konzert in Duderstadt, kurz vor Silvester.

Schlumpf: Ach so, das ist ja nicht lang. (knufft Manu leicht in die Seite) Ich hab das Gefühl, dass sie dir ganz schön den Kopf verdreht hat, kann das sein? (Manu lächelt und schweigt)

Frank: Na, das meine ich aber auch! (lacht) Sie würde jedenfalls gut zu dir passen. (Manu entgegnet immer noch nichts) So, jetzt lasst uns mal gehen, morgen geht's früh los nach Bielefeld.

Schlumpf: Wieso früh? Das ist doch nicht weit weg.

Frank: Ja, aber Benjamin hat uns ein Radiointerview klargemacht, da müssen wir schon nachmittags antanzen.

Schlumpf: Cool! Dann viel Glück dabei.

Manu, Frank und Schlumpf machen sich auf den Weg nach Hause.

11

Schlumpf ist durch das Lernen für seine Prüfungen zu eingespannt, so dass er die nächsten Tage in Kassel bleibt und Weihnachten nicht feiert. Er bringt an Heiligabend Maja, eine gemeinsame Freundin von sich und Manu, mit in den Bogen. Maja erscheint Laura heiter und aufgeschlossen zu sein. Von Schlumpf erfährt Laura, dass Maja und Manu vor zwei Jahren ein Paar waren, es aber nach wenigen Monaten Beziehung für besser hielten, nur Freunde zu bleiben.

Als der Bogen um zwei Uhr schließt, gehen die drei in einer anderen Bar etwas trinken. Laura findet Maja auffallend hübsch mit ihren goldblonden gelockten Haaren, blauen Augen und dem strahlenden Lachen. Sie scheint eine Powerfrau mit starkem Willen zu sein, außerdem ist sie redegewandt und hat eine mitreißende Art, wenn sie spricht. Laura erzählt ihr, wie sie Manu kennengelernt hat. Dabei kommt Maja auf die Idee, ihre Erlebnisse mit Manu auszugraben.

Maja: (zu Schlumpf) Sag mal, kennst du eigentlich die Manu-Geschichte mit dem Harakiri? (Laura blickt Maja neugierig an)

Schlumpf: (überlegt) Sagt mir nichts, glaub ich. Erzähl mal bitte.

Maja: Oh Mann, ich weiß gar nicht mehr so genau, wann das war, aber ich kannte Manu da schon etwas besser, sonst hätte ich anders reagiert. Jedenfalls saßen wir mit ein paar Bekannten von der Band nach einem Konzert im Backstageraum, als er seelenruhig eine Messerattrappe hervorholte und seine Selbsttötungsshow ablieferte. Ich kannte das Ding, das hatte er sich irgendwann mal auf einem Trödelmarkt gekauft. Ich wusste zwar genau, dass er nur spielt, aber er war so überzeugend, dass sogar ich total erstarrt bin. Die anderen Leute im Raum wurden kreidebleich. Einer von denen wollte Manu sogar das Messer aus der Hand schlagen. Manu packte ihn an der Schulter, hob das Messer und bedrohte ihn damit. Was für eine Panik, die diesem Kerl im Gesicht geschrieben stand! Der Typ versuchte sich loszureißen, er war voll verzweifelt. Ich glaube, ein anderer kam ihm zur Hilfe. Und was machte Manu? Er verlor das Interesse, ließ den Typen wieder los, warf das Messer achtlos über seine Schulter hinter sich, lehnte sich zurück und bemerkte beiläufig, so als wäre nichts passiert, dass er am Verdursten sei, wo denn der neue Kasten Bier bleibe. (Schlumpf lacht, Laura schmunzelt) Das Beste war, als er dem Typen, den er vorher mit dem Messer bedroht hat, direkt ins Gesicht sah und ihn mit einem verschmitzten Grinsen fragte, ob er immer alles glauben würde, was er sieht. Spätestens, als sie das Messer genauer betrachtet haben, haben alle kapiert, dass sie Manu komplett auf den Leim gegangen sind. Manche von ihnen waren dermaßen perplex, dass sie ihn nur anstarren konnten. Da waren auch welche, die mit seiner bekloppten Aktion wohl nicht klar kamen und weggingen. Aber die meisten von ihnen fanden ihn noch cooler als sowieso schon. Einer von denen ist sogar heute noch bei allen Konzerten dabei, der ist ein richtiger Manu-Freak. Tja, aber Manu ist alles andere als schwul, schade für diesen Typen. (kichert)

Schlumpf: (begeistert) Herrlich, diese Geschichte kannte ich tatsächlich noch nicht! Manu ist ein echtes Naturtalent, wenn es darum geht, eine Horrorshow abzuziehen. Unfassbar! Ich weiß noch, als er vor ein paar Monaten blutüberströmt mit seinem Skateboard unterm Arm bei mir aufkreuzte. Er meinte zu mir, dass er beim Skaten in der Nähe einen Unfall gehabt hatte, ob er sich bei mir mal waschen könnte. Ich hab am Rad gedreht und wollte ihn auf der Stelle ins Krankenhaus bringen. War natürlich kein Blut, sondern so ein Zeug, das sie beim Film immer verwenden, wenn jemand bluten soll. Keine Ahnung mehr, woher er das hatte, aber die Wirkung musste er natürlich ausgerechnet an mir testen. Er hat sich voll gefreut, dass es funktioniert hat. Zuerst hab ich ihm eine gescheuert, aber dann haben wir uns totgelacht! (lacht erneut, als er daran denkt)

Maja: Boah echt, Manu hat manchmal schon ´ne Schraube locker, oder? So vertreibt er sich die Zeit. Mit Freunde erschrecken.

Laura: Da muss ich mich ja in Acht nehmen. (grinst belustigt)

Maja: Ja, sei auf der Hut. (lächelt vergnügt zurück) Ach Quatsch, meistens ist er total lieb und handzahm.

Schlumpf: Handzahm? So würd ich ihn aber nicht bezeichnen. Was ist das überhaupt für ein Wort?

Maja: Ich meinte doch nur, dass er solche Aktionen bei Frauen eher nicht bringt. Bei der Damenwelt zeigt er sich meistens von seiner besten Seite. Nach meiner Erfahrung jedenfalls.

Schlumpf: Dazu kann ich jetzt nichts sagen.

Maja: Ich hab es ja auch zu Laura gesagt, nicht zu dir. (stupst ihn an) Misch dich nicht immer ein, du Besserwisser. (freches Grinsen) Oder soll ich dir erzählen, was genau er viel lieber mit Frauen anstellt als sie zu erschrecken? Das wird aber dich erschrecken, mein Lieber.

Schlumpf: (hebt seine Hände) Nee komm, bloß keine Einzelheiten jetzt!

Maja: Na gut, du Spinner. (lacht)

Laura lehnt sich in Gedanken vertieft zurück. Es ist aufschlussreich, von Manus Freunden mehr über ihn zu erfahren. Die Anekdoten über ihn haben sie amüsiert. Sie fühlt sich in ihrer Meinung bestärkt, dass Manu ein außergewöhnlicher Mann zu sein scheint. Außerdem findet sie es nicht verwunderlich, dass er sich damals in eine solch attraktive und bemerkenswerte Frau wie Maja verliebt hat. Und wer weiß, vielleicht ist er es immer noch? Durch Majas Erzählungen hat sie erkannt, dass sich die beiden schon lange gut kennen und sich scheinbar immer noch nahe stehen. Trotz ihres leichten Anflugs von Eifersucht muss sie sich eingestehen, dass sie Maja für eine äußerst liebenswerte Person hält. Im Laufe der weiteren Unterhaltung erwähnt Maja ihren festen Freund Ralf, und Laura verspürt ein diffuses Gefühl der Erleichterung, dass sie sich selbst nicht erklären kann.

Das Gespräch wird wenig später auf Screaming Gun gelenkt. Laura gesteht, dass sie bis auf die zwei Lieder, die ihr Manu vorgespielt hat, noch nichts von der Musik gehört hat. Schlumpf versucht, Laura eine bessere Vorstellung davon zu vermitteln.

Schlumpf: Hm, lass mal überlegen, wie würde ich die Musik beschreiben ...

Maja: Gitarrenlastige Rockmusik!

Schlumpf: Genau! Aber mit vielen Einschlägen anderer Stile, oder? Also, zum Beispiel vom Punk der siebziger Jahre, von der Popmusik der sechziger Jahre oder von diesem bescheuerten Metal und Hard Rock Zeug der Achtziger.

Maja: Wegen der Achtziger: Die haben doch vor ein paar Jahren auch dieses ganze Psychedelische aus England gehört, oder? Hab jetzt aber vergessen, wie die Bands hießen. Ist schon 'ne Weile her, als Manu mir das gezeigt hat.

Schlumpf: Find aber nicht, dass deren Musik psychedelisch klingt.

Maja: Ja, ich auch nicht. Am ehesten sind sie sowieso Punkrocker. Vor allem Tom, der sieht ja schon so aus mit den vielen Armbändern, den karierten Hosen und den Nieten auf seiner Jeansjacke. Aber Schlumpf, was meintest du denn mit Metal? Das hört man bei denen doch auch nicht raus.

Schlumpf: Mika hat doch mal Metal gespielt, oder irre ich mich da? Jedenfalls ist er davon beeinflusst worden, darüber hab ich mich mit ihm mal unterhalten. Er meinte, da käme wohl seine finnische Seite ziemlich durch.

Maja: Hä? Seine finnische Seite?

Schlumpf: In Finnland hören anscheinend alle Metal, jedenfalls gibt's da 'ne große Metal-Szene mit unzähligen Bands. Und Mika ist doch Halb-Finne.

Maja: Ach so. (nickt) Stimmt, wenn ich an manche seiner Gitarrensoli denke, dann macht das Sinn. Die haben nämlich manchmal ordentlich Schmackes. Aber nach Metal hören die sich nicht gerade an.

Schlumpf: Nee, Screaming Gun ist ja schließlich keine Metalband.

Laura: Und was ist mit Frank und Manu?

Schlumpf: Tja, die beiden sind diejenigen, die für die Oldies zuständig sind. Manu ist immer ein Fan der frühen Rolling Stones gewesen und bringt das ein bisschen mit ein. Frank genauso, der mag die Musik der Sechziger auch sehr.

Maja: Generell sind die Jungs musikalisch total offen, und deswegen findet man diese unterschiedlichen Elemente in ihrer Musik, das macht sie richtig interessant. Sie haben aber trotzdem ihren eigenen Stil entwickelt.

Schlumpf: Den Screaming Gun Stil halt. (grinst belustigt)

Laura: Boah, jetzt platze ich fast vor Neugier.

Schlumpf: Du musst sie wirklich mal hören, Laura. Weißt du was? Ich kann dir eigentlich mal das letzte Screaming Gun Album ausleihen. Wenn ich morgen eine Lernpause mache, bringe ich dir die CD vorbei. Dann kannst du dir selbst ein Bild machen.

Laura: Wirklich? Das wär supernett von dir! Oder ich hol sie mir bei dir ab, dann brauchst du dir keine Umstände zu machen.

Schlumpf: Ach nee, wenn mir der Kopf qualmt, brauche ich normalerweise frische Luft. Und ich wohne nicht so weit weg, dann kann ich das mit einem kleinen Spaziergang kombinieren. Gib mir nur mal deine Telefonnummer, dann ruf ich an, wenn ich losgehe. Brauche so ungefähr zwanzig Minuten.

Sie tauschen ihre Telefonnummern aus. Maja zahlt die Getränke, Laura findet das sehr nett von ihr. Selbst angesichts ihrer Bedenken, dass sie und Manu sich immer noch sehr mögen könnten, muss sie sich eingestehen, dass sie für Maja Sympathien entwickelt hat.

***

Schlumpf kommt am nächsten Nachmittag bei Laura vorbei. Er bringt, wie versprochen, das letzte Album von Screaming Gun mit und bleibt auf einen

Kaffee. Laura hört sich die CD anschließend in Ruhe an, während sie es sich zuhause gemütlich macht. Der melodisch rockende Sound von Screaming Gun gefällt ihr. Sie freut sich schon, Manu zu sagen, welche Songs sie am besten findet. Er fehlt ihr, doch das will sie nicht wahrhaben. Obwohl sie versucht, ihn nicht in ihre Gedanken zu lassen, ertappt sie sich immer öfter dabei, dass sie an ihn denkt.

12

Am Abend nach Weihnachten taucht Manu wieder in Kassel auf. Er steht an Lauras Tür, sieht müde und blass aus.

Laura: Du siehst geschafft aus, haste zu viel gefeiert, oder was? (lächelt leicht)

Manu: Nee, eigentlich nicht, ich hab nur schlecht geschlafen letzte Nacht. Hier, das ist für dich, ein kleines Weihnachtsgeschenk. (drückt ihr ein Buch in die Hand)

Laura: Oh ... ist das der Gedichtband, von dem du mir letztens erzählt hast? Der mit den Gedichten, die dich manchmal zu deinen eigenen Liedtexten inspiriert haben? (Manu nickt, lächelt sie an) Boah, Manu! Wahnsinn! Das kann ich aber kaum annehmen! Bist du dir sicher, dass du's mir schenken willst?

Manu: (nickt) Na klar.

Laura: Danke, das ist ein tolles Geschenk, das freut mich echt! (unangenehm berührt) Aber ich hab gar nichts für dich, so ein Mist.

Manu: (winkt ab) Ich will nur deine Gesellschaft, das reicht mir völlig.

Laura merkt, dass er es ernst meint und fühlt sich geschmeichelt.

Laura: (umarmt ihn, leise) Danke nochmal. Ich weiß gar nicht, was ich sagen soll.

Manu: (drückt sie an sich, streicht ihr liebevoll übers Haar) Vielleicht wird es dich von deinen schwarzen Gedanken ablenken.

Laura: (Tränen schießen ihr vor Rührung in die Augen) Manu, du bist unglaublich.

Er hört ihre zittrige Stimme und merkt, wie sie sich an ihn klammert.

Laura: Ach Scheiße, tut mir leid. (will sich von ihm lösen, doch er hält sie fest)
Manu: (ernster Blick, streicht über ihre Wange) Was betrübt dich denn die ganze Zeit so?
Laura: (seufzt) Ich vermisse zwei Menschen ganz fürchterlich. Gerade jetzt im Moment ist es schlimm.
Manu: Und wen?
Sie schweigt zunächst, blickt zu Boden, dann wieder in sein Gesicht.
Laura: (leise) Meine Eltern. (Manu sieht sie aufmerksam an) Sie sind vor zweieinhalb Jahren im Urlaub ums Leben gekommen.
Manu: Beide gleichzeitig?
Laura: (nickt) Sie sind mit einem Touristenflugzeug abgestürzt. In Nepal war das, sie wollten den Himalaya entlang fliegen, kamen aber in einen Sturm. Naja, und dann … (hält mit erstickter Stimme inne)
Manu: (fassungslos) Ach du Scheiße. (legt einen Arm um ihre Schulter) Das tut mir unendlich leid. (streicht über ihre Schulter) Hast du Geschwister?
Sie schüttelt den Kopf, Manu zieht sich das Herz zusammen. Er ergreift eine ihrer Hände, streicht darüber. Laura ist nicht mehr fähig zu reden, eine Weile schweigen sie beide.
Manu: (murmelt) Und daran denkst du gerade jetzt an Weihnachten. Deshalb bist du so traurig.
Laura nickt, und er drückt sie sanft an sich. Lange verharren sie in der Umarmung. Manu ist bestürzt zu erfahren, dass sie niemanden mehr hat. Keine Familie und alleine in einer fremden Stadt. Ihr Kummer muss überwältigend sein, wie kann er ihr nur helfen? Endlich hat sie ihm gesagt, was passiert ist. Er ist erleichtert darüber, dass sie sich ihm anvertraut hat, es ist bestimmt nicht einfach für sie gewesen. Aus diesem

Verlust resultieren wohl ihre Drogenerfahrungen und der Umzug von Dortmund hierher. Mittlerweile kann er sich auf vieles einen Reim machen.

Laura ringt währenddessen mit ihren Gefühlen. Sie kann nicht anders, sie muss nun einfach in Manus Armen liegen, auch wenn sie sich geschworen hat, auf niemanden angewiesen sein zu wollen. Sein Trösten zeigt Wirkung, bald wird sie ruhiger. Schweigend liegt sie an seiner Brust, genießt sein Atmen, sein liebevolles Streicheln und seinen Geruch. Er fühlt sich sehr gut an, und er ist wunderbar warm. Sie schmiegt sich an ihn, fragt sich jedoch, wieso sie sich von ihm so beeindrucken lässt. Das wird nicht gut gehen, ermahnt sie sich. Außerdem hat sie schon so viel von sich preisgegeben, das reicht fürs Erste. Dennoch tut ihr seine Nähe gut. So soll es doch auch sein bei einem Freund, was passt ihr daran denn nicht? Sie steht sich selbst ständig im Weg, das nervt sie.

Nach einer Weile löst sich Laura von Manu und wechselt das Thema. Sie erzählt ihm von Schlumpfs und Majas Besuch im Bogen und dann, mit einem Anflug von einem Lächeln, von der CD, die Schlumpf ihr ausgeliehen hat. Manu freut sich zu hören, dass ihr die Musik von Screaming Gun gefällt.

Manu: Falls du auf ein Konzert kommen willst, bist du jederzeit herzlich eingeladen.

Laura: Ich komme, sobald ich es einrichten kann. Kann's kaum erwarten. Wie laufen die Konzerte denn?

Manu: Super. Macht großen Spaß, alle sind gut in Form. Was machst du eigentlich Silvester? Wir gehen dann nämlich hier in Kassel auf 'ne Party.

Laura: Was für eine Party?

Manu: Es gibt in 'nem Club hier in der Stadt 'ne private Silvesterparty. Hab vergessen, wie der Laden heißt, ich war da noch nie. Wir, also die Band, haben eine Einladung bekommen und können auch Leute mitbringen. Hättest du Lust mitzukommen?

Laura: Ich bin eigentlich fest mit Janine verabredet, meiner besten Freundin.

Manu: (zuckt mit den Schultern) Die kann doch auch mitkommen, das wäre kein Problem.

Laura: Echt? Hört sich auf jeden Fall gut an, ich frag sie mal.

Manu: Mach das. Wär schön, wenn ihr dabei wärt.

Laura: Normalerweise ist Janine für sowas zu haben. Ich sag dir noch Bescheid, ja? (Manu nickt) Ich muss mich langsam fertig machen. In einer Stunde fange ich an zu arbeiten.

Manu: Ja, sicher. Ich komme heute nicht, bin zu kaputt.

Laura: (nickt zustimmend) Das glaub ich dir.

Manu: Wir sehen uns morgen Abend dort, wenn das okay ist.

Laura: Natürlich, mich würd's freuen. Schlaf gut.

Sie verabschieden sich mit einer langen, freundschaftlichen Umarmung voneinander.

13

Als Laura am nächsten Tag Janine anruft und ihr von Manus Einladung zur Party erzählt, stimmt Janine ohne lange zu überlegen zu. Auf eine Club-Party zu gehen klinge gut, außerdem wolle sie Manu endlich kennenlernen, meint sie lachend zu Laura.

Laura sieht Manu, wie verabredet, abends im Bogen und bestätigt ihm, dass sie und Janine zur Silvesterparty mitkommen werden.

Manu: Da freu ich mich aber, dass ihr dabei sein werdet, echt cool! (seine Augen leuchten begeistert)

Laura: Na klar doch! Hast du denn nun bald auch mal ein paar freie Tage?

Manu: Es gibt noch ein Konzert, danach haben wir zwei Monate Pause. Wir machen dann 'ne Promotour zum neuen Album, bei der wir Interviews geben. Und wenn's klappt, werden wir auch vom Fernsehen eingeladen, mal sehen. Ansonsten haben wir aber Urlaub bis zur Tour. Die startet Anfang März, soweit ich weiß.

Laura: Wow, aufregend! (lacht) Hey, ich hab an Neujahr sogar frei, und die Woche danach auch, da schließt der Bogen nämlich wegen Renovierungsarbeiten.

Manu: Ach echt? Wusste ich gar nicht. Wo geht Schlumpf denn dann so lange hin? (grinst verschmitzt)

Laura: Der hat doch sowieso Prüfungen, oder?

Manu: Ach ja, stimmt auch wieder.

Laura wird von ihrer Kollegin gerufen, die sie bittet zu kassieren. Manu lehnt sich gegen die Wand, zündet sich eine Zigarette an und beobachtet Laura. In diesem Moment erscheint Frank mit Harry, einem gemeinsamen Freund von ihm und Manu. Manu hatte den beiden zuvor vorgeschlagen vorbeizukommen.

***

Um zwei Uhr schließt Laura an diesem Abend den Bogen. Manu überredet sie noch zu einem Bier in einer Spelunke auf dem Nachhauseweg. Laura ist noch nicht müde und hat Lust dazu. Frank und Harry schließen sich ihnen an.

Auf dem Weg durch die Nacht zur nächsten Kneipe kommt Laura mit Harry ins Gespräch. Frank und Manu gehen hinter ihnen her und reden ebenfalls miteinander. Harry hat seine langen, dunkelbraunen Haare zu einem Zopf zusammengebunden, trägt einen gestutzten Bart und eine Brille. Er ist schmächtig und in etwa so groß wie sie selbst. In seinen langen Mantel gehüllt scheint er fast zu verschwinden, aber seine Lebendigkeit macht auf ihn aufmerksam.

Laura: Du kennst Frank und Manu also durchs Musikmachen?

Harry: Mehr oder weniger. Ich spiele Gitarre in einer Band hier in Kassel, und in der Szene kennt man sich eben. Frank kam vor einem Jahr ungefähr zu einem Konzert von uns, und seitdem hängen wir miteinander rum, weißte. (grinst) Vielleicht klappt es ja einmal, dass wir Vorband von Screaming Gun werden können, mal sehen. (zuckt mit den Schultern)

Laura: Spielt ihr denn ähnliche Musik?

Harry: Ja, wie man's nimmt. Bei uns geht's ziemlich in die Richtung von Neue Deutsche Welle. So ein bisschen wie Extrabreit oder Fehlfarben. Kennste die?

Laura: Vom Namen her. Und wie nennt ihr euch?

Harry: Stereokids.

Laura: Hm … (überlegt) Sagt mir leider nichts.
Harry: (grinst) Das kann man ja ändern.
Laura lacht ihm zu und nickt. Ein kalter Windstoß lässt sie frösteln. Heute hat sie ihre Handschuhe zuhause vergessen. Um ihre Hände zu wärmen, steckt sie sie in die Manteltaschen, aber es hilft kaum. Harry wird von Manu angesprochen, und sie unterhält sich daraufhin mit Frank, der sie mit seinem grotesken Humor zum Lachen bringt. In seinem bereits stark angetrunkenen Zustand vergisst er, welchen Witz er ihr bereits erzählt hat und wiederholt immer denselben in unterschiedlichen Varianten. Harry und Manu werden darauf aufmerksam und amüsieren sich über Frank. Sie beginnen, mit ihm zu feixen. Laura verdreht die Augen und lässt den Männern ihren Spaß.

Im weiteren Verlauf dieser Nacht betrinken sich die vier heftig in einer Kneipe in Universitätsnähe. Um vier Uhr kann keiner von ihnen mehr gerade stehen, und sie brechen auf.

Laura wird auf der Straße plötzlich von Frank hochgehoben. Er möchte testen, ob sie tatsächlich so leicht ist, wie sie aussieht. Frank verliert dabei das Gleichgewicht, die beiden kippen um. Manu bekommt einen Lachanfall, zieht Laura an den Händen wieder hoch. In diesem Moment fühlt er, wie eiskalt sie sind. Er legt eine von ihnen an seinen warmen Hals. Laura blickt ihm tief in die Augen und lässt sich wärmen. Manu nimmt nun ebenfalls ihre andere Hand, lächelt sie fasziniert an. Sie stehen nahe beieinander und sehen sich einfach nur an. Manu hält nach wie vor ihre Hände in seinen. Frank und Harry bemerken dies und grinsen sich belustigt zu. Dann wird Franks Grinsen schelmisch. Er nähert sich Manu, packt ihn von hinten an den Schultern und stützt sich darauf. Manu muss aufpassen, dass er nicht den Halt verliert und nach hinten auf den schwankenden Frank fällt. Manus und Lauras magischer Moment hat ein jähes Ende gefunden, nun rangeln Manu und Frank im Spaß miteinander.

Laura realisiert verwirrt, dass sie zum ersten Mal das Gefühl gehabt hat, Manu küssen zu wollen. Er übt eine enorme Anziehungskraft auf sie aus. Sie muss aufpassen, dass sie in ihrem stark beschwipsten Zustand keine Dummheiten macht. Allmählich spürt sie ihre Erschöpfung und wird sehr schläfrig. Sie hält es für das Beste, so schnell wie möglich nach Hause zu gehen. Es sind noch 15 Minuten Fußweg bis dorthin, was ihr wie eine kaum zu bewältigende Zeit vorkommt. Manu möchte sie begleiten, ist aber noch zu aufgekratzt. Sie zieht ihn von Frank weg und sagt den beiden, sie würden sich wie erwachsene Kinder verhalten. Harry nimmt Frank am Arm und geht mit ihm in eine andere Richtung fort. Laura ruft ihnen „Gute Nacht" hinterher und Manu etwas Undefinierbares. Harry und Frank sind zu betrunken, um darauf zu reagieren, sie marschieren schwankend weiter.

Laura und Manu fühlen sich unsicher auf den Beinen, gehen bald Arm in Arm weiter durch die Straßen. Auf diese Weise stützen und wärmen sie sich gegenseitig. Sie scherzen über Belanglosigkeiten und amüsieren sich prächtig. Manu schwankt stärker als Laura, deren Sinne durch die Kälte wieder klarer geworden sind. Sie hat ihn fest im Griff und lässt ihn sinnlose Monologe führen, bis sie ihn schließlich auffordert, etwas zu singen. Da er verneint, stimmt sie ein Lied von Screaming Gun an, das sie mag. Er singt dennoch mit und schwenkt dann zu einem anderen Lied über, das sie nicht kennt. Außerdem macht er sich einen Spaß daraus, englische und deutsche Schimpfwörter in den Gesang einzubauen. Laura schüttelt darüber nur den Kopf und bittet ihn, schneller zu gehen, denn ihr wird wieder kalt. Jetzt ist sie es, die Manu nach Hause bringt, schon eigenartig, findet sie. Vor zwei Wochen hat er dafür gesorgt, dass sie vom Joker sicher nach Hause kam. Sie helfen sich gegenseitig, so wie richtige Freunde. Das stellt sie sehr zufrieden. Sie würde ihm niemals ihre Hilfe verweigern. Und er kann tatsächlich viel trinken, das hat sie heute gemerkt. Naja, manchmal braucht man es eben, sie doch genauso, muss sie zugeben.

Als Manu die Tür ihres Wohngebäudes aufschließen möchte, lässt er seine Schlüssel fallen. Sie müssen im Dunklen den Boden abtasten, um sie wiederzufinden. Schließlich findet Manu sie, hält sie stolz hoch, lässt sie beinahe wieder fallen. Laura ergreift sie und sperrt selbst auf. Im Hausflur ermahnt sie ihn, leise zu sein. Sie schließt ebenfalls seine Wohnungstür auf, schiebt ihn in seine Wohnung und ist erleichtert, endlich im Warmen zu sein. Manu geht prompt in die Küche, um eine Flasche Bier aus dem Kühlschrank zu holen, die er mit ihr zusammen als Gute-Nacht-Trunk leeren möchte. Sie setzen sich auf das Sofa, trinken aus derselben Flasche und kuscheln sich aneinander. Manu ist schnell eingenickt. Laura erhebt sich nach einer Weile. Sie legt seine langen Beine auf das Sofa, so dass er ausgestreckt liegt.

Einen Moment betrachtet sie ihn. Sie zieht ihm dann die Schuhe aus, holt die Bettdecke und das Kopfkissen von seinem Bett und deckt ihn zu. Sanft streicht sie eine schwarze Strähne aus seiner Stirn, flüstert: „Gute Nacht, Partyboy". Anschließend gibt sie ihm einen Kuss auf die Wange und verlässt seine

Wohnung. Sie legt sich sogleich ins Bett, fällt in einen tiefen Schlaf, doch nicht ohne zuvor noch einmal Manus Blick vor Augen zu haben, als sie beieinander standen und er ihre Hände hielt. Sie ruft sich selbst zur Vorsicht auf, diesem Augenblick nicht zu viel Bedeutung beizumessen.

14

Zu Lauras Leidwesen lässt der Alkohol vom Vorabend am nächsten Tag ihre dunklen Gedanken auftauchen, und sie verliert sich in Selbstzweifeln.

„Ich fühle mich, als gehörte ich auf einen Schrotthaufen. Irgendwie macht nichts mehr Sinn. Ich lebe seit Jahren von einem auf den anderen Tag, ohne eine Orientierung oder ein Ziel zu haben. Alles, was ich kann und weiß, beschränkt sich darauf, wie man in einer Bar Leute abfüllt. Oder sich selbst. Oder vielmehr noch, wie man sich mit Drogen vollpumpt. Wo sind die ganzen Lebenspläne hin, die ich vor ein paar Jahren hatte? Meine Ausbildung war doch interessant, ich könnte mittlerweile eine Raumausstatterin sein und meiner irren Lust zur Gestaltung und zum Dekorieren endlich nachkommen und damit sogar Geld verdienen. Aber mit diesen verdammten Depressionen ging's einfach nicht mehr. Es ging rein gar nichts mehr, nur als Bedienung in Bars hab ich etwas gefunden, was mich einigermaßen von meinem Wahnsinn ablenkt. Aber ich kann doch nicht mein ganzes Leben lang in Bars arbeiten! Na super, ich bin 23 und total perspektivlos. Jetzt bin ich zwar in Kassel, aber eine Aufgabe hab ich hier auch nicht. Wenn ich nicht mehr da wäre, würde ich nicht vermisst werden, von niemandem. Diejenigen, denen ich wirklich wichtig war, sind nicht mehr auf dieser Welt. Meine Freunde in Dortmund waren auch zu durch, um sich darum zu kümmern, was in mir vorging. Ich hätte leicht eine von ihnen werden und in der Gosse enden können. Die Entscheidung, hierher zu kommen, war zwar alles

andere als einfach, aber lieber bin ich alleine als bei denen."

Laura macht ihre innere Leere und ihr Grübeln dermaßen zu schaffen, dass sie eine Schlaftablette schluckt und im Bett bleibt. Sie schläft wieder ein, steht am späten Nachmittag auf und macht sich für die Arbeit fertig.

Im Bogen trifft sie einige der Stammgäste, meist Studenten. Sie beneidet sie ein wenig und muss erneut daran denken, dass sie gerne etwas Sinnvolles tun würde. Doch sie kennt sich und weiß, dass sie keine Ausdauer für ein Studium hätte. Sie muss eine praktische Tätigkeit ausüben, so wie eben in einer Bar zu bedienen, denn sie braucht viele Impulse und Kommunikation um sich herum. Es wäre unmöglich für sie, konzentriert über irgendwelchen Büchern zu sitzen.

In der Nacht, als sie nach Hause kommt, erblickt sie das Buch von Manu, das er ihr zu Weihnachten geschenkt hat. Sie nimmt es in die Hand, streicht über den Buchrücken. Es ist eine Ehre für sie, dass Manu ihr eins seiner Lieblingsbücher gegeben hat. Er muss sie wohl sehr mögen. Vielleicht ist er sogar verliebt in sie, aber das hofft sie nicht. Sie möchte keinen Mann in ihrem Leben. Trotzdem hat er etwas an sich, das sie verstört. Das gefällt ihr nicht, es macht sie instabil und verwundbar.

Screaming Gun spielen an diesem Abend in Duderstadt das letzte Konzert des Jahres. Die Band kommt mitten in der Nacht wie gerädert nach Hause, freut sich nur noch auf eine Dusche und ein Bett.

15

Am nächsten Tag wird Manu durch die Türklingel geweckt. Schwerfällig erhebt er sich. Ihm ist schwindelig, seine Erschöpfung steckt ihm in den Knochen. Er torkelt zur Tür und öffnet sie. Vor ihm steht Sven, einer seiner besten Freunde, oder vielleicht sogar sein bester Freund überhaupt. Sven zittert und wirkt mitgenommen. Er ist leichenblass, hat dunkle Ringe unter den Augen.

Manu: Alter! Scheiße, wie siehst du denn aus? Komm rein.

Er legt den Arm um Sven, zieht ihn in die Wohnung. Sven umarmt ihn kurz und sehr fest.

Sven: Meine Alte hat mich rausgeschmissen. Sie hat's mit mir nicht mehr ausgehalten, meinte sie. Frauen! Verdammt! (ballt die Fäuste)

Manu: So ein Scheiß! Und wo warst du die ganze Nacht?

Sven: Konnte nicht pennen, bin rumgelaufen. Und bin auf Uli gestoßen. Der hat mir 'nen guten Schuss verpasst.

Manu hasst es zu hören und zu sehen, wie sein Freund den Bach heruntergeht. Er hat einen Kloß im Hals, dennoch kann er Sven nicht helfen, außer mit Essen und einem Bett.

Manu: (Sorgenfalten auf der Stirn) Ich koch mal 'nen Kaffee. (nimmt ihn mit in die Küche) Du kannst hierbleiben, wenn du willst. Ich bin jetzt erst mal nicht unterwegs.

Sven: (lächelt leicht) Keine Auftritte mehr?

Manu: Nee, gestern war der letzte, wir haben jetzt zwei Monate Pause.

Sven: (nickt) Aber Uli kennt 'nen Typen, der ein Zimmer frei hat, da geh' ich morgen mal gucken.

Manu: Mach das, aber jetzt bleibste erst mal hier, ja? Ich hab Sofa, Bett und Kaffee. Nimm dir, was du brauchst. Dass du die ganze Nacht nicht gepennt hast, seh' ich dir direkt an. Ich geh nachher 'n bisschen skaten, dann haste Ruhe.

Sven: Du lässt mich alleine?

Manu: (schüttelt den Kopf) Das habe ich noch nie getan, das weißt du doch.

Sven seufzt, denn er merkt, wie sehr es seinen Freund schmerzt, ihn so nahe am Abgrund zu sehen.

Sven: Ach Alter, du bist 'n guter Typ, ich weiß das doch. Aber weißte, ich hab da so'n Zeug erwischt, das gibt einfach den ultimativen Kick, das macht -

Manu: (unterbricht ihn) Hör auf! (hält sich die Ohren zu) Ich will das nicht wissen! Solange du hier bist, sprichst du darüber nicht, klar?

Sven: Jaja, schon gut. Reg dich ab.

Sie leeren den Kaffee schweigend. Sven weiß, wie sehr es Manu zusetzt, ihn derartig zerstört und ausgebrannt zu sehen, doch er kann nichts daran ändern. Er hat schon überlegt, nicht zu ihm zu gehen, hatte aber eine enorme Sehnsucht nach ihm. Sie haben sich seit über zwei Monaten nicht gesehen. Zwei Monate, in denen Sven seinen Heroinkonsum in dem Maße erhöht hat, dass es selbst mit seiner einsichtigen Freundin nicht mehr geklappt hat. Er weiß, dass Manu ihn nicht wegschicken würde. Zu Frank hätte er ebenso gut gehen können, aber Frank würde sich noch mehr aufregen, wenn er ihn so heruntergekommen sähe. Sven hat sich nicht getraut, Frank gegenüber zu treten, der ihn in seiner Wut sicherlich abgewiesen hätte. Obwohl, vielleicht nicht abgewiesen, aber ihn mit bösen Blicken und Worten gestraft. Manu hingegen ist eher traurig als wütend. Sven steht ebenfalls Mika und Tom nahe, aber Manu am nächsten von allen. Mika und Tom wären mit seinem Zustand restlos überfordert gewesen, das wollte er ihnen ersparen.

Da Sven nun an Manus Bandkollegen denkt, nimmt er die Gelegenheit wahr, sich nach ihnen und nach Screaming Gun zu erkundigen.

Sven: Wie geht's den Jungs? Wie läuft's mit Screaming Gun?

Manu: Gut, macht Spaß, wie immer. Wir haben gerade ein neues Album eingespielt, es kommt in ein paar Wochen raus.

Sven: Das ist echt euer Ding, find ich klasse. Ist es das, wofür ihr letztens in Berlin wart? (Manu nickt) Frank hat mich von da aus mal angerufen und von der Stadt erzählt. Soll dort ja sehr interessant sein, vier Jahre nach dem Fall der Mauer. Er meinte, dass dort alles noch im Umbruch ist ... oder so ähnlich.

Manu: Ja, das stimmt. Und das Studio, richtig professionell. Das macht schon einen Unterschied zu den vorigen. (schiebt ihm eine Scheibe Brot und Butter zu) Hier, leider kann ich auf die Schnelle nichts Anderes auftreiben. Ich kann aber gleich Pizza oder so besorgen gehen.

Sven: Nee, lass mal. (schiebt das Essen weg) Später.

Manu: Aber du bist so abgemagert. Echt keinen Hunger?

Sven: So bin ich eben, kennst mich doch. Keinen Appetit am Morgen. (gähnt) Brauche eher Schlaf.

Manu: Klar. Komm, du kriegst das Bett. Schlafsack hab ich auch da.

Manu richtet alles her, Sven geht in der Zwischenzeit ins Bad. Als er eine Weile nicht erscheint und kein Laut aus dem Bad dringt, schaut Manu nach. Sven sitzt auf der Toilette und ist eingeschlafen. Manu weiß nicht, ob er lachen oder weinen soll. Er weckt Sven, hilft ihm aufzustehen, bringt ihn dann ins Bett. Sven hat kaum die Kraft, auf seinen Beinen zu stehen.

Als Sven schläft, legt sich Manu aufs Sofa und döst, aber sein Kopfzerbrechen hindert ihn daran, noch einmal einzuschlafen. Bald steht er auf, schnappt sich sein Skateboard, zieht sich Turnschuhe und eine Kappe an. Er skatet ziellos umher, denkt dabei immer noch mit großer Besorgnis an seinen Freund. Von einer Telefonzelle aus ruft er Frank an und erzählt ihm alles. Frank ist empört, von Svens kritischem Zustand zu hören und meint, er müsse ein ernstes Wörtchen mit ihm reden. Manu hält das für überflüssig, denn Sven könne man so auch nicht helfen. Frank gibt zu, dass Manu leider Recht habe.

Die beiden treffen sich wenig später in der Stadt, kaufen in einem Supermarkt etwas zu essen und gehen im Anschluss daran zu Manu nach Hause. Sven schläft noch. Frank und Manu setzen sich aufs Sofa, trinken Bier und unterhalten sich, bis Sven eine Weile später in Manus Shorts und T-Shirt erscheint. Er ist höchst überrascht, Frank anzutreffen. Frank schließt ihn zur Begrüßung bestürzt schweigend in seine Arme. Die drei essen aufgebackene Tiefkühlpizza, und langsam wird Sven unruhig, es wird Zeit für seinen nächsten Schuss. Er hat noch genügend Heroin dabei, aber Frank weigert sich, ihm den Schuss zu gewähren. Seine große Besorgnis um Sven macht ihn ungehalten.

Frank: Kannst du es nicht einfach mal lassen? Junge, ich hab dich vorhin fast nicht mehr wiedererkannt! Wie viel nimmst du überhaupt?

Sven: Mann, ist doch egal, du verstehst das sowieso nicht.

Frank: Wie, was soll das heißen? Ich weiß genau, was hier abgeht! Du zerstörst dich selbst vor unseren Augen! Das kann ich nicht durchgehen lassen! Hast du 'ne Ahnung, was du da überhaupt nimmst? Ist das Zeug rein? Den ganzen Gossendealern in dieser Stadt kann man doch nicht über den Weg trauen!

Sven: Ich hab meine Quellen, mach dir da mal keine Gedanken, das ist schon in Ordnung.

Frank: (empört) In Ordnung? Nichts ist in Ordnung! Du bist auf Stoff, mein Freund, damit ist aber mal rein gar nichts in Ordnung!

Sven: (erhebt seine Stimme ebenfalls) Kannst du mal aufhören, dich so aufzuspielen? Es ist mein Leben, und ich kann machen, was ich will, klar?

Manu schüttelt den Kopf und wendet sich von ihnen ab.

Frank: Es ist dein Leben, aber du wirfst es weg, verdammt! Und da verlangst du von mir, dass ich mein Maul nicht aufreiße?

Manu merkt, dass sich Frank vor Sorge selbst vergisst, kann es ihm jedoch nicht verdenken. Andererseits macht der Streit der beiden die Situation noch schlimmer für ihn, daher beschließt er einzuschreiten.

Manu: (brüllt) Ruhe! (haut mit der Faust auf den Tisch) Sich anschreien bringt doch nichts, hört endlich auf damit!

Frank und Sven blicken schweigend zu Manu.

Manu: (wendet sich an Sven) Ich möchte nicht, dass du dich hier spritzt. Bei aller Freundschaft, aber das geht zu weit. Vielleicht sollten wir in den Joker gehen, da kommt man immer mit Stoff rein. (blickt zu Frank) Und wir beide könnten einen Schnaps zur Beruhigung gebrauchen, vor allem du.

Sven: (nickt, leise) Das ist eine gute Idee. Lasst uns hinfahren.

Frank: (zu Sven) Dann zieh dich um.

Sven: (steht auf, sucht den Blickkontakt zu Manu) Bin in fünf Minuten fertig.

Manu schaut schließlich wieder zu Sven und nickt ihm zu. Daraufhin verschwindet Sven im Schlafzimmer, Frank folgt ihm.

Während Sven sich umzieht, diskutiert Frank weiter mit ihm. Er bläut ihm ein, dass er mit der Hygiene aufpassen und keine verseuchten Nadeln benutzen solle, zählt ihm noch viele andere Gebote auf. Manu hört nicht mehr hin. Er zieht sich zurück, massiert sich die Stirn und fühlt sich furchtbar. So schwer es ihm fällt, aber er muss Sven gewähren lassen, denn wenn er seine Spritze nicht bekommt, wird er abhauen und sie sich irgendwo in der Gosse setzen, das kann er nicht verantworten. Aber ihn in den Joker zu anderen Fixern zu bringen, fällt ihm ebenfalls sehr schwer. Eine richtige Zwickmühle ist das. Er merkt, dass sich Frank genauso schlecht fühlt wie er selbst. Wenigstens können sie ein Auge auf Sven werfen, wenn sie im Joker sind.

Plötzlich bemerkt Manu einen Zettel an der Türschwelle. Unvermittelt hebt er das Papier auf und liest:

„Manu, ich hab heute Abend früher frei, hast du Zeit? Komm doch so gegen zwölf am Bogen vorbei, wenn du willst, ich schließe ihn heute mal nicht selbst. Gruß, Laura."

Manu schüttelt den Kopf. So gerne er sie wiedersehen würde, im Moment füllen ihn die Sorgen um Sven zu sehr aus. Aber er hat ihre Telefonnummer im Bogen. Vielleicht ruft er sie später an, wenn es sich ergibt, überlegt er.

***

Frank, Manu und Sven brechen zum Joker auf. Sven ist nervös, er braucht das Heroin, seine Verfassung wird schlechter. Frank sagt nichts mehr und Manus Blick ist mürrisch. Im Joker angekommen, verschanzt sich Sven sofort mit einem weiblichen Junkie auf der Männertoilette. Frank und Manu betrinken sich derweil an der Bar mit Whisky-Cola. Die Getränke sind zwar teuer, aber angesichts ihrer Anspannung brauchen sie etwas Hochprozentiges. Frank wird binnen kurzer Zeit betrunken und hat das Warten auf Sven satt. Er marschiert zur Toilette, um Sven aus der Kabine zu holen.
 Frank: (poltert gegen die Kabinentür) Jetzt komm endlich raus da! Wir warten keine Ewigkeit auf dich!
 Sven: Oh Mann, Frank! Verpiss dich einfach! (Manu kommt dazu)
 Frank: (wird wütender) Du verarschst uns hier nach Strich und Faden, verdammte Fotzenscheiße! Komm auf der Stelle aus dieser beschissenen Tür raus, Herrgott nochmal!
 Manu: (erschrickt über Franks Flüche, packt ihn an der Schulter) Mensch, jetzt schrei nicht schon wieder so rum! (seufzt) Vielleicht gehst du besser nach

Hause, ja? Du machst alle durch deinen Aufstand noch nervöser.

Frank: (entrüstet zu Manu) Wie, willst du mich nach Hause schicken? Was soll das denn jetzt?

Manu: (genervt) Du machst grad alles noch schlimmer durch dein Pöbeln, merkst du das nicht? Normalerweise ist es mir egal, wenn du randalierst, aber heute kann ich das nicht gebrauchen, okay?

Frank: Ach, verdammte Scheiße alles hier!

Manu: (ruhiger) Geh nach Hause. Ich halte hier die Stellung. Sven kommt so schnell nicht da raus, dann kannste noch so krakeelen, das wird nichts helfen. Komm mit.

Manu nimmt Frank am Arm und zieht ihn aus dem Toilettenraum. Er ordnet Franks Gesichtsausdruck zwischen Wut, Verzweiflung und Ratlosigkeit ein. Nachdem sich Frank auf den Heimweg gemacht hat, steht Manu mit einigen Bekannten am Tresen und lässt sich aus Frust weiter volllaufen. Er kommt plötzlich auf die Idee, Laura im Bogen anzurufen. Er muss unbedingt mit jemandem reden, dem er vertraut. Außerdem möchte er ihr Bescheid geben, dass er nicht vorbeikommen kann.

Direkt am Joker steht eine Telefonzelle, glücklicherweise ist sie gerade frei. Laura ist noch im Bogen und wird umgehend ans Telefon geholt.

Laura: Hey Manu! Was für eine Überraschung! Alles klar?

Manu: Ach nee, eigentlich nicht. Ich wollte dir nur sagen, dass ich es nicht schaffe zu kommen, ich kann hier nicht weg.

Laura: Von wo denn? Wo bist du? Was ist passiert? Bist ja voll durch den Wind!

Manu: Ja also, 'n guter Freund von mir, mein bester sozusagen, der kackt hier im Joker ganz schön ab. Klar, er ist auf Stoff, schon länger, aber so krass ... (schluckt hart) ... so ist es noch nie gewesen. Ich kann ihn nicht alleine lassen. Der sitzt schon seit Stunden auf der Toilette und pfeift sich einen.

Laura: (ergriffen von seiner Besorgnis) Ach du Scheiße.

Manu: Ich weiß ehrlich gesagt nicht, was ich machen soll. Frank war auch hier, er ist aber schon abgehauen, er hat zu viel gekriegt, aber ich kann Sven nicht alleine lassen, der landet doch noch irgendwo ... im Rinnstein oder so. Und ich steh hier rum, kippe literweise Whisky mit Cola runter und warte auf das Ende. (leise) Bis dass er vollgedröhnt von diesem scheiß Heroin wieder auftaucht.

Laura: Kannst du nicht ... - oh, Moment mal. (gesenkte Stimme) Ich kann hier nicht gut reden. Pass auf, ich komme sofort zum Joker, ja? Ich beeile mich!

Manu: Nee du, willst du dir das wirklich antun?

Laura: Mensch Manu, darum geht es nicht, sondern dass du den Scheiß nicht alleine durchmachst. Du bist ja völlig fertig!

Manu: Ich bin breit! (lacht bitter)

Laura: Ja, das auch noch. Ich nehm' jetzt ein Taxi, ich bin in maximal 30 Minuten da.

Manu: Na gut, dann komm halt.

Laura: Ja, bin schon unterwegs! Bis gleich!

Sie legt auf und verlässt zehn Minuten später den Bogen. Am nächsten Taxistand fordert sie einen Fahrer auf, sie zum Joker zu bringen. Dort angekommen sieht sie sich um, doch sie findet Manu draußen nicht. Deshalb geht sie hinein, sucht ihn weiter und sieht ihn schließlich mit beklommenem Blick von der Toilette kommen. Er erblickt sie, nimmt sie in seine Arme.

Manu: Oh Mann, super, dass du gekommen bist!

Laura: Natürlich! (ernst) Ist er immer noch auf der Toilette?

Manu: (nickt) Wenigstens spricht er mit mir.

Laura: Und er will nicht rauskommen?

Manu: Er meinte, dass er bald kommt, vielleicht ist er wirklich bald soweit. (seufzt) Er will nicht, dass ich ihn sehe, wenn er noch zu high ist. Weil er nämlich weiß, wie traurig mich das macht.

Laura: Oh ... (sieht seinen sorgenvollen und betrübten Blick) Komm, wir holen uns jetzt erst mal ´n Bier. (nimmt seine Hand)

Er lässt sich von ihr an die Bar führen, wo sie zwei Bier bestellt. Manu erzählt ihr von Sven und was sich zugetragen hat, seitdem er bei ihm aufgetaucht ist. Er entschuldigt sich bei ihr, sich nicht früher gemeldet zu haben, aber Laura versteht es angesichts der Geschehnisse der letzten zwölf Stunden.

Nachdem sie das Bier getrunken haben, begeben sie sich zurück zu den Toiletten. Manu geht hinein, während Laura draußen wartet. Er sieht, dass die Kabine leer und Sven verschwunden ist. Mit beunruhigtem Blick eilt er aus dem Männerklo, teilt Laura mit, dass Sven weg sei und er ihn suchen müsse. Sie folgt ihm hinaus aus dem Joker.

Manu läuft draußen sogleich auf zwei Männer zu, die an der Wand angelehnt eine Zigarette rauchen. Er packt einen von ihnen an den Schultern und herrscht ihn an, dass er ihm einen riesigen Schrecken eingejagt habe, wieso er denn einfach abhaue. Das ist also Sven, denkt sich Laura. Er sieht wirklich kaputt und ausgelaugt aus. Sven und Manu diskutieren aufgeregt miteinander, währenddessen entfernt sich der andere Raucher verwirrt.

Laura nähert sich ihnen langsam. Manu und Sven werden auf sie aufmerksam. Manu löst den Griff von Sven, als sie hinzukommt. Er wirft ihr einen kurzen Blick zu, der ihr zeigt, dass sie bleiben solle und dass sie erwünscht sei.

Sven: Ui Manu, wer ist denn das? (grinst Laura zu)

Manu: Das ist Laura, 'ne Freundin. Und eine Nachbarin von mir.

Laura: (leise) Hi.

Sven: Hi, ich bin Sven. Sorry, Manu hat sich gerade 'was aufgeregt, aber is' wieder gut, glaub ich.

Laura entgegnet nichts. Sie denkt im Stillen, dass Manu sich große Sorgen um ihn gemacht hat und Sven sich einfach davonstiehlt, und er sich deswegen nicht über Manus Reaktion wundern solle.

Sven: (begeistert zu Manu) Boah, du hattest immer schon einen verdammt guten Geschmack, was Frauen angeht. Alle Achtung, Alter!

Manu: (ignoriert den Kommentar) Ich glaub' für heute reicht's, wir hauen ab, ja? Los, komm.

Sven: Wie, jetzt schon? Och … (lässt sich dennoch von ihm mitziehen)

Laura, Manu und Sven gehen einen Teil der Strecke zu Fuß. Sie entscheiden sich auf halbem Wege, ein Taxi zu nehmen, da Manu Sven so schnell wie möglich zu sich nach Hause bringen möchte.

***

Wenig später betreten die drei Manus Wohnung. Sven ist zu aufgedreht und kann noch nicht ans Schlafen denken. Manu hingegen ist müde und fertig mit den Nerven. Laura beginnt, sich mit Sven zu unterhalten. Es beruhigt ihn, er scheint Gefallen daran zu finden, mit ihr zu reden. Ständig beteuert er, wie hübsch und taff sie sei. Manu fallen unterdessen die Augen zu. Er döst vor sich hin, wagt es aber nicht einzuschlafen.

Laura und Sven gehen auf den Balkon, um zu rauchen. Sie merkt, dass Sven eigentlich ein richtig netter Kerl, aber leider eine zerstörte Existenz ist. Dass sein Drogenproblem Manu derart zusetzt, scheint Sven unangenehm zu sein, Laura kann das nachvollziehen.

Sven schaut sich nach seinem Freund um, der mit geschlossenen Augen an der Sofalehne hängt und zu schlafen scheint.

Sven: (leise zu Laura) Manu geht's nicht gut heute Abend, das bin ich schuld. Ich reg ihn ziemlich auf, glaub ich. Morgen hau ich ab. Ein Freund von mir hat mir ein Zimmer in einer Bude organisiert. Will ihn da nicht noch weiter mit reinziehen. Frank hasst mich schon, da will ich nicht noch riskieren, dass es mit Manu auch noch so weit kommt, verstehste?

Laura: (nickt) Sicher. Ich wünsche dir alles Gute, Sven. Ich versteh schon, dass du das alles nicht absichtlich tust. Manu weiß das doch auch. Aber du hast Recht, es nimmt ihn sehr mit.

Sven: Er ist ein prima Kerl. Seid ihr … äh … (grinst) … zusammen, meine ich.

Laura: (schüttelt den Kopf) Wir sind befreundet, nicht zusammen.

Sven: (rümpft die Nase) Schade.

Laura: (zieht die Augenbrauen hoch) Wieso?

Sven: (zuckt mit den Schultern) Weiß nicht. Aber er mag dich sehr, das hab ich ihm angesehen. (grinst sie breit an)

Laura: (findet das Thema unangenehm, also wechselt sie es) Sag mal, bist du eigentlich nicht müde?

Sven: Naja. Geht so. Aber ich leg mich gleich doch mal aufs Ohr. (guckt zu Manu) Pennt er schon?

Laura: Vielleicht. Ich geh' mal gucken.

Sie geht hinein, setzt sich zu Manu aufs Sofa, der daraufhin die Augen aufschlägt. Sie lächelt ihm zu und streicht sanft über seine Hand.

Laura: Komm, du gehörst ins Bett.

Manu: (leise) Nee, da schläft Sven, ich bleib hier liegen. Wo ist er überhaupt?

Laura: Wir waren gerade auf dem Balkon eine rauchen, er ist noch dort.

Manu: Und wie geht's ihm?

Laura: Ganz gut, soweit ich das beurteilen kann. Er scheint ruhiger und nicht mehr so ultra-high zu sein.

Manu: (seufzt) Endlich.

Laura: (ernst) Du, Manu ... er will morgen abhauen, ein Freund hat ihm 'ne Bude besorgt. Nur, damit du's weißt, falls er plötzlich wieder weg sein sollte.

Manu: (lächelt leicht) Ich weiß schon Bescheid. Danke, Laura. Nett, dass du's mir gesagt hast. Und dass du so lange bleibst. Hast du wirklich nichts Anderes vorgehabt?

Laura: Nee, überhaupt nicht. Ich fand's grad gut, wie der Abend verlaufen ist. Mach dir da mal keine Gedanken. (leise) Außerdem bin ich sehr gerne bei dir.

Er lächelt verlegen, sie schauen sich intensiv in die Augen. In diesem Moment kommt Sven vom Balkon herein, und sie wenden sich ihm zu.

Sven: Oh, lasst euch nicht stören. (grinst) Ihr Süßen. Ich hol mir grad nur ein Butterbrot. (geht weiter in die Küche)

Manu: (flüstert aufgeregt) Mensch, es ist ein gutes Zeichen, dass er was isst! Das wird ihn müde machen.

Laura: (erleichtert) Sehr gut. Ich werd' nämlich auch ganz schön müde.

Manu: (erhebt sich) Klar, leg dich hin, es ist schon spät. Sind schon vor zwei Stunden zurückgekommen.

Laura: Gut, aber versprich mir, zu mir zu kommen und mich zu wecken, wenn was ist, ja? (Manu blickt sie ernst an und nickt) Ich verlass mich drauf.

Manu: Mach ich. Oh warte, ich hab noch was für dich. (geht zu einer Schublade, aus der er etwas herausholt, er drückt ihr die letzte CD von Screaming Gun in die Hand) Hier, wie versprochen.

Laura: (erfreut) Wow, danke!

Manu: Du hast sie zwar schon gehört, aber was soll's.

Laura: Aber jetzt kann ich sie immer hören, wann ich will. (zwinkert ihm zu) Hast du auch unterschrieben?

Manu: (lacht, ergreift einen Filzstift, schreibt eine Widmung ins Booklet und auf die CD-Oberseite) So. Ich hoffe, das entschädigt für das lange Warten. (gibt ihr die CD zurück)

Laura: (begeistert) Auf jeden Fall! Das ist total lieb von dir, Manu.

Sie umarmt ihn fest, er drückt sie an sich. Ihr wird bewusst, dass Manu sie sehr zu mögen scheint, und auch sie kann sich ihre Gefühle immer schlechter verbieten. Die beiden lösen sich langsam wieder voneinander. Laura verabschiedet sich von Sven und geht ins Bett.

16

Am nächsten Tag, dem Tag vor Silvester, lässt Laura es ruhig angehen und denkt ausgiebig über die vergangene Nacht nach.

„Sven ist wirklich nicht mehr aufzuhalten, die Drogenleiter herunterzurutschen. Solche Leute kannte ich in Dortmund zur Genüge. Zum Glück hat mir Heroin immer dermaßen Angst eingejagt, dass ich es niemals anrühren wollte. Ich kann Manu verstehen, die Gesellschaft von Abhängigen kann einen ziemlich bedrücken, vor allem, je lieber man sie mag. Wie erstaunlich eigentlich, dass er mich zum Joker hat kommen lassen und mich in seine persönlichen Angelegenheiten eingeweiht hat. Er schien sogar froh darüber zu sein, dass ich dabei war. Tja, und Sven ... den schien meine Anwesenheit genauso wenig zu stören. Er ist ja echt ein lieber Kerl, muss ich schon sagen. Und er hat sehr positiv über Manu geredet. War schon recht amüsant, wie er von ihrer gemeinsamen Schulzeit in Wolfhagen, von ihren verrückten Trips in die hessische Landschaft und die ganzen anderen kleinen Anekdoten erzählt hat. Er und Manu haben früher wohl sehr viel miteinander unternommen. Klar, dass sie sich so nahe stehen. Und Sven meinte auch, dass er mit Tom, Mika und Frank befreundet ist und er damals oft bei Bandproben und Konzerten von Screaming Gun dabei war, als es ihm noch besser ging. Ui, aber dann wurde er plötzlich traurig. Ich wusste nicht, was ich sagen sollte, also hab ich lieber meinen Mund gehalten und seinen Monolog nicht unterbrochen. Er schien mir ein wirklich schlechtes Gewissen zu haben, dass er an diesem Abend solch

ein großes Chaos verursacht hat. Frank ist wutentbrannt vom Joker nach Hause abgehauen, und Manu zermartert sich den Kopf über Svens Abhängigkeit. Aber dann hat er schon wieder so viel Nettes über Manu gesagt. Er meinte, dass Manu, wenn er jemanden wirklich mag und als Freund ansieht, sehr loyal und aufopfernd ist, und dass er das diesmal leider ausgenutzt hat. Eigentlich wollte er letzte Nacht nicht zu ihm kommen, weil er gerade eine tierisch schlechte Phase hat und Manu das nicht erfahren sollte. Dass Manu zuhause war, wusste er durch gemeinsame Freunde. Er hat stundenlang überlegt, ob er wirklich auf Manus Klingel drücken sollte. Tja, aber letztlich hat seine Sehnsucht nach ihm gesiegt. Das war schon irgendwie rührend, als er das gesagt hat. Sven hat gemerkt, dass Manu ziemlich erschrocken war, als er ihn gesehen hat. Obwohl Sven versucht hat, sich seinetwegen und auch Franks wegen zusammenzureißen, hat er stattdessen alles noch schlimmer gemacht, denn er brauchte den Stoff schon früher als er dachte. Damit hat er besonders Frank ganz schön aufgeregt. Ich kann es mir lebhaft vorstellen. Aber wieso hat mir Sven das alles erzählt? Ich vermute, er hat einfach nur den Drang gehabt, sich alles von der Seele zu reden, da war es ihm egal, wer vor ihm stand und zuhörte. Oh Mann, und Manus Blick nachher auf dem Sofa ... was hat er nur für traumhafte Augen! Wenn ich mich für Männer interessieren würde, würde ich glatt sagen, dass ich dahinschmelze, wenn er mich so ansieht. Aber nach Björn ist mir die Lust an Kerlen vergangen, sie machen immer alles nur noch komplizierter. Nein, heute klopfe ich nicht bei Manu an, auch wenn ich gerne wüsste, wie es ihm geht. Morgen sehe ich ihn sowieso wieder, wenn wir auf die Silvesterparty gehen. Zum Glück ist dann Janine dabei."

Um sich davon abzuhalten, bei Manu vorbeizugehen, macht sich Laura auf den Weg ins Stadtzentrum, wo sie in Platten- und Bücherläden stöbert. Anschließend dreht sie eine Runde im Park der Orangerie, während die Sonne schüchtern hinter den Wolken hervorlugt.

***

In der Zwischenzeit gehen sich Manu und Sven das Zimmer ansehen, das Sven erwähnt hatte. Sven hatte es zunächst abgelehnt, dass Manu ihn begleitet, gab aber schließlich nach. Nun stehen sie vor einem renovierungsbedürftigen Gebäude in Kassel-Wesertor und warten auf den Bekannten von Sven, mit dem er sich zur Besichtigung des Zimmers verabredet hat. Sven kommt bald auf Laura zu sprechen.
Sven: Sie hat das Herz auf dem rechten Fleck, wa' Alter?
Manu: (lächelt leicht) Definitiv.
Sven: Ich würde an deiner Stelle tierisch auf sie abfahren. (grinst) Ihr seid euch irgendwie ähnlich. Sie scheint genauso geistesabwesend zu sein wie du manchmal, wenn sich alle fragen, wo du wieder mit deinen Gedanken bist.
Manu: (lacht kurz leise) Ha, findest du das, na gut.
Sven: Sagst ja nicht viel dazu.
Manu: Was soll ich denn sagen?
Sven: Na, dass du tierisch auf sie stehst.
Manu: (verwundert) Wieso ´n das?

Sven: Boah, wie ihr euch angeguckt habt, als ich vom Balkon reinkam! Das sprach schon Bände! (grinst ihn vielsagend an)

Manu: Ja, Mann ... (leise) Sie gefällt mir eben, hast ja Recht.

Sven: Ihr würdet gut zueinander passen.

Manu: (nachdenklich) Das hat Frank auch gesagt.

Sven: Na, der hat Ahnung. (lacht) Boah Alter, ich fänd's jedenfalls super, wenn ... Ach egal. (hält inne) Glaubste, Frank ist noch sauer auf mich?

Manu: (schüttelt den Kopf) Glaub nicht. Er war nicht wirklich sauer, eher ziemlich besorgt. Und dann hat er zu viel gesoffen und ist ausgetickt, kennst ihn ja.

Sven: (seufzt) Ich ruf ihn demnächst mal an.

Manu: (nickt zustimmend) Mach das.

Svens Bekannter erscheint und bringt sie ins Haus. Sven einigt sich mit ihm auf den Einzug Mitte Januar, was in zwei Wochen sein wird. Er muss sehen, wo er bis dahin unterkommen kann. Manu wäre bereit, ihn weiter bei sich wohnen zu lassen, damit er nicht bei anderen Fixern oder auf der Straße landet. Sven hingegen lehnt das strikt ab, er möchte Manu nicht noch mehr Scherereien machen.

Manu und Sven nehmen die Straßenbahn, steigen am Hauptbahnhof aus und laufen ziellos in der Bahnhofsgegend herum. Sie überlegen, wo Sven zwei Wochen lang wohnen könnte. Manu hat bald eine Lösung parat, er schlägt den Proberaum von Screaming Gun vor. Bandproben stehen zur Zeit nicht an, Sven hätte dort seine Ruhe. Der Raum ist zwar nicht groß, aber trotzdem gibt es dort genügend Platz und eine Toilette mit Waschmöglichkeit. Sven ist unentschlossen, ob er dieses Angebot annehmen soll, aber Manu ist begeistert über seinen Einfall. Doch bevor Sven dort einziehen kann, braucht er das Einverständnis vom Rest der Band.

Zuhause hängt sich Manu sofort ans Telefon. Er ruft der Reihe nach seine Bandkollegen an, während Sven neben ihm auf dem Sofa sitzt und den Gesprächen zu folgen versucht. Manu erklärt jedem von ihnen die momentane Lage, in der sich Sven befindet, und fragt sie, ob sie eine andere Möglichkeit als den Proberaum sehen.

Tom ist sofort einverstanden. Manu hat mit ihm nur ein kurzes Gespräch, da Tom zu seinem Handballtraining aufbrechen muss. Er stellt aus Zeitmangel keine Fragen, versichert Manu jedoch, dass er ihn nach dem Training sofort zurückrufen werde.

Frank zögert zunächst, stimmt jedoch zu, dass der Proberaum der am besten geeignete Ort für Sven sei. Er wolle schließlich auch keinesfalls, dass Sven ein Straßenjunkie wird.

Manu muss Mika erst einmal erklären, wie abhängig Sven mittlerweile geworden ist. Mika hat keine Ahnung davon, denn er hat Sven das letzte Mal vor mehr als drei Monaten gesehen, als der noch die Kontrolle über seinen Drogenkonsum hatte. Mika ist sprachlos und erschrocken über den gravierenden Verlauf von Svens Abhängigkeit, hat außerdem ein schlechtes Gefühl dabei, einen Junkie im Proberaum wohnen zu lassen. Würde er dort zurechtkommen? Wäre es nicht besser, wenn er bei Gleichgesinnten unterkäme? Manu hält vehement dagegen und fügt hinzu, dass die ohnehin alle keinen Platz haben. Außerdem weigere sich Sven, bei ihm oder seinen Eltern zu wohnen, weil er sich nach den gestrigen Gegebenheiten geschworen hat, niemandem mehr mit seinen

Problemen zur Last zu fallen. Manu gelingt es letztendlich, Mika zu überzeugen, und somit steht Svens Unterkunft im Proberaum von Screaming Gun nichts mehr im Wege.

Bald ruft Tom Manu zurück und verspricht, eine Matratze für Sven zum Proberaum zu bringen. Manu leiht Sven seinen Schlafsack und Kleidung zum Wechseln, denn Sven selbst besitzt fast nichts.

Wenig später erreichen sie den Proberaum. Tom bringt, wie vereinbart, kurz darauf eine bezogene Matratze, außerdem ein paar Konservendosen und Brot mit. Auch er hat Sven seit etlichen Wochen nicht gesehen und ist erschrocken über seine verwahrloste Erscheinung mit den eingefallenen Wangen und tiefen Augenringen. Manu fordert Tom mit Blicken auf, sich jeglichen Kommentars zu enthalten. Sie richten mit Sven seine Schlafstätte ein und lassen ihn danach alleine, damit er sich ausruhen kann.

Sobald sie unter sich sind, fordert Tom Manu auf, ihm mehr über Svens offensichtlich heiklen Zustand zu erzählen. Sie setzen sich in Toms Auto, und während der Fahrt ins Zentrum berichtet ihm Manu ausführlich die Erlebnisse der letzten beiden Tage. Tom weiß nicht, was er zu alldem sagen soll. Svens Anblick hat ihn sichtlich schockiert.

Tom hält bald an der Kneipe, in der er die Spieler aus seiner Handballmannschaft treffen möchte. Manu hingegen macht sich auf den Weg nach Hause, weil ihm nicht nach der Gesellschaft von Toms Vereinsfreunden zumute ist und er ohnehin lieber alleine sein möchte. Ihm fällt auf, dass er den ganzen Tag nichts von Laura gehört hat, und er fragt sich, ob ihr die Hektik des Vorabends doch zu viel war. Er beschließt, nicht in den Bogen zu gehen, denn er will sich ihr nicht aufdrängen. Außerdem wird er sie sowieso morgen zur Silvesterparty wiedersehen, solange kann er doch noch warten, findet er. Für ihn ist es erstaunlich, wie viel sie sich gegenseitig schon anvertraut haben und wie viel sie voneinander wissen. Und vor allem, wie sehr sie seine Gefühlswelt beherrscht. Es kann gefährlich werden, wenn er nicht aufpasst. Da ihm Laura immer noch verschlossen vorkommt, hält er es für besser, sie ebenfalls nicht zu sehr an sich heranzulassen. Er ermahnt sich selbst, sie sich aus dem Kopf zu schlagen, so wie er es vor einiger Zeit auch mit Maja tun musste. Aber man gewöhnt sich an alles, sinniert er, und mittlerweile kann er es wieder ertragen, dass Maja jemand anderen küsst.

17

Der letzte Tag des Jahres bricht an. Manu, Tom, Frank und Mika haben verabredet, am Mittag gemeinsam nachzuschauen, wie sich Sven in seiner provisorischen Unterkunft eingerichtet hat. Sie bringen zum Mittagessen frisch gebackene Pizzen aus einer Pizzeria mit.

Sven ist überaus gerührt, wie sich seine Freunde um ihn kümmern. Er kann sich nicht erinnern, wann er sie zum letzten Mal alle zusammen um sich gehabt hat und genießt ihre Gesellschaft in vollen Zügen. Gleichzeitig plagt ihn sein schlechtes Gewissen, da er sie durch seine Anwesenheit nicht in Schwierigkeiten bringen möchte. Nun, da sie alle vier wissen, wie es um ihn steht, versuchen sie nicht, ihm Vorhaltungen zu machen, sondern zeigen sich ausnahmslos sehr hilfsbereit ihm gegenüber.

Mika nimmt seine akustische Gitarre in die Hand und beginnt, darauf zu klimpern. Die Töne wirken entspannend auf Sven. Mika stimmt ein altes Lied von Screaming Gun an, das Sven noch gut von früher kennt. Seine Miene erhellt sich, wie die eines kleinen Jungen.

Ein paarmal wiederholt Mika die Tonfolge des Liedes. Manu nickt ihm kurz zu und beginnt, die ersten Zeilen zu singen. Frank trommelt mit seinen Handflächen den Takt auf seinen Oberschenkeln. Tom fällt zum Refrain in den Gesang ein. Sven tut es ihm nach, während er von Gefühlen übermannt an vergangene Zeiten denkt. Wie oft hat er diesen Song bei Screaming Gun Konzerten schon gehört, welch ein Spaß ihre Konzerte immer waren! Sie spielten damals in Jugendzentren, kleinen Clubs und Diskotheken, manchmal sogar in Bars. Es war eine wundervolle Zeit, in der es ihm gut ging und Heroin noch nicht sein Leben bestimmte.

Sven beobachtet jeden einzelnen seiner vier Freunde. Tom grinst ihm kurz zu, steht auf und begibt sich in die Instrumentenecke. Franks Blick ist konzentriert auf einen Punkt am Boden gerichtet, während er weiterhin den Takt klopft. Mika beginnt, ein Gitarrensolo zu spielen, und Manu, dessen Gesangspart zu Ende ist, lehnt sich dabei mit geschlossenen Augen gegen die Wand. Frank sieht zu Manu auf und lächelt kurz über seine Entspannung, sein Lächeln trifft sich mit dem von Sven. Erleichtert stellt Sven fest, dass Frank ihm nach ihrem Streit bei Manu zuhause und im Joker überhaupt nicht mehr böse zu sein scheint.

Als Mika sein Solo und das Lied beendet, ruft Tom ihnen von der Instrumentenecke aus zu.

Tom: Hey Jungs, lasst uns doch mal ein Neues für Sven spielen, er ist ja gar nicht mehr auf dem neusten Stand!

Manu: Weiß nicht … will er das denn überhaupt? (wirft Sven ein wissendes Grinsen zu)

Sven: (aufgeregt) Alter, da fragst du noch? Von mir aus könnt ihr auf der Stelle ein ganzes Konzert geben, tut euch keinen Zwang an!

Frank: (steht auf, klopft Sven auf die Schulter) Na gut, dann woll'n wir mal.

Mika: (ergreift seine elektrische Gitarre) Momentchen noch, ich find grad das blöde Kabel nicht.

Tom hat bereits seine Gitarre angeschlossen und spielt ein paar Akkorde. Manu hängt sich seinen Bass um und verbindet das Kabel mit dem Verstärker, Frank setzt sich hinters Schlagzeug.

Tom: Mist, hier klingt was schief. (verstellt die Regler auf der Gitarre)

Manu und Frank spielen zu zweit Rhythmen auf Bass und Schlagzeug, dabei singt Manu etwas, was Sven nicht kennt. Ein Gefühl der Wonne erfüllt ihn. Niemals hätte er gedacht, dass solch eine Regung in seiner von Heroin abgestumpften Gefühlswelt noch möglich wäre. Er bewundert diese vier Burschen sehr, sowohl als ihr Freund als auch als ein Fan ihrer Band.

Screaming Gun spielen zwei Songs ihrer neuen Scheibe, danach einen älteren, den Sven sich gewünscht hat. Die Zeit verfliegt, sie sind bereits seit drei Stunden im Übungsraum und müssen wieder aufbrechen. Sie erzählen Sven von der Silvesterparty, zu der sie alle gehen werden und bieten ihm an mitzukommen. Doch Sven hat etwas Anderes vor, das er ihnen lieber verschweigt. In dieser Nacht wird Karolin mit Stoff vorbeikommen. Sven hat Karolin im Joker getroffen, als er mit Manu und Frank dort war. Auf der Toilette hatte er einen reizvollen One-night-stand mit ihr. Sie hat ihm ihre Telefonnummer gegeben. Die beiden wollen sich wiedertreffen und sich gemeinsam zur Jahreswende einen Schuss setzen. Außerdem, so glaubt Sven, scheint Karolin genauso wie er selbst abgeneigt zu sein, dass es mit ihnen beim One-nightstand bleibt.

***

Einige Stunden später trifft Janine bei Laura zuhause ein. Sie stimmen sich mit Rotwein auf die letzte Nacht im Jahr ein, dazu gibt es Käse, Brot und Trauben. Janine berichtet Laura von der Zeit bei ihrer Familie in Hannover. Laura hört ihr lächelnd zu. Janine fordert sie nach einer Weile auf, ihr zu verraten, wie bei ihr die Weihnachtszeit verlaufen ist. Laura erwähnt Manus Weihnachtsgeschenk für sie und beschreibt ihr den lustigen Abend, an dem sie mit ihm, Frank und Harry unterwegs gewesen ist und sie alle ziemlich betrunken waren. Nur von Sven erzählt sie nichts, sie möchte die persönliche Geschichte von Manu und seinem Freund nicht verbreiten. Janine grinst, als sie merkt, wie viel Laura von Manu erzählt. Ihr fällt auf, dass die beiden anscheinend immer mehr Zeit miteinander verbringen. Als sie dies andeutet, zuckt Laura nur mit den Schultern und entgegnet, dass sie befreundet seien und dies doch völlig normal sei. Janine nickt zustimmend und gibt ihr Recht.

Mit der Zeit steigt Lauras Vorfreude auf den Abend. Sie und Janine warten auf Manu, der in diesem Moment noch unterwegs ist, um Freunde aus Wolfhagen vom Bahnhof abzuholen, die für Silvester nach Kassel kommen.

Bald vernehmen sie Männerstimmen im Flur, kurz darauf klopft Manu an. Er lädt die beiden ein, in seiner Wohnung etwas zu trinken und mit ihm und seinen Freunden abzuhängen. Laura merkt, dass er frisch und munter aussieht und gute Laune zu haben scheint. Sie stellt Janine und Manu einander vor.

Manu, Laura und Janine schnappen sich die angebrochene Weinflasche und den restlichen Käse mit Trauben, um damit in Manus Wohnung zu gehen. Dort lernen sie Manus Freunde Hannes und Mattes kennen. Hannes und Mattes sind zweieiige Zwillingsbrüder und kennen Manu schon seit der Schulzeit.

Sie alle setzen sich, unterhalten sich angeregt, trinken Wein und etliche Flaschen Bier. Manu erhält immer öfter Anrufe von Freunden, die bereits auf der

Party sind und auf ihn warten. Er redet und lacht mit ihnen am Telefon, während Hannes und Mattes mit Janine und Laura weitertrinken und spaßen. Nach einer Weile legt Manu auf und drängt zum Aufbruch.

Auf halber Strecke zur Party treffen sie auf Harry und Frank, die sich ihnen anschließen. Mit Harry vertieft sich Janine in ein Gespräch, das den restlichen Weg andauert. Laura redet währenddessen mit Hannes, der ziemlich beschwipst auf sie wirkt. Frank, Manu und Mattes gehen hinter ihnen her, diskutieren dabei und brechen häufig in lautes Gelächter aus.

Sie erreichen schließlich den Club. Laura stößt dort sogleich auf viele Leute, die sie bereits kennt. Mika begrüßt sie als Erstes, anschließend Tom und seine Freundin Nadine. Auch Maja und Schlumpf erspäht sie im Getümmel der Partygäste. Sie schätzt, dass sich insgesamt an die 40 Leute in dem kleinen Raum aufhalten, in dem es heiß und stickig ist und eine feucht-fröhliche Partystimmung herrscht.

***

Maja schnappt sich umgehend Manu, als er hereinkommt. Beide umarmen sich herzlich und freuen sich, sich nach einigen Wochen wiederzusehen. Maja ist zwar mit ihrem Freund Ralf gekommen, aber Manu sieht darüber hinweg. Sogleich fragt sie Manu nach den gerade abgeschlossenen Studioaufnahmen und nach anstehenden Konzerten von Screaming Gun. Sie ist bestens über die Band im Bilde, der sie schon seit zwei Jahren aktiv folgt, seitdem sie durch Freunde auf sie aufmerksam geworden ist. Einige von ihnen waren mit den Bandmitgliedern in Kontakt, vor allem Tom kannten sie recht gut. Maja hatte sich ihnen angeschlossen, als sie ihr vorschlugen, auf ein Konzert von Screaming Gun in Kassel mitzukommen. Von der Bekanntschaft ihrer Freunde mit den Bandmitgliedern hatte Maja profitiert und diese ebenfalls persönlich kennengelernt. Sie mochte die Musik von Screaming Gun von Anfang an und war sofort von Manus attraktivem Aussehen, seiner charismatischen Ausstrahlung und Bühnenpräsenz fasziniert, fand es jedoch dämlich, ausgerechnet den Frontmann der Band am interessantesten zu finden. Einer wie Manu konnte viele Frauen haben, dachte sie sich. Aus diesem Trotz heraus hatte sie sich zunächst nicht um ihn gekümmert, als sie nach dem Konzert mit ihren Freunden bei der Band im Hinterzimmer bei mehreren Kästen Bier saß. Durch die Verrücktheit der Jungs aus der Band wurde sie selbst immer ausgelassener. Dabei floss selbstverständlich viel Alkohol. Manu und Maja hatten kaum ein Wort miteinander gewechselt, doch bereits an diesem Abend immer öfter Blickkontakt miteinander gehabt.

Bei Majas nächstem Konzertbesuch hatte Tom sie am frühen Abend backstage mitgenommen, als sie vor dem Club auf ihre Freunde wartete. Dort traf sie auf Manu, sie hatten sich begrüßt, nichts weiter. Manu hatte den Raum zügig wieder verlassen. Majas Freunde kamen schließlich hinzu, und sie gesellte sich zu ihnen.

Nach dem Konzert hatte Manu ihr mit einem charmanten Lächeln Bier gereicht. Dies ließ augenblicklich das Eis zwischen ihnen schmelzen. Während sie sich das erste Mal miteinander unterhielten, hatten sie auf der Stelle großen Gefallen aneinander gefunden. Manu empfand Maja als fesselnde Gesprächspartnerin und gestand sich ein, dass sie bezaubernder und hübscher war als die meisten Frauen, die er kannte.

Maja wurde eine regelmäßige Konzertbesucherin und innerhalb weniger Wochen eine gute Freundin der Band, insbesondere von Manu. Mit der Band traf sie sich auch außerhalb von Konzerten, meist zum gemeinsamen Biertrinken in Bars.

Mit der Zeit flirteten Manu und Maja immer heftiger miteinander und kamen sich näher. Nach einem überaus gelungenen Auftritt von Screaming Gun in Bad Hersfeld konnten sie nicht mehr voneinander lassen. Es wurde eine wilde, leidenschaftliche Liebesnacht, der eine kurzweilige und intensive Beziehung von fast fünf Monaten folgte. Maja war verrückt nach Manu, konnte sich aber keine Ernsthaftigkeit mit ihm vorstellen, da er ihr viel zu ausgeflippt war. Sie genoss seine andersartige Gesellschaft und mochte ihn aufrichtig, doch erhielt gleichzeitig viel Aufmerksamkeit von anderen Männern, so wie Manu von anderen Frauen.

Maja sah bald nur die Möglichkeit, sich entweder vor Eifersucht zu vergessen, oder von ihrer Beliebtheit zu profitieren und auf das Flirten der Männer einzugehen. Sie entschied sich für Letzteres und bemerkte, dass es ihr großen Spaß machte. Mit Manu zusammen zu sein machte ihr ebenso viel Spaß, aber sie hielt es mit der Zeit für besser, sich an niemanden mehr zu binden, damit ihr Flirten keine Probleme nach sich zog und sie tun konnte, was sie wollte. Deswegen trennte sie sich von Manu und war erschüttert über seine heftige Reaktion, die sich zunächst in Wut, Fassungslosigkeit und anschließend in tiefem Trübsinn geäußert hatte. Ihr war nicht bewusst gewesen, wie sehr Manu in sie vernarrt war, und sie fühlte sich lange Zeit schuldig an dem Schlamassel, den sie hervorgerufen hatte. Allerdings konnte sie sich nicht dazu zwingen, Manu in der Weise zu lieben, dass sie keine anderen Männer mehr ansah. Richtige Liebe muss sich wohl anders anfühlen, hatte sie sich gedacht.

Monatelang hatten die beiden nach dem Bruch keinen Kontakt miteinander. Manu war mit Schreiben von Songs und Aufnahmen des nächsten Albums beschäftigt. Als neue Screaming Gun Konzerte stattfanden, trafen sie sich wieder und sprachen sich eine ganze Nacht lang aus. Am Ende lagen sie sich weinend in den Armen, beschlossen aber, dass sie unbedingt Freunde bleiben wollten.

In den darauffolgenden Wochen kam es häufig vor, dass sie sich, trotz der Trennung, nicht mehr widerstehen konnten und im Bett landeten. Da Maja jedoch jedes Mal anschließend sofort wieder verschwand, fühlte sich Manu immer aufs Neue von ihr verlassen, was ihm Salz in die Wunden streute. Er war gefangen zwischen der Hoffnung, dass sie ihn vielleicht eines Tages wieder lieben könnte und der Einsicht, dass es zwischen ihnen nicht mehr funktionieren würde.

An letztem Silvester kam Maja schließlich mit Ralf zusammen. Manu hielt der heftigen Enttäuschung kaum stand. Das Verhältnis zwischen ihm und Maja kühlte auf der Stelle ab. Er konnte nicht begreifen, warum Maja für jemand anderen die Gefühle aufbrachte, die er sich selbst immer von ihr erhofft hatte. Manchmal gab es Phasen, in denen er furchtbar darunter litt. Nichts hatte ihm dann Linderung verschafft, außer Musik zu spielen.

Ausgerechnet zu dieser Zeit lief es mit Screaming Gun immer besser. Durch Konzerte, Studioaufnahmen und Partys wurde Manu allmählich von seinem Liebeskummer abgelenkt. Er bekam genug Abstand vom durchlebten Frust und traf Maja, nach einem halben Jahr ohne jeglichen Kontakt, Mitte des gerade vergangenen Jahres wieder. Manu versuchte zunächst, sie zu meiden, aber das scheiterte daran, dass sie sich nach wie vor ausgezeichnet verstanden. Außerdem merkte er, dass er ihre Anwesenheit gut verkraftete und sie ihm sogar Freude bereitete. Seitdem klappte es weitgehend problemlos mit einer Freundschaft zwischen ihnen. Maja besuchte zu der Zeit einige Konzerte von Screaming Gun und fing an, erneut Zeit mit der Band zu verbringen, jedoch ohne Ralf, den sie Manu zuliebe bis heute aus seinem Umfeld heraushält.

***

Schlumpf tritt an Laura heran, die Maja und Manu dabei beobachtet, wie sie miteinander scherzen und lachen. Sie wendet sich von ihnen ab und umarmt Schlumpf erfreut. Sogleich stellt er ihr seine Freunde vor, in deren Begleitung er ist. Das lenkt sie davon ab, sich erneut Fragen über die Art der Beziehung zwischen Manu und Maja zu stellen.

Nach einer Weile wundert sie sich, wo Janine abgeblieben ist, bis sie sie ausgelassen auf der Tanzfläche mit Tom und Nadine tanzen sieht. Janine hat offensichtlich großen Spaß, das gefällt Laura.

Mika und Hannes stehen an der Theke, Laura stellt sich zu ihnen. Sie findet die beiden überaus amüsant, vom vielen Lachen tut ihr der Bauch weh. Durch die gehobene Stimmung merkt sie nicht, dass sie viel zu schnell trinkt. Hannes beginnt, Shots auszugeben. In diesem Moment kommen Manu und Mattes hinzu und trinken mit. Lauras Sinne trüben sich, der Alkohol steigt ihr zu Kopf. Sie ermahnt sich selbst, eine Trinkpause einzulegen.

Gerade als Laura überlegt, auf die Tanzfläche zu gehen, ertönt eine Durchsage, es sei eine Minute vor Mitternacht. Janine kommt kurz darauf mit Harry, Schlumpf, Tom und Nadine an die Theke. Frank taucht auch wieder auf. Es wird von zehn an rückwärts gezählt, zum Neuen Jahr erheben alle ihre Gläser.

Als erstes liegen sich Laura und Janine in den Armen und drücken sich. Danach erscheinen etliche andere ihrer Bekannten in Lauras Nähe. Sie umarmt einen nach dem anderen zum Neuen Jahr. Als sie zu Manu kommt, schenkt er ihr dieses einnehmende Lächeln, das sie so gerne an ihm mag. Die beiden drücken sich fest, Laura verspürt dabei ein mulmiges Gefühl. Nervös ermahnt sie sich, sich zur Jahreswende nicht selbst zu vergessen und sich nicht zu sehr ihren Gefühlen hinzugeben. Aber sie kann nicht leugnen, wie aufregend sie es findet, in Manus Armen zu liegen und von ihm gedrückt zu werden.

Im nächsten Augenblick wendet sich Tom an Manu und Schlumpf an Laura. Manu und Laura lösen sich voneinander, um ihre Freunde zu umarmen und ihnen ein glückliches Neues Jahr zu wünschen. Janine nimmt Laura mit nach draußen, sie möchte mit ihr das Feuerwerk anschauen. Dort steht Maja mit Ralf, ebenso Frank mit Mattes, Harry und Mika. Janine und Laura stehen Arm in Arm beisammen, lehnen sich aneinander. Janine sagt Laura, dass sie ein tolles Silvester verbringe und es ihr hier riesigen Spaß mache, wo so viele lustige Leute sind und gute Musik läuft.

Sie bekommt wieder Lust zu tanzen und geht mit Harry zur Tanzfläche.

Laura bleibt draußen, die frische Luft tut ihr gut. Sie unterhält sich mit Mika über seine Pläne, für einen Film Musik zu schreiben. Schlumpf, Hannes und Manu kommen mit Bierplastikbechern hinaus zu ihnen.

Laura: Oh, super, Bier! (stibitzt den Becher von Manu)

Frank: (zu Manu) Wie, du teilst dein Bier mit ihr? Also, wenn ich das täte, würde ich sonstwas von dir zu hören bekommen! (verzieht den Mund, spielt beleidigt)

Schlumpf: (gibt Frank seinen halbleeren Becher) Hier, nimm das und halt's Maul.

Laura lacht über Franks Unsinn und Schlumpfs Kommentar. Manu blickt fasziniert zu ihr. Wenn sie so gut gelaunt und vergnügt ist, fällt es ihm besonders schwer, darauf zu achten, sich nicht in sie zu verlieben.

Laura: (wendet sich an Manu) Und, hast du irgendwelche Vorsätze für dieses Jahr?

Manu: Nö, davon halte ich nichts. Außerdem sind Vorsätze nur dazu da, gebrochen zu werden. (schelmisches Grinsen) Aber ich würde gerne noch mehr Konzerte spielen, so 'ne richtig lange Tour.

Laura: Und das Leben eines Rockstars führen, was?

Manu: Genau. Das is' echt geil. (lacht)

Laura: Du kommst mir schon jetzt wie einer vor.

Manu: (zieht die Augenbrauen hoch) Ach, echt?

Laura: Naja, eher wie der liebe Junge von nebenan. (lacht ausgelassen) Der bist du aber auch. Beides halt. (tiefer Blick) Ein durchgeknallter und chaotischer, sehr liebenswürdiger Typ mit großem Herzen.

Manu: (verlegen) Hm … okay.

Laura: Jetzt hab ich dich aus der Fassung gebracht. (lächelt leicht)

Manu: Nee, schon in Ordnung.

Hannes und Mattes beschließen wieder hineinzugehen, um zu tanzen. Sie fordern Manu und Laura auf mitzukommen, und sie folgen ihnen.

Kurz darauf findet sich Laura zwischen wild tanzenden Leuten wieder, Janine ist unter ihnen. Die beiden albern miteinander herum. Manu ist im nächsten Augenblick wieder verschwunden, Hannes und Mattes tanzen jedoch ausgelassen weiter mit ihnen. Laura hat das Gefühl, dass sie viele Männer antanzen und anstarren, und dass besonders Hannes sie die ganze Zeit angrinst.

Als Laura wenig später von der Toilette kommt, fängt Hannes sie ab und legt einen Arm um sie. Er ist ziemlich betrunken und wird anhänglich, das ist ihr unangenehm. Sie versucht, sich davonzustehlen, ohne unhöflich zu erscheinen. In unmittelbarer Nähe entdeckt sie Mattes, winkt ihn zu sich. Als er auf sie zusteuert, bittet sie ihn, seinen Bruder abzulenken, der rücke ihr nämlich zu sehr auf die Pelle. Mattes lacht, zieht Hannes von ihr weg und mit sich zur Bar. Laura ist es schwindelig geworden. Sie geht zurück in Richtung Tanzfläche, wo sie auf Schlumpf stößt. Ihn bittet sie, sie hinaus zu begleiten, um frische Luft zu schnappen.

Wenig später steht Laura mit Schlumpf vor dem Club.

Schlumpf: Was ist los, Laura?

Laura: Ich weiß nicht, mir ist ganz eigenartig zumute.

Schlumpf: (Sorgenfalten) Wie meinst du das?

Laura: Hm ... die Stimmen der Leute hier sind so komisch ... wie aus weiter Ferne.

Schlumpf: (legt einen Arm um sie) Hoffentlich kippst du mir nicht um.

Laura: Na, das glaub ich nicht.

Laura wirft sich selbst vor, dass sie heute übertrieben hat. Am Nachmittag hat sie einen starken Joint geraucht, um wenigstens heute guter Dinge zu sein. Das Hasch in Kombination mit dem Alkohol, den sie getrunken hat, ist wohl der Grund für ihren Zustand. Es stört sie nicht, dass Schlumpf einen Arm um sie gelegt hat. Es beruhigt sie eher, er tut es aus purer Freundschaft. Bei ihm hat sie nicht das Gefühl, dass dahinter mehr steckt, so wie bei Hannes zuvor.

Schlumpf: Komm, ich hol dir mal ein Glas kaltes Wasser, ja?

Laura: (nickt) Ja, gut. Danke, Schlumpf.

Schlumpf geht in den Club und kommt zügig mit dem Wasser zurück, Manu folgt ihm.

Manu: (beunruhigter Blick) Laura! Was hast du?

Laura: Hey Manu! (lächelt ihn an) Ist halb so wild. Ich vertrag Alkohol nicht immer so gut in großen Mengen.

Manu lehnt sich neben sie an die Wand, und nun ist er es, der einen Arm um sie legt. Schlumpf steht noch neben ihnen. Er ist in der Zwischenzeit mit einigen seiner Freunde ins Gespräch gekommen, die nach draußen gekommen sind. Laura möchte Manus Aufmerksamkeit von ihrem Schwächeanfall ablenken und wechselt das Thema.

Laura: Wie geht es Sven eigentlich? Hat er sich das Zimmer angesehen, von dem er erzählt hat?

Manu: (nickt) Ja, er zieht da in zwei Wochen ein.

Laura: (überrascht) Oh, das ging ja schnell! Wo wird er dann wohnen?

Manu: In Wesertor, in der Nähe vom Kasseler Hafen. Eine triste Gegend, voll von Drogendealern. (legt die Stirn in Falten) Ich hoffe, er kann auf sich selbst aufpassen. Seine Ex, die Doro, hat immer gut ein Auge auf ihn geworfen. Aber jetzt ist sie wohl am Ende ihrer Geduld angelangt.

Laura: Das tut mir echt leid für ihn. (legt eine Hand auf seine) Ich kann von solchen Dingen ein Lied singen. Drogen machen nur Probleme, vor allem in einer Beziehung.

Manu: (zieht fragend eine Augenbraue hoch) In einer Beziehung?

Laura: Ähm … ja, genau.

Abrupt hält sie inne und überlegt, ob sie ihm tatsächlich ihre Vergangenheit offenbaren soll. Mittlerweile hat sie jedoch großes Vertrauen zu ihm gewonnen und spürt einen großen Drang, ihn endlich an den Gedanken teilzuhaben, die sie seit einiger Zeit so quälen.

Laura: Erinnerst du dich an die Nachricht, die ich dir letztens geschrieben habe? In der ich erwähnt habe, dass viele Dinge in Dortmund aus dem Ruder gelaufen sind?

Manu: (aufmerksamer Blick) Ja, sicher.

Laura: Naja, das war so … in Dortmund hab ich nach dem Tod meiner Eltern immer öfter Kontakt zu Leuten gehabt, die mit Drogen zu tun hatten. Sie waren, ehrlich gesagt, meine einzigen Freunde dort. Fast alle anderen Freunde hab ich durch meine Depressionen verloren, die konnten mit mir nichts mehr anfangen, glaub ich. Außer Janine natürlich, die treue Seele. (lächelt liebevoll bei diesen Worten) Jedenfalls hab ich meine Ausbildung als Dekorateurin von Innenräumen abgebrochen, auch wegen der Depressionen, weißt du. Ich war einfach fertig mit der Welt. Und dann haben mir Hasch und Kokain echt gut getan, das war genau das, was ich brauchte. Und so wurden diese Leute eben meine Freunde. Mein letztes Geld ging für dieses Zeug drauf, und wie ich danach an Stoff gekommen bin, will ich lieber ganz schnell vergessen. (Manu blickt verwirrt) Nee, nicht was du denkst. Ich bin nie auf dem Strich gewesen, das sag ich dir gleich. Aber ich war ziemlich gut in einer Kunst, die man gemeinhin Diebstahl nennt. (Manu entgegnet nichts, blickt sie ernst und erwartungsvoll an) Aber das will ich wirklich nicht weiter ausführen. Man wollte mich zwar dazu nötigen, auf den Strich zu gehen um Geld für Stoff anzuschaffen, aber das kam für mich nicht in Frage.

Manu: (entsetzt) Du meine Güte, wer wollte dich denn dazu nötigen?

Laura: (rümpft die Nase) Mein Ex-Freund. Björn.

Manu: (fassungslos) Was? Dein Ex-Freund?

Laura: (hitzig) Ja, stell dir das mal vor! Nur, damit er seinen Stoff für weniger Geld oder umsonst kriegt, wollte der mich ausnutzen! Das hätte dem wohl so gepasst, dass ich sein Flittchen werde! So eine Respektlosigkeit hab ich noch nie erlebt! Und dann fing dieser Idiot an, handgreiflich zu werden, vor allem, als ich mich gegen seine Schläge wehrte! Was für eine Niete! Sobald man anfängt, Frauen zu schlagen, ist man eh unten durch bei mir! (Tränen der Wut steigen in ihre Augen)

Manu: (sichtlich aufgebracht) Unglaublich, wo ist dieser Scheißkerl? Dem polier ich die Fresse!

Laura: Er hat mir ganz schön Angst gemacht. Zum Glück konnte ich bei Miriam unterkommen, einer Freundin, die mich vor ihm versteckt hat. So eine Schande, sich vor seinem verrückt gewordenen Freund verstecken zu müssen. (blickt Manu vorsichtig an) Oh Mann, ich wollte nicht, dass du jetzt so wütend wirst. Ich musste diesen Scheiß einfach nur mal loswerden.

Manu: Is` schon gut, Laura. (drückt ihre Hand) Solche Sachen machen mich rasend. Es ist das Allerletzte, Frauen zu schlagen. Ich hoffe, er hat dich nicht ernsthaft verletzt.

Laura: Körperlich nicht, nein.

Sie weiß, dass Manu versteht, dass diese Erlebnisse eher in ihrer Seele Spuren hinterlassen haben.

Laura: (streicht zaghaft über seinen Arm) Mach dir keine Sorgen, es geht schon wieder. (kurze Pause) Jetzt verstehst du vielleicht, warum ich unbedingt die Stadt verlassen musste. Ich wollte das zuerst überhaupt nicht, aber Janine bestand darauf, dass ich zu ihr nach Kassel komme. Und jetzt bin ich heilfroh, dass ich das getan hab. Ich hab keiner Menschenseele gesagt, wo ich bin. Ich hoffe, dass Björn es nicht irgendwann rauskriegt.

Manu: Laura … (sie hebt den Blick, sie sehen sich in die Augen) Ich finde es bewundernswert, dass du es geschafft hast, aus dieser schwierigen Lage herauszufinden. Andere wären in so einer Situation vielleicht untergegangen, aber du hast die Chance wahrgenommen, woanders Fuß zu fassen. Für mich beweist das, wie verdammt stark du bist.

Manus Augen strahlen Laura voller Bewunderung an. Sie merkt in diesem Moment, dass er sie eindeutig mag. Seine große Zuneigung stimmt sie innerlich erfreut und aufgeregt, doch sie hat keine Ahnung, wie sie damit umgehen soll. Denn sie könnte genauso fühlen wie er, und das wollte sie immer vermeiden. Wenn er sich in sie verliebt hat, ist es schon schlimm genug, denkt sie sich, aber jetzt empfindet sie selbst solche Gefühle!

Sie ist durcheinander und blickt sich suchend nach Schlumpf um, als ob sie sich einen Rat von ihm erhofft, aber er ist verschwunden. Verwirrt löst sie sich von Manu, als sie seinen Blicken nicht mehr standhalten kann und deutlich das Knistern zwischen ihnen bemerkt. Rasch erfindet sie den Vorwand, dass ihr kalt wird, obwohl ihr durch seine Nähe und ihre eigene Anspannung keineswegs kalt ist. Er entgegnet nichts, nickt nur zustimmend. Kurz kann sie Unsicherheit in seinen Augen erkennen.

Die beiden gehen wieder in den Club hinein. Janine kommt am Arm von Mika von der Tanzfläche, vielmehr schiebt Mika die laut lachende Janine von dort weg. Laura versteht nicht, was die beiden dermaßen amüsiert.

Janine: (nimmt Laura in ihre Arme) Mika ist vielleicht ein urkomischer Vogel, unglaublich! (kichert, hält dann inne) Und wo warst du die ganze Zeit? Du siehst total müde aus.

Laura: Draußen, ich hab frische Luft geschnappt.

Sie möchte die schönen und aufwühlenden Momente mit Manu nicht erwähnen.

Janine: Ach so. Alles klar soweit, Süße?

Laura: (lächelt und nickt) Jo, aber keinen Alk mehr für mich heute Abend!

Janine: (grinst) Sicher? Es ist schließlich Silvester.

Laura: (abwesend) Hm.

Janine: Süße? (grinst) Na, was ist los, war irgendwas?
Laura: (verwundert) Nö, wieso?
Janine: Du bist dicht, glaub ich. (lacht)
Laura: Du doch auch! (lacht ebenfalls) Hast dich prächtig mit Mika amüsiert, scheint mir.
Janine: Oh Mann, der spinnt! Der hat – (schreit) Ah, hey!
Harry und Frank packen Janine von hinten. Frank setzt ihr einen Becher mit Bier an den Mund. Sie lacht ausgelassen, die Hälfte vom Schluck tropft ihr in den Ausschnitt. Harry fragt sie schelmisch, ob er ihr das Bier wegwischen solle. An dieser Stelle muss Laura mitlachen.
Es wird vier Uhr, die Party ist vorbei. Frank, Harry, Schlumpf, Hannes, Mattes, Manu, Laura und Janine stehen beisammen und überlegen, was sie noch unternehmen sollen. Die Jungs möchten probieren, ob sie noch irgendwo hereinkommen. Laura und Janine beschließen jedoch, nach Hause zu fahren. Lauras Beine knicken vor Erschöpfung fast ein, und Janine fühlt sich ziemlich benebelt. Sie verlassen die Gesellschaft und steigen in die erste Straßenbahn, die an diesem Morgen fährt. Janine übernachtet bei Laura, sie schlafen im selben Bett ein.

18

Am nächsten Mittag sitzen Janine und Laura bei einem gemütlichen Frühstück in Lauras Küche.

Janine: Hab ich dir erzählt, dass Harry leidenschaftlich gerne Tennis spielt? Scheint so, als hätte ich endlich einen Tennispartner gefunden! Wir haben uns auch schon zu einem Spiel verabredet.

Laura: Schön, dass du einen anderen Sportbegeisterten kennengelernt hast.

Janine: Ja, ne? Harry und ich haben sowieso festgestellt, dass wir viele gemeinsame Interessen haben. Aber mein Typ ist er überhaupt nicht. Also, vom Aussehen her. Ich mag keine Vollbärte, und er ist viel zu dünn, an dem ist gar nichts dran. Da ist Frank zum Beispiel das genaue Gegenteil, der sieht ja mal hammermäßig aus, wow!

Laura: (lacht über Janines Begeisterung) Oh Mann, Janine!

Janine: Mensch, ist doch wahr! Er ist groß und hat 'ne geile Figur, ist nicht zu muskulös und nicht zu mager, genau richtig! Außerdem hat er dunkle Haare und blaue Augen ... alles, was ich mag! Leider war er zu besoffen, sonst hätte ich mich an ihn rangemacht! (lacht) Er meinte, er spielt Schlagzeug. Wohl in der Band, in der Manu auch spielt, oder?

Laura: Ja, genau. Und du findest ihn gut? (grinst)

Janine: (zuckt mit den Schultern) Ach, dass er gut aussieht, ja. Aber kennen tu ich den ja nicht wirklich. Wie gesagt, hab mehr mit Harry geredet. Der ist vielleicht ein aufgewecktes Kerlchen, was?

Laura: Stimmt, Harry ist echt witzig, find ich auch.

Janine: Und Manu … (beugt sich vor) … ein hübscher Kerl, muss ich schon sagen. Sieht ja echt nach einem Rock ′n′ Roller aus, mit Lederjacke und diesen frechen Stubbelhaaren. (lacht) Aber supernett ist er auf jeden Fall. Und Schlumpf hat mir ständig Drinks gebracht. Sehr cool, der Typ. Studiert hier an der Uni, wenn ich das richtig behalten hab.

Laura: (nickt) Hast du. Also, ich fand Hannes am Anfang sehr spaßig, aber als er dann total breit war, wurde er anhänglich und hat genervt.

Janine: (lacht auf) Echt? Was hat er denn gemacht?

Laura: Ach, mich in den Arm genommen und Süßholz geraspelt. (beide lachen)

Janine: Jaja, die Besoffenen. Echt ey, manche zeigen dann mal ihre andere Seite. Ihre Schattenseite, mein ich. Wollte er dich auch küssen?

Laura: Hab mich von ihm befreit, bevor er es versuchen konnte. Das hätte mir grad noch gefehlt. (lacht leise) Ich hatte gestern eh das Gefühl, dass mir einige Typen zu viel Aufmerksamkeit geschenkt haben. Wurde auf der Tanzfläche dauernd angetanzt.

Janine: Was? Oh Mann. Ich nicht. Wahrscheinlich siehst du einfach zu gut aus.

Laura: Zu gut?

Janine: Naja. (lächelt sie an) Sehr gut halt. Außerdem hast du diesen Grunge-Stil, das finden Typen toll. Biste immer noch so'n Nirvana-Fan?

Laura: Total!

Janine: Ja, die sind schon nicht schlecht. Wenn sie mal nach Deutschland kommen, gehen wir auf ein Konzert, ja?

Laura: (rümpft die Nase) Das wird sicher teuer.

Janine: Ach, das kriegen wir schon hin.

Laura: Aber erst mal müssen wir auf ein Konzert von den Jungs. Die spielen ab Frühjahr wieder, so ab März.

Janine: Au ja, dann gucken wir uns mal an, wie die abgeh'n!

Laura: Vor allem Frank am Schlagzeug, was?

Janine: Zum Beispiel. (grinst ihr zu)

Laura: Ich kann eigentlich mal die CD anmachen, da kannste mal hören, was die so spielen. Aber ich denke, du wirst es mögen. (geht zum CD-Spieler, schaltet die Musik an)

Janine: Und was machst du heute noch?

Laura: Mal sehen. Aufräumen. Gut, dass dich mein Chaos nicht stört.

Janine: Ach nö, keine Sorge. Triffst du dich heute mit Manu?

Laura: (unsicher) Weiß nicht.

Janine: (bemerkt das Zögern) Was ist? Ist was mit dem?

Laura: Nee, mit ihm ist alles okay.

Janine: Aber du bist so komisch jetzt. Er ist wohl grad kein gutes Thema? Was war denn gestern?

Laura: Ach, nichts.

Janine: Habt ihr euch gestritten?

Laura: Quatsch. Wir verstehen uns voll gut. Etwas zu gut, würd' ich sagen. (Janine blickt fragend) Na, ich glaub', er mag mich zu sehr.

Janine: Du meinst, er ist verknallt in dich?

Laura: (nickt) Vielleicht.

Janine: Kann ich mir sogar gut vorstellen. (grinst, wird dann ernster) Und was ist daran nicht gut? Du magst ihn doch auch, Laura!

Laura: Ich will keinen … ähm … Freund.

Janine: Ach, komm schon. Das glaub' ich dir nicht.

Laura: (nicht mehr so sicher) Is' aber so.

Janine: Oh Mann, Laura, du hast vielleicht Probleme! Klar, du hast keinen Bock, jemandem dein Herz zu öffnen und dann so ausgenutzt zu werden, wie es bei Björn gewesen ist. Aber das ist vorbei, der Typ war ein Arschloch, und er soll dich nicht davon abhalten, dass du dich allen Anderen verschließt, auch dem Richtigen.

Laura: Ja, weiß ich doch. Aber ich glaub', ich bin alleine besser dran.

Janine: Wieso denn?

Laura: Weil ich genug mit mir selbst zu tun hab.

Janine: Ach, red' nicht. Hast du nicht mal daran gedacht, dass dir jemand einen großen Teil deiner Einsamkeit nehmen könnte? Und du dann mit deiner Trauer nicht mehr ganz alleine bist?

Laura denkt daran, dass ihr Manu wahrhaftig gut tut und sie sich eigentlich sehr wohl in seiner Nähe fühlt. Am Vorabend hat sie ihm sogar Einzelheiten aus ihrer Vergangenheit erzählt. An Lauras Miene erkennt Janine, dass sie Recht hat.

Janine: Ihr steht euch bereits sehr nahe, stimmt's?

Laura: (nickt, leise) Wir haben uns gegenseitig schon viel Persönliches erzählt. Und er hat auch Freunde, die Drogenprobleme haben. Er versteht mich so gut. Und ich ihn.

Janine: Genau. Und richtig schöne Augen hat er.

Laura: Hm. (nickt) Und ein extrem süßes Lächeln.

Janine: Na, dann verschließ dich ihm nicht! Ich weiß schon, sag nichts, es fällt dir schwer, dich zu überwinden. Aber versuch es einfach, was ist schon dabei? Du scheinst mir echt die richtigen Gefühle für ihn zu haben.

Laura: Willst du damit etwa sagen, dass ich auch in ihn verknallt bin?

Janine: Genau. (lächelt sie an) Ich weiß, dass du es bist, auch wenn du es nicht zugibst.

Laura: (verlegen) Ist sogar schwer, es gegenüber mir selbst zuzugeben.

Janine: Klar, weil du dich dagegen zu wehren versuchst. Ich krieg' das schon mit. (lacht kurz) Ach Süße, du machst dir selbst das Leben schwer. (legt kurz eine Hand auf ihre)

Laura: Jetzt hab ich irgendwie Schiss, ihn wiederzutreffen.

Janine: Wieso das denn?

Laura: Weil ich nicht weiß … ähm …

Janine: … was passieren wird?

Laura: Ja, so ähnlich.

Janine: Ach, lass den Dingen einfach ihren Lauf. Es muss sich nur richtig anfühlen. Egal, was es ist.

Laura: Du hast Recht. Ich glaube, er hätte mich gestern gerne geküsst. Als wir draußen standen und geredet haben. Es war wunderschön, ich konnte mir den ganzen Mist von der Seele reden.

Janine: Und er hat dich nicht geküsst?

Laura: Nein, ich hab mich von ihm gelöst, bevor es dazu überhaupt kommen konnte. Weil ich so'n Bammel davor hatte. Und ich weiß nicht, ob ich ihn wieder enttäuschen werde.

Janine: Weißt du was, Männer können das aushalten, mach dir mal keinen Kopf. Es gibt noch mehr Gelegenheiten. (steht auf) Ich muss leider los, Süße. Danke für alles. Die Nacht gestern war geil. Hat voll Spaß gemacht.

Laura: Ja, ne? Schön, dass du dabei warst.

Janine: Grüß Manu von mir. (zwinkert ihr zu) Und denk dran, lass die Dinge einfach geschehen. Übrigens, die Musik ist nicht schlecht. Muss ich mir beizeiten mal in Ruhe anhören.

Laura: (nickt) Spätestens auf einem Konzert.

Janine lacht und nickt. Sie verabschiedet sich mit einem Wangenküsschen von Laura.

19

Manu hat die Nacht bei Schlumpf zuhause verbracht, wo er mit ihm, Hannes und Mattes bis sieben Uhr morgens Bier getrunken, geredet und gelacht hat. Kurz vor Sonnenaufgang ist Schlumpf ins Bett gegangen, und Hannes hat sich auf dem Sofa ausgestreckt. Mattes und Manu mussten sich die Gästematratze teilen, auf die sie sich quer und Rücken an Rücken gelegt haben.

Am Mittag steht Schlumpf auf und fängt an zu kochen. Mit der Zeit weckt dies die Anderen auf. Manu, Mattes und Hannes sind ein wenig angeschlagen und noch halb besoffen, sie brauchen deswegen eine Weile, um aufzustehen zu können. Hannes schafft es schließlich, sich schwankend vom Sofa zu erheben. Er möchte ins Bad gehen, kann sich hingegen nicht recht auf den Beinen halten und läuft gegen den Türpfosten. Manu und Mattes brechen in lautes Gelächter aus. Dadurch angelockt, kommt Schlumpf aus der Küche hinzu. Mattes streckt sich auf dem Sofa aus, Manu auf der Matratze. Sie unterhalten sich mit Schlumpf über den vorigen Abend, bis das Nudelwasser überkocht und Schlumpf zurück in die Küche rennt. Hannes verlässt das Badezimmer wieder und geht zu Schlumpf in die Küche. In der Zwischenzeit schleift Mattes die Matratze zurück an ihren Platz hinter dem Schrank. Manu sammelt die Bierflaschen ein und sortiert sie in die Kästen im Flur. Bald darauf essen sie Spaghetti Carbonara, die Schlumpf zubereitet hat, und scheuen sich nicht, wieder Bier zu trinken.

Anschließend begleiten Schlumpf und Manu ihre Freunde zum Bahnhof, wo sie den Zug zurück nach Wolfhagen nehmen. Schlumpf kehrt umgehend nach

Hause zurück. Er möchte versuchen, noch ein wenig für die Prüfungen zu lernen. Manu schüttelt darüber nur den Kopf, nennt ihn grinsend einen Streber. Er macht sich ebenfalls auf den Heimweg.

***

Als Manu an seine Wohnungstür gelangt, hängt an der Klinke ein Stoffbeutel. Verwundert zieht er die Augenbrauen hoch und lugt hinein. Dort findet er eine Plastikdose, die mit Keksen gefüllt ist. Er öffnet sie und bemerkt, dass auf jedem Keks mit Lebensmittelfarbe ein Buchstabe geformt ist. Einige Buchstaben sind rot, andere blau, weitere grün. Ein Brief liegt dabei. Manu entfaltet das Papier und erkennt Lauras Schrift.

„Hallo Manu, hier ein Geschenk von mir zum Neujahrstag, wenn ich schon Weihnachten nichts für dich hatte. Wenn du die Buchstaben richtig aneinanderreihst, ergeben sie die Lösung. Kleiner Tipp: Die Buchstaben in derselben Farbe sind für dasselbe Wort. Sind also drei Wörter. Es hat etwas mit Autofahren zu tun. Sollte nicht so schwer sein, du kannst mir ja Bescheid geben, wenn du's rausgefunden hast. Viel Spaß! Bis bald, Laura."

Manu muss über diese Idee lachen. Ihm wird innerlich warm vor Freude über Lauras kleine Aufmerksamkeit. Nun ist er gespannt auf das Rätsel und hofft, dass er die Lösung schnell findet. Im Nu breitet er die Kekse auf dem Boden aus, sortiert sie nach Farben. Es dauert tatsächlich nicht lange, dann hat er es herausgefunden. Die Roten ergeben „Spritztour", die Grünen

„nächste" und die Blauen „Woche". Er versteht nicht, was es damit auf sich hat. Vielleicht ist es ein Angebot von Laura, ihn irgendwohin mitzunehmen? Kurzerhand beschließt er, sie zu fragen. Zuerst muss er sich aber für sie salonfähig machen.

Er duscht, putzt sich gründlich die Zähne und rasiert sich. Außerdem trägt er Kajal auf, gibt jedoch Acht, dass er nicht zu auffällig erscheint. Zum Schluss zieht er sich frische Kleidung an und richtet sein Haar. Sobald er fertig ist, klingelt er bei Laura.

Als Laura ihm öffnet, lächelt sie erfreut. Die beiden umarmen sich.

Laura: Na du? Alles klar?

Manu: (lacht) Jo! Du bist ja bekloppt mit diesen Buchstaben-Plätzchen! Was für eine geniale Idee!

Laura: (grinst leicht) Und? Hast du es rausgefunden?

Manu: Ja, Spritztour nächste Woche, stimmt's?

Laura: Genau! Hast ein Bier gewonnen!

Manu: Klasse! (Laura geht das Bier holen, er setzt sich derweil aufs Bett) Und wieso Spritztour?

Laura: (von der Küche aus) Weil ich sie dir anbiete. (kommt mit dem Bier zu ihm) Janine fliegt morgen ein paar Tage nach Italien, und ich krieg' solange ihr Auto.

Manu: Hey, das ist ja super! Und wohin soll's gehen?

Laura: Das kannst du dir aussuchen. Ist sozusagen das richtige Geschenk von mir an dich.

Manu: Wow! (seine Augen leuchten) Wahnsinn! (umarmt sie voller Begeisterung) Das ist ja mal ein schönes Geschenk!

Laura: Schön, dass es dir gefällt. (drückt ihn an sich, dann lösen sie sich voneinander, Manu hält sie an den Schultern fest)

Manu: Hast du überhaupt Zeit? Musst du nicht arbeiten?

Laura: Nee, der Bogen schließt für fünf Tage ab Montag, das hab ich schon mal erwähnt, glaub ich. Die Bar wird etwas auf Vordermann gebracht. Hast du dann irgendwann Zeit?

Manu: Aber sicher! Das lass ich mir doch nicht entgehen!

Laura: Kannst dir ja bis dahin überlegen, wo du hin willst.

Manu: Wenn du magst, könnte ich dir etwas von der hessischen Dorflandschaft zeigen, wo ich herkomme. (zuckt mit den Schultern) Mal sehen.

Laura: Ja, das wäre eine gute Idee. Können wir ja noch überlegen.

Manu sieht sie fassungslos an. Laura freut sich, dass es ihr gelungen ist, ihm eine Freude zu bereiten.

Laura: Was hast du heute gemacht? Warst du unterwegs?

Manu: (lacht) Och, ich bin bei Schlumpf versackt, zusammen mit den Jungs … also, mit Hannes und Mattes. Und dann hing ich da noch bis heute Nachmittag rum, bis die beiden wieder nach Hause gefahren sind.

Laura: Mensch, ich hab heute auch nur rumgehangen. Hab nichts geregelt gekriegt irgendwie, bin voll durch.

Manu: Doch, die Plätzchen hast du hingekriegt!

Laura: Die hab ich gestern schon gemacht. Aber die Buchstaben hab ich heute drauf geschrieben, stimmt.

Manu: Hat es dir gestern auf der Party gefallen?
Laura: Oh ja, sehr!
Manu: Waren ziemlich viele da.
Laura: Stimmt, ich hab ständig neue Leute kennengelernt.
Manu: Ich auch. War schon nicht schlecht. (zieht eine Augenbraue hoch) Geht es dir heute wieder besser? Dir war ja schwindelig am Ende.
Laura: Ja, mir geht's gut. Danke für deine Hilfe. (nickt ihm zu)
Manu: (fixiert sie mit seinem Blick) Gern geschehen.
Überrascht stellt er fest, dass sie sich nicht mehr darüber aufregt, dass er ihr geholfen hat, so wie zuvor. Das deutet er als ein gutes Zeichen. Laura ist zur gleichen Zeit erneut von seinem Blick fasziniert und fordert sich selbst auf, das zu tun, wonach sie sich fühlt, ihm nämlich ihre große Zuneigung zu zeigen.
Laura: (beugt sich vor, gibt ihm einen Kuss auf die Wange) Du bist ein richtig guter Freund.
Manu: (sieht sie verwirrt an, lächelt verlegen) Ein Freund … (leise, wie zu sich selbst)
Laura fragt sich, wieso er so seltsam reagiert. Als sich ihre Blicke treffen, erkennt sie den Grund. Ein enormes Verlangen spiegelt sich in seinen Augen wider. Sie merkt, dass er denkt, sie würde ihn bloß als Freund ansehen. Jetzt ist sie sich völlig sicher, dass sich Manu mehr als Freundschaft von ihr erhofft. Ihr wird heiß vor Aufregung. Sie mag ihn unwahrscheinlich gerne, aber traut sich nicht recht an ihn heran.
Laura: (nimmt seine Hand) Danke auch, dass du mir so geduldig zugehört hast, als ich meinen Redeschwall hatte.

Manu: Wieso Redeschwall? Echt, Laura … (schüttelt den Kopf) Weißt du, wie froh ich über diesen „Redeschwall" bin? Ich bin da, wann immer du reden willst, das ist doch klar. (streicht über ihren Handrücken) Dazu sind Freunde doch da, oder? (zwinkert ihr zu)

Laura: Findest du es nicht bescheuert, dass ich die ganze Zeit Angst hab, dass Björn mich finden könnte? Vielleicht sucht er mich nicht einmal. Ich mach' mir voll den Kopf darüber, und er verschwendet wahrscheinlich keinen Gedanken mehr an mich. Aber ich werd' diese Furcht nicht los, sie steckt einfach in mir.

Manu: Hm … was soll er schon tun, wenn er dich findet?

Laura: Ha, der würde mich eigenhändig an den Haaren zurück nach Dortmund schleifen, ob du's glaubst oder nicht!

Manu: Dazu muss er aber erst mal an mir vorbei. Und das wird er nicht schaffen, das garantiere ich dir!

Laura: (muss kurz leise lachen) Ach, Manu …

Sie ist übermannt davon, wie süß sie ihn findet und verdammt sich dafür. Sie möchte sich nicht in ihn verlieben, doch seine Liebenswürdigkeit verschlägt ihr die Sprache.

Manu: Das meine ich ernst. Aber du kommst ja sowieso zu mir, wenn irgendwas ist, ja? (sieht sie erwartungsvoll an, sie nickt) Du bist nicht alleine, Laura.

Manu und Laura sitzen dicht nebeneinander auf dem Bett. Sie haben sich an die Wand gelehnt und die Köpfe einander zugewandt. Laura verliert sich erneut in Manus Augen. Sie kann nichts dagegen tun und nichts entgegnen. Manu legt eine Hand an ihre Wange, streicht leicht darüber.

Manu: Mach dir nicht so viele Sorgen, versuch's einfach mal. Das Leben in Freiheit kann dir keiner nehmen, okay?

Laura ist hingerissen von seinen Worten und seiner Berührung. Manu wundert sich, dass sie auf einmal schweigt und ihm derart intensiv in die Augen schaut. Das gefällt ihm sehr und macht ihn nervös. Gleichzeitig verflucht er seine Gefühle. Laura sieht in ihm nur einen guten Freund, nichts weiter, so wie er das vorhin verstanden hat. Aber wieso schaut sie ihn so an? Macht sie das absichtlich? Oder hat sie etwa ihre Meinung geändert?

Manu fragt sich, was er tun soll, dann merkt er, dass Laura zaghaft mit ihrem Gesicht noch näher an seins herankommt. Sie legt ihre Hand auf seine, die immer noch auf ihrer Wange ruht. Es herrscht eine enorme Spannung zwischen ihnen, das merken sie beide.

Manu beschließt, sich auf sein Gefühl zu verlassen. Er neigt seinen Kopf zur Seite und küsst leicht und liebevoll ihre Lippen. Laura erhält in diesem Moment einen inneren Schlag. Sie spürt ein großes Verlangen nach Manu, erwidert den Kuss zaghaft. Der Kuss wird bald intensiv und leidenschaftlich, währt eine lange Weile.

Als sie sich voneinander lösen, liegt Laura halb auf Manu. Er hält sie in seinen Armen, sie drückt sich an seine Brust. Sanft streicht er über ihr Haar, dann hebt sie den Kopf an und blickt lächelnd zu ihm auf. Es macht sie fassungslos, wie gut es ihr in seiner Gesellschaft geht.

Manu: (ergriffen) Mann, ich mag dich wahnsinnig, Laura.

Laura: (flüstert) Küss mich.

Das tut er auf der Stelle. Sie schließt genussvoll die Augen und fühlt sich zum ersten Mal seit langer Zeit glücklich. An seinem Blick und seinen Küssen erkennt sie, dass er echte Gefühle für sie hegt. Letztendlich gibt sie es sich selbst gegenüber zu, dass sie sich in ihn verliebt hat. Es erleichtert sie ungemein, mittlerweile ihre Gefühle zuzulassen.

Eine lange Zeit liegen sie sich in den Armen und genießen die Nähe des Anderen. Es ist später Abend geworden. Laura ist müde, Manu ist bereits eingenickt. Sie hebt den Kopf an, um in sein schlafendes Gesicht zu blicken. Richtig süß und unschuldig sieht er aus, findet sie, und drückt ihm einen Kuss auf die Wange. Manu bewegt sich ein wenig. Sie wartet ab, ob er aufwacht, und tatsächlich schlägt er schlaftrunken die Augen auf.

Laura: (leise) Ich penn' auch gleich ein. Lass uns einfach hier liegenbleiben, ja? Die ganze Nacht so liegenbleiben, das wäre schön.

Manu: Klar. (lächelt ihr verschlafen zu)

Laura: (schaltet die Nachttischlampe aus) Wir haben wohl beide nicht viel geschlafen letzte Nacht.

Manu: Wohl nicht. (leises Lachen) Aber heute Nacht hab ich die beste Gesellschaft, die ich mir vorstellen könnte.

Sie schmusen noch eine Weile, bevor sie einschlafen.

20

Am nächsten Mittag wachen Manu und Laura fast zeitgleich auf. Sie streicheln und küssen sich lange, bevor sie aufstehen. Zum Frühstück trinken sie Kaffee und essen eine Schüssel Müsli. Beide haben am vorigen Abend durch die romantischen Stunden das Essen völlig vergessen. Das Frühstück zieht sich länger hin. Laura macht sich einen Spaß daraus, sich rittlings auf Manus Schoß zu setzen und ihn zu füttern. Sie lachen unbändig bei ihren Albernheiten. Manu versucht zu überspielen, wie es ihn erregt, dass Laura auf seinem Schoß sitzt. Sie macht ihn verrückt, am liebsten würde er sich auf sie stürzen. Es fällt ihm schwer, sich zu beherrschen, das Blut kocht in ihm. Als sie wieder aufsteht, beruhigt er sich und ist fast schon erleichtert darüber.

Nach einer Weile gegenseitiger Zärtlichkeiten verabschiedet sich Manu von Laura und verspricht ihr, sie um zwei Uhr nachts vom Bogen abzuholen und nach Hause zu bringen.

Er kehrt in seine Wohnung zurück und schnappt sich unverzüglich sein Skateboard, denn er muss seine überschüssige Energie loswerden. Er schießt auf dem Brett durch die Straßen von Kassel, nimmt Bordsteinkanten und jegliche Hindernisse ohne Probleme. Heute ist er besonders gut beim Skaten, merkt er zufrieden.

***

Laura beginnt ihren letzten Arbeitstag im Bogen, bevor er kurzzeitig für die Renovierung schließt. Ihre Wahrnehmung ist merkwürdig, seitdem sie mit Manu zusammen ist. Es kommt ihr vor, als wäre sie ständig leicht berauscht. Sie verspürt wahre Glücksgefühle, die sie fast schon vergessen hat. Jetzt erst fällt ihr auf, dass sie so etwas schon sehr lange nicht mehr gefühlt hat. Seit ihrem Umzug nach Kassel geht es ihr immer besser. Hier ist Janine, die ihr hilfsbereit unter die Arme gegriffen hat und ihr eine gute Freundin ist. Außerdem hat sie bereits einige nette Leute kennengelernt und einen akzeptablen Job gefunden, mit dem sie über die Runden kommt. Aber vor allem hat sie Manu. Er ist ein ausgesprochen faszinierender Mann mit einem starken, aber liebenswerten Charakter. Sie konnte gar nicht anders, als ihn auf Anhieb zu mögen. Vom ersten Moment an haben sie sich gut verstanden. Außerdem hat er ein hinreißendes Lächeln, er scheint meistens unkompliziert und umgänglich zu sein. Seine Ausstrahlung ist enorm, sie ist nach und nach in seinen Bann gezogen worden. Es ist wunderschön, sowohl mit ihm zu spaßen als auch romantisch mit ihm zu sein. Er behandelt sie sehr zärtlich und ganz anders, als Björn es jemals getan hat. Sie weiß, dass es das Richtige ist, wenn sie sich auf ihn einlässt. Sie vertraut ihm, möchte ihm ihr Herz geben, er gibt ihr schließlich auch seins.

An diesem Abend ist Laura guter Dinge. Sie selbst und die Leute um sie herum erfreuen sich an ihrer Hochstimmung, die im Bogen eine angenehme Atmosphäre verbreitet. Sie kann es kaum erwarten, dass es zwei Uhr wird und Manu sie abholen kommt, doch bis dahin hat sie viel zu tun. Die Stunden rasen dahin, und als sich der Bogen langsam leert, kehrt ihre Nervosität zurück.

Um Viertel nach eins verlassen die letzten Gäste die Bar. Sie beginnt mit dem Abräumen und Abwischen der Tische. Als sie damit fertig ist und die Stühle hochgestellt hat, vertreibt sie sich das Warten mit dem Sortieren von Gläsern und Schnapsflaschen.

Plötzlich erblickt sie durch das Fenster eine dunkle, verschwommene Gestalt, die auf einem Skateboard über die Straße jagt. In Aufregung erkennt sie, dass es ohne Zweifel Manu ist, der auf den Bogen zurast.

Manu fährt über die Bordsteinkante und kommt mit einem lauten, klappernden Geräusch vor dem Fenster zum Stehen. Er steigt von seinem Skateboard herunter. Laura starrt ihn an, während er es aufhebt, um es sich unter einen Arm zu klemmen. Er winkt ihr grüßend zu, sie winkt ihn ihrerseits in den Bogen, die Tür ist angelehnt.

Manu: (betritt die Bar) Hey Laura!

Laura: (lächelt keck, steuert auf ihn zu) Hey, du Raser! Biste nicht geblitzt worden bei dem Tempo?

Manu: (lächelt zurück) Wollte pünktlich sein.

Laura: (nickt) Bist du.

Sie stehen nun beieinander und geben sich einen Kuss.

Manu: Wie war's heute?

Laura: Gut. Ich hatte richtig Energie!

Manu: Ich auch!

Laura: Hab ich gesehen! (lacht)

Manu: Sag mal, wieso war die Tür noch offen? (runzelt die Stirn) Hier hängen Penner rum, du solltest lieber abschließen, wenn du alleine bist.

Laura: (gerührt von seiner Sorge um sie) Hast ja Recht. Mach ich beim nächsten Mal, versprochen.

Manu: Und jetzt? Noch irgendwo hin oder nach Hause?

Laura: Nach Hause, oder? (legt einen Arm um seine Schulter, tiefer Blick) Ein bisschen ausspannen vielleicht, was meinst du?

Manu: Ja, hört sich gut an. (sieht sich im Raum um) Brauchst du noch Hilfe bei irgendwas?

Laura: (schüttelt den Kopf) Nein, bin fertig. Wir können gehen.

Sie holt ihren Mantel, beide verlassen die Bar. Als sie die Tür abgeschlossen hat, gehen sie los.

Laura: (mit Blick auf sein Skateboard) Ich hab noch nie versucht, auf so einem Ding zu fahren.

Manu: Echt? Willst du? (hält es ihr hin)

Laura: Ha, ich fall garantiert sofort auf die Fresse!

Manu: Quatsch, ich halt dich fest. Komm, steig mal auf. (legt das Skateboard auf den Boden, Laura steigt hinauf und balanciert, sie und Manu halten sich fest an einer Hand) Und jetzt stößt du dich einfach mit dem anderen Fuß ab.

Laura stößt sich viel zu stark ab und rollt mit hoher Geschwindigkeit los. Sie gibt einen Überraschungsschrei von sich, stolpert vom Brett hinunter, aber fängt sich gerade noch.

Manu: (bricht in Gelächter aus) Boah, sah das geil aus!

Laura: (gespielte Kränkung) Sei bloß ruhig, du! Wenigstens hab ich mich nicht hingelegt.

Manu: (nähert sich ihr) Nein, aber war schon nicht schlecht für den Anfang.

Laura: (lacht leise) Hab aber erst mal genug. Es ist schon viel zu spät für halbe Herzinfarkte.

Manu: Na gut. (grinst, tritt auf die Kante des Bretts, schnappt es sich und klemmt es sich wieder unter einen Arm, legt den anderen um sie) Dann lass uns gemütlich heimgehen.

Laura schmiegt sich an Manu, geht mit ihm eng umschlungen nach Hause. Sie ist sich unschlüssig, ob sie und Manu diese Nacht zusammen verbringen sollen. Sie würden sich sicherlich näher kommen, wenn sie eine weitere Nacht zusammen wären. Sie kämen in dem Fall wahrscheinlich zu sehr in Versuchung und würden jetzt schon miteinander schlafen. Andererseits wäre es doch in Ordnung, wenn sie es beide wollen. Wer sagt denn, dass es zu früh dafür ist?

Manu und Laura betreten den Hausflur. Laura streckt ihre Hand aus, um das Licht anzuschalten, doch Manu hält sie zurück. Nur das Laternenlicht von draußen fällt durch das Fenster über der Eingangstür in den Flur. Dadurch können sich die beiden lediglich schemenhaft erkennen.

Manu drückt Laura leicht gegen die Flurwand und küsst sie so zärtlich, dass sie glaubt, zehn Stockwerke herabzufallen. Dabei presst er sanft seinen Körper an ihren. Sie spürt ihr Herz wild schlagen und ist benommen. Sofort erwidert sie die Küsse mit derselben Leidenschaft. Manus Körper wärmt sie, ihr wird heiß durch seine Nähe. Ungestüm schlingt sie ein Bein um seins, ihre Hüften werden dadurch noch näher aneinander geschoben. Manu stöhnt leise auf, legt beide Hände an ihre Seiten auf Rippenhöhe und zieht sie fest an sich heran. Laura raunt Manu mit heißem Atem zu, dass sie auf der Stelle zu ihm in die Wohnung gehen sollen.

Nachdem Manu die Tür zu seiner Wohnung geöffnet hat, nimmt er Laura zum Spaß auf den Arm und trägt sie hinein. Laura wuschelt durch sein dunkles Haar, als er das Sofa ansteuert. Dort setzt er sie ab, sie hindert ihn aber daran, sich wieder aufzurichten, sondern zieht ihn auf sich. Im nächsten Augenblick liegen sie sich erneut in den Armen und küssen sich. Laura behagt es sehr, Manu auf sich zu spüren. Dabei werden ihre Bedenken immer schwächer. Es fühlt sich richtig für sie an, intim mit ihm zu werden.

Manu wird forscher, er berührt ihren Po und ihre Brüste. Das regt sie an und animiert sie, ebenfalls an seine Pobacken zu greifen. Obwohl Manu recht dünn ist, ist sein Po äußerst knackig, findet sie. Manu legt eine Hand unter ihr Oberteil, streicht über ihren Bauch und ihren BH, was eine Gänsehaut in ihr auslöst. Sie würde ihn ebenfalls gerne am Oberkörper streicheln, rutscht von ihm weg und richtet sich auf. Er blickt sie fragend an, bis sie sein Sweatshirt hochschiebt und ihn anlächelt. Sie flüstert ihm zu, dass sie ihn dort gerne spüren möchte. Er nickt ihr zu, lächelt zurück und macht sich den Oberkörper frei. Voller Verlangen streicht sie über seine fast unbehaarte, weiche und warme Brust. Sie ist hingerissen von dem, was sie sieht und spürt. Kurzerhand entledigt sie sich ihrer Bluse, sitzt im nächsten Moment im BH vor ihm. An seinen leuchtenden Augen erkennt sie, dass sie ihm gefällt. Zärtlich schließt sie ihn in ihre Arme. Er beginnt, ihren Hals und ihr Dekolleté zu küssen, streicht dabei erneut über ihre Brüste. Mit geschlossenen Augen genießt sie seine Berührungen. Sie zögert kurz, öffnet dann mit einer schnellen Bewegung die Haken ihres BHs und streift ihn sich ab. Manu zieht überrascht die Augenbrauen hoch, und Laura muss wegen seiner Reaktion auflachen.

Laura: Wenn du schon mit freiem Oberkörper hier sitzt, dann will ich das auch.

Manu: Wow, du bist der Hammer. (Faszination spiegelt sich in seinen Augen wider, er zieht sie an sich heran) Echt 'ne Granate. (legt seinen Kopf an ihren) Du haust mich um.

Laura: (flüstert) Du mich auch, Süßer.

Sie küssen sich erneut. Manus Küsse wandern an Lauras Hals herunter und gelangen bis zu ihren Brüsten. Lauras Erregung steigert sich enorm. Sie wünscht sich, er würde damit niemals mehr aufhören. Mittlerweile traut sie sich an seinen Unterkörper heran. Jetzt sind sie wohl soweit, sie wollen beide miteinander schlafen. Das lässt Laura innehalten. Manu hat ihr Zögern bemerkt und lässt sie los.

Manu: Hey, ist was?

Laura: Ja, weißt du … ich glaube, wir werden … (stockt)

Manu: Nur wenn du willst, ist doch klar.

Laura: Ja, sicher. Aber wir … äh … müssen verhüten.

Manu: Okay. (nickt zustimmend)

Laura: Hast du was?

Manu: Ich guck mal, denke schon.

Er steht vom Sofa auf und geht ins Schlafzimmer. Laura schüttelt ungläubig den Kopf. Erst jetzt realisiert sie, in welcher Situation sie sich befindet. Aber die erscheint ihr normal, keineswegs erzwungen oder unangenehm, nur ein bisschen befremdlich, weil es das erste Mal mit ihm sein wird.

Manu ruft sie, und sie begibt sich ins Schlafzimmer. Dort sitzt er auf dem Bett und lächelt sie an, hält ein Kondom in der Hand. Er schlägt ihr vor hierzubleiben, denn im Bett sei es viel gemütlicher als auf dem Sofa. Sanft zieht er sie zu sich, streicht über ihre Schultern und Arme, legt eine Hand an ihre Wange. Er sieht ihr tief in die Augen, was ihr die aufgekommenen Zweifel wieder nimmt. Sie küssen sich innig, ihre nackten Oberkörper schmiegen sich dabei dicht aneinander.

Binnen kurzer Zeit kommen sie wieder in die richtige Stimmung und entledigen sich ihrer Jeans. Der Körperkontakt wird intimer, sie glühen und brennen immer mehr füreinander. Laura gefällt es, wie sehr Manu sie begehrt.

Im nächsten Moment spürt sie Manu auf sich. Es geht ihr fast zu unvermittelt los, das schüchtert sie ein. Manu spürt ihre Anspannung und hält inne. Sein warmes Lächeln zeigt ihr, dass sie sich nun nicht nur körperlich, sondern in jeder Hinsicht sehr nahe sind. Sie lächelt zuversichtlich zurück und entspannt sich schließlich.

Laura und Manu haben es lange nicht mehr als so schön empfunden, mit jemandem zu schlafen. Nachher überlegt Manu fassungslos, wie viel wunderbarer es mit Laura ist, als der gefühllose Sex mit Frauen, den er in der letzten Zeit hatte. Er nimmt an, dass diese Frauen nur mit ihm geschlafen haben, weil er in einer Band spielt und nicht, weil sie ihn liebten. Das war in Ordnung für ihn, sie waren für ihn nur Verehrerinnen und lose Bekanntschaften, weiter nichts. Mit Laura ist es anders, in sie hat er sich verliebt, und sie scheint dieselben Gefühle für ihn zu hegen.

Laura kuschelt sich an Manu, sagt ihm, dass sie ziemlich erschlagen sei und kichert leise. Er schlingt die Arme um sie, so dass sie nahe an seiner Brust liegen kann, gibt ihr einen Kuss auf die Stirn. Sie wünschen sich eine gute Nacht und schlafen bald darauf ein.

21

Als Laura am nächsten Tag aufwacht, schläft Manu noch. Sie blickt ihn nachdenklich an.

"So, jetzt ist es also passiert. Meine Gefühle ... mein Verlangen nach ihm war stärker als ich selbst. Ich weiß nicht, was ich davon halten soll. Gestern Nacht war's wie in einem Vollrausch! Der einfach nicht abklingen will, was ist nur los? Ist es wirklich gut für mich, dass ich mich so heftig in ihn verliebe? Was ist, wenn es mit ihm doch nicht klappt? Oder wenn er das Interesse an mir verliert, nun, da er mich erobert hat? Wie das ist, hab ich ja schon erfahren müssen. Nee, keinem Mann dieser Welt erlaube ich nochmal, mich zuerst vollzusäuseln und dann einfach fallen zu lassen. Immer diese Charakterschweine, an die ich gerate, verdammt! Exzentriker sind zwar generell okay, aber nur bis zu einem gewissen Grad, darüber hinaus wird es schädlich. Manu hat auch seinen eigenen Kopf, ich glaube, er fühlt sich durch Extreme angezogen, aber er ist umgänglich und hat dazu noch einen genialen Humor. Ja, eigentlich ist er anders als die Männer, mit denen ich vorher zusammen war. Mit Manu gab es von Anfang an diese emotionale Verbundenheit, das ist schon etwas Besonderes. Oh Mann, was ist er sexy und gut im Bett! Und wie verrückt er mich macht mit seiner ganzen Art, seiner Liebenswürdigkeit! Schon komisch, denn eigentlich dachte ich, dass ich im Moment überhaupt keine Lust auf eine Beziehung hab. Ich weiß immer noch nicht, ob ich mich an jemanden binden soll, das kommt mir so ungewohnt vor. Aber wie er da so liegt und total süß schläft ... meine Güte! Ich kann gar nicht anders

als ihn einfach nur anzuschauen. Er ist wunderschön und ich glaube, ich liebe ihn wirklich."

Manu erwacht wenig später, lächelt Laura sogleich verschlafen an. Sie merkt, wie glücklich er ist. Er zieht sie nahe an sich heran, streicht über ihren warmen, nackten Körper. Voller Liebe küsst Laura seine Lippen und lässt sich von ihm ein weiteres Mal verführen.

Je mehr Zeit Laura mit Manu verbringt, desto häufiger spürt sie, dass sie die große Liebe und das große Vertrauen zu einem Mann zurückhaltend machen. Aber es wird ihr klar, dass sie ihn bereits viel zu sehr mag und ihr Zweifeln nicht stark genug ist, als dass sie ihn abweisen würde. Sie muss sich erst noch daran gewöhnen, sich jemandem wieder zu öffnen. Seit dem Tod ihrer Eltern gab es niemanden mehr, der sie uneingeschränkt liebte. Es ist für sie normal geworden, auf sich selbst gestellt zu sein und keine richtige Liebe mehr zu empfangen, egal auf welche Weise. Björn liebte sie ebenfalls nicht, er war auf Drogen aus. Der nächste Kick, das war alles, was ihn interessierte. Zu keiner Zeit fühlte sie sich bei ihm geborgen. Sie hatte immer nur sich selbst gehabt, auf den sie zählen konnte, und findet, dass sie sich eigentlich immer ganz gut durchgeschlagen hat. Manu bringt jedoch mit seiner starken, ehrlichen Zuneigung alles durcheinander. Es verwirrt sie, von ihm so viel Wärme und Zärtlichkeit zu erhalten.

***

Manu und Laura sehen sich häufig während Lauras fünf Urlaubstagen. Sie fahren in Janines Auto in die Umgebung von Kassel, Manu zeigt ihr seine Heimatstadt Wolfhagen.

Als der Bogen wenig später an einem Freitag wieder öffnet, taucht dort Manu mit Frank auf. Janine ist gerade erst aus ihrem Urlaub zurückgekommen und sitzt bereits bei Laura an der Theke. Zu ihnen gesellen sich wenig später Harry und Tom, der einige seiner Bekannten mitgebracht hat.

Laura ist sich nicht im Klaren, wie sie sich verhalten soll. Niemand weiß, dass sie und Manu ein Paar sind. Manu hat sie bei der Begrüßung nicht geküsst, weil sie zu beschäftigt war. Oder vielleicht, weil er es vor seinen Freunden nicht tun wollte, mutmaßt sie.

Janine bringt Frank, Tom und deren Bekannten die Getränke an den Tisch, um Laura ein wenig Arbeit abzunehmen. Manu steht mit Harry an der Theke, die beiden unterhalten sich. Manu lehnt sich gegen die Wand und raucht friedlich. Als sein Blick den von Laura trifft, zwinkert er ihr liebevoll zu. Dadurch wird ihr wohlig warm im Herzen. Andererseits macht es sie unruhig, ein Geheimnis vor all diesen Leuten zu haben. Sie weiß nicht genau, wie sie sich Manu gegenüber verhalten soll. Das kann ja heiter werden, denkt sie, aber besser ist es, die Dinge einfach auf sich zukommen zu lassen. Im Moment hat sie sowieso keine Zeit, sich darum zu kümmern, sie arbeitet schließlich.

Als die Runde ausgelassener wird und fast keine Kunden mehr im Bogen sind, bittet Laura ihren Chef, sie eine halbe Stunde früher gehen zu lassen. Sie bietet ihm an, dafür am nächsten Tag eher anzufangen, und damit ist er einverstanden.

Laura stellt sich zu ihren Freunden und schlägt ihnen vor aufzubrechen. Sie entscheiden sich dafür, in eine Disko zu gehen, in der an diesem Abend Rockmusik laufen soll.

Auf dem Weg dorthin hakt sich Laura bei Manu unter, aber ein Kuss bleibt aus. Janine kommt hinzu und hakt sich wiederum bei Laura unter, die sich zwischen ihrem Freund und ihrer besten Freundin wohl fühlt. Janine ist angeheitert und sorgt für Unterhaltung. Laura beginnt, lauthals mit ihr zu lachen, auch Manu amüsiert ihre gute Laune.

***

In der Disko ist um ein Uhr in der Nacht viel Betrieb, die Gruppe verliert sich schnell aus den Augen. Janine bleibt bei Frank und Harry zurück, als Manu Laura wegführt, um einen Moment mit ihr alleine zu sein. Die beiden setzen sich in eine Ecke und küssen sich lange.

Manu steht bald auf, um Getränke zu holen. An der Bar trifft er auf Philipp. Philipp kommt oft zu Konzerten von Screaming Gun. Laura sieht, dass Manu an der Bar mit jemandem redet. Ihr dauert es zu lange, auf ihn zu warten, daher stellt sie sich zu ihnen. Manu legt einen Arm um sie, macht sie und Philipp miteinander bekannt. Laura findet es bemerkenswert, dass Manu und die anderen Jungs aus der Band schon richtige Fans haben, zu denen sie auch in persönlichem Kontakt stehen.

Nach einer Weile trennen sie sich von Philipp. Sie gehen eng umschlungen weiter zu Frank, der zufällig einige Bekannte der Band getroffen hat. Frank sieht auf, als sich Manu und Laura Arm in Arm nähern, die Köpfe dabei einander zugewandt haben und über etwas lachen. Er ist amüsiert über den Anblick, gibt aber weder einen Kommentar von sich, noch stellt er ihnen Fragen. Längst hat er gemerkt, dass es zwischen ihnen knistert und versteht, dass sie sich jetzt wohl näher gekommen sind.

Janine steht auf einmal neben ihm und spricht ihn an.

Janine: Hey Frank, gib mal 'ne Ziggy rüber!

Frank: (grinst) Sach ma', schwankst du etwa?

Janine: Ach was, du bist es, der schwankt! Deswegen schwankt bei dir auch alles!

Frank: (schmunzelt) Jaja. (steckt ihr eine Zigarette zwischen die Lippen) Guck mal, wie süß die sind. (deutet zu Manu und Laura)

Janine: Ja, die mögen sich ganz doll. (sieht nachdenklich zu ihnen hin)

Frank: Das denke ich auch.

Laura flüstert Manu gerade etwas ins Ohr, der daraufhin lacht und ihr begeistert in die Augen schaut.

Janine: Mann, ist das schön. (stößt ihn an) Haste mal Feuer?

Frank: Sonst noch was? (lacht auf) Hier. (zündet ihr die Zigarette an)

Laura: (stellt sich zu ihnen, Manu entfernt sich) Cool, krieg ich auch eine?

Frank kramt die Zigarettenschachtel wieder hervor, um ihr eine zu geben.

Janine: Wo geht Manu hin?

Laura: Aufs Klo. (nimmt die Zigarette, die Frank ihr hinhält) Danke, Franky!

Frank nickt ihr zu und lächelt dabei, wird dann von einem seiner Bekannten angesprochen und wendet sich von ihnen ab.

Janine: Ach so, aufs Klo geht er. Hab schon gedacht, er mag uns nicht mehr. (grinst wissend) Dafür dich umso mehr.

Laura: (lächelt verlegen) Tja …

Janine: (beugt sich vor, leise an ihrem Ohr) Ist es etwa soweit mit euch beiden?

Laura: (nickt) Ja, wir … äh ... sind jetzt wirklich zusammen.

Janine: Wow, Süße! Seit wann?

Laura: Seit Neujahr. Besser hätte das Jahr für mich nicht anfangen können!

Janine: Ich wusste es! Dass es mit euch passieren wird, war sonnenklar für mich! (lacht)

Laura: (lacht ebenfalls, ironisch) Ach, echt?

Janine: Pass auf, er kommt zurück! (Manu nähert sich ihnen mit zwei Biergläsern) Na, du?

Manu: (lächelt ihr zu, hält die Gläser hoch) Also, falls ihr noch Durst habt …

Janine: Danke, ich hab noch.

Laura: (nimmt ihm ein Glas ab) Danke.

Sie küsst Manu kurz auf den Mund, er blickt sie überrumpelt an.

Janine: (lacht, erhebt ihr Glas) Prost, auf euch!

Manu lächelt verlegen, erhebt sein Glas, auch Frank prostet ihnen zu.

Janine: Geil, ich freu mich so für euch! (Manu und Laura lächeln glücklich) Wer hat Bock zu tanzen? Harry ist dahinten schon voll am Abrocken, kommt!

Laura geht mit ihr zur Tanzfläche, Manu bleibt bei Frank zurück.

***

Zur gleichen Zeit kniet Mika im Proberaum von Screaming Gun vor der Matratze, auf der Sven sich ausgestreckt hat, und deckt ihn mit dem Schlafsack zu. Endlich, nach einer gefühlten Ewigkeit, scheint Svens Zittern aufgehört zu haben. Mika hätte nicht gedacht, so spät am Abend immer noch hier zu sein. Eigentlich wollte er nur schnell neue Saiten auf seine Gitarre ziehen, damit sie für die baldigen Proben gut klingt, und bei der Gelegenheit kurz nach Sven schauen. Anschließend wollte er sich seinen Bandkollegen und Freunden in der Stadt anschließen.

Doch bei seiner Ankunft im Übungsraum bot sich ihm ein schreckliches Bild. Sven lag schweißgebadet, leichenblass und krampfgeschüttelt auf dem Boden vor der Toilettentür, starrte ihn mit mattem Blick an. Mika fuhr es eiskalt den Rücken herunter. Sofort war ihm klar, dass Sven entweder zu viel oder zu wenig Heroin gespritzt hat. Er versuchte panisch abzuwägen, was genau Sven fehlte und ob er einen Krankenwagen holen sollte. Im Übungsraum gibt es kein Telefon, eine Telefonzelle hätte er erst suchen gehen müssen, was kostbare Zeit in Anspruch genommen hätte. Er kam zu dem Schluss, dass er zunächst testen solle, ob Sven ihn überhaupt erkennt und inwieweit er bei Bewusstsein ist. Zum Glück reagierte Sven auf ihn und erkannte ihn schließlich auch, konnte sich jedoch kaum bewegen. Mit viel Kraft gelang es Mika, ihn zurück auf die Matratze zu zerren.

Nun bringt Mika Sven in einem Plastikbecher Leitungswasser und setzt sich zu ihm.

Mika: Meinst du, ich kann dich mal kurz alleine lassen und einen Krankenwagen rufen gehen? Irgendwo müsste es hier in der Nähe eine Telefonzelle geben.

Sven: Was? Nein, lass das, ich brauch' keinen Krankenwagen, es geht wieder.

Mika: Mensch, ist dir klar, wie du aussiehst? Ich hab gedacht, du stirbst jeden Moment!

Sven: (legt zaghaft eine Hand auf Mikas) Ist schon gut, beruhige dich. Ich weiß, was passiert ist. Es sieht schlimmer aus als es ist, glaub mir.

Mika: (wirft verzweifelt die Arme in die Luft) Dann sag's mir, ich kapier' nämlich gar nix! Wieso ist es nicht weiter schlimm, wenn du wie eine lebende Leiche am Boden liegst?

Sven: (stockt kurz, der Vergleich schmerzt ihn, leise) Der Stoff war nicht besonders sauber. War ein Versehen. Tut mir leid, Dicker. Wird nicht wieder vorkommen.

Mika: (schüttelt den Kopf) Verdammt … es tut dir leid … Mensch! So geht das nicht mehr, ich nehme dich mit nach Hause. Komm, steh auf. (hält ihm die Hand hin)

Sven: (richtet sich mit ungläubigem Blick leicht auf) Bist du dir im Klaren, dass du gerade einem Junkie anbietest, bei dir zu wohnen? Und dass das definitiv nur Probleme bringt? Frag Manu!

Mika: Aber wenn du hierbleibst, gibt es noch mehr Probleme! Wer garantiert mir, dass sowas nicht nochmal passiert? Wer holt dann Hilfe?

Sven: Sowas passiert nicht nochmal. Außerdem, nimm's mir nicht übel, aber in deinen geordneten Tagesablauf passe ich nicht mal, wenn ich grad nicht auf Stoff bin. Das wird keine Minute hinhauen, glaub' mir.

Mika: Gut, wenn du nicht mit zu mir willst, fahr' ich dich ins Krankenhaus. Such dir aus, was dir lieber ist.

Sven: (sinkt mit einem tiefen Seufzer auf die Matratze zurück) Und ich hab' gedacht, du würdest mir glauben, wenn ich dir sage, dass alles okay ist. Es gibt keinen Grund zur Sorge, mir geht's wirklich gut.

Mika: (lacht ironisch) Dir ging's nie besser, was?

Sven: (trotzig) Genau. Merk dir das.

Mika: (seufzt) Kann ich dich vielleicht woanders hinfahren? Kannst du bei jemand anders unterkommen? Du hast doch sicher Freunde, die auch spritzen, oder?

Sven: (setzt sich wieder auf, durchbohrt Mika mit seinem Blick) Ach so. Ich hab's kapiert. Du willst mich rausschmeißen.

Mika: Was? Nein, ich –

Sven: (unterbricht ihn) Schon gut, Kumpel. Du wolltest sowieso von Anfang an nicht, dass ich hier unterkomme. Kein Problem. (rappelt sich auf, steht auf wackeligen Beinen) In fünf Minuten bin ich weg. (greift nach seinem Rucksack)

Mika: (reißt die Augen vor Schreck auf) Mann, lass den Scheiß! Du kannst kaum stehen, leg dich wieder hin! Ich hab nie gesagt, dass ich dich nicht hier haben will!

Sven: Doch, hast du. Du willst mich wegbringen, zu irgendwelchen Drogenfreunden, die ich angeblich habe. Das heißt für mich, dass ich hier nicht erwünscht bin.

Mika: (packt in seiner Ratlosigkeit und seinem Schrecken zu fest Svens Schulter) Sven!

Svens Beine knicken durch die plötzliche Bewegung ein, Mika fängt ihn auf. Als Sven in seinen Armen liegt, spürt Mika, wie schwach und zerbrechlich er wirkt. Betroffen drückt er ihn an sich, während ihm Tränen der Verzweiflung kommen. Sven merkt, dass er Mika an seine Grenzen gebracht hat und nicht mehr weiter weiß. Er bleibt an Mikas weichen Bauch gedrückt und kämpft mit heftigen Schamgefühlen. Außerdem hat es ihn verletzt, von ihm abgewiesen zu werden. Aber er erkennt schließlich, dass es Mika wohl nicht so meinte. Er kommt nur absolut nicht mit der Situation klar, das kann er ihm nicht verdenken.

Mika: (leise) Ich bleibe heute Nacht hier.

Sven: (holt Luft um zu widersprechen, aber besinnt sich dann eines Besseren, nickt nur, leise) Wenn du willst.

Mika und Sven teilen sich Toms Matratze und Manus Schlafsack, doch die Schlafstätte ist eng und der Proberaum unbeheizt. Die ganze Nacht haben beide einen unruhigen und leichten Schlaf.

Früh am nächsten Morgen betrachtet Mika Sven, der die Augen noch geschlossen hat. Seine sorgenvollen Gedanken lassen ihm keine Ruhe. Es ist wirklich eine Schande, was Sven aus sich gemacht hat. Oder eher, was seine Drogenabhängigkeit aus ihm gemacht hat. Er sieht elend und abgemagert aus, dabei ist er früher ein eindrucksvoller, gepflegter Mann gewesen, den man wegen seiner Lebendigkeit und Liebenswürdigkeit immer gerne um sich hatte. Zeitweise bemerkt man immer noch die für ihn typische Herzlichkeit und Aufgeschlossenheit, wenn sie nicht gerade von den Schatten seiner Sucht überdeckt werden. Diese guten Eigenschaften hat Sven zwar nicht verloren, doch Mika hat gemerkt, dass ihn die Drogen teilnahmslos und matt gemacht haben. Vor allem machen sie ihn krank, sie nagen ganz offensichtlich an seiner Substanz.

Mika beschließt, Frühstück zu besorgen, damit Sven wenigstens an diesem Morgen etwas Ordentliches zu Essen bekommt. In einer Bäckerei kauft er Croissants und belegte Brötchen. Sven ist wach, als Mika wiederkommt und ihm das Frühstück in die Hand drückt. Er zwingt Sven dazu, es sofort zu essen, doch mehr als ein paar Bissen bekommt Sven nicht hinunter. Mika isst ein Salamibrötchen, zieht die neuen Saiten auf seine Gitarre und bricht schließlich nach Hause auf.

Es gefällt ihm nicht, Sven alleine gelassen zu haben. Ratlos ruft er Tom an, aber der nimmt nicht ab. Mika spricht ihm eine Nachricht auf seinen Anrufbeantworter, bittet ihn um Rückruf. Danach versucht er es bei Frank. Frank hat nach dem späten Ausgang der letzten Nacht noch geschlafen, aber sein Unmut darüber, von Mika geweckt zu werden, verfliegt sofort, als er von seiner Sorge um Sven erfährt. Mika erzählt ihm, was sich im Übungsraum zugetragen hat.

Mika: Er sah wirklich furchtbar aus, und er ist so empfindlich geworden. Er hat gedacht, ich würde ihn aus dem Proberaum schmeißen wollen. Nur, weil ich nicht wollte, dass er alleine dort bleibt. Früher konnte ihm sowas nichts anhaben. Er stand über allem, er hatte so viel Selbstbewusstsein.

Frank: Ich weiß, verdammt. Ich denke lieber nicht daran zurück, es ist einfach zu traurig. Außerdem hab ich eine Riesenangst, dass er eines Tages irgendeinen Scheiß nimmt und sich davon nicht mehr erholt.

Mika: Und genau so etwas ist gestern Abend passiert! Anscheinend hat er sich wieder gefangen, aber wie wird's beim nächsten Mal sein? Mann, ich weiß nicht, was wir tun sollen! Verdammter Mist!

Frank: Wir können da nicht viel tun. Ich wüsste jedenfalls nicht, was. Hast du es den anderen beiden schon erzählt? Manu und Tom?

Mika: Tom nimmt nicht ab, und bei Manu hab ich es noch nicht versucht. (kurze Pause) Und wenn wir uns abwechseln, bei ihm Wache zu halten? Dass jeder von uns mal für ein paar Stunden gucken geht, wie es bei ihm läuft? Sagen wir, du heute, ich morgen, Manu übermorgen und Tom am Tag danach. Glaubst du, das wäre machbar?

Frank: Schon, aber wir können nicht rund um die Uhr da sein. Und weiter fixen wird er trotzdem. Wie sollen wir kontrollieren, ob der Stoff okay ist, mit dem er sich volldröhnt? Von uns kann das doch keiner unterscheiden.

Mika: (resigniert) Dann weiß ich auch nicht weiter.

Frank: (entschieden) Ich gehe nachher mal hin und rede mit ihm. Vielleicht kommt er ja zur Vernunft und geht zu einem von uns mit, bis dass er in dieses Zimmer einziehen kann. Bis dahin ist es ja nicht mehr so lang, noch ´ne knappe Woche, wenn ich mich nicht irre. Ruf du in der Zwischenzeit die anderen beiden an, die sollen wenigstens wissen, was passiert ist, und warum Sven besser nicht mehr alleine bleiben soll.

Mika: (murmelnd) Wenn wir Sven überhaupt dazu kriegen, er hat sich nämlich strikt geweigert.

Frank: Naja, wie gesagt, ich werde gleich mit ihm darüber reden.

Mika: Na gut, wie du meinst. Dann probiere ich es jetzt mal bei Manu.

Frank: (grinsend) Den wirst du wohl noch nicht ans Telefon kriegen. Es wurde arg spät gestern Nacht, der liegt bestimmt noch im Bett. Mit Laura.

Mika: (überrascht) Mit Laura?

Frank: Na, wen wundert's? Die beiden sind volle Kanone ineinander verschossen! Sag bloß, das hast du nicht mitbekommen! Ist schon länger so, selbst ich hab das gemerkt! (lacht)

Mika: Sind die richtig zusammen? Oder was meinst du jetzt genau damit?

Frank: Jo, das war 'ne nette Überraschung gestern, da haste was verpasst.

Mika: Oh, da freu ich mich aber! Wenigstens eine positive Sache, die gestern Abend passiert ist.

Frank: Das mit Sven kriegen wir auch irgendwie hin.

Mika: Hoffentlich.

Frank: Also bis dann, ich halt dich auf dem Laufenden.

Mika: Viel Glück Frank, bis dann. (beide legen auf)

Wenig später ruft Frank Mika zurück und teilt ihm erfreut mit, dass er Sven dazu überreden konnte, für die restlichen Tage bis zu seinem Einzug in die neue Unterkunft bei ihm zu wohnen. Mika fällt ein Stein von Herzen, auch Frank ist erleichtert. Er erwähnt, dass Sven bereits abgewogen hatte, zu wem von ihnen er am ehesten mitkommen würde und kam tatsächlich zu dem Schluss, dass es Frank sei. Denn Tom habe eine Freundin, Manu habe er schon zu sehr mit seinen Problemen gequält und Mika sei zu überfordert mit der Situation gewesen. Frank hingegen sei nicht so schnell aus der Fassung zu bringen und habe außerdem keine Frau, um die er sich zur Zeit kümmern müsse. Mika lacht über diese Ausführungen. Er ruft Tom und Manu an, die beide ans Telefon gehen und sich ebenfalls zufrieden mit der Lösung zeigen.

***

Am Tag von Svens Einzug, eine Woche später, begleitet Manu ihn zur Wohnung. Svens neuer Mitbewohner Tobi empfängt die beiden und bietet ihnen ein Getränk in der Küche an. Manu saust anschließend auf seinem Skateboard nach Hause zurück. Dabei verspürt er eine große Erleichterung darüber, dass Sven endlich eingezogen ist. Er hofft, dass ihm eine feste Bleibe mehr Stabilität als in den letzten Tagen verschaffen wird.

ZWEITER TEIL
Februar 1994 – Dezember 1996

22

Im Vorfeld zur Veröffentlichung des neuen Albums drehen Screaming Gun ein Video zu einem der Songs und geben im Anschluss danach Interviews in verschiedenen Radiosendern. Auch ein Fernsehauftritt steht für sie an.

Laura findet es spannend mitzuerleben, wie Screaming Gun mit Erscheinen ihres neuen Albums allmählich bekannter werden. Sie merkt Manu außerdem an, dass er aufgeregt ist und sich auf die anstehenden Konzerte freut, auch wenn das bedeutet, dass sie sich weniger sehen werden. Doch darüber möchten sie jetzt noch nicht nachdenken und jede Sekunde miteinander genießen.

***

An einem dieser Tage, als Laura ihren freien Abend hat, besucht sie Screaming Gun bei ihren Proben. Die Tour steht unmittelbar bevor, die Konzerte starten in der ersten Märzwoche und werden in ganz Deutschland stattfinden.

Als sich Laura im Übungsraum einfindet, spielt die Band jedoch nicht, sondern sitzt bei einigen Flaschen Bier zusammen und lacht mit Freunden, die bereits eingetroffen sind. Tom begrüßt Laura damit, dass er eine Bierflasche aus dem Kasten nimmt und sie ihr in die Hand drückt, danach wird sie den Bandfreunden vorgestellt.

Etwas später ergreifen Manu, Tom, Mika und Frank wieder ihre Instrumente. Auf Zuruf ihrer Freunde spielen sie bestimmte Songs. Jeder macht ihnen Vorschläge für die Setlist. Benjamin erscheint mit einer Papiermappe und liest ihnen vor, welche Songs sich ihre Fans über den Fanclub gewünscht haben. Laura sieht Screaming Gun das erste Mal zusammen spielen. Sie findet es lustig, wie sie sich dabei amüsieren. Die Musik gefällt ihr nach wie vor, außerdem scheint die Band gut aufeinander eingespielt zu sein.

Nach einer abschließenden, ausgedehnten Jam-Session wirft Frank seine Trommelstöcke zur Seite und geht auf die Toilette. Mika, Tom und Manu stellen ihre Gitarren in eine Ecke und greifen wieder zu den Bierflaschen. Laura wird schläfrig. Sie lehnt sich an Manu an, der neben ihr auf dem Sofa sitzt und mit Karsten, einem der Bandfreunde, über Musik fachsimpelt. Gegen Mitternacht brechen alle auf. Manu und Laura werden von Karsten nach Hause gefahren, worüber Laura angesichts ihrer Müdigkeit froh ist.

***

Laura erzählt Janine am nächsten Tag am Telefon von ihrem Besuch bei Screaming Gun.

Laura: Das war vielleicht ein Spaß! Die hören sich richtig gut an, wir müssen unbedingt zu einem Konzert, Janine!

Janine: (lacht) Du bist ja total aus dem Häuschen! Na sicher, das machen wir. Wann und wo ist denn da eins, hast du schon was rausgesucht?

Laura: In drei Wochen, an einem Sonntagabend in Göttingen, hab ich gedacht. Würde das bei dir klappen?

Janine: Ja, das hört sich gut an.

Laura: Manu hat schon versprochen, dass wir dann auf der Gästeliste stehen. Ich klär das auch nochmal mit Benjamin ab, dem Bandmanager.

Janine: Das ist ja genial, da freu ich mich!

Laura: Ha, ich mich auch! (lacht) Ich muss jetzt los zum Bogen, wir sehen uns. Bis dann.

Janine: Grüß Manu von mir, bis bald.

23

Kurz vor Tourstart ruft Manu Sven an. Sven ist wegen Gelbsucht im Krankenhaus gewesen. Es geht ihm wieder besser, nun erholt er sich zuhause.

Manu: Und, gefällt's dir immer noch in deiner neuen Bleibe?

Sven: Ja, ist alles super. Hm … (hält kurz inne) Doch, ich kann mich nicht beklagen.

Manu: Ist Tobi in Ordnung? Kommt ihr gut miteinander aus?

Sven: Klar! Aber er ist ganz schön abgedreht mit seinen Pornofilmen, Mann oh Mann.

Manu: (lacht) Pornofilme? Erzähl!

Sven: Ach so, hab's dir noch nicht erzählt, stimmt ja. (senkt die Stimme) Der lädt am laufenden Band heiße Bräute zu sich ein und dreht mit denen Pornofilme. Da geht ziemlich oft die Post ab.

Manu: (reißt die Augen auf) Wie bitte?

Sven: (trocken) Tja, er spielt Mösenkaiser. (Manu prustet los) Und dann will er auch noch, dass ich mitwirke.

Manu: Was? (bekommt einen Lachanfall)

Sven: Is' echt wahr.

Manu: Boah, das gibt's ja gar nicht! Hast du sein Angebot angenommen?

Sven: Du wirst es nicht glauben, aber hab ich nicht. Diese Art von Unterhaltung geht mir am Arsch vorbei.

Manu: Ach komm, sind das keine heißen Feger?

Sven: Doch, schon. (ernster) Und einmal ist es mir sogar zum Verhängnis geworden.

Manu: (aufmerksam) Oh, was war denn?

Sven: Eine von denen fand mich wohl irgendwie toll, die war aber auch richtig süß, so 'ne kleine Blonde. Von der hab ich mich vernaschen lassen. Ich war dicht und hab nicht nachgedacht. Mitten im Akt wurde ich paranoid und bin ausgeflippt. Ich war davon überzeugt, dass Tobi sie zu mir geschickt hat um mich weichzuklopfen und dann heimlich zu filmen. Abgekartetes Spiel eben. Da ging bei mir gar nichts mehr, ich hab sie am Ende aus der Wohnung geschmissen. Es hat sich natürlich herausgestellt, dass das alles nur eine Halluzination war. (seufzt) Ich bin echt durch, Mann.

Manu: Hey, nimm's nicht so tragisch. So abwegig wäre das ja auch gar nicht gewesen, oder?

Sven: Nee, aber es tut mir leid um dieses Mädchen, weißte. Sie war ganz süß und ich hab sie total unfair behandelt und sie verdächtigt, nur ein Köder zu sein. Die wird sich hier wohl nicht mehr blicken lassen.

Manu: Kannst du sie nicht anrufen und mit ihr reden?

Sven: Wie denn, hab doch ihre Nummer nicht.

Manu: Und Tobi?

Sven: Den will ich nicht fragen. Ich vermeide dieses Thema bei ihm, er soll besser nicht die ganze Wahrheit erfahren. Vielleicht erzählt sie ihm ja alles, aber vielleicht auch nicht.

Manu: Hoffentlich nicht. Du, ich muss mal vorbeikommen. Wir haben uns lange nicht mehr gesehen, und bald fängt die Tour an, dann bin ich wieder weg.

Sven: Du musst unbedingt vorher noch kommen, schaffst du das?

Manu: Ja klar. Wenn du willst, schon morgen.

Sven: (erfreut) Aber sicher! Bist herzlich willkommen! Wär total super!

Manu: Gut, dann sehen wir uns morgen.

Sven: (euphorisch) Klasse!

Manu: Ich sag dir morgen Bescheid, um wieviel Uhr ich es schaffe.

Sven: Kein Problem, ich bin hier.

Manu: Pass auf dich auf, Alter. Bis morgen.

Sie beenden das Telefongespräch. Sogleich fragt Manu Laura, ob sie ihn am nächsten Tag, ihrem arbeitsfreien Tag, mit zu Sven begleiten möchte. Sie ist begeistert über seinen Vorschlag und sagt sofort zu.

***

Sven überschlägt sich vor Freude, als Manu Laura als Überraschungsgast mitbringt. Noch entzückter ist er, als er erfährt, dass die beiden mittlerweile ein Paar sind. Sven hat, als Manu seinen Besuch angekündigt hat, sein Zimmer aufgeräumt und geputzt. Trotzdem ist es nicht schwer zu erkennen, dass es bei ihm normalerweise nicht so ordentlich aussieht, sondern er in einer richtigen Fixerbude haust. Laura und Manu sind gerührt von seinem Bemühen und seiner Gastfreundschaft. Sie erkennen, dass ihr Besuch Sven sehr viel bedeutet.

Als Manu und Laura nach einer Weile aufbrechen möchten, tritt Sven an Manu heran und nimmt ihn in seine Arme. Es scheint Laura, als wollten sie sich nicht voneinander trennen. Ihr entgeht es nicht, dass beide vor Rührung feuchte Augen haben. Sie hat begriffen, dass es Sven, besonders nach seiner Infektion mit Gelbsucht, überhaupt nicht gut geht und sein schlechter Zustand Manu nach wie vor mitnimmt.

Sven gibt Manu einen Klaps auf die Schulter, löst sich leicht aus der Umarmung und sagt ihm mit leiser und zitternder Stimme, dass er besser verschwindet. Schließlich lösen sie sich vollständig voneinander. Sven verzieht seinen Mund zu einem verzweifelten Lächeln. Manu sieht betrübt zu Laura und winkt sie mit dem Kopf zu sich, als er aus der Tür tritt.

Auf dem Heimweg ist Manu in tiefes Schweigen gehüllt. Laura bemerkt seinen nachdenklichen und besorgten Blick. Liebevoll legt sie einen Arm um ihn und drückt ihn an sich. Manus Sorgen verstärken ihre eigene Angst um Sven, ihre Gedanken lassen ihr keine Ruhe.

„Meine Güte, Sven sah furchtbar aus! Er gleicht mittlerweile eher einem Zombie als sich selbst! Auf dem Foto, das mir Manu gestern gezeigt hat, hat Sven noch keine harten Drogen genommen. Es ist verdammt traurig zu sehen, wie sehr er sich seit dem verändert hat. Ich mag ihn, er ist sowas von liebenswürdig und scheint im Kern ein wunderbarer Mensch zu sein. Und er scheint schon seit dem allerersten Treffen viel von mir zu halten. Warum, ist mir schleierhaft. Vielleicht, weil er damals schon gemerkt hat, dass mich Manu sehr mochte. Und er hat ja vorhin freudestrahlend erwähnt, wie schön es ist, uns beide so glücklich miteinander zu sehen. Aber dass Manu jetzt nicht mit mir redet, ist Scheiße. Ich mag es nicht, wenn er seine Sorgen für sich behält und sie in sich hineinfrisst. Dazu hat er wirklich einen Hang, das ist nicht gut für ihn."

Laura versucht Manu dazu zu bringen, über das zu reden, was er gerade denkt, aber Manu hat absolut keine Lust dazu. Sie lässt ihn alleine in seiner Wohnung zurück, weil sie das Gefühl hat, dass er das Alleinsein braucht, um nachzudenken.

***

In der Nacht vermisst Laura Manu. Sie haben schon einige Nächte nicht mehr zusammen verbracht, da Manu zuerst für den Videodreh und die Promotour unterwegs gewesen ist und dann mit Screaming Gun geprobt hat.

Als Laura erst wenige Stunden geschlafen hat, wacht sie durch eine Berührung an der Bettdecke auf. Sie erkennt Manu, er steht mit einer seiner Gitarren in der Hand vor ihr. Sie haben sich gegenseitig die Ersatzschlüssel ihrer Wohnungen gegeben, somit kann er jederzeit zu ihr herein. Manu geht in die Hocke und streicht sanft über ihr Haar.

Manu: Hallo, meine Süße. Entschuldige, dass ich dich wecke. Ich hab gerade ein Lied fertig geschrieben. Magst du es vielleicht hören?

Laura: (verwirrt) Mhm ... wie spät ist es?

Manu: Keine Ahnung. (klimpert auf der Gitarre) Ich bin auch leise, ja?

Laura: (rutscht etwas zur Seite, so dass er sich neben sie aufs Bett setzen kann) Du bist bekloppt. (lacht leise) Also gut, schieß los, du hast mich neugierig gemacht.

Manu spielt und singt leise sein neues Lied. Darin scheint es um Sven zu gehen, denn es ist an eine Person gerichtet, die ihre Stärke und Souveränität verloren hat. Manu singt darüber, dass es wehtut zuzusehen, wie diese Person langsam zugrunde geht. Der Text ist, wie immer, auf Englisch.

Laura findet, dass Manu den Nagel auf den Kopf trifft und seine Wortwahl überaus gelungen ist. Die melancholische Melodie und der Klang seiner Stimme schnüren ihr derart die Kehle zu, dass ihr fast die Luft wegbleibt. Mit solch einem perfekten, persönlichen Lied hat sie nicht gerechnet, vor allem nicht mit einer dermaßen heftigen Reaktion ihrerseits. Ihr kommen die Tränen, als Manu einige Textzeilen wiederholt. Er merkt es nicht, da er zu beschäftigt mit Singen und Spielen ist. Erst als Laura ihre Hand auf die Gitarre legt, hält er inne und sieht ihre Tränen. Manu schluckt bestürzt und legt die Gitarre aufs Bett.

Laura: Tut mir leid, aber ich glaub' du musst aufhören. Ich krieg's nicht gebacken, das ist so …

Manu: (zieht sie an sich heran) Was hast du, Laura? War das … äh … nicht gut?

Laura: Es war viel zu gut, Manu. Es ist direkt hier 'rein gegangen. (haut sich auf die Brust) Ungefiltert und ungebremst.

Manu: (leise) Oh je. Tut mir leid, Süße.

Laura: Meine Güte, Manu … du drückst dich in einer ganz besonderen Art und Weise aus, durch den Text und die Melodie … wie soll ich das sagen … so sehr hat mich noch nie ein Lied berührt.

Manu: Das ist wohl jetzt ein Kompliment, nehme ich an. (grinst liebevoll)

Laura: Allerdings. Dein Lied ist wunderschön, sehr persönlich und authentisch, und deswegen ja so wahnsinnig traurig. Es haut ganz schön rein, weißt du.

Manu: Ja, aber ich kann nur etwas schreiben, was ich auch wirklich so meine.

Laura: Weiß ich doch, Schatz. Es geht total unter die Haut, eben weil ich Sven auch kenne und gerne mag.

Manu: (streicht über ihre Wange) Tut mir leid.

Laura: Quatsch, entschuldige dich doch nicht für dein Talent! (schüttelt den Kopf) Ich bin einfach nur hypersensibel.

Manu: Nein, du hast nur das richtige Gespür.

Laura: Ach, ich bin ´ne depressive, dumme Kuh. Eigentlich müsste ich mich entschuldigen.

Manu: Sag mal, was redest du da für'n Zeug? Warum machst du dich andauernd so schlecht? Ist ja auch nicht gerade alles super gewesen, was dir passiert ist, aber du bist nicht depressiv, und dumm schon mal gar nicht! Eher im Gegenteil, du bist wahnsinnig stark! Ich glaub, längst nicht jeder würde sich nach so viel Mist noch aufrecht halten und vor allem so eigenständig sein. Du bist toll, Laura. Ich glaube, ich kenne niemanden, der mich so beeindruckt hat.

Laura: (verwundert) Beeindruckt?

Manu: Ja, du beeindruckst mich wirklich mit deinem Durchhaltevermögen und deiner Stärke. (kurze Pause) Und mit … hm … deiner Schönheit auch. (lächelt fasziniert) Mit deinem wunderschönen Lächeln und deinen strahlenden Augen. (legt eine Hand an ihre Wange) Du kannst sagen, was du willst. Das wird nichts daran ändern, dass ich dich liebe.

Eine große Wucht packt sie, es ist das erste Mal, dass er ihr direkt seine Liebe gesteht.

Laura: Ich auch … ich liebe dich auch, Manu. (legt eine Hand auf seine, die noch auf ihrer Wange ruht) Wirklich sehr.

Manu lächelt sie immer noch fasziniert an, zieht sie noch näher an sich heran, dann halten sie sich fest in den Armen und küssen sich. Lauras Begierde nach Manu flammt auf. Es ist für sie unbeschreiblich schön, von ihm gehalten und geküsst zu werden. Seine Leidenschaft springt auf sie über. Sie ziehen sich gegenseitig aus und geben sich einander voller Liebe hin, als sie miteinander schlafen.

Manu bleibt in dieser Nacht bei Laura. Er ist eingeschlafen, Laura lauscht in Gedanken versunken seinem gleichmäßigen Atem. Bei Manu vergisst sie fast alles Schlimme, das ihr in den letzten Jahren widerfahren ist. Ihre Glücksgefühle sind überwältigend und hindern sie eine Weile daran ebenfalls einzuschlafen.

24

Screaming Gun reisen zum ersten Konzert ihrer Tour, das in Bremen stattfindet. Fast jeden Abend steht ein Konzert an, die Band ist ständig in ihrem Minibus zu den verschiedenen Städten unterwegs.

Manu ruft Laura nach einigen Tagen an und berichtet ihr, dass alles gut laufe und die gesamte Band in guter Verfassung sei. Sie sprechen über das Konzert in Göttingen. Manu versichert ihr erneut, dass sie und Janine auf der Gästeliste stehen. Außerdem gibt er ihr für den Notfall die Nummer von Benjamins Mobiltelefon.

***

Auf der Autofahrt nach Göttingen mit Janine am Abend des Konzerts spürt Laura deutlich ihre Nervosität. Screaming Gun sind nun schon seit fast einem Monat auf Tour, und sie ist darauf gespannt die Band, vor allem Manu, wiederzusehen.

Benjamin empfängt Laura und Janine vor der Halle. Laura erkennt ihn schon von Weitem an seinen blonden Zottelhaaren und seinem Ziegenbart.

Benjamin: Hallo Mädels, alles klar? Habt ihr gut hergefunden?

Laura: Sicher, deine Wegbeschreibung war perfekt.

Janine: Laura hat großes Talent im Kartenlesen. (Laura lacht über die Ironie) Nee, wir haben uns ganz schön verfranst, aber ein netter Fußgänger hat uns zum Glück aus der Patsche geholfen.

Laura: War `ne Odyssee, wir brauchen jetzt unbedingt `nen Drink.

Benjamin: (grinst) Ihr werdet schon sehnsüchtig erwartet, kommt mit.

Janine und Laura folgen Benjamin ins Innere der Halle, wo er eine Tür öffnet. Sie steigen ein paar Treppenstufen herunter, gelangen zu einem Flur, dann öffnet Benjamin eine weitere Tür. Tom steht auf der anderen Seite und erschreckt sich, als sie ihn am Arm streift. Er geht einen Schritt zur Seite, grüßt die beiden Frauen erfreut und lässt sie eintreten. Frank sitzt auf einem Sofa und sieht zu ihnen auf. Er hat vergessen, zu welchem Konzert die beiden kommen wollten und stößt bei ihrem Anblick einen überraschten Laut aus. Dann erhebt er sich, um sie zu begrüßen. Er und Tom versorgen sie sogleich mit gekühlten Bierflaschen. Von Manu und Mika ist nichts zu sehen.

Benjamin sucht in der Zwischenzeit nach Manu, um ihm mitzuteilen, dass seine Freundin gekommen ist. Er findet ihn und Mika im Badezimmer vor dem Spiegel. Die beiden schneiden ihren Spiegelbildern Grimassen und feixen dabei. Manu hat sein schwarzes Haar mit Haarspray aufgerichtet, es steht dadurch wild ab. Seine durchlöcherte schwarze Jeans, das halb aufgetrennte T-Shirt und die Lederweste darüber runden sein Bühnenoutfit ab.

Benjamin: Ey, Laura und Janine sind gekommen!

Manu: Ah cool, endlich!

Benjamin: (drängelnd) Die warten auf euch!

Mika: (stößt Manu an) Na, dann beeil dich mal, jetzt gibt's was zum Fummeln.

Manu: Nee, so kurz vor der Show nicht, das bringt mich aus dem Konzept. (packt seine Haarutensilien zusammen) Scheiße, wo ist –

Benjamin: (ungeduldig) Manu! Jetzt komm endlich raus da! Was machst du denn da noch?

Manu: Ja, ich komm ja gleich! Ich such nur grad noch mein Dings … ähm …

Mika: (lachend zu Benjamin) Kondom, wetten?

Benjamin: (verdreht die Augen) Boah, der braucht schon wieder Ewigkeiten, sich zu organisieren.

Mika: (winkt ab) Ach was, das ist doch immer so. Ich hab ihn außerdem abgelenkt, muss ich zu seiner Verteidigung sagen. (erblickt Laura, die hinter Benjamin auftaucht) Hey! Da bist du ja! (Laura lächelt ihm grüßend zu)

Manu: (sieht in diesem Moment zu ihr, erfreut) Laura!

Laura kommt auf Manu zu, betrachtet ihn mit leuchtenden Augen, er zieht sie an sich heran.

Laura: Wow Manu, du siehst toll aus!

Manu: Wie, ist das was Neues? (lacht auf, sie gibt ihm einen Klaps auf die Schulter, sie küssen sich kurz, aber innig)

Benjamin: (zu Mika) Komm, wir gehen mal besser, was?

Mika: (seufzt) Schon irgendwie geil, wie die sich anschmachten. (entfernt sich mit Benjamin)

Kurze Zeit später stehen Laura und Janine an der Bühnenseite. Sie haben die Band in den letzten Minuten vor dem Auftritt allein gelassen und warten, wie Hunderte von Zuschauern, dass sie auf die Bühne kommt. Düstere Musik leitet das Intro ein. Im nächsten Moment betreten Manu, Frank, Tom und Mika die Bühne und nehmen ihre Positionen ein. Sie beginnen mit einem Lied, das zu Lauras Lieblingsliedern von Screaming Gun zählt. Sofort rockt sie mit, Janine tut es ihr gleich.

Das gesamte Konzert gefällt Laura und Janine ausgesprochen gut. Sie spüren die angenehme Atmosphäre im Publikum und finden, dass Screaming Gun erstklassig spielen. Die beiden bekommen zum ersten Mal einen kleinen Einblick ins Tourleben und dessen ganze Extreme. Zuerst herrschen pure Energie, Dynamik und Spannung auf der Bühne, danach steigt eine Party backstage, zu der Freunde, Bekannte und Fans kommen.

***

Später in der Nacht verfrachten Manu, Mika, Frank, Tom, Benjamin, Janine, Laura und Freunde der Band die Verstärker und Instrumente in den Minibus und in Benjamins Auto. Für Screaming Gun geht es für einen Tag zurück nach Kassel, bevor in Potsdam das nächste Konzert stattfinden wird. Nachdem die Anlage verstaut ist, nimmt Janine in ihrem Auto Laura, Manu, Frank und Rainer, einen Bekannten der Band, mit nach Kassel. Janine bittet Frank bei der Abfahrt, sich auf den Beifahrersitz zu setzen. Auf der Fahrt verhalten sich Laura und Manu still, sie sind auf der Rückbank mit Schmusen beschäftigt. Rainer, der neben ihnen sitzt, hat den Kopf zur Seite gedreht und die Augen geschlossen.

Frank und Janine unterhalten sich während der Fahrt. Es ist das erste Mal, dass sie längere Zeit und im einigermaßen nüchternen Zustand miteinander reden. Sie merken nicht, wie die Zeit vergeht, und als sie schließlich in Kassel ankommen, sind sie beide fast schon enttäuscht, dass dieses angenehme Gespräch vorüber sein soll. Frank fragt Janine, ob sie vorhabe zu einem weiteren Konzert zu kommen, sie wäre jederzeit herzlich willkommen. Franks Einladung erwärmt Janines Herz. In dieser Nacht hat sie gemerkt, dass sie beginnt, Frank gerne zu mögen. Ihr gelingt es jedoch, die Fassung zu bewahren und auf seine Einladung hin nicht zu begeistert zu klingen, damit er nicht merkt, was in ihr vorgeht. Lange hat sie keinen Mann mehr getroffen, der ihr so gut gefällt. Nicht nur äußerlich findet sie Frank attraktiv, er kommt ihr ebenfalls überaus intelligent und humorvoll vor.

Am Kasseler Hauptbahnhof setzt Janine Rainer ab, kurz darauf Frank, der in der Nähe des Bahnhofs wohnt. Auf dem Weg zu Lauras und Manus Wohnungen sprechen sie über einen weiteren Konzertbesuch. Auch Manu betont, er würde sich darüber freuen.

***

Janine und Laura nehmen sich fest vor, Screaming Gun das nächste Mal auf Tour zu besuchen, wenn sie Anfang Juni auf einem Open Air Festival in Eschwege auftreten. Zwischendurch gibt es jedoch einen Rückschlag für Laura, als Kurt Cobain stirbt und es ihre Lieblingsband Nirvana nicht mehr gibt. Manu versteht ihre Trauer, auch er mochte Nirvana. Bei einem Telefongespräch erzählt er ihr, dass er Kurt Cobain in seiner Ansage ein Lied gewidmet habe, das sie live gespielt haben. Laura findet das aufmerksam von ihm. Es tröstet sie, einen so wundervollen Freund wie Manu zu haben.

Am Tag des Festivals fahren Janine und Laura mit der Band zusammen im Tourbus von Kassel nach Eschwege. Tom, Manu, Mika und Frank sind in bester Laune. Sie freuen sich auf die Anwesenheit vieler anderer Bands auf dem Festival, besonders auf Harrys Band Stereokids, die am selben Abend wie sie auf der

Bühne stehen wird. Angeregt unterhalten sie sich über das Programm des Festivals. Laura hört ihnen interessiert zu, dann wird sie auf Janine aufmerksam. Janine leert viel zu schnell ihre Bierdose und wirft ihr Blicke zu, die sie nicht richtig deuten kann. Fühlt sie sich unwohl? Nein, sie scheint in guter Stimmung zu sein. Doch irgendetwas verwirrt sie, hat einer der Jungs etwas Blödes zu ihr gesagt? Vielleicht hatte sie auch nur Stress auf der Arbeit, das kommt manchmal bei ihr vor.

Manu reicht Laura mit einem auffordernden Grinsen seine Flasche Jack Daniels, und im weiteren Gespräch mit der Band vergisst Laura, dass sie vorgehabt hatte, Janine auf ihren angespannten Gesichtsausdruck anzusprechen.

Bei der Ankunft auf dem Festivalgelände trifft die Band Freunde und Familienangehörige, darunter Mikas Mutter, eine von Toms Cousinen, die in Eschwege wohnt, und Manus zwei Jahre jüngeren Bruder Marius. Laura lernt Marius als erstes Mitglied von Manus Familie kennen. Er und Manu sehen sich nicht besonders ähnlich, stellt sie verwundert fest. Marius scheint erfreut zu sein, sie zu treffen. Sie vermutet, dass Manu ihm bereits von ihr erzählt hat.

Während sich Screaming Gun mit ihren Gästen zu einem der Zelte hinter der Festivalbühne begeben, begrüßt Frank einige der Neuankömmlinge. Janine steht in seiner Nähe. Frank greift ihren Arm und zieht sie zu sich, damit er sie seinen Bekannten vorstellen kann. Janine trägt ein wohliges Lächeln auf den Lippen, das Laura sofort zu deuten weiß. Janine scheint es also ernst gemeint zu haben, als sie ihr nach dem Screaming Gun Konzert in Göttingen vor ein paar Wochen verraten hat, dass sie Frank interessant und unsagbar sexy findet. Frank und Janine verstehen sich tatsächlich blendend, man sieht sie die meiste Zeit miteinander lachen. Vielleicht ist es sogar mittlerweile ein Flirt, jedenfalls scheint keiner der beiden dem Anderen abgeneigt zu sein. Laura lächelt bei diesem Gedanken vor sich hin. Manu und Marius ziehen sie im nächsten Augenblick aus dem Zelt, sie möchten mit ihr nachsehen, wo sich Stereokids gerade aufhalten.

25

Das Screaming Gun Konzert, das einen Monat später in Kassel stattfindet, sprengt den Rahmen im Vergleich zu dem, was Laura bisher an Konzerten miterlebt hat. Es ist ein warmer Freitag im Juli, bereits am Mittag trifft Laura am Club auf Maja und Schlumpf. Der Tourbus der Band parkt vor dem Eingang.

Benjamin und Tom erscheinen und begrüßen sie. Tom erwähnt, dass Manu noch schläft. Er schlägt Laura vor, ihn aufzuwecken und nimmt sie mit zum Tourbus. Der Bus ist leer, Laura vermutet, dass bereits alle ausgestiegen und im Club sind. Sie steuert auf den hinteren rechten Teil des Busses zu, wo sich Manus Schlafecke befindet. Manu schläft nur mit einer Shorts bekleidet auf dem Bauch, kleine Schweißperlen stehen ihm auf der Stirn. Es ist wirklich zu warm hier drin, stellt Laura fest. Sie beugt sich zu Manu herunter, streicht über die Rückseite seines Oberschenkels und über seinen Po. Manu reagiert darauf nicht. Sie streicht ein paar dunkle Strähnen aus seiner Stirn und küsst ihn sanft auf die Nasenspitze. Nun scheint er die liebevollen Berührungen wahrzunehmen und schlägt verwundert die Augen auf. Mit einem strahlenden Lächeln begrüßt er Laura, zieht sie an sich heran. Sie geben sich einen langen Wiedersehenskuss. Viel Zeit zu zweit können sie nicht verbringen, denn Screaming Gun haben einen Termin zu einem Radiointerview, zu dem sie bald aufbrechen müssen.

Nachdem Screaming Gun mit Benjamin von der Radiostation zurückgekommen sind, gesellen sie sich zu Maja, Laura, Schlumpf und dem Busfahrer Helmut in den Backstageraum und warten darauf, dass der

Soundcheck beginnen kann. Es stoßen allmählich weitere Freunde der Band hinzu. Laura kennt bereits zwei von ihnen, Theo und Karsten. Die beiden hat sie vor ein paar Monaten im Übungsraum von Screaming Gun getroffen.

Zu Lauras Freude erscheint Janine früher als geplant. Janine konnte es durchsetzen, an diesem Tag ihre Überstunden abzufeiern und somit nur bis zum frühen Nachmittag arbeiten zu müssen.

***

Screaming Gun spielen ein restlos ausverkauftes, zweieinhalbstündiges Konzert vor 1000 Zuschauern. Es ist wie ein Heimspiel für sie, sie werden von ihren Fans freudig zuhause willkommen geheißen. Schon während des Konzerts steigert sich die gute Stimmung der Band und ihrer Freunde ins Unermessliche. Schlumpf sieht sich das Konzert abwechselnd von der Bühnenseite und vor der Bühne an. Maja hat sich auf Toms Seite gestellt, wird von ihm mit Bier versorgt und scherzt in den Spielpausen zwischen den Songs mit ihm. Laura und Janine hingegen sind auf der anderen Seite der Bühne geblieben, Theo und Karsten stehen bei ihnen. Laura sieht, dass sich Frank und Janine Blicke zuwerfen, die eindeutig gegenseitiges Interesse signalisieren. Sie scheinen ihren Flirt vom letzten Mal in Eschwege fortzusetzen, vermutet sie. Es gefällt ihr, dass Janine mit Frank offensichtlich großen Spaß hat.

Schlumpf tritt mit ein paar Shots in den Händen zu Laura, Janine, Theo und Karsten und beginnt, sie an sie zu verteilen. Ehe er reagieren kann, hat Manu ihm einen aus der Hand gerissen, prostet ihm mit einem kecken Grinsen zu, leert den Shot und stellt sich wieder vors Mikro in der Bühnenmitte. Janine und Laura lachen darüber, Schlumpf schüttelt nur grinsend den Kopf, händigt den Rest der Shots aus. Er bietet Mika einen an, aber der lehnt dankend ab, und so bleibt am Ende doch noch einer für Schlumpf selbst übrig.

Screaming Gun bleiben auch nach dem Konzert bei ihrem Elan, ihre Energie scheint selbst nach diesem langen Auftritt keineswegs versiegt zu sein. Mittlerweile sind insbesondere Tom und Schlumpf stark beschwipst. Laura steigen die vielen Shots ebenfalls langsam zu Kopf, sie bemerkt außerdem, dass Janine immer aufgedrehter wird. Eine gute Mischung aus Hormonen und Alkohol, denkt sich Laura amüsiert. Franks Lächeln ist in der Tat sehr charmant. Sie kann sich vorstellen, wie sehr Janine darauf anspringt.

Plötzlich wird Laura von Manu herumgerissen. Er gibt ihr einen stürmischen Kuss auf den Mund, nimmt sie übermütig auf den Arm und beginnt, sich mit ihr zu drehen. Da Manu nicht mehr stabil auf den Beinen steht, bewegt ihn Janine dazu, Laura wieder herunterzulassen. Er befolgt dies, stellt Laura wieder auf den Boden. Sogleich dreht er sich zu Theo um, der eine volle Flasche Wodka in der Hand hält und nach Bechern sucht. Benjamin reicht ihnen eine Stange Plastikbecher, die schnell gefüllt werden.

Laura erblickt nun auch Toms Freundin Nadine und Manus Bruder Marius. Marius hat nasses Haar, er verflucht den sintflutartigen Sommerregen draußen. Manu wuschelt durch das Haar seines Bruders, reicht ihm dann einen Becher, der mit Bier gefüllt ist. Sie stoßen miteinander an und leeren ihre Becher mit einem Zug. Laura stellt sich zu ihnen und trinkt Wodka. Ihr fällt nach einer Weile auf, dass Janine nicht mehr da ist. Manu und Marius wissen nicht, wo sie sein könnte, als sie sie danach fragt.

Laura sieht sich in den Räumlichkeiten um. In einer Ecke klammert sich Tom an Nadine, die ihn mit ein paar Häppchen Brot versorgt. Wahrscheinlich, um ihn nüchterner zu bekommen, vermutet Laura. Mika und Karsten sitzen mit anderen Bandfreunden daneben und essen Stullen oder Pizza. Laura fragt sie, ob sie Janine gesehen haben, aber alle verneinen. Auch Frank scheint verschwunden zu sein, wundert sich Mika, woraufhin Laura nur grinsen muss. Das hat wohl seine Gründe, denkt sie sich. Sie betrachtet die Platte mit dem Essen und merkt, dass sie keinen Hunger hat, obwohl sie seit mittags nichts mehr gegessen hat. Ihr Appetit konzentriert sich ausschließlich auf Manu. Was sieht er zum Anbeißen aus und was hat sie für eine große Lust auf ihn, nach dieser wochenlangen Abstinenz! Seine schlanke Gestalt steckt in einer blauen Jeans mit schwarzen Flicken und in einem schmal geschnittenen, schwarzen, kurzärmeligen Hemd, dessen obere beide Knöpfe geöffnet sind und somit ein Blick auf seinen reizvollen Oberkörper gestattet wird. Seine durcheinander gewühlte schwarze Haarpracht steht im Kontrast zu den leuchtend grünen Augen, die Laura schwärmerisch mit Smaragden vergleicht.

Manu wird in diesem Augenblick von Fans in Beschlag genommen. Er gibt sich geduldig und gut gelaunt, schreibt Autogramme, lässt Bilder von sich mit den Fans machen und sich in Gespräche mit ihnen einspannen. Mika kommt hinzu, doch die andere Hälfte der Band bleibt abwesend. Tom hat mit Nadine die Party soeben verlassen, und Frank ist nicht mehr aufzufinden.

Laura lässt Manu bei den Fans zurück und tritt auf der Rückseite des Clubs nach draußen. Dort trifft sie Maja, Marius und Schlumpf. Es regnet immer noch in Strömen, aber richtig kalt ist es nicht. Schlumpf kann seine Worte nicht mehr artikulieren. Kurze Zeit später setzt er sich auf eine Treppenstufe und lehnt sich gegen die Wand des Gebäudes. Marius holt eine halb gefüllte Flasche Jägermeister und ein paar Becher herbei. Nachdem Laura davon getrunken hat, wird ihr schwindelig. Sie kann nicht mehr stehen, setzt sich neben Schlumpf auf die Treppe und lehnt sich an ihn. Schlumpf rührt sich nicht, er scheint eingeschlafen zu sein. Sie findet ihn gemütlich, und es tut ihr gut, sich eine Weile an seiner Schulter auszuruhen. Marius und Maja lachen amüsiert über den Anblick der beiden Betrunkenen, doch das nimmt Laura kaum wahr. Alle Geräusche um sie herum verbinden sich zu einem Einheitsklang, der sie in den Schlaf wiegt.

Das Nächste, das sie spürt, ist eine Berührung an ihrer Hand. Schwerfällig öffnet sie die Augen und sieht verschwommen Manus liebevolles Lächeln vor sich. Es geht ihr etwas besser, sie realisiert, dass sie ebenfalls eingeschlafen sein muss. Schlumpf schlummert immer noch in derselben Position neben ihr, Maja und Marius hingegen sind verschwunden.

Manu hat sich vor sie gehockt, streicht sanft über ihre Hand und fragt sie, ob alles in Ordnung sei. Ihm scheint es nichts auszumachen, dass sie so betrunken ist, das erleichtert sie ungemein. Sie blickt ihm tief in die Augen und nickt. Manu lacht kurz leise auf, nimmt sie in seine Arme und hilft ihr behutsam hoch. Laura muss ihr Gleichgewicht erst noch wiederfinden, drückt Manu deswegen ein paar Schritte rückwärts, so dass sie im Regen stehen. Er wirkt jedoch angenehm erfrischend auf Laura. Manu streicht über ihre Wange, küsst dann sanft ihre Lippen. Minutenlang verfallen sie in einen berauschenden Kuss. Sie ignorieren dabei, dass der Regen sie bis auf die Haut durchnässt.

Laura lässt sich von Manu in die Dunkelheit führen, ihren Körper dicht an seinen gepresst. Ihr Herz schlägt wie wild, als sie zu einem fast leeren Parkplatz gelangen, der von einem Waldstück umgeben ist. Manus leidenschaftliche Küsse brennen auf ihren Lippen, ihrem Hals und ihrem Dekolleté. Er drückt sie gegen einen Baum und raunt ihr zu, dass es ihn total scharf mache, sie unter der nassen Kleidung zu spüren. Manus Lust erregt Laura sofort. Durch ihre betäubten Sinne bekommt sie kaum mit, dass er sich hinter sie gestellt hat. Erst als sie seine Stöße spürt, gelangt sie allmählich wieder zu etwas Klarheit, doch ehe sie ihn richtig genießen kann, ist es vorbei. Ihr wird sofort kalt, als Manu sich zurückzieht. Hastig rafft sie ihre Kleidung wieder hoch und beginnt zu zittern. Manu nimmt sie in seine Arme. Er bemerkt ihre immer noch andauernde Benommenheit und auch, dass sie friert. So schnell wie möglich bringt er sie zum Tourbus, wo sie im Warmen sind. Der Bus wird hier stehenbleiben, bis dass die Tour in drei Tagen fortgesetzt wird. Deswegen ist es kein Problem, darin zu übernachten. Im betrunkenen Zustand und klatschnass möchte sich Manu nicht mit Laura auf die Suche nach einem teuren Taxi machen. Beide ziehen sich ihre nasse Kleidung aus und legen sich splitternackt in Manus Schlafecke.

***

Frank und Janine haben sich bereits vor einiger Zeit von der Party entfernt, um in Ruhe miteinander zu reden und zu trinken. Dabei sind sie sich näher gekommen. Nüchtern sind beide immer zu schüchtern gewesen, aber an diesem Abend haben sie den richtigen Pegel erreicht und regelrecht Feuer gefangen.

Sie stehen dicht aneinander gedrückt im Flur des Backstagebereiches, als sie sich zum ersten Mal küssen. Janine fühlt eine Hitzewelle durch ihre Adern jagen. Der Mann, der ihr seit einigen Monaten erotische Phantasien und Träume bereitet, fällt gerade über sie her, denkt sie fassungslos. Es fühlt sich besser an, als sie es sich immer vorgestellt hat.

Frank drückt sie unter heißen Küssen in eine kleine, dunkle Kammer abseits des Partyraums. Janine wird schlagartig bewusst, dass Frank genauso erhitzt ist wie sie selbst, und er nicht zögern wird, sie auf der Stelle zu nehmen. Es ist normalerweise nicht ihre Art, jemanden derart problemlos an sich heranzulassen, doch bei Frank macht sie eine Ausnahme. Schon lange hat sie sich vorgestellt, wie der Sex mit ihm sein könnte. Dass sie es nun endlich erfährt, erregt sie zusätzlich. Sie fühlt seinen Körper, den sie oft verstohlen gemustert hat. Frank drückt sie gegen die Wand. Janine dreht sich mit dem Rücken zu ihm, presst ihr Hinterteil an seine Lenden und reibt sich daran. Das scheint Frank rasend zu machen, was sie dazu bringt, sich wieder zu ihm umzudrehen und ihm die Jeans aufzuknöpfen. Sie befreit ihn von seiner Kleidung, möchte den Sex nicht länger hinauszögern. Diese Entschlossenheit nimmt sich Frank als Beispiel. Er dreht sie wieder zur Wand und zieht ihr kraftvoll die Hose samt Slip herunter. Was sie im nächsten Augenblick erleben, ist unglaublich intensiver Sex im Stehen, dessen Rohheit beide fast besinnungslos macht.

Nachdem sie sich beruhigt haben, müssen sie über ihre Hemmungslosigkeit lachen. Dass Frank vieles mit Humor sieht, mag Janine sehr an ihm. Sie weiß, dass er weiterhin an ihr interessiert ist, als er sie in dieser Nacht mit zu sich nach Hause nimmt.

Am nächsten Morgen schlafen Janine und Frank nochmals miteinander. Dieses Mal ist es gefühlvoller und sanfter, außerdem passiert es im ausgenüchterten Zustand. Das ist für Janine besonders wichtig, dadurch erkennt sie, dass Frank sie tatsächlich begehrt. Sie beginnen eine Affäre, die sie zwar nicht verschweigen, aber auch nicht sofort offenlegen. Trotzdem bemerken ihre Freunde ihr Verhältnis recht schnell. Laura muss schmunzeln, als sie davon erfährt. Sie gönnt es Janine von Herzen, mit dem Mann zusammen zu sein, dem sie eindeutig verfallen ist.

***

Im August stehen an den Wochenenden Auftritte auf Open Air Festivals in anderen Teilen Deutschlands an. Unter der Woche hat die Band frei und macht zuhause in Kassel Party. Manu holt Laura jede Nacht vom Bogen ab. Regelmäßig gehen sie danach aus und treffen ihre gemeinsamen Freunde.

Manu und Laura besuchen zu dieser Zeit Sven ein weiteres Mal. Manu und Sven sitzen die ganze Nacht zusammen und führen mit gesenkten Stimmen tiefgründige Gespräche. Laura schläft derweil auf Svens Bett ein. Im Morgengrauen wird sie von Manu geweckt. Er schlägt ihr vor, mit ihm nach Hause zu gehen. Beim Abschied schenkt ihr Sven ein warmherziges Lächeln und eine freundschaftliche Umarmung, die ihr sehr gut tut. Sie hätte nicht gedacht, ihn so schnell in ihr Herz zu schließen.

Alles in allem verbringt Laura einen wilden, spaßigen Sommer an Manus Seite. Unzureichender Schlaf und durchzechte Nächte mit ihm und seinen Freunden zehren einerseits an ihren Kräften, andererseits findet sie großen Gefallen daran. Es wird ruhiger, sobald Screaming Gun wieder auf Tour sind. Mitte September hat die Band alle Konzerte hinter sich gebracht. Als nächstes Projekt plant sie einen weiteren Aufenthalt im Berliner Tonstudio, um dort das nächste Album aufzunehmen.

Unmittelbar nach Tourende im September fragt Manu Laura, ob sie dazu bereit wäre, mit ihm seine Eltern in Wolfhagen zu besuchen, sie würden sie gerne kennenlernen. Manu hat lange überlegt, ob und wann er Laura danach fragen solle. Schließlich möchte er Laura keinesfalls zu etwas drängen. Er weiß außerdem, dass sie empfindlich auf das Thema Eltern im Allgemeinen reagieren könnte. Nach kurzer Bedenkzeit kann sich Laura mit dem Gedanken anfreunden. Sie empfindet ihre neunmonatige Beziehung zu Manu mittlerweile als ernst und gefestigt genug, um den Besuch zu unternehmen.

Manu hat seine Eltern vorgewarnt, Laura nicht auf das Thema Familie anzusprechen. Laura ist überrascht über die ungezwungene Freundlichkeit von Manus Eltern. Zudem merkt sie, wie gut das Verhältnis zwischen ihnen und Manu ist. Das macht den Besuch viel angenehmer für sie selbst, sie kann sich in der Gesellschaft entspannen. Jetzt erkennt sie, dass Manu deutlich auf seine Mutter kommt, sein Bruder Marius hingegen ähnelt dem Vater. Deswegen also sehen die beiden so unterschiedlich aus, stellt sie belustigt fest.

26

Mittlerweile es Oktober, die ersten herbstlichen Brisen lösen die welken Blätter von den Bäumen.

An einem dieser windigen Herbsttage sitzt Sven auf seinem Bett und starrt die mit einer vielfachen Dosis Heroin gefüllte Spritze in seiner Hand an. Immer wieder legt er sie von der einen in die andere Hand. Seine wenigen Habseligkeiten hat er auf einen Haufen mitten im Zimmer gelegt. Ein Foto seiner Eltern, seiner drei Jahre älteren Schwester Ida, seiner Ex-Freundin Dorothea und ein Bandbild von Screaming Gun liegen auf seinem Schoß. Diese Fotos zeigen all die Menschen, die ihm wahrhaftig am Herzen liegen. Er hofft, dass er ihnen nicht zu viel Kummer bereitet mit der Entscheidung, die er getroffen hat. Sie werden es sicherlich eines Tages verstehen, dass es für alle am besten ist, wenn er geht.

Langsam erhebt er sich, legt die Fotos seiner Familie und Freunde zu seinen aufgehäuften Sachen und lächelt vor sich hin, als er sie ein letztes Mal in Ruhe betrachtet. Die Spritze mit dem allerletzten Schuss seines Lebens umgreift er fest mit der Hand und begibt sich ins Badezimmer. Da Tobi ausgegangen ist, muss er sich nicht darum bemühen, dass der nichts mitbekommt und kann sich die Zeit nehmen, die er braucht, um sich von dieser Welt zu verabschieden.

Sven beginnt, sanft seinen Oberarm zu massieren, er legt sich die Armbinde an. Dann wirft er einen letzten Blick auf die gefüllte Spritze, nickt entschlossen und jagt sie sich in die Vene. Die Wirkung des Heroins setzt unmittelbar ein. Sven ist nicht mehr dazu imstande, Luft zu holen, sie bleibt ihm einfach weg. Es wird ihm schwarz vor Augen, so dass er sich gegen die Toilette lehnen muss. Langsam schlittert er in die Bewusstlosigkeit und merkt nicht mehr, dass er aufgehört hat zu atmen.

***

Tobi findet Sven einige Stunden später leblos auf dem Badezimmerboden. Sofort begreift er, dass jede Hilfe zu spät kommt und Sven sich mit großer Wahrscheinlichkeit absichtlich eine Überdosis gespritzt hat. Er kniet sich nieder, legt eine Hand auf Svens kühle Stirn. Dass dies eines Tages passieren wird, damit musste er rechnen, das ist ihm klar. Doch es trifft ihn tiefer als er dachte, denn er hatte begonnen, Sven aufrichtig zu mögen.

Einige Minuten hockt Tobi bei Sven und versinkt in Gedanken, Tränen steigen ihm in die Augen. In letzter Zeit hat Sven einen wirklich unglücklichen Eindruck gemacht, das hat er gemerkt. Bei Fixern ist das aber normal, so glaubte er, denen geht es nie wirklich gut. Tobi erhebt sich, ruft einen Krankenwagen. Die Sanitäter bestätigen unverzüglich Svens Tod und bestellen einen Leichenwagen.

Nachdem Sven weggebracht worden ist, braucht Tobi ein paar Minuten, um sich zu fassen. Er holt Svens Telefonbuch mit den Nummern seiner Familie und Freunde hervor. Ihm graut davor, Svens Eltern die Nachricht vom Tod ihres Sohnes mitzuteilen, aber er findet, dass sie es als Erste erfahren sollen. Außerdem möchte er sie fragen, wie er weiterhelfen könne.

Nach und nach ruft Tobi einige von Svens Freunden an, denen er anbietet vorbeizukommen. Er findet Franks Telefonnummer in Svens Verzeichnis und erinnert sich gut an ihn. Frank ist erst vor wenigen

Tagen zu Besuch gekommen, hat sich bei der Gelegenheit ebenfalls mit Tobi unterhalten. Sogleich erhält Frank einen Anruf von Tobi. Daraufhin übernimmt es Frank, seinen drei Bandkollegen Bescheid zu geben. Er erreicht Mika und Tom, mit denen er verabredet, sich bei Sven zuhause zu treffen. Manu hingegen hebt nicht ab.

Svens Eltern sind auf direktem Wege zur Leichenhalle gefahren, um ihren Sohn zu identifizieren. Zur gleichen Zeit versammeln sich Svens Freunde in seinem Zimmer. Frank sitzt aufgelöst auf dem Boden, gegen einen Schrank gelehnt. Er starrt vor sich hin, Tränen laufen seine Wangen hinunter. Jeder trauert hier offen, niemand hat etwas zu verbergen. Tom steht neben dem Telefon und versucht immer wieder verzweifelt, Manu zu erreichen.

Mika tröstet Dorothea, die Sven einige Monate zuvor aus ihrer Wohnung geworfen hat, und sich deswegen nun schreckliche Vorwürfe macht. Nachdem sie sich beruhigt hat, hört Mika, dass Tom laut flucht, weil Manu immer noch nicht ans Telefon geht. Er schlägt ihm daraufhin vor, bei Laura anzurufen, aber von ihr hat niemand die Telefonnummer dabei. Tom beschließt kurzerhand zu ihnen zu fahren, um sie persönlich zu holen.

***

Ein paarmal klingelt Tom bei Manu an der Tür, erhält jedoch keine Antwort. Schließlich findet er Lauras Namen auf einer Klingel und klingelt dort Sturm. Es ist sechs Uhr morgens, er kann sich vorstellen, dass die beiden als ausgeprägte Nachtmenschen noch nicht lange schlafen und über dieses aggressive

Geklingel nicht begeistert sind, aber darauf kann er keine Rücksicht nehmen.

Lauras Stimme ertönt über die Sprechanlage, sie hört sich müde und irritiert an. Tom verlangt nachdrücklich, dass sie ihm aufmachen solle, es sei ein Notfall, er müsse unbedingt mit ihr und Manu reden. Daraufhin betätigt sie den Türdrücker und sagt ihm, er solle in die vierte Etage hinaufkommen. Tom hastet die Treppen hoch. Laura steht verwirrt und verschlafen im Bademantel an der Wohnungstür. Sie erkennt augenblicklich an Toms ernster Miene, dass etwas Furchtbares passiert sein muss.

Laura: Komm erst mal rein. (schließt die Tür hinter ihm)

Tom: Wo ist Manu?

Laura: Im Bett.

Tom: Ist er wach?

Laura: So halb, glaub' ich. Was ist denn los, um Himmels Willen?

Tom: Kannst du ihn holen? Ich muss es euch beiden sagen.

Sie nickt, ein ungutes Gefühl überkommt sie. In großer Sorge weckt sie Manu. Etwas wirklich Schlimmes muss passiert sein, sagt sie ihm und fügt hinzu, dass Tom angespannt aussehe und ihnen dringend etwas sagen müsse. Manu bemerkt ihre Angst und Ungeduld, richtet sich schließlich auf, reibt sich die Augen. Er hat Probleme, richtig wach zu werden, aber ist beunruhigt über das, was er gerade gehört hat. Laura drängt ihn noch mehr, wirft ihm sein T-Shirt und seine Unterwäsche zu, die er gähnend anzieht. Er schafft es, sich trotz seiner Müdigkeit zu beeilen. Anschließend geht er mit Laura ins Wohnzimmer, wo Tom sichtlich nervös umherläuft. Manu sieht ihm sofort an, dass er aufgewühlt ist, was bei ihm nicht oft vorkommt.

Tom: Wurde auch langsam Zeit. Am besten zieht ihr euch direkt ganz an, ich muss euch nämlich mitnehmen.

Manu: Willst du uns verhaften, oder was?

Laura: Wohin denn?

Tom: Zu Sven. Er ist diese Nacht an einer Überdosis gestorben.

Manu starrt Tom sprachlos an. Tom steigen Tränen in die Augen, er wendet sich daraufhin ab.

Laura: (legt sich fassungslos die Hand an den Mund, flüstert) Oh, mein Gott!

Tom: Jeder ist schon dort, aber von dir, Laura, hatte ich die Telefonnummer nicht, deswegen bin ich gekommen, um euch zu holen. Könnt ihr euch bitte beeilen?

Manu findet seine Sprache immer noch nicht wieder, seine Unterlippe beginnt zu zittern.

Laura: (legt eine Hand an Manus Schulter, Tränen kullern ihr die Wangen herab) Komm Schatz, wir sollten uns echt beeilen.

Tom: (nickt Manu zu, leise) Mach schon.

Manu: Wo … Wo ist … (schluckt hart, weiter kommt er nicht)

Tom: Sie haben ihn schon abgeholt. Er ist zuhause gestorben. Wenigstens das, und nicht irgendwo draußen in der Gosse. Tobi hat ihn im Bad gefunden.

Laura: (drückt Manu behutsam ins Schlafzimmer) Wir fahren sofort hin. Komm, zieh dich an.

Laura reicht Manu seine Jeans und seinen Pullover, sie selbst zieht sich in großer Eile an. Beide sind nicht fähig etwas zu sagen. Sie steigen zu Tom ins Auto, der sie zu der kleinen Trauergemeinde bringt.

Laura spürt, dass Manus Hand kalt und schweißnass ist, als sie sie im Auto berührt. Sie versucht auf der Fahrt, nicht in Tränen auszubrechen. Sobald sie die tief traurigen, betroffenen und verweinten Gesichter von Svens Freunden sieht, kann sie sie hingegen nicht mehr zurückhalten.

Manu scheint erst bei der Ankunft zu realisieren, was eigentlich passiert ist. Er sinkt neben Frank nieder, der seinen Kopf in seinen Armen auf den Knien vergraben hat. Frank richtet sich auf, als er den weinenden Manu neben sich bemerkt. Behutsam legt er einen Arm um ihn.

Mika nimmt sich Lauras an, die von ihrem Kummer überwältigt ist. Er bringt sie zu einem freien Platz auf dem Sofa, wo er ihr eine Tasse Tee zur Beruhigung reicht. Svens Schwester Ida setzt sich neben sie, blickt sie traurig und verständnisvoll an und flüstert ihr zu, dass es Sven nun bestimmt besser gehe.

Stundenlang leisten sich die Trauernden Gesellschaft. Svens Eltern erscheinen, teilen den Tag von Svens Beerdigung mit. Sie bedanken sich bei allen für ihr Kommen und halten, so gut es geht, eine kleine Ansprache. Ida hat Frühstück besorgt, doch niemand hat Appetit. Viele sehen übernächtigt und entkräftet aus. Einige schweigen, andere unterhalten sich mit gedämpften Stimmen.

Laura setzt sich zu Manu auf den Boden, schmiegt sich an ihn, aber er bleibt weiterhin stumm und apathisch. Tom hängt mittlerweile abgeschlafft auf seinem Stuhl, ihm fallen die Augen zu. Als sich Svens Eltern verabschieden, herrscht allgemeine Aufbruchsstimmung. Mika bringt Frank nach Hause, Tom fährt Manu und Laura wieder zurück.

Manu möchte in seiner Wohnung bleiben. Laura versteht, dass er alleine sein will, mit ihm ist ohnehin nicht viel anzufangen. Trotzdem hätte sie ihn lieber bei sich, sie selbst hat immerhin ebenfalls mit großer Trauer zu kämpfen und fühlt sich damit alleine gelassen.

Manu und Frank treffen sich am Abend in einer Bar und reden lange über ihren gemeinsamen Freund, das tröstet sie ein wenig. Sie kaufen sich anschließend an einem Kiosk ein paar Bierflaschen, die sie draußen im Park trinken. Manus Trauer schlägt in Aggressivität um. Er beginnt, gegen Bäume zu rennen und nach Mülleimern und Bänken zu treten. Doch Frank ist erschöpft, er hat keine Lust mitzumachen und sieht Manu zu, während ihm die Tränen kommen. Geduldig wartet er, dass sich Manu wieder beruhigt. Als es soweit ist, tritt er an ihn heran und umarmt ihn fest. Die beiden verharren eine Weile in der Umarmung, dann schlägt Manu vor, bei ihm zuhause die Bierflaschen zu leeren.

In Manus Wohnung angekommen, reicht er Frank seinen Schlafsack und erwähnt, dass zuletzt Sven darin geschlafen hat. Frank nickt ihm zu, lächelt matt. Bevor er sich schlafen legt, schreibt Manu Laura eine Nachricht, die sie lesen wird, wenn sie vom Bogen nach Hause kommt. Er schreibt ihr, dass Frank bei ihm übernachte und sie sich keine Sorgen machen solle. Außerdem verspricht er, am nächsten Morgen zu ihr zu kommen, sobald er aufgestanden ist.

27

Screaming Gun reisen nach Svens Beerdigung für die Studioaufnahmen des nächsten Albums nach Berlin. Durch die intensive Arbeit dort wird die Band ein wenig von dem schlimmen Verlust abgelenkt. Laura und Janine kommen für zwei Tage zu Besuch. Für sie ist es aufregend in Berlin zu sein, sie sind begeistert von der Stadt. Nach ihrer Anreise essen sie mit der gesamten Band und Benjamin zu Abend, anschließend gehen sie alle zusammen in eine Kreuzberger Punkrockbar.

Manu, Laura, Mika und Benjamin verlassen die Bar früher als Tom, Frank und Janine. Sie kehren zum Hotel zurück, um sich schlafen zu legen. Manu und Laura sind nach einem feurigen Liebesakt gerade dabei einzuschlafen, als das Zimmertelefon neben Manu auf dem Nachttisch klingelt. Laura stößt Manu an, da er keine Anstalten macht, das Gespräch anzunehmen. Grummelnd langt er schließlich nach dem Hörer und meldet sich.

Janine: (hektisch) Manu? Ich bin's, Janine.

Manu: (bemerkt ihre Aufregung nicht) Hm ... was ist denn?

Janine: Ich bin hier noch an der Bar ... und ich glaube, Tom und Frank stecken in Schwierigkeiten.

Manu: (wird aufmerksamer) Wieso? Was ist mit denen?

Janine: Sie haben sich mit ein paar Typen angelegt, die anscheinend Nazis sind. Diese Idioten haben Tom als linke Zecke beschimpft, dann kam Frank dazu und ist auf sie losgegangen. Er hasst Nazis wie die Pest, weißt du ja.

Manu: Ach, du Scheiße. Haben die sich gekloppt, oder was?

Laura blickt beunruhigt über diese Worte zu Manu.

Janine: Ja, haben sie.

Manu: (mit Verachtung) Diese verdammten Faschos.

Laura runzelt die Stirn und fragt sich, mit wem Manu spricht und was passiert ist.

Janine: Man hat sie zum Glück auseinandergebracht. Die Polizei ist da, nimmt aber anscheinend keinen mit. Ich muss mit denen zum Krankenhaus, glaub ich. Die beiden bluten wie die Schweine. Frank hat was auf die Nase bekommen und Tom ′nen Kinnhaken. Ziemliche Scheiße hier. (kurze Pause) Naja, wollte euch nur Bescheid sagen und dass die beiden vielleicht morgen nicht in Form sein werden, um Musik zu machen.

Manu: Sollen wir kommen?

Janine: Nein, schon gut, ich krieg das schon hin. Ich bleib bei ihnen, okay? Ich melde mich nochmal, wenn irgendwas sein sollte.

Manu: Na gut. (seufzt) So ein dreckiges Faschisten-Pack. (sein Blick trifft Lauras) Warte, ich geb dich mal an Laura weiter. (reicht Laura den Hörer) Es ist Janine.

Janine erzählt Laura aufgewühlt, was sich zugetragen hat. Laura fragt Janine mehrere Male, ob sie sicher sei, dass sie und Manu nicht zu kommen brauchen, aber Janine meint, sie sollten weiterschlafen, sie könnten jetzt auch nichts ausrichten. Sie verspricht, dass sie sie auf dem Laufenden halten werde. Janine muss abrupt auflegen, als das Taxi eintrifft, das sie, Tom und Frank zum Krankenhaus bringen wird.

Manu ruft Benjamin an und erzählt ihm von den Vorfällen, damit er Bescheid weiß. Manu und Laura haben Probleme wieder einzuschlafen. In dieser Nacht erhalten sie allerdings keinen Anruf mehr. Frank und Tom sind nach einer kurzen ambulanten Behandlung vom Krankenhaus entlassen worden und haben sich in ihren Hotelzimmern schlafen gelegt.

Am nächsten Tag haben sich die Gemüter beruhigt. Tom und Frank sind dazu in der Lage, Musik zu spielen. Frank ist stolz auf Janine, dass sie so überlegt gehandelt und sofort ein Taxi gerufen hat, das sie wegbrachte, bevor noch mehr Schaden entstehen konnte. Janine kümmert sich bereits seit Svens Tod vermehrt um Frank. Die beiden sind sich dadurch noch näher gekommen. Frank möchte sich jedoch nicht an Janine binden. Deshalb werden sie kein richtiges Paar, womit Janine nur schwer zurechtkommt. Doch die Affäre beenden möchte sie nicht, und solange sich Frank in niemanden verliebt, kann sie sich mit der Situation arrangieren.

28

Als Anfang des neuen Jahres ihr neues Album erscheint, erlangen Screaming Gun den ersten großen Erfolg. Laura und Manu sind mittlerweile zusammengezogen. Sie bewohnen eine helle Wohnung in einer ruhigen Gegend südlich der Wilhelmshöher Allee, in der Nähe der Universität. Laura kann sich zwar daran gewöhnen, dass Manu ständig unterwegs ist, aber mit dem Erfolg von Screaming Gun steigt auch die Zahl der Fans rasant. Vor allem die weiblichen Fans sehen in ihm den gutaussehenden Frontmann und Sänger der Band. Auf ihn stehen die Frauen, ihm wird die meiste Aufmerksamkeit zuteil.

Laura stört es nicht, dass Manu seinen Erfolg genießt und viele Partys feiert. Allmählich bekommt sie jedoch mit, dass die Bandmitglieder von Screaming Gun ihren Verehrerinnen näherkommen. Sie geht davon aus, dass es vorkommt, dass Manu mit den Frauen abstürzt, die ihn so begehren. Allerdings weiß sie nicht, wie sie ihn mit ihrer Befürchtung konfrontieren soll und schiebt dieses Problem vor sich her.

Doch wenn er wieder bei ihr ist, spürt sie jedes Mal deutlich, dass er sie liebt und sie für ihn jemand Besonderes ist. Er behandelt sie genauso aufmerksam und zärtlich wie schon immer. Das beruhigt sie wieder, sie vertraut darauf, dass er vernünftig bleibt. Immer, wenn er zuhause ist, verbringen sie eine unbeschreiblich schöne Zeit miteinander.

***

Janines und Franks Verhältnis wird im Laufe des Frühjahrs für Janine angesichts Franks Groupies zu nervenaufreibend. Frank merkt, dass es Janine stört, wenn er sich seine Freiheiten nimmt. Da sie mit der Situation nicht klarkommt, schlägt er ihr vor, das Verhältnis zu beenden, um wenigstens die Freundschaft nicht kaputt zu machen. Obwohl Janine die Trennung ebenfalls als die beste Lösung ansieht, fällt sie ihr schwerer, als sie es sich eingestehen möchte. Sie hält sich seitdem von Screaming Gun Konzerten fern.

Laura hat in der Zwischenzeit den Job gewechselt, sie arbeitet nun in einer anderen Bar im Stadtzentrum von Kassel, wo sie besser verdient. Das „Goldene Blatt" ist eine angesagte Bar mit einem bunt gemischten Publikum, aber sie wird von Manu und seinen Freunden nicht frequentiert, da dort zu viele „Yuppies" rumhängen, wie Manu ihr erklärt.

Wenn Manu während Tourpausen zuhause ist, unternehmen er und Laura häufig etwas zusammen. Sie besuchen seine Eltern oder Freunde in Wolfhagen und gehen manchmal an Svens Grab. Dennoch bleibt keine Zeit übrig, um miteinander zu verreisen. Manu muss zu viele Termine einhalten und ständig zu Interviews, Konzerten oder Fernsehauftritten aufbrechen. Laura findet das schade. Es beginnt ihr zu missfallen, dass sie ihre eigenen Bedürfnisse und Interessen hinter die Band stellen muss, doch sie möchte Manu damit nicht behelligen und behält ihren Frust für sich.

Zu einem Konzert von Screaming Gun erscheint sie, wenn es in der Nähe von Kassel oder in Kassel selbst stattfindet, und wenn sie es einrichten kann. Bald kommt sie weniger wegen der Musik, sondern eher, damit sie bei Manu sein kann. Aber sie merkt, dass sie lieber alleine mit ihm ist, weil ihn der große Trubel um die Band oft kopflos macht. Sie findet ihn und seine Bandkollegen nach Konzerten meistens zu überdreht und abgehoben. Zwischen ihr und Manu treten allmählich Spannungen auf, als sie ihm ihren Unmut darüber eröffnet.

***

Screaming Gun spielen im Winter, unmittelbar nach einer ausgiebigen Tour, in Kassel ein weiteres Album ein. Laura bleibt den darauffolgenden Konzerten fern. Nur zu einem Überraschungskonzert im privaten Rahmen zum Auftakt der nächsten Tour erscheint sie, bei dem sie Familienmitglieder, enge Freunde der Band und Fanclubmitglieder trifft. Mit den meisten von ihnen führt sie nette Gespräche und verbringt einen angenehmen Abend. Außerdem hat sie ihre Bekannte Eva mitgebracht, die vor kurzem ein Konzert von Screaming Gun besucht hat und begeistert ist, die Bandmitglieder treffen zu dürfen.

Manu eröffnet Laura am Tag danach, was er von Eva hält.

Manu: Du, die war aber komisch. So unnatürlich und aufgesetzt. Ist die immer so?

Laura: (zuckt mit den Schultern) Vielleicht war sie einfach nur nervös. Außerdem hängst du auch mit komischen Leuten rum und bist selbst etwas seltsam.

Manu: (fühlt sich angegriffen, entrüstet) Und du arbeitest in einer total verweichlichten, arroganten Bar, das färbt auf dich ja wohl genauso ab, wie auf mich die angeblich komischen Leute, mit denen ich zu tun hab!

Laura: (beginnt sich aufzuregen) Du findest mich also arrogant, ja?

Manu: Nein, aber deine Freunde manchmal!

Laura: Du spinnst.

Manu: Doch, die gucken immer ganz blöd, wenn wir irgendwo welche von denen treffen, weil ich denen als Musiker wohl zu extrem erscheine oder irgendwie sowas.

Laura: Mach dir doch nichts draus, ist doch deren Problem.

Manu: Diese Arroganz kann ich aber auf den Tod nicht ausstehen!

Laura: Mein Gott, Manu, sei doch nicht so empfindlich!

Manu: Dir sagen sie nur aus Höflichkeit nichts, wetten?

Laura: Keine Ahnung, ist doch völlig egal!

Manu: Es sind falsche Freunde, Laura. Das ist das eigentliche Problem.

Laura: Willst du mir jetzt vorschreiben, wer von meinen Freunden richtig oder falsch ist?

Manu: Nee, ich sag nur, was ich denke.

Laura: Es reicht jetzt, ich will nichts mehr davon hören, klar?

Manu: Aber über meine Freunde, da kannste ablästern!

Laura: Mensch, ich hab doch nur gesagt, dass sie manchmal komisch sind, das ist doch nicht schlimm! Ich meinte es nicht so!

Manu: Wie sonst?

Laura: Jedenfalls nicht als Beleidigung. Mann, echt Manu, jetzt hör doch mal auf!

Manu: Fuck, wenn man hier noch nicht mal seine Meinung sagen darf … Ich hau ab.

Laura: Wohin willst du?

Manu: Egal, ich geh was saufen, ich hab keinen Bock auf dieses Gewäsch!

Laura: Und jetzt besäufst du dich wieder, oder was?

Manu: Ach, das darf ich plötzlich auch nicht mehr?

Laura: Boah, ich hab doch gar nichts gesagt!

Manu: Doch, du kritisierst alles, was ich mache!

Laura: Mann, hau schon ab, du nervst mich!

Manu: Du mich auch! (ergreift seine Kappe und sein Skateboard, geht aus der Tür) Endlich Freiheit!

Laura: Du Idiot! (schlägt die Tür zu)

Laura kocht vor Wut und braucht eine Weile, um sich abreagieren zu können. Als Manu wieder auftaucht, ist sein Zorn wie weggeblasen. Auch Laura hat sich beruhigt und verträgt sich wieder mit Manu.

Diese Art von Auseinandersetzung haben sie immer öfter, und der Stress nimmt zu, je intensiver die Tour wird. Manus Alkoholkonsum sowie der von anderen Rauschmitteln steigert sich während der nächsten Monate. Die Zeit zuhause kriegt er immer schlechter geregelt, er wird impulsiver und fährt schnell aus der Haut. In anderen Momenten zeigt er sich zurückgezogen, verzweifelt und ängstlich, ohne dass Laura den Grund dafür herausfindet.

Trotz alldem merkt sie, dass Manu sie nach wie vor liebt. Entgegen ihrer Meinungsverschiedenheiten und Manus zeitweiliger emotionaler Instabilität verbringen sie immer noch romantische und wunderschöne Stunden miteinander.

29

Manu kommt an einem kühlen Julisonntag von einer dreiwöchigen Tour nach Hause. Am Tag nach seiner Rückkehr erhält er einen Anruf von einer Frau. Lauras Befürchtungen, dass Manu Affären mit Verehrerinnen hat, kehren zurück. Manu legt nach einem kurzen Gespräch auf, Laura spricht ihn sofort darauf an.

Laura: Hör mal, wer war das denn?
Manu: (beiläufig) Eine Bekannte von mir.
Laura: Von Konzerten her, stimmt's? (misstrauischer Blick)
Manu: Was ist los mit dir, Laura?
Lauras Gefühl, dass es sich bei der Anruferin um eine Affäre von Manu handelt, wird immer stärker. Sie hat Mühe, ihre aufgestauten Zweifel und ihre Furcht nicht in voreilige Anschuldigungen umzuwandeln.
Laura: Ich möchte mehr wissen, Manu. Was für Leute triffst du nach den Konzerten immer? Was ist mit den ganzen Frauen, die auf dich stehen?
Manu: (zieht die Augenbrauen hoch) Was soll mit denen sein?
Laura: Mann, jetzt lass dir doch nicht alles aus der Nase ziehen! Sag's mir gleich, wenn du Groupies hast!
Manu: Wieso denkst du das auf einmal?
Laura: Das ist nicht auf einmal. Ich frag mich das schon länger, aber bis jetzt hab ich keinen Grund gehabt, dich zu verdächtigen.
Manu: (seufzt, setzt sich auf einen Stuhl, leise) Na, super.

Laura: Wieso gibst du einer Frau deine Telefonnummer? Hat das einen bestimmten Grund?

Manu: Keine Ahnung. Weil ich besoffen war, wahrscheinlich.

Laura: (empört) Boah, jetzt red' nicht so einen Scheiß! Du hast was mit ihr, gibt's doch zu!

Manu: Ich hab nichts mit ihr! Mann, ich hab doch dich, Laura!

Laura: Ja, aber so besoffen, wie du anscheinend warst, hast du das wohl vergessen! Diese hübschen, willigen Frauen um dich herum kannst du unmöglich ignorieren. Mensch, ich kenne dich doch! Und ich weiß, wie sowas läuft. Musiker sind automatisch sexy in den Augen der meisten Frauen, gerade so gutaussehende wie du!

Manu: Du, ich hab keinen Bock auf deine Eifersucht jetzt. Ich liebe dich, das solltest du eigentlich gemerkt haben.

Laura: Ja, aber das spielt keine Rolle, wenn du auf Tour bist, ich bin ja nicht dabei. Aus den Augen, aus dem Sinn.

Manu: Das ist jetzt fies, was du sagst. Du bist nicht aus meinem Sinn, nur weil du nicht da bist!

Laura: Dann halt nicht, aber mit anderen Frauen schläfst du trotzdem! Sag's doch endlich!

Manu: Verdammt, meinst du, ich komme darum herum? Du hast keine Ahnung, wie das ist, die ganze Zeit so angehimmelt zu werden, das ist nämlich ganz schön hart!

Laura: (ironisch) Ach, du Armer.

Manu: Du verstehst das nicht.

Laura: Ich verstehe jedenfalls, dass du Groupies hast. Oder Affären. Oder was auch immer. Und dabei hast du eine Freundin! Echt Scheiße, sowas! Benutzt du wenigstens ein Gummi?

Manu: (leise) Ja … (steht auf, kommt auf sie zu) Jetzt beruhige dich mal, Baby.

Laura: (weicht zurück) Lass mich in Ruhe! Es ist echt unter aller Sau, was du machst!

Manu: (merkt, wie verletzt sie ist, besänftigend) Es tut mir leid. Ich werd's nicht mehr machen, ja?

Laura: Ha, das sagst du so einfach, und ich glaube dir das, ehrlich gesagt, kein bisschen. Mach dir lieber Gedanken darüber, ob du überhaupt noch eine Beziehung willst, denn im Moment sieht es nicht danach aus! (Tränen der Wut und Enttäuschung erscheinen in ihren Augen)

Manu: (erschrocken) Was? Das ist nicht wahr, Laura! Ich würde niemals eine Andere als dich lieben, das kann ich dir versichern.

Laura: Dieses Gesäusel kannst du dir sparen. Ich hau ab, mach doch was du willst, du kannst mich mal.

Wütend verlässt Laura das Wohnzimmer und beginnt, ein paar Sachen in eine Tasche zu packen. Manu hat das ungute Gefühl, dass sie ihn verlassen möchte und versucht verzweifelt, sie zum Bleiben zu bewegen. Laura ignoriert ihn und verlässt die Wohnung. Von einer Telefonzelle aus ruft sie Janine an, bei der sie unterkommen kann.

***

Janine ruft Manu am Tag nach der Trennung an. Sie teilt ihm mit, dass Laura bei ihr sei und er sich ins Zeug legen solle, wenn er sie zurückbekommen wolle. Manu verlangt, mit Laura zu reden, also holt Janine sie ans Telefon. Er entschuldigt sich unzählige Male und verspricht ihr, sich zu bessern und keine Frauen mehr anzurühren. Laura hingegen mag ihn nicht anhören und legt auf.

Manu ist außer sich vor Angst, Laura zu verlieren. In der nächsten Zeit ruft er immer wieder bei Janine an, meistens hebt jedoch niemand ab. Er möchte Laura unbedingt all die Dinge sagen, die sein Gewissen quälen, aber sie lehnt weiterhin den Kontakt mit ihm ab. Daraufhin beschließt er, einen seiner neuen Songs für sie auf Kassettenband aufzunehmen. Das komplette Band spricht er anschließend voll mit dem, was er sich von der Seele reden möchte. Am Ende spielt er ihr Lieblingslied von Screaming Gun auf akustischer Gitarre ein.

Manu steckt die Kassette zusammen mit einer roten Rose in einen kleinen Karton und macht sich auf den Weg zu Janine. Es ist früher Abend, Janine ist gerade von der Arbeit gekommen und alleine zuhause. Sie ist in Eile, möchte so schnell wie möglich zum Sportstudio aufbrechen. Manu drückt ihr die Schachtel für Laura ohne große Worte in die Hand und verabschiedet sich wieder von der überraschten Janine. Es berührt sie, dass er sich ernsthaft um Laura bemüht.

Die Schachtel lässt Janine auf dem Küchentisch liegen, wo Laura sie entdeckt, als sie spät abends nach einem langen Arbeitstag im „Goldenen Blatt" in die Wohnung kommt. Während sie sich die Kassette in ihrem Walkman anhört, schnürt sich ihre Kehle zu. Bei Manus beiden musikalischen Einlagen packt sie die Sehnsucht mit voller Wucht. Ihr wird klar, dass sie ihn immer noch über alles liebt und fürchterlich vermisst. Ihre Wut und Enttäuschung werden weniger wichtig. Die ganze Nacht macht sie kein Auge zu, sondern grübelt darüber nach, was sie tun soll.

Im Morgengrauen steht sie auf und fährt zu Manu. Obwohl sie einen Wohnungsschlüssel hat, klingelt sie einige Male an der Tür, damit er aufwacht. Dann schließt sie die Haustür auf und steigt die Treppen hoch. Manu steht müde und niedergeschlagen an der Wohnungstür. Er lächelt sie unsicher, aber auch erleichtert an. Von Emotionen übermannt, tritt sie nahe an ihn heran. Behutsam zieht er sie in die Wohnung, wo sie in Tränen aufgelöst in seine Arme sinkt. Manu drückt sie lange an sich. Er ist mittlerweile überzeugt davon, dass Laura die Frau seines Lebens ist und sie beide zusammengehören.

Laura zieht zurück in die gemeinsame Wohnung. Manu wiederholt in der nächsten Zeit häufig seine Liebesbekundungen. Laura ist in solchen Momenten jedes Mal sehr aufgewühlt. Sie denkt genau wie er, vielleicht sind sie wirklich füreinander bestimmt.

30

Marius besucht Manu und Laura während der nächsten kurzen Tourpause in Kassel. Mit ihm, Frank und Harry betrinkt sich Manu dermaßen, dass er Laura nicht mehr wiedererkennt und sie ständig Linda nennt. Frank tritt mit erschrockenem Gesicht nach Manu, aber Laura hat bereits verstanden, dass es sich um eine weitere Affäre von Manu handelt, die Frank anscheinend auch kennt. Wutentbrannt läuft sie nach Hause.

Frank regt sich ungeheuer über Manu auf, warum er so dumm sei und seine eigene Freundin mit einer seiner Affären verwechselt. Marius ist erschrocken darüber, was sein Bruder für ein Chaos anstellen kann. Es ist ihnen allen klar, dass Laura Manu zuhause nicht mehr hereinlässt. So ist es dann auch, als er es versucht. Marius und Manu müssen bei Frank übernachten.

Marius bietet Manu am nächsten Tag an, ihn mit zurück nach Wolfhagen zu den Eltern zu nehmen, aber Manu möchte in Kassel bleiben und versuchen, die Beziehung zu kitten. Er kann nicht fassen, dass es innerhalb von wenigen Wochen erneut zum Bruch zwischen ihm und Laura gekommen ist.

Dieses Mal ist Laura hartnäckiger. Manu hat sie empfindlich verletzt und bloßgestellt. Er fühlt sich furchtbar und könnte sich selbst köpfen für das, was er getan hat. Die nächsten Tage bleibt er bei Freunden, mal bei Frank, mal bei Harry und mal bei Mika.

Laura lässt sich nicht erweichen, so sehr es Manu auch versucht. Die Tour beginnt wieder, er bricht mit schlechtem Gefühl von Kassel auf. Bald jedoch akzeptiert es Laura, mit ihm zu telefonieren und ihm zuzuhören. Manu geht es tatsächlich schlecht, das merkt sie. Sie spürt seine bittere Reue, sie erneut gekränkt zu haben. Trotzdem fehlt er ihr, sie hängt immer noch sehr an ihm. Manu und Laura telefonieren immer öfter miteinander, und mit der Zeit sagen sie sich wieder zärtliche Worte.

Screaming Gun sind noch einige Wochen unterwegs, doch bei Manu und Laura ist die Sehnsucht ins Unermessliche gestiegen. Sie verzehren sich regelrecht nach einander und möchten sich unbedingt wiedersehen. Als ein Screaming Gun Konzert in Fulda stattfindet, nimmt Laura den Aufwand auf sich, dorthin zu fahren.

Das Wiedersehen ist in der Tat überwältigend für beide. Laura hat ein Hotelzimmer im Zentrum von Fulda gebucht, zu dem sie Manu nach dem Konzert bringt, damit er ein paar Stunden Ruhe vorm Tourleben hat und sich zudem besser auf sie konzentrieren kann. Manu ist hochzufrieden darüber, dass er mit Laura alleine sein kann. Die beiden genießen ihre Zweisamkeit in vollen Zügen und verbringen eine atemberaubend heiße, aber auch romantische Nacht miteinander.

Für Laura ist es offensichtlich, dass Manu sie nach wie vor aufrichtig liebt, aber es ist schwer für sie, ihn körperlich mit anderen Frauen zu teilen. Sie weint beim Abschied am nächsten Tag. Am liebsten würde sie ihn mit nach Hause nehmen, wo er keinen Mist mehr bauen kann und wo sie beide weitere solcher schönen Stunden wie während der letzten Nacht erleben könnten. Das ständige Auf und Ab mit ihm nimmt viel ihrer Energie in Anspruch.

Laura und Manu schmieden gemeinsame Pläne für November, wenn Manu das nächste Mal nach

Hause zurückkehrt und dort eine Weile bleiben kann, bevor die Winter-Tour startet, die bis zum März des nächsten Jahres dauern wird.

Tatsächlich läuft es nach Manus nächster Heimkehr besser mit ihnen als zuvor. In der letzten Zeit haben sie sich nicht oft genug gesehen und bemühen sich um ein harmonisches Beisammensein.

***

Nach drei Wochen, mittlerweile ist es Dezember geworden, setzen Screaming Gun die Tour fort. Es finden, wie gewohnt, Screaming Gun Konzerte in der Weihnachtszeit statt. Das Konzert in Kassel lässt sich Laura nicht entgehen. Manu möchte vor dem Konzert bei der Band bleiben und nicht nach Hause kommen. Laura missfällt das zwar, doch sie nimmt es hin, vielleicht würde eine Heimkehr für Manu tatsächlich zeitlich zu knapp werden. Sie fährt früher als geplant zur Halle, um die Band zu treffen. Bereits am frühen Nachmittag ist Manu von Pillen berauscht und scheint Laura gegenüber fast schon gleichgültig. Laura hat sich auf ein Wiedersehen gefreut, sein Zustand macht sie daher wütend. Sie streitet sich mit ihm, so dass ihre gute Laune verfliegt. Nur durch Schlumpfs und Janines Gesellschaft bessert sie sich allmählich wieder.

Janine erlebt seit langer Zeit wieder ein Screaming Gun Konzert. Sie ist von Frank gebeten worden, an diesem Abend zu kommen, da er sie lange nicht gesehen hat. Janine und Frank mögen sich nach wie vor gerne, doch Janine muss aufpassen, dass sie Frank nicht erneut verfällt und bleibt vorsichtig. Daher hat sie Screaming Gun Konzerte gemieden. Außerdem weiß sie, dass es sie immer noch verletzen würde, Frank mit anderen Frauen zu sehen. Seine Einladung zum Konzert hat sie nur angenommen, weil Laura ihr erzählt hat, dass sie ebenfalls dort sein wird.

Schlumpf, der mittlerweile zu Ende studiert hat und in Köln beim Fernsehen arbeitet, ist für einige Tage zurück in Kassel. Zur Freude der gesamten Band erscheint er zum Konzert. Schlumpf hat seine Freunde lange nicht gesehen. Er ist erstaunt und begeistert über den großen Erfolg von Screaming Gun in den letzten zwei Jahren. Sogar beim Fernsehen hat er mitbekommen, dass die Band gefragt ist. Aber er hat die Veränderung an Manu bemerkt. Zu viele Partys, Konzerte, Alkohol und Pillen haben Spuren bei ihm hinterlassen. Manu ist zwar gut drauf, aber erscheint noch extremer und lauter, gleichzeitig auch zurückgezogener als früher. Vor allem trinkt er mittlerweile übermäßig viel, das findet Schlumpf bedenklich. Aber was soll er ihm schon sagen? Er ist schließlich nicht seine Mutter. Die Jungs aus der Band machen in der Tat alle einen erschöpften Eindruck. Selbst Laura scheint nicht mehr so unbeschwert zu sein wie sie einmal war, denkt sich Schlumpf. Sie macht sich wahrscheinlich Sorgen um Manu, mutmaßt er, oder es läuft nicht so gut in ihrer Beziehung. Dass dies der Fall ist, erfährt er an dem Abend von Frank. Frank erzählt ihm, dass die beiden eine On-Off-Beziehung führen, und es derzeit sogar ab und zu innerhalb der Band kriselt.

***

Am nächsten Tag besucht Schlumpf Laura zuhause, um in Ruhe mit ihr zu reden. Manu ist nicht dort, er spielt weiterhin auf Konzerten.

Laura: Schön, dass du kommst. Du bist ja noch gar nicht in unserer Wohnung gewesen, stimmt's?

Schlumpf: Ja, genau. Ich kann aber leider nicht lange bleiben, hab gleich noch ein Familientreffen, Pflichtprogramm halt. (sieht sich um) Hübsch sieht's hier aus. (lächelt ihr zu, wird dann ernst) So, jetzt erzähl mal, was los ist. Ich hab gemerkt, dass Manu ziemlich extrem geworden ist, der geht ganz schön ab. Hat er sein Koksen überhaupt noch im Griff?

Laura: (seufzt) Es ist weniger das Koksen, es sind vor allem alle möglichen Aufputschpillen, die er nimmt, damit vertreibt er sich die Müdigkeit. Ich weiß nicht, ob er überhaupt irgendwann mal schläft. Das ist auf Dauer total ungesund, und langsam sieht man's ihm an.

Schlumpf: Allerdings. Und Alkohol hat er ja bekanntlich noch nie verschmäht, aber mittlerweile …

Laura: (leise) Ja, Scheiße.

Schlumpf: Und was ist mit euch beiden? Ich hab das Gefühl, dass du nicht glücklich bist.

Laura: Es ist anstrengend geworden. Wir haben beide immer noch starke Gefühle füreinander, aber wir geraten mittlerweile zu oft aneinander, weil er eben durch diesen … naja … Lebenswandel so schwierig geworden ist. (zuckt mit den Schultern) Ich hab ihn schon zweimal verlassen, weißt du. Aber ich bin immer noch hier. Ich denke, ich hänge viel zu sehr an ihm.

Schlumpf: Oh je … ja, du siehst angespannt aus.

Laura: Es ist ein bisschen wie eine Achterbahnfahrt mit Manu. Er übertreibt halt immer öfter.

Schlumpf: (nachdenklich) Hab ich mir schon gedacht. (kurze Pause) Und … ähm … Affären hat er wohl auch, oder?

Laura: Sicher, das waren die Hauptgründe dafür, dass ich mehrmals abgehauen bin. Aber mittlerweile bereitet es mir noch größere Sorgen, dass er mit diesen Pillen so übertreibt und irgendwann davon abhängig werden könnte.

Schlumpf: Das stimmt, das macht mir auch Angst. Schade, dass ich gestern bei diesem Tumult nach dem Konzert nicht so gut mit ihm reden konnte. (Sorgenfalten auf der Stirn, Laura blickt ihn schweigend an) Wenn die Tour in ein paar Wochen vorbei ist, komme ich nochmal bei euch vorbei, und dann knöpf' ich ihn mir mal vor. (lächelt zuversichtlich)

Laura: Klar, du bist immer willkommen.

Schlumpf: Dann halt mal die Ohren steif, Laura. Ich hoffe, es renkt sich wieder ein mit euch. Er ist doch eigentlich ein super Typ.

Laura: (nickt bestätigend) Ja, das ist er, trotz allem.

Schlumpf: (geht zur Tür) Ich melde mich demnächst bei euch. Mach's gut.

Laura: Viel Spaß bei der Familie, bis bald.

Sie umarmen sich zum Abschied. Laura sieht Schlumpf zu, wie er sich auf sein Fahrrad schwingt, ihr noch einmal zuwinkt und um die nächste Ecke verschwindet.

DRITTER TEIL
Januar 1997 – November 2005

31

Das neue Jahr beginnt, der Januar vergeht wie im Flug für Laura. Sie telefoniert ab und zu mit Manu, doch bekommt ihn lange nicht zu Gesicht. Erst im Februar kehrt Manu für fast drei Wochen heim.

Laura steht, als Manu am späten Vormittag nach Hause kommt, gerade unter der Dusche. Er schleicht sich ins Bad, um Laura zu überraschen. Sie bemerkt ihn jedoch, kurz bevor er den Duschvorhang zur Seite zieht und sie feierlich angrinst.

Manu: Hallo Schönheit, ich bin wieder da. (betrachtet sie mit leuchtenden Augen)

Laura: (begeistert) Hey, mein Schatz! (stellt das Wasser ab, zerrt ihn an sich heran und umarmt ihn, dabei ignorieren beide, dass sie seine Kleidung durchnässt) Ich hab dich vielleicht vermisst! (küsst ihn innig, er erwidert den Kuss sofort)

Manu: (flüstert) Du bist verdammt sexy.

Manus Hand gleitet an Lauras nacktem Körper herunter zu ihrem Po. Sie hat seine Zärtlichkeit vermisst und bekommt eine Gänsehaut.

Laura: (haucht) Oh, Manu …

Manu: (schelmisches Grinsen) Scheint so, als wär' ich im richtigen Moment gekommen, was?

Laura: Du warst mal wieder viel zu lange weg. (schmiegt sich an ihn) Wir haben einiges nachzuholen, oder? (greift an seinen Po und in seinen Schritt)

Sie verfallen in leidenschaftliches Küssen. Manu berührt Lauras nackten Körper und kann seine Lust kaum bändigen. Bei all den Frauen, die er auf Tour trifft, ist Laura immer noch mit Abstand die Schönste, die er kennt. Außerdem ist sie die Einzige, die bei ihm derart intensive Gefühle auslösen kann. Er liebt ausnahmslos alles an ihr, sie macht ihn selbst nach drei Jahren Beziehung immer noch komplett verrückt.

Es dauert nicht lange, dann ist Manu ebenfalls splitternackt. Er steigt zu Laura in die Dusche und drückt ihren Körper an seinen. Sie haben unter fließendem Wasser stürmischen Sex, den sie auf Badetüchern im Bett fortsetzen.

Anschließend erzählen sie sich gegenseitig bei einem späten Mittagessen, wie die letzten acht Wochen verlaufen sind. Manu scheint erschöpft, aber gut gelaunt und vor allem klar im Kopf. Laura hat entschieden, ihn zunächst nicht auf Drogen und Groupies anzusprechen, denn sie ist viel zu sehr von der Wiedersehensfreude überwältigt.

In der Zeit, die Manu und Laura zu zweit verbringen, kommen sie sich wieder sehr nahe. Gelegentlich besuchen sie gemeinsam ihre Freunde und gehen mit ihnen aus. Doch bald kehren die alten Probleme zurück. Für Laura wird es erneut anstrengend, mit Manus endloser Trink- und Partylust klarzukommen. Immer öfter versucht sie, ihn zuhause zu halten, wenn er sich mit Freunden treffen möchte. Sie fühlt sich zurückgestellt und hat den Eindruck, das Trinken mit Freunden sei ihm wichtiger geworden als die Zeit mit ihr. Manu bezeichnet sie als Spaßbremse, und sie streiten sich. Manu wird zunehmend unbeherrschter und Laura unglücklicher. Sie ist am Punkt angelangt, an dem sie die Beziehung mit Manu überfordert und psychisch instabil macht.

***

Anfang März, als Manu zu Konzerten in die Schweiz aufbricht, dringt die Nachricht durch, dass jemand von Manu schwanger geworden ist. Manu erfährt, dass es Moni ist, mit der er in diesem Winter häufig zusammen gewesen ist. Sie haben regelmäßig miteinander geschlafen und bald nicht mehr auf die Verhütung geachtet. Sechs Wochen Schwangerschaft gehen zurück bis in den Januar, das war genau die Zeit, in der die beiden ihre Affäre hatten. Manu bekommt es mit der Angst zu tun. Moni ist selbst erschrocken über die Schwangerschaft, sie einigt sich mit Manu auf eine Abtreibung. Aber das Geheimnis ist längst gelüftet, Manu hat ein Groupie geschwängert. Laura sieht nur noch rot, als sie davon erfährt. Kurzerhand packt sie ihre Sachen, zieht aus der gemeinsamen Wohnung aus und kommt bei einer ihrer Freundinnen unter. Für sie ist es das endgültige Ende der Beziehung. So einen Schlag ins Gesicht kann sie nicht aushalten. Ihre gesundheitlichen Probleme werden ernsthaft. Sie hat gravierende Schlafstörungen und eine depressive Verstimmung, die sie arbeitsunfähig macht und ihr schließlich die Kündigung im „Goldenen Blatt" beschert. Völlig zerstört zieht sie zu guten Freunden nach Hamburg. Sie kann nicht mehr in Kassel bleiben, in der Stadt, in der sie alles an Manu erinnert.

Am Telefon schreit sie Manu an, dass es das ein für alle Mal mit ihnen gewesen sei, dass sie ausgezogen sei und sie ihn niemals mehr wiedersehen wolle.

Manu begreift den Ernst der Lage und ist außer sich. Seine ständige Angst, eines Tages endgültig von Laura verlassen zu werden, hat sich bewahrheitet und löst in ihm eine schlimme emotionale Krise aus.

Für die restlichen Konzerte dröhnt er sich mit noch stärkeren Amphetaminen, Kokain und Alkohol zu, isst fast nichts mehr und schläft kaum. Er kann Laura seit ihrem Auszug telefonisch nicht mehr erreichen, das macht ihn rasend. Benjamin und die Crew von Screaming Gun haben die schwierige Aufgabe, dafür zu sorgen, dass Manu die Konzerte durchstehen kann und nicht zusammenbricht.

***

Als Manu nach der Tour eine Woche später die leere Wohnung betritt, kommt sie ihm nackt, kalt und blutleer vor, genau wie er sich selbst. Er ist körperlich und seelisch völlig erschöpft und fühlt sich von Laura im Stich gelassen.

Mit der Zeit beginnt er, die Kontrolle über sich zu verlieren. Sein ungeheurer Kummer macht ihn wie besessen, er rennt förmlich die Wände hoch. Wild schlägt er um sich und brüllt derbe Flüche. Dabei zerstört er das Mobiliar, doch es ist ihm gleichgültig. Sogar seine Flasche Korn, die in der Küche steht, schlägt er entzwei. Der restliche Inhalt ergießt sich auf die Fliesen und fließt in die Glassplitter. Wie in Trance starrt er auf die Scherben, die er mit seiner zerbrochenen Beziehung vergleicht. Seine Fassungslosigkeit ist grenzenlos. Er weiß noch nicht einmal, wo Laura hingegangen ist, geschweige denn, dass er eine Telefonnummer von ihr hat! Sie kann doch nicht einfach verschwinden! Die Frau seines Lebens hat ihn hängen lassen!

Da er seine Flasche Korn zerschlagen hat, er aber unbedingt etwas zur Beruhigung trinken muss, rennt er zum nächsten Kiosk, wo er sich drei weitere Flaschen Korn kauft. Bier verschmäht er, es ist ihm nicht stark genug für seine blank liegenden Nerven. Er verbarrikadiert sich in der dunklen Wohnung und lässt sich volllaufen, starrt dabei sinnlos vor sich hin. Langsam betäubt der Alkohol seinen heftigen Schmerz. Er schafft es einzuschlafen.

Plötzlich klingelt das Telefon. Manu zuckt zusammen, sieht sich benommen um, hebt dann ab. Sein guter Freund Theo möchte ihn zu einem Billardabend einladen, aber danach ist Manu ganz und gar nicht zumute. Er sagt ab, erklärt ihm, er sei krank und wolle nicht ausgehen.

Nach dem Gespräch mit Theo kehrt die Verzweiflung zurück, er greift wieder zur Flasche. An Amphetamine kommt er zuhause nicht mehr heran, er kompensiert sie bereits mit viel mehr Alkohol als auf Tour, doch nun nagt zusätzlich der entsetzliche Liebeskummer an ihm. Manu säuft bis zur Besinnungslosigkeit. Er schläft erneut ein, erwacht ein paar Stunden später orientierungslos auf dem Fußboden und weiß nicht, wo er sich befindet. Ausgelaugt kriecht er zur Balkontür, erkennt allmählich die Straße unter sich wieder. Aber weiter rühren kann er sich nicht, alle seine Glieder sind schlaff, er zittert am ganzen Leib. Der Alkohol hat seinen Stoffwechsel heruntergefahren und seinen Körper ausgekühlt. Er stößt sich das Knie an seinem Bett, flucht mit rauer Stimme, die ihm fast versagt. Mit aller Kraft versucht er, sich am Bett hochzuziehen, aber ihm wird durch die Anstrengung schwarz vor Augen. Er sackt wieder zurück auf den kalten Boden, wo er halb bewusstlos liegen bleibt.

Die Mittagssonne des nächsten Tages weckt ihn, aber er hasst es, sie zu spüren. Als er sich wieder bewegen kann, steht er langsam auf, indem er sich erneut am Bett hochzieht. Er schafft es diesmal, sich hineinzulegen. Nachdem er sich aufgewärmt hat, sinkt er in einen tiefen Schlaf. Den restlichen Tag schläft er durch und wacht erst in der anbrechenden Nacht auf. Er fasst wieder klare Gedanken, aber gerade deswegen spürt er von Neuem die unendliche Leere in sich. So schlecht hat er sich noch nie in seinem Leben gefühlt. Sein Herz zieht sich zusammen, und schließlich kommen ihm die Tränen. Er schüttelt sich in Weinkrämpfen, die nicht mehr aufzuhören scheinen, dabei plagen ihn niederschmetternde Gedanken. Niemals mehr wird er eine Frau wie Laura treffen, da ist er sich sicher. Sie waren füreinander bestimmt, er hätte sie sogar geheiratet. Wie kann sie einfach spurlos verschwinden? Wie konnte es nur so beschissen mit ihnen enden? Er sieht ein, dass er großen Mist gebaut und maßlos übertrieben hat, und er versteht, dass sie erschüttert war, als sie gehört hat, dass er eine andere Frau geschwängert hat. Es ist wirklich mies gelaufen am Ende. Er hat sie zu sehr heruntergezogen mit diesem ganzen Scheiß. Aber sie kann doch nicht einfach abhauen und ihn komplett aus ihrem Leben streichen! Bedeutet er ihr gar nichts mehr? Er liebt sie doch, wie kann sie das tun!

Manu ist zu nichts fähig, nicht einmal dazu, aufzustehen, außer um einmal auf die Toilette zu gehen. Ihm ist immer noch schwindelig. Seit zwei Tagen hat er nichts gegessen und nur hochprozentigen Alkohol getrunken. Es ist offensichtlich, dass sein Kreislauf deshalb Probleme verursacht. Seine Kornflasche ist umgefallen und leer, die anderen beiden stehen in der Küche, viel zu weit weg für ihn. Es dauert noch Stunden, bis dass er nachmittags aufstehen und sie sich holen kann. Er ruft Theo zurück und fragt ihn, ob die Einladung zum Ausgehen noch weiter bestehe. Theo ist erstaunt, aber freut sich, dass Manu sich zurückmeldet, er hat sogar Zeit für ihn.

Manu und Theo treffen sich um sieben Uhr abends in der Stadt. Manu ist es gleichgültig, wohin sie gehen. Er folgt Theo in eine Bar, in der er Freunde treffen möchte, die er teilweise kennt und die er - genau wie Theo - für Trunkenbolde hält. Die Gesellschaft dieser Freunde empfindet er hingegen im Moment als genau die richtige für ihn. Außerdem freuen sie sich, dass er dabei ist. Er hat sich wieder insoweit gefasst, dass niemand den wahren Grund für seinen furchtbaren Zustand bemerkt zu haben scheint. Sicherlich schiebt man seine schlechte Verfassung darauf, dass er soeben von einer anstrengenden Tour zurückgekommen und krank gewesen ist und sich noch nicht vollständig erholt hat. Denn ungesund, blass und entkräftet sieht er tatsächlich aus, das ist selbst ihm aufgefallen.

Als Manu mit seinen Begleitern isst, rebelliert sein Magen. Er rennt zur Toilette und spuckt alles wieder aus. Sein Körper akzeptiert anscheinend kein Essen mehr, nur noch Alkohol, denkt er sich. Dann ist es eben so, ist doch scheißegal, er hat sowieso keinen Appetit. Auch seinen Toilettengang und sein übrig gelassenes Sandwich kann man auf seine noch nicht vollständig auskurierte Krankheit schieben, niemand stellt ihm daher Fragen. Er trinkt Bier und hört nicht mehr auf damit, doch die Anderen trinken selbst reichlich und bemerken es deswegen nicht. Ihnen fällt nur auf, dass Bier seinem Magen keine Probleme zu bereiten scheint.

Manu steigt auf einen doppelten Whisky auf Eis um. Aus einem Whisky werden mehrere, und der Abend endet damit, dass er besoffen zurück in die einsame Wohnung kommt, wo sein Kummer wieder die Oberhand gewinnt. Lange steht er an der Balkontür und sieht in die Nacht hinaus. Genauso leer wie die Straße unten kommt er sich selbst vor. Wieder hat er eine Kornflasche in der Hand, schüttet den Inhalt stumpf in sich hinein. Zum ersten Mal ist es ihm einerlei, ob er sich durch den vielen Alkohol umbringen wird. Alles ist ihm egal, nichts macht für ihn noch Sinn.

Diesmal schafft er es rechtzeitig in sein Bett, bevor er wieder zusammenbricht und auf dem Boden schlafen muss.

32

Als am nächsten Nachmittag überraschend Laura anruft, kann es Manu kaum glauben. Sie hat sich mittlerweile beruhigt und schreit ihn nicht mehr an.

Manu: Mein Gott, Laura, wo bist du?

Laura: Ist nicht so wichtig. Aber ich komme nicht mehr zurück.

Manu: Was? Was soll das heißen? Wie kannst du so einfach gehen? Ich mache mir Sorgen!

Laura: Brauchst du nicht. Ich bin bei Freunden untergekommen und suche jetzt eine Wohnung.

Manu: Die Wohnung ist hier! (leiser) Dein Zuhause, verdammt!

Laura: (bemerkt die Verzweiflung in seiner Stimme) Nein, nicht mehr. Das ist endgültig vorbei.

Manu: (noch verzweifelter) Scheiße, das kannst du doch nicht machen!

Laura: Doch, hab ich schon längst.

Manu: (fährt sie an) Du hast damit schon abgeschlossen, was? Und jetzt hängst du bei einem Lover rum, gib's doch zu!

Laura: Wovon redest du? Reg dich ab! Wer hatte hier denn die ganzen Lover? Sei bloß ruhig!

Manu: (wieder leise und sehr traurig) Ich hab dich immer geliebt, Laura. Ehrlich.

Laura: Bezweifel ich nicht, aber du hast dich nicht an unsere Abmachungen gehalten und mein Vertrauen missbraucht. Und du hast mich bloßgestellt. Das war das Allerschlimmste. (seufzt) Hast du nicht gemerkt, dass es nicht mehr ging, egal, wie sehr wir uns noch liebten? Es war schon alles kaputt. Irgendwann kann man es nicht mehr reparieren.

Manu: Es tut mir so leid, Baby, wirklich, was soll ich nur tun, ich –

Laura: (unterbricht ihn, erhebt ihre Stimme) Hör auf, Manu! Bitten hilft nichts mehr! Es ist aus, verstehst du?

Manu: (leise) Und jetzt?

Laura: Jetzt sagen wir uns Lebewohl.

Manu: (flüstert den Tränen nahe) Du meinst das ernst.

Laura: Ja, todernst. Mach's gut, Manu.

Manu: Warte! Verfickte Scheiße, leg nicht auf! Gib mir wenigstens eine Telefonnummer von dir und sag mir wo du bist, in welcher Stadt!

Laura: Was soll das nützen?

Manu: Shit, Laura, ich vermisse dich, ich will mit dir reden! Dieser ganze Mist, der passiert ist, trotzdem, du kannst doch nicht … für immer verschwinden!

Laura: (merkt, dass er weint und sich in Rage redet, beunruhigt) Manu …

Manu: Komm zurück. Ohne dich geht nichts mehr, echt. Du bist der Sinn meines Lebens, ich schaffe es nicht mehr ohne dich.

Laura: Scheiße, Manu … hast du getrunken?

Manu: (lacht bitter) Siehst du, der Alkohol ist alles, was mir bleibt!

Laura: Du bist krank. (leise, besorgt) Scheiße. Ist jemand bei dir?

Manu: (immer noch aufgeregt) Wer soll denn bei mir sein? Glaubst du, ich schleppe immer noch Frauen ab, oder was?

Laura: Mensch Manu, ruf jemanden an, der heute ein Auge auf dich wirft!

Manu: Willst du mich dazu jetzt animieren? Jetzt auf einmal? Und vorher war's das Schlimmste auf der Welt, oder was?

Laura: (schreit ihn an) Mensch, ruf einen Freund an, der auf dich aufpasst, meinte ich! Du bist total breit und außer Kontrolle!

Manu: Ich brauche niemanden, der auf mich aufpasst, du hast sie ja nicht mehr alle. Vor allem, was interessiert dich das eigentlich noch, wenn ich dir so scheißegal bin?

Laura: Du bist mir nicht egal!

Manu: Doch, du bist abgehauen!

Laura: Aber deswegen bist du mir nicht ... nein, weil es dir so schlecht geht, deswegen meinte ich.

Manu: Dass ich nicht gerade vor Freude im Dreieck springe, ist ja wohl klar.

Laura: (leise) Du bist alkoholkrank, Manu. Das ist ernster, als du vielleicht denkst.

Manu: Quatsch! Ich hab nur ... was hab ich getrunken, also ...

Laura: Viel zu viel jedenfalls, ich merke das doch. Leg dich hin, ja? Ich rufe jemanden an, der zu dir kommen soll.

Manu: Quatsch, lass den Scheiß! Mir geht es gut! Saugut ohne dich! (mit bitterer Ironie) Hoffentlich kommst du mir nie wieder unter die Augen!

Laura: Manu, bitte ... jetzt beruhige dich doch mal.

Manu: (dröhnend) Ich bin doch ganz ruhig! Was willst du überhaupt? Ich bin sauruhig! (sie vernimmt Krach, der sich so anhört, als ob Manu etwas zu Boden schlägt oder auf etwas eintritt, er brüllt) Total ruhig ohne dich!

Laura: (angstvoll) Mein Gott, jetzt dreht er durch.

Manu: Es geht mir gut, ich bin ruhig, was willste mehr? (lautes Klirren ertönt)
Laura: (ruft verzweifelt) Hör auf, bitte!
Manu: Dieses Scheiß, Fuck, Ding hier!

Es poltert und die Verbindung wird unterbrochen, weil Manu das Telefon weggeworfen hat. Laura kann sich denken, dass das der Grund ist. Das Herz schlägt ihr bis zum Hals. Sie zögert und fragt sich, ob sie auf der Stelle zu ihm nach Kassel fahren soll. Manu ist ein äußerst sensibler Mensch, und jetzt ist er ist alleine und außer Kontrolle. Wer weiß, zu was er fähig wäre!

Aufgelöst ruft sie Janine an, erzählt ihr alles und bittet sie inständig, zu Manu zu fahren. Janine tut ihr den Gefallen. Ihr Freund Daniel, mit dem sie seit einigen Wochen zusammen ist, möchte sie hingegen nicht alleine zu einem Gemeingefährlichen lassen und mitkommen. Janine schnauzt Daniel an, dass er Manu nicht so bezeichnen solle, das sei er nämlich keineswegs! Nur weil er exzentrische Musiker wie Manu für Asoziale hält, solle er sich kein Urteil über ihn erlauben, außerdem kenne er ihn überhaupt nicht! Daniel wird kleinlaut und nimmt seine Bemerkung zurück. Er sieht ein, dass sie unpassend war.

***

Auf dem Weg zu Manu ist Janine mulmig zumute. Sie hat ein wenig Angst, ihm zu begegnen. Nicht, weil er sie vielleicht angreifen könnte, wie es Daniel befürchtet, sondern vielmehr weil er, Lauras Schilderung nach, in einem desolaten Zustand sein muss und sie wahrscheinlich nicht sehen will. Außerdem weiß sie nicht, was sie und Daniel erwarten wird, wenn sie ihn antreffen.

Bei Manu angekommen bemerken Janine und Daniel, dass die Wohnungstür nicht abgeschlossen ist. Manu hat es wohl in seinem volltrunkenen Zustand versäumt, darauf zu achten, vermutet Janine. Zögernd öffnet sie die Tür. Es ist völlig dunkel in der Wohnung. Sie fragt sich, ob Manu überhaupt zuhause ist. In diesem Moment dringt ein Geräusch aus dem Schlafzimmer, das sich so anhört, als ziehe jemand die Nase hoch.

Janine und Daniel betreten lautlos das Wohnzimmer. Sie entdecken die umgekippten Stühle und den zerbrochenen Glastisch, tauschen einen nervösen Blick miteinander aus. Janine schluckt und traut sich kaum ins Schlafzimmer, in dem sich Manu ohne Zweifel aufhält. Daniel ballt die Fäuste. Er ist darauf gefasst, dass sich der verrückt gewordene Manu jeden Moment auf seine Freundin stürzen wird. Doch dann entdecken sie Manus Gestalt zusammengekauert auf dem Bett. Sein Kopf ruht in seinen verschränkten Armen auf seinen Knien, die Beine sind dicht angezogen. Als Janine und Daniel eintreten, löst sich seine Umarmung um seine Knie, er hebt den Kopf an und richtet sich auf.

Janine: (leise) Manu … ich bin's, Janine. Bleib ruhig, ja?

Manu: (murmelt) Janine?

Janine: Ja, genau. Und Daniel. Mein Freund. Du kennst ihn noch nicht. Wie geht es dir?

Manu: Mhm …

Janine: Weißt du eigentlich, dass die Wohnungstür offen war? Also, nicht abgeschlossen?

Manu: (gleichgültig) Nein.

Janine: Ich mach' jetzt mal das Licht an.

Manu: (protestierend) Nein!

Mit einem Ruck ergreift Manu die Bettdecke und vergräbt seinen Kopf darin, als das Licht angeht. Janine und Daniel sind entsetzt über den Zustand des Zimmers und von Manu selbst. An der Bettdecke klebt Blut, auf dem Boden stehen zwei halbleere Kornflaschen. Das ramponierte Telefon liegt ausgestöpselt am anderen Ende des Raumes, die Nachttischlampe ist vom Schrank gefallen, genauso wie Bücher und weitere Sachen, die darauf lagen. Eine Hand von Manu ist voller Blut. Janine fragt sich, ob er sich tatsächlich schon etwas angetan hat. Er hat sich in der Bettdecke festgekrallt, die er über den Kopf gezogen hat.

Daniel bleibt an der Tür stehen, doch Janine tritt ans Bett heran. Sie hebt die Nachttischlampe auf und stellt fest, dass sie noch funktioniert, als sie sie einschaltet. Daniel gibt sie anschließend die Anweisung, das Deckenlicht wieder auszuschalten, da es offensichtlich zu aggressiv auf Manu wirkt.

Janine: `Tschuldigung, ich hab jetzt die andere Lampe angeknipst.

Manu rührt sich nicht, Janine setzt sich zu ihm aufs Bett. Daniel schaut sie beunruhigt an, aber sie nickt ihm zu und gibt ihm zu verstehen, dass alles in Ordnung sei. Sie berührt die Bettdecke und versucht, sie Manu aus den Händen zu ziehen. Er krallt sich allerdings weiterhin an ihr fest.

Janine: Hey, du blutest. Darf ich mal sehen?

Sanft nimmt Janine seine blutende Hand zwischen ihre Finger und sieht sich die Wunde an, die eindeutig eine Schnittwunde ist. Wahrscheinlich hat er den Glastisch mit der Hand kaputt geschlagen oder sich daran geschnitten, als der Tisch bereits zerschmettert war, schätzt sie.

Der Griff der verletzten Hand lockert sich allmählich, Manu bewegt sich wieder. Nach einer Weile zieht Janine die Bettdecke von ihm herunter und erstarrt. Im Gesicht hat Manu überall Blutflecken. Sie schluckt und fragt sich, was er bloß mit sich angestellt hat. Beim näheren Hinsehen stellt sie erleichtert fest, dass diese Blutflecken keine weiteren Wunden zu sein scheinen und von der Hand stammen. Er sieht blass und krank aus, die Augen kann er kaum aufschlagen, weil sie geschwollen sind. Darüber hinaus hat er scheinbar viel Alkohol im Blut, seine Bewegungen sind unkoordiniert. Die blutverklebten Haare stehen nach allen Seiten ab.

Janine schickt den betretenen Daniel mit Blicken aus dem Zimmer. Er akzeptiert es, denn er merkt, dass Manu matt und abgekämpft ist und Janine somit garantiert nichts antun wird.

Manu: (leise) Was ist los? Wieso bist du hier?

Janine: Ich wollte schauen, wie es dir geht.

Manu: Laura hat dich geschickt, stimmt's?

Janine: Ähm … wieso fragst du?

Manu: Sie wollte, dass jemand kommt und … (nachäffend) … auf mich aufpasst. (macht eine Bewegung) Au, verdammt!

Janine: Du hast dir ganz schön die Hand aufgeschnitten. Hast du einen Verbandskasten?

Manu: Nö. Brauch ich nicht. (will sich aufrichten, ihm wird schwindelig) Mist.

Janine: Ein Handtuch oder so tut's auch.

Manu: (erblickt das Telefon) Ach Scheiße, bin ich blöd.

Janine: Es funktioniert bestimmt noch, das Kabel ist nur aus der Wand gerissen.

Manu: (seufzt) Mir ist schlecht.

Janine: (legt ihre Hand auf seinen Arm) Komm mit ins Bad.

Er lässt sich von ihr stützen, sie bringt ihn ins Bad. Daniel hat sich dezent in die Küche entfernt. Janine wäscht mit einem nassen Handtuch Blut und Tränen aus Manus Gesicht, er dreht sich jedoch widerstrebend weg. Sie sucht nach etwas Geeignetem zum Verbinden, findet aber bis auf einen alten Strumpf von Laura nichts. In ihrer Ratlosigkeit wickelt sie ihn um die Wunde, Manus Hand zuckt dabei. Er hat Schmerzen, nimmt sie aber eher dumpf wahr, bis jetzt hat er die Schnittwunde ignoriert.

Manu: Au, nicht so fest!

Janine: Bin ja schon fertig.

Sie muss schlucken, als sie in Manus Augen sieht und erkennt, wie verzweifelt er ist. Es ist nicht nur wegen des Alkohols, dass sie ihren Glanz verloren haben und völlig leer aussehen. Jetzt wird ihr das Ausmaß der Katastrophe klar, sie sieht nicht mehr nur Lauras Seite. Auch Manu leidet sehr, nur eben anders als Laura, mit Zerstörung und Selbstzerstörung. Doch beide haben diesen furchtbar ausdruckslosen Blick, was das Allerschlimmste ist.

Viel kann sie nicht mehr für ihn tun. Sie stellt die Kornflaschen weg, aber Manu wird sie sowieso früher oder später leertrinken, da ist sie sich sicher. Als sie ihn zurück ins Bett gebracht und das Chaos im Schlafzimmer weggeräumt hat, lässt sie ihn alleine. Sie geht zum verstörten Daniel und berät mit ihm, ob sie noch etwas tun können oder gehen sollen.

Eine kurze Weile räumt Janine das Wohnzimmer auf. Es schmerzt sie, hautnah erfahren zu müssen, dass Liebe so grausam sein kann, aber sie versteht Laura voll und ganz. Sie selbst hätte Manu schon viel eher verlassen. Doch da sie Manu immer gerne mochte, fällt es ihr nicht leicht, ihn so elend und mutlos zu sehen. Sie hört ihn nach ihr rufen und kehrt zu ihm ins Schlafzimmer zurück.

Manu: Du weißt, wo sie ist, oder? (Janine ist klar, dass er Laura meint und überlegt, ob sie es ihm verraten soll) Sag's mir, bitte.

Janine: Sie ist in Hamburg und will da jetzt auch bleiben.

Manu: Hast du ihre Telefonnummer? (Janine zögert) Ich muss sie zurückrufen, ich hab die Verbindung gekappt, als ich ausgerastet bin. War keine Absicht, ich muss ihr das sagen.

Janine: Sie weiß das, Manu. Wenn sie mit dir reden will, dann ruft sie dich an, okay?

Manu: (seufzt) Und wenn ich mit ihr reden will?

Janine: Weiß nicht. Du musst versuchen, über sie hinwegzukommen.

Manu: (schüttelt den Kopf, leise) Na, wunderbar.

Janine: Ich muss jetzt gehen. Bis dann.

Manu: (gleichgültig) Tschüss.

Janine versteht, dass er enttäuscht ist. Er hat sich Hilfe von ihr erhofft, aber sie hat Laura versprochen, ihm auf keinen Fall ihre Adresse oder Telefonnummer zu geben.

33

In der nächsten Zeit hat sich Manu soweit im Griff, dass er duschen, hin und wieder etwas essen und ausgehen kann. Er setzt sich immer öfter mit einer seiner Gitarren aufs Bett, sieht durch die Balkontür auf die Straße hinunter. Manchmal kommt musikalisch etwas Brauchbares dabei heraus. Leere Bier-, Whisky- und Kornflaschen nehmen bald eine ganze Ecke auf dem Fußboden im Wohnzimmer ein. Manu ignoriert, dass er schon längst dabei ist, ein Alkoholiker zu werden. Für ihn ist der Alkohol Medizin und unbedingt notwendig, um Ruhe zu bewahren. Aber auch mit Alkohol hat er sich manchmal nicht mehr unter Kontrolle. Einige seiner Freunde erkennen allmählich seinen besorgniserregenden Zustand.

***

Eines Abends trifft sich Manu mit Maja und seinen langjährigen guten Freunden Theo und Karsten. Maja und Karsten haben ihn seit fast einem Jahr nicht mehr gesehen. Die vier Freunde feiern das Wiedersehen mit ein paar Bier in der Stadt.

Die feinfühlige Maja bemerkt augenblicklich die Veränderung an Manu und wie niedergeschlagen er scheint. Getrunken hat er schon immer gerne etwas mehr, aber heute scheint es ein richtiger Trinkmarathon bei ihm zu werden, so kommt es ihr jedenfalls vor. Zurzeit sieht er wahrhaftig nicht gut aus. Er ist immer ein niedlicher Kerl gewesen, findet sie, und nach ihrem Geschmack sogar ein recht gutaussehender. Außerdem verfügt er, seitdem sie ihn kennt, über eine bemerkenswerte Ausstrahlung, die sie bis heute unglaublich fasziniert hat. Jetzt fällt ihr jedoch auf, dass sich ein tiefer Schatten über ihn gelegt hat. Sie hat von ihren gemeinsamen Freunden gehört, dass Laura ihn vor einem Monat verlassen hat. Wahrscheinlich hängt seine Veränderung vor allem damit zusammen. Manu hat wohl große Probleme, sich mit dem Ende der Beziehung abzufinden, das tut ihr furchtbar leid. Es erinnert sie schmerzlich an die Zeit, als sie vor etlichen Jahren selbst der Grund für seinen Liebeskummer gewesen ist. Doch damals sah er nicht so zerstört aus wie jetzt. Er ist erst 32 Jahre alt, das Alter kann nicht der Grund sein, es ist ganz klar der Kummer, schlussfolgert sie. Ihre Besorgnis um ihn schnürt ihr die Kehle zu, allerdings behält sie sie zunächst für sich und spricht mit niemandem darüber.

Später am Abend begeben sie sich zu Manu in die Wohnung, um dort weiterzutrinken. Es sieht schlimm dort aus, findet Maja. Die Wohnung ist kahl und leer. Die Einrichtung, die noch vorhanden ist, ist zerdeppert oder liegt in Unordnung in einer Ecke. Maja erblickt die vielen leeren Flaschen auf dem Boden. Das gefällt ihr nicht und verstärkt ihre Sorgen, aber Theo und Karsten scheinen es normal zu finden. Sie lachen unbekümmert mit Manu und kippen Whisky auf Eis in sich hinein.

Schweigend beobachtet Maja die drei Männer und sieht sich in der Wohnung um. Ohne Laura ist es hier wirklich fad, findet sie. Laura hatte alles sehr ansprechend eingerichtet. Es muss hart für Manu sein, hier alleine zu hausen, wo es einst so schön und gemütlich gewesen ist. Sie blickt zu ihm, seine Blässe ist erschreckend. Und dieser benommene Blick von ihm verheißt nichts Gutes. Für einige Minuten geht sie ins Bad, um alleine zu sein. Was soll sie jetzt tun? Was tut man in einer solchen Situation, wenn man einen Freund schrecklich leiden sieht?

Als sie das Bad wieder verlässt und zum Kühlschrank geht, um sich ein weiteres Bier zu holen, entdeckt sie, dass er ausnahmslos mit alkoholischen Getränken gefüllt ist. Das geht jetzt zu weit, denkt sie empört, es wird Zeit für einen Test. Manu zeigt sich deutlich als Trinker, und das ist sicherlich das, was ihn am meisten verändert hat. Sie nähert sich ihm, er lächelt ihr zu. Entschlossen reißt sie ihm das Glas Whisky aus der Hand und nimmt ebenfalls die Whiskyflasche auf dem Tisch an sich.

Maja: So, genug gesoffen!

Manu: Ey, was soll das? (auch Theo und Karsten protestieren)

Maja: Ich finde, es ist genug, ihr könnt ja kaum noch sitzen!

Theo: Seit wann bestimmst du sowas? Her mit dem Zeug!

Maja weigert sich, daher steht Manu auf und holt eine neue Flasche Whisky aus dem Küchenschrank.

Manu: Dann eben die hier. (grinst) Die is' sogar noch voll, is' eh viel besser.

Maja: Jaja, und nach der da noch eine, und noch eine, und noch eine! Verdammt Manu, du hast nichts Anderes im Haus als Alkohol!

Manu: Wieso, was willste denn? Vielleicht hat noch ein Kiosk offen, wenn du was Anderes willst.

Maja: Du kapierst gar nichts! Alles, was du tust, ist saufen, du bist voll der Trinker!

Manu: (zuckt mit den Schultern) Na und? Ist das so wichtig?

Maja: (perplex) Das ist dir egal?

Manu: Ja, ich find's gut. Alkohol ist mein Motor, ohne den funktioniere ich eben nicht.

Theo und Karsten folgen dem Gespräch und schweigen betreten.

Maja: (fährt sich durch ihre blonden Locken) Boah, das wird auf Dauer nicht gut gehen, ich sag's dir.

Manu: (winkt ab) Quatsch, alles im grünen Bereich. Komm, gib mal das Glas her.

Maja leistet keinen Widerstand mehr und stellt alles zurück auf den Tisch.

Manu: (grinst sie an) Danke dir.

Maja: Scheiße, ich hau ab. Ich kann das nicht mit ansehen.

Theo: Wie, du gehst schon?

Maja: Genau. (böser Blick) Viel Spaß noch, ihr Idioten. Dass ihr sowas aber auch nicht merkt, verdammt!

Karsten: Reg dich ab, ist alles im grünen Bereich. Wenn Manu das sagt, wird's wohl stimmen.

Maja: Macht, was ihr wollt. Ich mach da jedenfalls nicht mehr mit. (verlässt das Wohnzimmer, geht zur Tür hinaus)

Karsten: Boah, der ist 'ne Laus über die Leber gelaufen.

Theo: Die hat bestimmt nur ihre Tage.

Sie lachen und füllen ihre Gläser auf, fangen eine neue Runde an.

Maja wartet unten auf der Straße auf den Bus. Ihr ungutes Gefühl wächst, sie fürchtet, dass Manu bald abstürzen und richtig süchtig werden könnte. Er scheint seinen Suff sogar gut zu finden. So etwas ist typisch für Abhängige. Diese Bemerkung hat sie am meisten beunruhigt, aber wie kann sie ihm helfen? Das wird ihr noch viel Kopfzerbrechen bereiten.

34

Der Mai hat begonnen, die Nächte werden mild. Manu kehrt häufig nachts nicht mehr nach Hause zurück, sondern irrt bis zum Sonnenaufgang durch die Straßen, und das immer öfter mit weiblicher Begleitung im Arm. Er kommt trotz seiner Misere immer noch gut bei Frauen an. Mit einigen landet er schließlich im Bett, aber jedes Mal ist es nach dem Akt für ihn vorbei. Er ist schnell gelangweilt, und an Laura reicht ohnehin keine heran. Manche der Bekanntschaften trifft er regelmäßig, aber es entwickeln sich bei ihm keinerlei Gefühle. Spaß hat er hingegen meist mit ihnen, und kurzfristig helfen diese Liebeleien gut gegen seine Einsamkeit.

Manchmal jedoch möchte er einfach nur in Ruhe gelassen werden. Dann verschanzt er sich, und niemand kommt an ihn heran. Das ist seine fruchtbarste Zeit, um neue Lieder zu schreiben. Er verbringt diese Nächte nur mit seinen Gitarren, seinen besten Freundinnen in der Einsamkeit. Oft versinkt er in Gedanken an seinen toten besten Freund Sven, den er besonders in diesen Momenten schmerzlich vermisst.

Seine Bandkollegen sieht er zu dieser Zeit nicht, denn nach der Tour waren alle derart ausgebrannt, dass sie auf unbestimmte Zeit Urlaub genommen haben. Frank hat mit einem hartnäckigen Hautausschlag gesundheitliche Probleme bekommen und befindet sich in ärztlicher Behandlung. Tom und Mika sind verreist, soweit Manu weiß.

Schlumpf ruft ihn regelmäßig an, ab und zu ziehen sich ihre Telefongespräche lange hin. Allerdings hat Schlumpf zu viel Arbeit, sonst würde er ihn einmal in Kassel besuchen. Ihm gefällt es gut in Köln, und der Job dort macht ihm großen Spaß.

Maja und Manu telefonieren ebenfalls des Öfteren miteinander. Sie macht sich immer noch Sorgen um ihn, aber als Projektleiterin im Grafikdesign hat sie derzeit zu viel um die Ohren, um mal wieder auszugehen.

Mit Theo und Karsten hingegen trifft sich Manu häufig. Mit ihnen zieht er regelmäßig um die Häuser. Maja hat Theo und Karsten mittlerweile für Manus Alkoholproblem sensibilisiert, deshalb versuchen sie, ein Auge auf ihn zu werfen, so dass er es nicht zu sehr mit dem Trinken übertreibt. Meistens sind sie jedoch selbst zu besoffen, um gut genug darauf aufzupassen.

***

Eines Nachts, der Juni hat gerade begonnen, passiert das Unvermeidliche. Theo und Karsten holen Manu von zuhause ab, um mit ihm ein Konzert einer lokalen Punkband zu besuchen, die in einem Kulturzentrum in der Kasseler Nordstadt spielt. Bereits während des Konzertes fühlt sich Manu nicht wohl, er kann kaum stehen. Er stützt sich an der Theke ab und süffelt an einem Becher Bier. Theo bleibt bei ihm, während sich Karsten der Bühne nähert, damit er die Band besser sehen kann.

Nach dem Konzert trinken die drei in diversen Kneipen in der Umgebung weiter. Die Nordstadt ist zwar nicht das angenehmste Viertel der Stadt, aber in den Bars ist meist gutes Publikum anzutreffen. Auf die zwei Flaschen Korn, die Manu zuhause schon getrunken hat, schüttet er nun Whisky und Bier. Bald ist er zu volltrunken, um zu sprechen. Da merken

Theo und Karsten, dass es an der Zeit ist aufzubrechen, es ist immerhin schon fast vier Uhr. Sie helfen Manu hoch, der keine eigene Körperkraft mehr zu haben scheint. Es kommt ihnen vor, als würde er bereits schlafen. Anfangs lachen sie noch darüber und nennen ihn einen nassen Sack. Sie lassen ihn los, als sie auf die Straße treten. Manu fällt tatsächlich wie ein nasser Sack hin, und die beiden merken, dass er bewusstlos ist. Sie bekommen Angst, denn sie wissen, dass das selbst bei Manu nicht normal ist. Mit Schlägen auf seine Wangen versuchen sie, ihn zu wecken. Sie schütteln ihn, aber Manu reagiert darauf nicht.

Theo läuft schließlich zurück in die bereits leere Bar, um Hilfe zu holen. Karsten hält Manu auf seinem Schoß und stellt fest, dass seine Haut kühl ist. Er gerät außer sich, da er glaubt, dass Manu tot sei und sie es noch nicht einmal gemerkt haben. In heller Panik versucht er, Manus Pulsader am Hals zu finden und den Puls dort zu fühlen, findet jedoch als kompletter Laie nichts und redet sich ein, das wäre so, weil er gestorben sei.

Als Theo und der Barbesitzer hinzukommen, können sie Karsten kaum beruhigen, was eine allgemeine Panik zur Folge hat. Der Barbesitzer fühlt hingegen einen Puls bei Manu, aber meint, er gehöre sofort ins Krankenhaus. Es sehe nämlich so aus, als hätte Manu eine Alkoholvergiftung, er kenne sich damit aus, habe so etwas schon mehrmals gesehen. Er eilt zu seinem Telefon, um einen Krankenwagen zu rufen. Theo und Karsten können es nicht fassen. Manu hat sich durch den ganzen Suff vergiftet! Maja hatte Recht mit ihrer Sorge. Sie hat ihnen die ganze Zeit eingetrichtert auf Manu aufzupassen, und sie haben ihn sich fast zu Tode saufen lassen!

Die Notärzte sind unverzüglich eingetroffen. Manu wird an Schläuche angeschlossen und auf einer Trage weggebracht. Theo und Karsten stehen zerknirscht dabei. Der Krankenwagen fährt mit Blaulicht los, sie sehen ihm deprimiert hinterher. Weil sie so aufgelöst sind, gibt ihnen der Barbesitzer einen Schnaps zur Stärkung der Nerven. Er lässt die beiden sein Telefon benutzen, Theo ruft Maja an. Maja wird durch den Anruf geweckt und ist darüber nicht begeistert. Doch die betretene Stimme von Theo, die nur ein verzweifeltes „Manu" herausbringt, alarmiert sie augenblicklich.

Maja: Theo! Was ist passiert? Was ist mit Manu?

Theo: Er ist zusammengebrochen. Scheiße, Mann! Er ist gerade vom Notarzt ins Krankenhaus gebracht worden.

Maja: Oh, mein Gott, was? Wieso, was hat er?

Theo: Alkoholvergiftung wahrscheinlich.

Maja: Heilige Scheiße!

Theo: Oh, Mann, und wir Idioten haben nichts gemerkt! Schöne Aufpasser sind wir! Wir haben gedacht, er wäre gestorben, verdammt nochmal!

Maja: Seid ihr schon am Krankenhaus?

Theo: Nein, wir sind noch in der Bar, um dich anzurufen. Wir bestellen jetzt ein Taxi und fahren hin.

Maja: In welchem Krankenhaus ist er?

Theo: Hier im städtischen, da ist ja die nächste Intensivstation. Oh Scheiße, Scheiße, Scheiße!

Maja: Ich ruf jetzt seine Eltern an und komme dann auch dorthin. Wir treffen uns nachher da, okay?

Theo: Is` gut.

Maja: Also, bis dann.

Maja legt auf und beeilt sich, sich anzuziehen. Sie muss sich zusammenreißen, um in ihrer Verzweiflung nicht loszuschreien. Es musste ja so kommen, eigentlich kaum verwunderlich, aber sich gleich krankenhausreif zu saufen, verdammt, warum muss Manu immer so übertreiben!

Sie klingelt Manus Eltern aus dem Bett. Seine Mutter nimmt das Telefongespräch an und ist bestürzt über Majas Nachricht. Sie und Manus Vater wollen auf der Stelle losfahren. Zu ihrer Erleichterung ist es nur eine halbe Stunde Fahrt für sie von Wolfhagen nach Kassel. Maja bittet sie, trotz ihrer Sorge und Anspannung vorsichtig zu sein. Sie teilt ihnen mit, dass sie nun zum Krankenhaus fahre, dass Theo und Karsten bereits dort seien und sie sich dort alle treffen werden.

Wenig später erblickt sie Theo und Karsten niedergeschlagen am Empfang im Wartebereich des Krankenhauses.

Karsten: (sieht zu ihr) Maja, da bist du ja! Hör mal, Manu liegt auf der Intensivstation, er ist noch nicht wieder bei Bewusstsein.

Maja: Darf man ihn sehen?

Theo: Nee, er ist noch nicht auf dem Damm. Wenn seine Eltern kommen, dann vielleicht.

Maja: Ja, die sind sofort losgefahren, als ich sie angerufen hab, die sollten bald kommen.

Karsten: Wir sind sowas von bescheuert, es ist alles unsere Schuld. Wieso haben wir mit ihm weitergesoffen, anstatt ihn davon abzubringen?

Maja: Ach komm, das ist Quatsch, es ist nicht eure Schuld. Manu ist eindeutig alkoholkrank. Er wäre früher oder später sowieso zusammengebrochen. Es war bereits vorprogrammiert, das ist ja gerade das Traurige daran.

Karsten: Wie soll es mit ihm jetzt weitergehen?

Maja: Ich hoffe, er macht eine Therapie. Der muss entziehen, ganz klar.

Theo: (atmet schwer aus) Es ist nicht zu glauben. Manu ein Alkoholiker ... ich fass' es nicht.

Karsten: Ja, der muss auf jeden Fall entziehen. Trotzdem, wir hätten das doch verhindern können, anstatt ihm dabei noch Gesellschaft zu leisten.

Maja: Hättet ihr nicht, das hätte nur er selbst verhindern können. Wenn er nicht mit euch gesoffen hätte, dann alleine. Und ich bin froh, dass wenigstens ihr dabei wart, dann konntet ihr schnell genug Hilfe holen.

Karsten und Theo schweigen, sie machen auf Maja in der Tat einen reumütigen Eindruck.

Schließlich treffen Manus Eltern ein, doch man fordert auch sie auf zu warten, da Manu noch nicht stabil genug ist. Die Ärzte haben für Besuche noch kein grünes Licht gegeben.

Manus Eltern bitten Maja, Theo und Karsten ihnen zu erzählen, wie es in den letzten Wochen um ihren Sohn stand. Sie selbst haben seit seiner Rückkehr von der Tour im März nur zwei- oder dreimal am Telefon mit ihm gesprochen. Da er hingegen zu keiner Zeit in guter Redelaune war, haben sie ihn lieber in Ruhe gelassen. Dass er viel zu viel gesoffen hat, war ihnen nicht bekannt. Sie sind entsetzt, das zu erfahren.

Theo und Karsten haben viel zu berichten, so oft wie sie in den letzten Wochen mit Manu unterwegs gewesen sind.

Theo: Da war es auch schon so, dass Manu ständig eine Flasche von irgendeinem Alkohol in der Hand hatte.

Karsten: Gut, aber er war doch immer guter Dinge und hat Party gemacht, so wie man ihn eben kennt.

Und Frauen hat er auch abgeschleppt, er war da kein Kind von Traurigkeit.

Theo: Andererseits gab es auch Phasen, da hat man tagelang nichts von ihm gehört. Keine Ahnung, was er da getrieben hat.

Maja: Aber ihr wisst doch sicher noch, als wir bei ihm waren und gesoffen haben, oder? Das war relativ frisch nach der Trennung. Also, die Wohnung, echt ... (beißt sich auf die Unterlippe) Der muss unbedingt ausziehen, das sag ich ihm auch noch.

Theo: Wieso, was ist mit der Wohnung?

Maja: Die sah verdammt leer und traurig aus. Sie hat alles wiedergegeben, was sich an Drama abgespielt hat zwischen ihm und Laura. Ich kenne die Details zwar nicht, aber Manu sah sowas von einsam aus darin. Denkt doch mal dran, wie es aussah, als Laura noch da war, es war richtig gemütlich und geschmackvoll eingerichtet.

Karsten: (nachdenklich) Du hast Recht.

Maja: Und dann hab ich ihn ja damit konfrontiert, dass er ein Säufer sein könnte. (schmeißt aufgeregt die Hände in die Luft) Und es war ihm völlig gleichgültig! Wisst ihr das noch?

Theo: (leise) Ja.

Karsten nickt mit ratlosem Blick. Niemand fügt dem Gesagten noch etwas hinzu. Manus Eltern sind dem Gespräch mit bedrückten Mienen gefolgt. Sie trifft es tief, dass es ihrem ältesten Sohn so schlecht geht.

Manus Vater bietet an, Kaffee zu besorgen, als es sieben Uhr wird. Er begibt sich mit Theo zu einem Automaten. Manus Mutter wird unruhig. Sie möchte ihren Sohn endlich wiedersehen und fragt alle zehn Minuten nach, wann es soweit sei. Maja ruft bei sich auf der Arbeit an, um Bescheid zu geben, dass sie später kommen wird. Karsten sagt im Job vollständig ab, er meldet sich krank. Er hat immer noch eine ungeheure Angst, obwohl er weiß, dass Manu nicht mehr in Lebensgefahr schwebt. Er gibt Maja Recht, zum Glück ist es nicht passiert, als Manu alleine zuhause war, das wäre das Ende gewesen. Alleine der Gedanke daran lässt Übelkeit in ihm hochsteigen.

Der Kaffee kommt, und schließlich die Nachricht, dass man Manu besuchen könne. Manu ist aus dem Gröbsten heraus, seine Vitalfunktionen werden in den nächsten 24 Stunden unterstützt, bis sie wieder stabil werden. Ein Arzt bringt sie zu dem Zimmer, in dem Manu liegt und erklärt ihnen, dass er nun schlafe und nicht geweckt werden solle, da er die Erholung dringend brauche.

Lediglich Manus Eltern dürfen ins Zimmer eintreten. Sie sehen Manu friedlich schlafend im Bett liegen. Die Schläuche, an die er angeschlossen ist, trüben hingegen dieses Bild. Manus Mutter kommen die Tränen, sie wird von ihrem Mann in den Arm genommen. Beide wagen es nicht zu sprechen, damit Manu nicht aufwacht. Für sie bricht eine Welt zusammen. Ihr Sohn steckt in ernsthaften Schwierigkeiten. Sie möchten alles tun, damit es ihm bald besser geht und sehnen sich danach, wieder mit ihm zu reden und zu lachen, genauso wie früher, in besseren Zeiten. Kurze Zeit später verlassen sie das Zimmer wieder.

Maja, Theo und Karsten verwehrt man abermals den Eintritt. Manus Eltern bemerken, wie elend sie sich fühlen und dass sie sich große Sorgen um Manu machen. Sie erklären ausdrücklich, dass sie damit einverstanden sind und befürworten es sogar, dass die drei kurz zu Manu hineingehen. Schließlich werden Manus Freunde zu ihm hineingelassen.

Unbeweglich stehen sie um ihn herum und starren ihn an. Alle drei haben ähnliche Gedanken und Bilder von ihm im Kopf, wie seine Eltern zuvor, sehen ihn lachend, gut gelaunt und vor allem gesund vor sich. Maja laufen ein paar Tränen die Wangen herunter. Sie erinnert sich daran, wie sie vor langer Zeit mit ihm geschlafen hat, aber diese Gedanken stimmen sie zu traurig. Er war damals ein guter Liebhaber, nur leider konnte sie sich nicht zu den richtigen Gefühlen zwingen. Gerne hat sie ihn jedoch zu jeder Zeit gehabt, und sie ist froh, dass sie trotz allem immer noch miteinander befreundet sind. Manus Freundschaft ist ihr viel wert. Wie er schlafend im Krankenbett liegt, wirkt er zerbrechlich auf sie. Der Intubationsschlauch, der in seinem Mund steckt und ihn mit Sauerstoff versorgt, lässt ihn fast aussehen wie ein Baby, das zu früh auf die Welt gekommen ist. Maja wundert sich selbst über diesen Vergleich.

Sie denkt zurück an die Zeit, als sie und Manu unzertrennlich waren. Es waren turbulente fünf Monate mit ihm, die einige der besten und auch der abgefahrensten Momente ihres bisherigen Lebens beinhalten. Mit Manu war es nie langweilig, manchmal aber anstrengend. Er war ein kreatives Energiebündel, hatte oft verrückte Ideen. An eine Erfahrung mit ihm erinnert sie sich immer wieder gerne.

Es war noch am Anfang ihrer Beziehung, als ihr Auto kaputt ging, sie jedoch dringend nach Brilon zu einem Gespräch für ein Projekt im Rahmen ihres Designstudiums musste. Manu hatte ihr das Auto eines Freundes besorgt und ihr zur Feier des Tages angeboten, sie nach Brilon zu fahren. Maja wusste zu diesem

Zeitpunkt noch nicht, dass Manu keinen Führerschein hatte und nahm das Angebot erfreut an. Sie war zwar etwas überrascht über die rasante Art, mit der Manu die Kurven auf der Landstraße nahm, doch sie merkte ihm nicht an, dass er das Autofahren nur zum Spaß einige Jahre zuvor von einem Freund erlernt hatte. Das Projektgespräch dauerte nicht lange, deswegen hielten sie auf dem Rückweg nach Kassel in Wolfhagen an, um Manus Eltern Guten Tag zu sagen. Mit seinen Eltern ist Maja immer gut ausgekommen, und in den fünf Monaten Beziehung mit ihm hat sie sie recht gut kennengelernt.

Als Manu zügig auf den elterlichen Garagenvorplatz fuhr und - um Maja zu ärgern - absichtlich abrupt abbremste, trat sein Vater nach draußen. Er sah verwundert drein und fragte Manu sogleich, seit wann er denn den Führerschein hätte. Manu zuckte die Schultern und antwortete trocken, er hätte für die Fahrt hierher einfach Majas Führerschein benutzt. Sowohl Manus Vater als auch Maja blickten ihn fragend und dann entsetzt an. Manu grinste schelmisch, seinen spitzbübischen Blick in diesem Augenblick wird sie wohl niemals mehr vergessen. Das war das erste Mal, dass sie Manus Verrücktheit sprachlos machte. Natürlich bestand sie darauf, das Steuer zu übernehmen. Es war zwar gefährlich und illegal, was er getan hatte, richtig böse konnte sie ihm aber nicht sein. Trotz allem war sie gerührt, dass er sich so viel Mühe gegeben hatte, ihr die Fahrt nach Brilon zu ermöglichen. Auch Manus Vater beruhigte sich schnell wieder und riet ihm, der Mutter besser nicht zu sagen, was er sich geleistet hatte. Maja nimmt an, dass Manus Mutter bis heute nicht weiß, was sich an diesem Nachmittag abgespielt hat.

Manu machte sich häufig einen Spaß daraus, andere Leute zu erschrecken, dafür war er bekannt. Dabei war er jedoch nie boshaft, eher originell. Meistens haben seine Opfer, nachdem sie sich von ihrem Schreck erholt haben, herzlich über seine Einfälle gelacht. In seiner Art und Weise ist er immer herzlich, lieb und süß gewesen, gepaart mit dieser ihn bezeichnenden Schrägheit. Maja muss zugeben, dass sie noch nie jemanden getroffen hat, der ihm nur annähernd ähnlich ist.

Und jetzt liegt er hier, körperlich und seelisch am Ende. Hoffentlich wird er sich gut erholen und vor allem endlich seinen Zustand ernst nehmen und etwas dagegen tun, das ist das Allerwichtigste. Mit 32 ist das Leben doch noch lange nicht vorbei. Maja bemerkt, dass Theo leichenblass geworden ist und Karsten mit den Tränen kämpft. Keiner von ihnen gibt einen Ton von sich, alle sind in Gedanken versunken. Plötzlich wird die Zimmertür geöffnet. Eine Krankenschwester winkt sie hinaus, die Besuchszeit ist vorbei.

Manus Eltern haben inzwischen mit dem zuständigen Arzt gesprochen, der ihnen mitgeteilt hat, dass man Manu in die Außenstelle der Klinik außerhalb von Kassel verlegen könne, wenn er damit einverstanden wäre. Dort könnte er eine Entgiftung machen, sobald er sich erholt hat. Manus Eltern berichten seinen Freunden davon. Sie hoffen alle, dass Manu der Entgiftung zustimmen wird.

Maja bietet Manus Eltern an, ihnen für den Tag ihre Wohnung zu überlassen. Dort hätten sie Zeit, sich auszuruhen und könnten später Manu nochmals besuchen, wenn er wach ist. Dann bräuchten sie den Weg zwischen Kassel und Wolfhagen kein weiteres Mal zurückzulegen. Manus Eltern nehmen dankend an. Sie sind erleichtert über das Angebot und darüber, in der Nähe von Manu bleiben zu können. Sie fahren mit zu Majas Wohnung, anschließend geht Maja zur Arbeit.

***

Manu erholt sich stetig, er erhält in den nächsten Tagen viel Besuch. Als ihm Maja den ersten Besuch abstattet, umarmen sich die beiden lange und fest. Sie verbirgt ihre Tränen an seiner Schulter. Er fühlt ihre Sorge und dankt ihr leise, dass sie sich überhaupt noch um ihn kümmert, um so einen beschissenen Säufer. Doch davon will sie nichts hören, sie maßregelt ihn liebevoll mit einem Klaps auf seinen Oberarm. Ihr sagt Manu als Erste, dass er entgiften werde und mit dem Klinikaufenthalt einverstanden sei. Sie freut sich aufrichtig darüber, gibt ihm einen Kuss auf die Wange, woraufhin er sie warmherzig anlächelt.

Seine Eltern kommen am darauffolgenden Tag mit Marius vorbei. Es ist einer der raren Momente, den sie zu viert als Familie verbringen, die zusammenhält, und der sehr bewegend für sie alle ist.

Schlumpf ruft Manu mehrmals von Köln aus auf dem Zimmertelefon an, auch Janine meldet sich dort bei ihm. Seine Bandkollegen tauchen auf, mit ihnen scherzt Manu, dass sie sich kein neues Bandmitglied suchen müssten. Er sei noch voll in Form, er habe sogar Songs geschrieben, und er werde Screaming Gun mit ihnen weiterführen. Sie sind davon nicht recht überzeugt, aber sagen nichts. Die Band steht auf der Kippe, das ist selbst Manu klar. Sie ist der Grund, weshalb er die Entgiftung machen möchte, denn ein Leben ohne sie gibt es für ihn nicht.

***

Laura, die sich in der Zwischenzeit in Hamburg eingelebt hat, erfährt von Janine, was mit Manu passiert ist. Sie möchte ihn unbedingt anrufen, beschließt aber nach langem Überlegen, es nicht zu tun. Ein Anruf könnte Manu, der sich wieder fangen muss, erneut komplett aus der Bahn werfen. Sie erinnert sich noch mit Schrecken an das letzte Telefongespräch, das sie hatten, als er außer sich geriet. Aus Rücksicht auf ihn nimmt sie keinen Kontakt zu ihm auf, obwohl es ihr unglaublich schwerfällt. Etwas zuschicken sollte sie ihm auch nicht, denn das hätte einen ähnlichen Effekt.

Laura weiß nicht, wohin mit ihren Sorgen. Schließlich ruft sie auf Schlumpfs Mobiltelefon an, um ihm von ihrer misslichen Lage zu erzählen. Sie braucht jemanden, der ihr zuhört und die Situation nachvollziehen kann. Schlumpf ist gerade im Fernsehstudio und wartet auf seinen nächsten Einsatz als Kameramann. Obwohl er sich bereithalten muss, fordert er Laura dazu auf, ihm zu erzählen, was sie so bedrückt. Sie erklärt ihm ihre Gedankengänge und ihre großen Bedenken, Kontakt zu Manu aufzunehmen. Anschließend kann sie ihre Verzweiflung nicht mehr bändigen.

Laura: (bebende Stimme) Schlumpf, ich hab so ein schlechtes Gewissen, verdammt! Es ist meine Schuld, dass es ihm so beschissen geht! Ich hab ihn urplötzlich mutterseelenallein gelassen!

Schlumpf: Mensch Laura, jetzt sag sowas doch nicht! Hör endlich auf, dir diese grässlichen Vorwürfe zu machen! Wir beide haben doch bereits vor eurer Trennung gemerkt, dass Manu Probleme mit Pillen und Alkohol hatte und auf eine Sucht zusteuerte.

Laura: (seufzt) Wenn ich ihm nur irgendwie zeigen könnte, dass mir das alles nicht egal ist.

Schlumpf: Du, ich find es bewundernswert, dass du Manus Wohl über dein eigenes stellst und ihn aus diesem Grund nicht kontaktierst. Das bedeutet für mich jedenfalls, dass du eine wundervolle Frau bist. Es gehört ein guter Charakter dazu, solche Überlegungen zu haben. (hält kurz inne, Laura schweigt) Und es zeigt, dass du Manu immer noch aufrichtig gerne hast, nach allem, was passiert ist.

Laura: Ja sicher, ich mag ihn nach wie vor. Mit ihm zusammenkommen will ich zwar nicht mehr, aber vielleicht könnten wir eines Tages wieder Kontakt haben und sogar Freunde werden, so ganz normal und unkompliziert. Das hoffe ich echt, Schlumpf, kannst du dir das vorstellen?

Schlumpf: Na klar kann ich das. Vielleicht wird er das auch – Oh Mist, ich muss aufhören, die Sendung geht los. Ich ruf dich bald mal zurück, in Ordnung?

Laura: Natürlich, bis dann, viel Spaß.

Schlumpf: Tschüss, Laura!

35

In Hamburg laufen die Dinge gut für Laura, die vielen neuen Eindrücke der Stadt lenken sie von ihren Sorgen um Manu und ihren Gewissensbissen ab. Sie arbeitet mittlerweile im Catering und nicht mehr in Bars. Außerdem hat sie eine schöne Wohnung gefunden und ein Jahr nach der Trennung von Manu einen neuen Partner, mit dem die Beziehung schnell sehr fest wird.

Manu erholt sich derweil und startet eine Entgiftung, die gut verläuft. Nach seiner Entlassung aus der Klinik drängt Maja ihn, sofort die Wohnung zu wechseln. Er braucht unbedingt ein Umfeld, das er nicht mehr mit Laura in Verbindung bringt. Manu sieht ein, dass sie Recht hat. Er bezieht eine kleine Wohnung im nördlichen Zentrum von Kassel, die ideal für ihn ist. Sie liegt weit genug entfernt von der bisherigen Wohnung, außerdem wohnen die meisten seiner Freunde und Bekannten in seiner neuen Nachbarschaft.

Screaming Gun nehmen weitere Songs auf, bringen ein neues Album heraus und gehen wieder auf Tour. Manu hat sich nach der Entgiftung einigermaßen im Griff, er trinkt nur alkoholfreies Bier. Mit der Zeit ersetzt er die alkoholfreien Biere durch normale, lässt jedoch jeglichen harten Alkohol weg und versucht permanent, auf seinen Pegel zu achten, was ihm meist nur schlecht gelingt. Vollständig trocken ist er nicht, ständig steht er auf der Kippe, rückfällig zu werden. Über Laura kommt er nicht hinweg, bleibt deswegen tieferen Beziehungen zu Frauen fern. Nach und nach findet er wieder zu einer akzeptablen psychischen Stabilität zurück.

***

Laura und Manu haben keinen Kontakt mehr miteinander. Fast drei Jahre nach der Trennung sehen sie sich zufällig in Kassel wieder. Zu der Zeit ist Laura von ihrem Freund im achten Monat schwanger. Manu hat keine Ahnung von ihrem Leben. Er weiß lediglich, dass sie in Hamburg wohnt, sonst nichts.

Laura hat gerade einen vorweihnachtlichen Einkaufsbummel mit ihrer Freundin gemacht, die sie in Kassel besucht. Die beiden beschließen, sich bei einem Getränk in einer gemütlichen Bar im Zentrum der Stadt auszuruhen. Nach einer Weile bemerkt Laura, dass Manu an einem der Ecktische sitzt und mit einem Mann redet, den sie nicht kennt. Sie ist durch den Eingang hinter ihm in die Bar gekommen und sitzt wenige Meter entfernt an einem Tisch schräg hinter ihm. Somit hat er sie zu keiner Zeit im Blickfeld gehabt, aber sie hat ihn schnell entdeckt. Sie findet, dass sie ihn unbedingt begrüßen soll, wenn sie ihn schon wiedersieht.

Eine kurze Weile beobachtet sie ihn, während sie überlegt, ob sie wirklich zu ihm gehen soll. Die Haare trägt er kürzer als früher, und die Kappe auf seinem Kopf verdeckt den Großteil von ihnen. Er raucht und trinkt Bier, aber moderat, soweit sie es einschätzen kann. Da in der Kneipe mehr und mehr geraucht wird, muss sie bald aufbrechen. Als Manus Gesprächspartner aufsteht und Richtung Toiletten geht, fasst sie sich ein Herz und nähert sich ihm langsam.

Laura: (legt leicht eine Hand auf seine Schulter) Manu?

Manu: (dreht sich zu ihr um, erstarrt) Laura!

Laura: Ich hab dich grad hier zufällig gesehen und wollte dir nur Hallo sagen. (unsicher) Soll ich lieber wieder gehen?

Manu: Nee, wieso denn? Setz dich. (rutscht zur Seite, macht auf der Bank Platz für sie)

Laura: (setzt sich neben ihn) Danke.

Manu: Ähm ... (blickt zur Zigarette zwischen seinen Fingern) Die mach ich lieber mal aus, was?

Laura: (winkt ab) Nee, lass doch, du hast sie dir doch gerade erst angezündet.

Manu: (drückt sie aus) Also, soviel Respekt hab ich auch noch. (ihre Blicke treffen sich) Was machst du in Kassel?

Laura: Eine Freundin besuchen. Und Shoppen. Für Weihnachten und für's Kind, weißt du.

Manu: (nickt) Wann ist es soweit?

Laura: Ende Januar. In fast acht Wochen, um genau zu sein.

Manu: (leise) Schön.

Laura: (zieht die Augenbrauen hoch) Und wie geht es dir?

Manu: Hm. Ganz gut.

Laura: Wie läuft's mit der Band?

Manu: Läuft. Haben grad 'ne Tourpause.

Laura: Schön, dass ihr immer noch spielt.

Manu: (nickt) Magst du ein ... äh ... Getränk? Wollt' schon Bier sagen. (lächelt nervös)

Laura: (lächelt ihm zu) Nee, ich geh' sowieso gleich.

Manu: Wohnst du immer noch in Hamburg?

Laura: Ja, mittlerweile aber am Stadtrand. Ist mehr im Grünen und so.

Manu sieht Laura unbehaglich an und weiß nicht, wie er seine unterdrückten Emotionen in den Griff bekommen soll. Es wühlt ihn auf, sie nach einer solch langen Zeit wiederzusehen. Derselbe Schmerz von damals brennt wieder in ihm. Die Tatsache, dass sie ein Kind erwartet, macht es für ihn noch schwerer, die Situation zu ertragen, da er erkennt, was er selbst unwiederbringlich verloren hat.

Laura findet, dass Manu sich verändert hat. Er ist gealtert, die Strapazen seiner Sucht haben sich in sein Gesicht eingebrannt. Sein Blick ist anders, er ist matter als früher, die Augen weniger strahlend. Zum Glück ist sein Lächeln noch dasselbe, und seine süßen Grübchen zeigen sich immer noch dabei. Sie überlegt, ihn nach seiner Entzugsbehandlung zu fragen und ihm zu sagen, dass sie ihn damals unheimlich gerne angerufen hätte. Doch sie weiß nicht, ob das nun ein gutes Thema wäre. Vielleicht sollte sie die Vergangenheit ruhen lassen. Sie spürt Manus Unbehagen und hält es für besser, dem Gespräch so bald wie möglich ein Ende zu setzen, startet trotzdem einen letzten Versuch, die Unterhaltung aufzulockern.

Laura: Hamburg ist ganz anders als Kassel oder Dortmund. Es ist echt schön da oben im Norden, warst du schon da?

Manu: Nur für Konzerte.

Laura: Ach ja, stimmt. (lächelt leicht) Das ist ja was Anderes, oder? (Manu lächelt erneut nervös) Sag mal, wie feierst du denn Silvester? Ist ja der Eintritt in ein neues Jahrtausend, machst du da etwas Bestimmtes?

Manu: Hm. Nee, eigentlich nicht. Kann sogar sein, dass wir an dem Tag ein Konzert spielen, weiß nicht.

Er weicht ihrem Blick aus, und sie sieht ihm an, dass er sich überhaupt nicht wohlfühlt. Das macht sie traurig, es schnürt ihr die Kehle zu. Sie werden wohl niemals mehr zueinander finden.

Laura: (leise) Du, ich glaube, ich gehe mal lieber. Die Luft, weißt du.

Manu: Ja, das stimmt, hier wird's langsam verraucht.

Laura: War schön, dich gesehen zu haben. (legt zaghaft eine Hand auf seine, die er kurz drückt)

Manu: Dich auch. Viel Spaß noch beim Einkaufen. Und ... äh ... viel Glück!

Laura: Danke. Mach's gut, Manu.

Laura steht auf, geht zurück zum Tisch, an dem ihre Freundin sitzt, bricht anschließend mit ihr auf. Vergangenheit ist ein für alle Mal Vergangenheit, denkt sie, wieso macht sie das jetzt nur so traurig? Es ist anscheinend besser für Manu, wenn sie keinen Kontakt haben und es dabei belassen, obwohl sie es schön gefunden hätte. Vergessen wird sie ihn niemals, da ist sie sich sicher. Und vielleicht sehen sie sich irgendwann noch einmal wieder, wer weiß.

Manus Begleiter Olaf kommt wieder zu ihm an den Tisch, als das Gespräch vorüber ist. Olaf, ein Bekannter von Benjamin, ist die letzten paar Monate als Backliner mit Screaming Gun auf Tour gewesen und hat sich mit der Band angefreundet. Er versucht, die Situation zu verstehen. Diese Frau, mit der Manu soeben einige Minuten gesprochen hat, hat Manu sichtlich aufgewühlt. Seine Ausgeglichenheit und gute Laune sind nun wie weggeblasen. Wie in Trance starrt er vor sich hin, reagiert zunächst nicht auf Olafs Frage, wer das denn gewesen sei. Olaf vermutet, Laura sei jemand gewesen, mit der Manu eine Affäre gehabt hat und ihm nun eröffnet hat, dass sie von ihm ein Kind erwartet. Weshalb sonst ist er so perplex? Olaf stupst Manu leicht an, um seine Aufmerksamkeit zurückzugewinnen.

Olaf: Hey, was ist los? Jetzt sag doch mal was!

Manu: (hebt den Blick kurz, leise) Das war Laura.

Olaf: (zieht fragend die Augenbrauen hoch) Und?

Manu: Meine Ex.

Olaf: Oha … Scheiße. Was ist mit … ähm … ist das Kind …

Manu: (schüttelt den Kopf) Wir sind seit fast drei Jahren getrennt. Ich hab sie seitdem nicht mehr gesehen. (wendet seinen Blick ab)

Olaf: Getrennt, aber längst nicht verdaut, stimmt's?

Manu: (nickt, leert sein restliches Bier mit einem Zug, steht auf) Ich geh' nach Hause.

Olaf: (verzieht den Mund) Dann muss ich wohl alleine essen gehen, oder was?

Manu: (seufzt) Tut mir leid. Wir machen das ein anderes Mal, versprochen.

Olaf: Schon gut, kein Ding. Kann ich mir vorstellen, dass dir der Appetit vergangen ist. Soll ich dich nach Hause fahren?

Manu: Nein, ich geh' zu Fuß.

Olaf: (steht auch auf) Dann lass uns abhauen. Die Biere gehen auf mich. (klopft Manu ermutigend auf die Schulter, bezahlt die Zeche)

***

Zuhause ist Manu nicht dazu fähig, den brennenden Schmerz in sich zu bewältigen. Es ist so, als hätte die Zeit seit der Trennung seine Wunden zwar verdeckt, aber keineswegs geheilt. Jetzt liegen sie wieder offen, ihre Gnadenlosigkeit zwingt Manu in die Knie.

Der Wunsch, seinen Gram in Alkohol zu ertränken, wächst unaufhörlich in ihm. Doch nach zwei Jahren einigermaßen trockener Phase hat er keinen Tropfen Alkohol zuhause, nicht einmal eine Flasche Bier. Manu zwingt sich, nicht zu einem Geschäft zu laufen, um sich Schnaps zu kaufen. Er kann doch nicht schon wieder mit diesem harten Zeug anfangen, das ist völlig ausgeschlossen! So weit nach unten darf er nicht noch einmal rutschen, das hätte ihn vor zwei Jahren fast umgebracht! Aber Lauras plötzliches Auftauchen tut genauso weh wie ihr Verschwinden damals. Er hätte wirklich nicht noch einmal ihre atemberaubende Schönheit sehen müssen, und erst recht nicht ihren Babybauch, der ihm förmlich voller Schadenfreude ins Gesicht lachte und ihn darauf hinwies, dass sie nun ein anderes Leben führt. Ein Leben, das ihn komplett ausschließt.

Manu quält sich weiterhin mit niederschmetternden Gedanken, die wie eine Welle über ihm zusammenschwappen. Dabei versucht er immer verzweifelter, seine ungeheure Lust auf harte alkoholische Getränke zu zügeln. Nervös läuft er in seiner kleinen Wohnung umher, tritt gegen Möbel, haut mit den Fäusten gegen die Wände, raucht eine Zigarette nach der anderen, aber nichts kann seinen Schmerz lindern.

Nach wenigen Stunden kann er die Qual nicht mehr aushalten. Wie vom Teufel besessen rennt er zum nächsten Kiosk, kauft sich dort eine Flasche vom erstbesten Whisky. Bereits auf der Straße nimmt er davon einen großen Schluck. Der Whisky wirkt sofort beruhigend auf Manus Gemüt, allmählich findet er seine Ausgeglichenheit wieder.

Zuhause angekommen streckt er sich auf seinem Bett aus. Was wäre die Welt ohne Whisky, denkt er erleichtert. Wenn all diejenigen, die er ohne Zweifel wegen eines heimlichen Schlucks gegen sich aufbringen würde, nur wüssten, welch großes Wunder eine Flasche Whisky bewirken kann! Die ganze Welt kann ihm gestohlen bleiben! All diejenigen, die er durch seinen Suff enttäuschen würde, die haben doch keine Ahnung, was wirklich in ihm vorgeht. Seine Eltern wissen rein gar nichts über seine Gefühlswelt, ebenso wenig wie sein Bruder. Bei seinen Freunden und Bandkollegen ist es genauso. Benjamin hat seit einiger Zeit ein wachsames Auge auf ihn gerichtet, aber außerhalb von Aufnahmen und Auftritten kann er nichts ausrichten. Kein Mensch der Welt hat ihm im Endeffekt vorzuschreiben, was er tun oder lassen soll.

Manu schüttelt alle Zweifel von sich und leert die Whiskyflasche zu zwei Dritteln. Nach seiner langen Trinkpause kann er bereits von dieser Menge nicht mehr klar denken. Seinen Kummer hat der Whisky zwar erfolgreich weggespült, aber sein seelisches und körperliches Gleichgewicht, das er sich mühsam über die letzten zwei Jahre aufgebaut hat, ist mit einem Mal vollständig zerstört. Darum schert er sich jedoch nicht und schläft ein.

Erst als Manu einige Stunden später aufwacht und sich sofort übergeben muss, kehren die grausamen Gedanken zurück. Er hastet zur Toilette, wo er sich erneut übergibt. Sich zu bewegen wagt er nicht mehr, da jede Bewegung einen neuen Brechreiz in ihm auslöst. Was für ein Trauerspiel das hier doch ist, sagt er zu sich selbst, als er matt über der Kloschüssel hängt und schwer atmet. Er ist ein absoluter Taugenichts, versetzt seine Freunde, kriegt nichts auf die Reihe, trinkt wieder übermäßig viel Hochprozentiges, was er nicht mehr zu vertragen scheint und er doch eigentlich niemals mehr anrühren wollte. Und das Schlimmste ist, dass er die Beziehung mit der einzigen Frau kaputtmachte, die ihm je etwas bedeutete. Diejenige, die sein Herz immer noch fest in der Hand hält, aber weiter von ihm entfernt denn je erscheint.

Beim Würgen kommen Manu bittere Tränen. Er sieht sich wieder am Tiefpunkt angelangt, nichts hat sich verbessert, nichts wird sich je ändern. Vielleicht sollte er lieber ganz gehen, wer braucht ihn hier denn noch? Er könnte jetzt bei Sven sein, dann hätte er die beste Gesellschaft, die er sich vorstellen kann.

Nachdem sich sein Magen beruhigt hat, lehnt sich Manu gegen die Wand und massiert sich die Stirn. Tausende von Messerspitzen scheinen darauf eingestochen zu haben. Aber das Messer, das tief in seiner Brust steckt, droht ihn wahrhaftig niederzumetzeln. Es nimmt ihm jegliche Energie, Lebensfreude und Widerstandskraft.

Manu döst in dieser sitzenden Position wieder ein. Sein Kopf knickt bald zur Seite weg, das weckt ihn auf. Sein steifer Nacken schmerzt, doch wenigstens ist ihm weniger übel. Vorsichtig strafft er seine Glieder und steht langsam auf. Die gähnende Leere, die er verspürt, macht ihm bewusst, dass er sich aufgegeben hat. Vielleicht ist es gar nicht mal so schlecht, dass er rückfällig geworden ist, dann muss er nicht mehr ständig auf diesem schmalen Grat zwischen Sucht und Trockenphase wandern. Jetzt hat ihn der Alkohol eben wieder, und den Rest in der Flasche wird er bald auch herunter gespült haben, solange er ihm nur diesen entsetzlichen Liebeskummer vom Hals hält.

Auf zittrigen Beinen begibt sich Manu ins Schlafzimmer und sieht, dass er sich hier auf den Boden übergeben hat. Aber er fühlt sich zu schwach, um sauber zu machen. Seufzend legt er sich ins Bett, gleitet kurz darauf in einen leichten Schlaf.

36

Vier Tage später treffen sich Screaming Gun bei Benjamin zuhause zu einer Besprechung zur bevorstehenden Winter-Tour. Benjamins Frau Silke hat ein paar Häppchen für die Männer vorbereitet. Benjamin und Silke sind seit fast sechs Jahren verheiratet. Sie haben bereits einen dreieinhalbjährigen Sohn, jetzt erwartet die hochschwangere Silke das zweite Kind. Silke kennt Screaming Gun aus der Zeit, als sie noch in den Anfängen standen und Benjamin vor über acht Jahren ihr Manager wurde. Zu jedem einzelnen Bandmitglied hegt sie eine freundschaftliche Beziehung. Sie ist dafür bekannt, Benjamins Schützlinge manchmal voller Hingabe bemuttern zu wollen und nennt sie gerne liebevoll ihre „Chaos-Bande".

Benjamin und Silke genießen es, Frank, Manu, Tom und Mika in aller Ruhe bei sich zuhause zu empfangen, bevor die Hektik der nächsten Tour losgeht. Silke hat die Band zuletzt vor einem Monat gesehen, aber für ein weiteres Konzert ist ihre Schwangerschaft mittlerweile zu weit fortgeschritten, und so freut sie sich umso mehr über den Besuch an diesem Abend.

Tom und Manu brechen als Erste auf, Silke bringt die beiden zur Haustür. Um sich zu verabschieden, umarmt sie zuerst Tom herzlich, der danach aus der Tür ins Freie tritt. Silke wendet sich Manu zu, doch er weicht augenblicklich vor ihr zurück. Beide bleiben unbeweglich in der Tür stehen und starren sich verwirrt an.

Silke: (zaghaft) Manu, alles in Ordnung bei dir? Hab ich dich mit irgendetwas erschreckt? Ich wollte dich nur umarmen.

Manu: (schluckt kurz, nickt) Ich weiß. Tut mir leid.

Silke: (runzelt die Stirn) Geht's dir nicht gut?

Manu: Doch. (blickt sie unsicher an und überlegt, ob er nun einfach gehen soll)

Silke: Es ist doch nicht mein Bauch, oder? (lächelt ihm zu) Hast du Angst, das Baby wird zerquetscht, wenn wir uns umarmen?

Manu: Nein. (kurze Pause) Es ist nichts gegen dich. Ich kann … ich kann's nur grad nicht, okay? Es tut mir wirklich leid. Bis dann, mach's gut.

Manu hebt die Hand zum Gruß, geht dann zum wartenden Tom, die beiden verschwinden in der Nacht. Silke steuert wie mechanisch auf das Wohnzimmer zu, in dem sich Benjamin, Frank und Mika angeregt miteinander unterhalten. Benjamin bemerkt Silkes verstörten Blick. Sogleich steht er auf und ergreift ihre Hand.

Benjamin: Was ist los, Schatz?

Silke: Irgendetwas stimmt mit Manu nicht.

Benjamin: (zieht die Augenbrauen hoch) Das hat Frank auch gerade gesagt.

Frank: (zu Silke) Was ist dir denn aufgefallen? Auch dieses bleiche Gesicht?

Silke: Bleiches Gesicht?

Frank: Ja, er sieht krank aus, benimmt sich aber nicht so. Das ist normalerweise kein gutes Zeichen.

Mika: Das kennen wir nämlich noch aus einer Zeit, in der alles aus dem Ruder lief mit ihm.

Benjamin: Ach komm, seid nicht so pessimistisch, vielleicht geht's ihm wirklich nicht so gut. Er wird wieder gesund.

Mika: Bin nicht pessimistisch, nur realistisch.

Silke: Ihr habt Recht, Manu scheint es tatsächlich nicht gut zu gehen. Ich wollte ihn zum Abschied umarmen, aber er ist direkt vor mir zurückgescheut. Und ich glaube, ich habe eine oder zwei Tränen in seinen Augen gesehen. Was ist mit ihm? Ich mache mir Sorgen.

Mika: Meinst du, der war wegen dir so?

Silke: Er meinte nein, aber ich bin mir da nicht so sicher. Was hab ich heute Abend gesagt, was ihn so traurig gemacht haben könnte?

Benjamin: Schatz, nichts hast du gesagt. Manu war die ganze Zeit total normal zu jedem von uns. Wenn er sagt, dass es nichts mit dir zu tun hat, wird's wohl stimmen.

Silke: Aber was war es dann? Mein dicker Bauch? Den sieht er doch nicht zum ersten Mal, und es schien ihm vorher nie etwas auszumachen.

Benjamin: Wieso sollte es dein Bauch sein?

Silke: Mir kam es so vor. Er hatte totale Berührungsängste, und was bei mir gerade am extremsten ist, ist halt der Bauch.

Frank: Hm, vielleicht … wegen dieser miesen Geschichte damals, als er ungewollt dieses Mädel auf Tour geschwängert hat? Und die dann abgetrieben hat?

Mika: Na, dann hätte er doch bei Silke schon viel früher diese Berührungsängste entwickelt, oder? Guck mal, als wir uns das letzte Mal gesehen haben, wann war das, vor einem Monat oder so, war der Bauch ja auch schon prall. Und da war Manu doch ganz normal, oder? (Silke nickt mit verzagtem Blick)

Benjamin: (legt einen Arm um Silke) Manu war schon immer etwas eigen, mach dir nichts draus.

Silke: (nachdrücklich) Aber nicht in dieser Art und Weise! (leiser) Ich meine ihn zu kennen, vielleicht nicht so gut wie ihr, aber trotzdem. Und dass er krank aussieht, passt ja dazu. Ich mache mir echt Sorgen.

Benjamin: Ich rede morgen mal mit ihm, ja?

Silke: Willst du ihn etwa fragen, warum er mich nicht umarmt hat? Nee, das lässt du lieber, klingt ja total bescheuert.

Benjamin: Nein, ich frage ihn, ob er wieder trinkt.

Silke: (erschrocken) Was?

Benjamin: Nicht so direkt natürlich, aber du weißt genauso gut, wie wir alle hier, dass er ziemlich gefährdet ist.

Silke: Meinst du, dass er deswegen so komisch zu mir war?

Benjamin: (zuckt mit den Schultern) Ich werd's herausfinden.

Frank und Mika blicken betroffen schweigend zu ihnen.

Silke: Scheiße. (legt sich eine Hand auf den Bauch)

Benjamin: (besorgt) Komm, sei nicht so beunruhigt, das ist nicht gut für dich … euch. Am besten legst du dich hin, ja?

Silke nickt, Benjamin hilft ihr auf. Frank und Mika wollen die beiden alleine lassen und verabschieden sich.

***

Benjamin sitzt am nächsten Tag an Manus Küchentisch und blickt ihn ernst an, als er ihm gesteht, dass er wieder trinkt. Manu erklärt ihm ohne Ausschweife, dass er einen Rückfall bekommen hat. Benjamin eröffnet Manu, dass sich Silke große Sorgen um ihn mache, und dass sie Angst habe, sie könnte ihn mit irgendetwas verletzt haben. Manu hat keine Ahnung, wie er sein gestriges Verhalten erklären soll, ohne das Wiedersehen mit Laura und ihre Schwangerschaft zu erwähnen, aber darüber kann er unmöglich reden.

Benjamin bemerkt, dass Manu unglücklich ist und ihn irgendetwas zu quälen scheint, das verantwortlich für seinen Rückfall in den Alkoholismus gewesen sein könnte. Manu stammelt nur, dass er Silke doch schon gesagt habe, dass sie es nicht persönlich nehmen solle. Dann schweigt er, ringt um Fassung. Benjamin möchte nicht weiter in Manus Wunden bohren und wechselt zur bevorstehenden Tour und Manus Trinkproblem zurück.

Benjamin: Dir ist klar, dass ich dich unter Aufsicht stellen muss, wenn wir unterwegs sind?

Manu: Es ist okay, ich krieg das hin. Es wird 'ne gute Tour, das hab ich im Gefühl. (lächelt zuversichtlich)

Benjamin: Dass es dir nicht an Motivation mangelt, weiß ich. Während der Besprechung gestern Abend wart ihr alle voll dabei. Aber was machen wir, wenn du körperlich schlapp machst?

Manu: Mann, ich bin doch keine 60!

Benjamin: Spielt keine Rolle, das weißt du doch selbst.

Manu: Ich bin fit, glaub mir. Ich kann auch 100 Konzerte geben, wenn's sein muss, kein Problem!

Benjamin: (murmelt) Ja, jetzt noch ...

Benjamin weiß, dass sich Manus Zustand schnell verschlechtern wird, wenn sie erst einmal eine Weile unterwegs sind. Auf Dauer wird es viel zu anstrengend werden, auf Tour zu sein und dabei zu trinken. Er denkt daran, dass er es sich noch gut überlegen muss, ob er sich darauf einlassen oder alles abblasen soll. Aber vielleicht sollte er Manu eine Chance geben. Man weiß ja nie, wie die Dinge laufen, und Risiken muss man manchmal eingehen, findet er.

Benjamin: Na gut. Du wirst die Gelegenheit bekommen, mir das zu zeigen. Ich komme morgen übrigens auch zu den Proben. Es gibt da ein paar Unterlagen, die ich vor der Tour noch mit euch durchgehen will. (steht auf) Bis morgen dann.

Manu: Alles klar. Bis morgen.

Benjamin nickt ihm kurz zu, verlässt dann die Wohnung.

37

Kurz vor dem zehnten Konzert im Rahmen der sechzehntätigen Winter-Tour stehen Frank und Manu in der Garderobe und ziehen sich für die Show um. Manu tauscht seinen Pullover mit einem T-Shirt. Frank stockt, als er sieht, dass sich die undefinierbaren Wunden auf Manus Unterarm vermehrt haben. Schon vor wenigen Tagen sind ihm dort Rötungen aufgefallen, er dachte sich jedoch nichts dabei. Manu könnte sich in seinem letzten Rausch verletzt haben, vermutete er, vielleicht ist er gegen eine Wand gerannt oder hat beim Rasieren mit der Klinge nicht aufgepasst. Jetzt macht es auf ihn jedoch den Eindruck, als hätte Manu sich die Verletzungen aus purer Absicht selbst zugefügt. So oft kann er sich nicht aus Versehen geschnitten oder gerammt haben, das hält Frank für unmöglich. Kurzerhand spricht er Manu darauf an.

Frank: Oh Mann, was hast du denn da am Arm?

Manu: (verwundert) Wo? (sieht an sich herunter)

Frank: Da, am linken Unterarm, du hast da ganz schön viele Wunden.

Manu: (gleichgültig) Ach so. Nichts Schlimmes. Tut gar nicht weh.

Frank: Sieht aber nicht so aus. Bist du hingefallen?

Manu: Nö. (nimmt einen Schluck aus seiner Bierflasche) Bah, schon warm geworden, die Plörre, so eine Scheiße!

Frank möchte Manu nicht mit seiner schlimmsten Vermutung konfrontieren. Er nimmt an, dass sich Manu die Arme absichtlich aufritzt. Ihm ist bekannt, dass manche Leute das tun, um heftigen emotionalen Druck und schlimme Depressionen auszuhalten.

Frank: Oder hat dich jemand überfallen?

Manu: Quatsch. Mann, jetzt nerv' nicht! Das ist nix, hab ich doch schon gesagt!

Manus gereizter Ton lässt Frank verstummen. Er hat ein unwohles Gefühl, was Manus Gemüt und Gesundheit angeht. Alle wissen, dass er wieder trinkt und Pillen nimmt, aber wenn er jetzt noch anfängt, sich selbst aufzuschlitzen, ist das ein weiteres Alarmzeichen, dass er langsam nicht mehr bei Sinnen ist. So etwas zu tun wäre aber überhaupt nicht seine Art, findet Frank, dafür kennt er ihn gut genug. Trotzdem wird seine Furcht so groß, dass er sich unbedingt Klarheit verschaffen muss.

Frank: Gut, machen wir einen Deal. Ich hab noch eine Frage, die du mir hundertprozentig ehrlich beantwortest, danach lass' ich dich mit dem Thema in Ruhe. Na, was sagst du?

Manu: (winkt lässig ab) Meinetwegen. Wenn du unbedingt willst.

Frank: Ja, ich will. Hier ist meine Frage, pass auf. (Manu hebt den Blick) Schlitzt du dir absichtlich die Arme auf? Sollen die Wunden von irgendeinem anderen Schmerz ablenken?

Manu: (erstarrt kurz, muss dann auflachen) Aufschlitzen? Hör mal, bin ich ein verrückt gewordener Teenager, der sich in Selbstmordgedanken verliert und alle darauf aufmerksam machen will, dass er leidet?

Frank: Ja, mehr oder weniger war das meine Frage. Und?

Manu: Also echt, Frank. (lacht wieder) Aus dem Alter bin ich doch wohl raus, oder?

Frank: Weiß ich doch nicht, es gibt bestimmt auch Erwachsene, die das tun!

Manu: Nee, ich tu das nicht. (schüttelt den Kopf) Ganz sicher nicht. (lächelt Frank amüsiert an) Aber die Frage war nicht schlecht.

Frank: (irritiert) Du hältst das wohl für ein Spiel, was? Junge, ich mach mir ernsthaft Sorgen, und du lachst dir einen ab! Bist du bescheuert, oder was?

Manu: (haut ihm auf den Rücken) Danke für deine Sorge, aber sie ist unnötig. Komm, lass uns gehen, gleich geht's los. (zieht ihn Richtung Bühnenaufgang)

***

Die Tour verläuft insgesamt ohne Zwischenfälle. Manu bleibt stabil, niemand hat ihm etwas vorzuwerfen. Kurz nach Tourende Mitte Januar offenbart sich jedoch ein bandinterner Skandal.

Nach dem letzten Konzert der Tour kehren Screaming Gun nach Kassel zurück. Manu, Frank, Mika und Tom räumen den Tourbus auf, packen ihre Sachen zusammen. Einer nach dem Anderen wird zuhause abgesetzt. Tom, Benjamin und der Busfahrer Helmut sind die drei letzten im Bus.

Als Helmut den Bus Richtung Toms Wohnung steuert, sucht der nach einem T-Shirt, dass er noch vermisst und unter seiner Schlafstätte vermutet. Während sich der Bus in den Straßenbiegungen windet, krabbelt Tom unter sein Bett. Ein langer Gegenstand aus Plastik rollt ihm in die Hand, als er nach seinem T-Shirt greift. Er holt beides hervor und setzt sich auf sein Bett. Der unverhoffte Fund macht ihn kreidebleich. Benjamin, der neben Helmut sitzt, wird bald darauf aufmerksam, dass Tom unbeweglich auf seinem Bett einen Gegenstand in seiner Hand anstarrt.

Benjamin: (ruft Tom zu) Hey Tom, in zwei Minuten bist du zuhause! (Tom reagiert nicht) Tommy! Hey! Wie heißt deine Straße nochmal genau?

Tom: (blickt langsam hoch, dreht Benjamin sein Gesicht zu) So eine Riesenscheiße.

Benjamin: Mensch, hast du ein Gespenst gesehen? Was ist passiert? (legt seine Stirn in Falten, erhebt sich vom Beifahrersitz, kommt auf ihn zu) Alles in Ordnung bei dir?

Tom: (schluckt, hebt seine Hand mit einer Spritze und Nadel hoch) Das hab ich grad unterm Bett gefunden. (Benjamin starrt wortlos darauf) Junkiebesteck. Ich erkenne das ganz genau. Ein alter Freund von uns hatte sowas immer, der ist daran krepiert. Sven, du erinnerst dich bestimmt an ihn. Und jetzt finde ich das hier im Bus, das ist sicher …. (verstummt)

Benjamin: (setzt sich neben ihn) Manu, stimmt's?

Tom: Ich kann's mir bei keinem anderen vorstellen.

Benjamin: (ballt die Fäuste) Das kann nicht wahr sein.

Tom: (hastig) Oder es waren irgendwelche Typen, die wir mal hier drin hatten, kurz vor einer Show oder danach!

Benjamin: Hier war doch keiner drin, und wenn, dann nur kurz. Ich hab extra darauf aufgepasst, dass wenigstens der Tourbus von jeglichen Exzessen verschont bleibt. Nein, es war einer von uns. Und wir wissen, wer.

Tom: (schlägt sich die Hände vors Gesicht) Gottverdammte Scheiße, wieso macht er dieselbe Kacke wie Sven damals? Ich will nicht nochmal einen Freund auf diese Art und Weise verlieren! Dieser verdammte Idiot, das kann ich einfach nicht glauben!

Benjamin: Hey, bleib mal ruhig. Ich werde ihn darauf ansprechen, und dann sehen wir, was wir tun können.

Tom: (bemerkt, dass Benjamin trotz seines zuversichtlichen Tons erschüttert wirkt, verzweifelte Wut steigt ihn ihm auf) Ich dreh' ihm den Hals um, wie kann er uns das antun! Wie kann er sich selbst sowas antun! Hat er aus Svens Schicksal überhaupt nichts gelernt? Alkohol ist ja schon schlimm genug, aber Heroin ist das schnellste Ende, das es gibt! Und wieso haben wir alle nichts gemerkt?

Benjamin: Woher sollten wir denn wissen, von was er gerade high war? Ist doch klar, dass wir dachten, es wäre vom Alk oder den üblichen Pillen gewesen, die er immer nimmt. An Heroin hat da natürlich keiner gedacht, damit hat er doch noch nie was am Hut gehabt! (Tom massiert sich fassungslos die Stirn, kneift die Augen zu) Morgen gibt's eine Bandkonferenz, die zwinge ich jedem von euch auf, egal was für Pläne ihr habt, das ist scheißegal. Wir brauchen Gewissheit, und jeder muss Klartext reden. Vielleicht wusste ja sogar jemand davon?

Tom: Was? Du meinst, es gab Eingeweihte, die dichtgehalten haben?

Benjamin: Das werden wir morgen sehen. Ich rufe euch später alle an und geb' den Termin durch, wahrscheinlich wird's auf morgen Nachmittag hinauslaufen. (klopft ihm auf die Schulter) Versuch, dich bis dahin zu entspannen und erzähl's bitte nicht rum, ja? (der Bus hält an) Wir sind da, glaub' ich.

Tom: (rafft seine Tasche auf) Ich bin echt fertig mit den Nerven.

Benjamin: Tust du mir den Gefallen und rufst die Anderen nicht an, vor allem Manu nicht? Ich will keine Pferde im Vorfeld scheu machen.

Tom: Boah, da verlangst du was von mir! Na gut, hast wahrscheinlich Recht.

Benjamin: Wenigstens bist du jetzt zuhause.

Tom: (murmelt) Hm …

Er verabschiedet sich von Helmut und Benjamin, tritt aus dem Bus und trottet auf das Gebäude zu, in dem seine Wohnung liegt.

***

Zum Unverständnis und Ärgernis der Bandmitglieder finden sie sich am nächsten Tag, wie von Benjamin angeordnet, bei ihm zuhause ein. Tom weiß, dass er der Einzige von ihnen ist, der den Grund für die Versammlung kennt. Mika beklagt sich, dass er eigentlich seiner Mutter versprochen hat, sie zu besuchen. Frank und Manu hatten keine Pläne, zeigen sich jedoch desinteressiert. Tom spricht mit niemandem, blickt zu Manu und kann seine Emotionen kaum in den Griff bekommen. Einerseits würde er ihm am liebsten an die Kehle springen und ihm kräftig eine verpassen, so dass er vielleicht wieder zur Vernunft kommt. Andererseits ist noch nicht bewiesen, dass wirklich er derjenige war, der Heroin im Tourbus gespritzt hat. Manu macht einen nüchternen und klaren Eindruck. Er verheimlicht es hingegen nicht, dass es ihm nicht passt, von Benjamin hierher beordert worden zu sein.

Benjamin wirkt gefasst, als er die Band ins Haus bittet. Silke ist nicht zuhause, er hat dafür gesorgt, dass sie von dieser Angelegenheit nichts mitbekommt.

Der Grund der Versammlung würde sie viel zu sehr aufwühlen, und so kurz von der Geburt des Kindes könnte dies ungewisse Folgen haben. Er versorgt Frank, Mika, Manu und Tom mit Getränken.

Tom versucht, einen Blick mit Benjamin auszutauschen, doch der vermeidet den Blickkontakt mit ihm. Er muss wohl selbst seine Fassung wahren, schätzt Tom. Benjamin setzt sich, sieht jeden von ihnen nacheinander eindringlich an.

Benjamin: So, jetzt hört mir gut zu. Normalerweise lass' ich euch in Frieden, wenn ihr Urlaub habt, das wisst ihr ja hoffentlich. Trotzdem, es gibt da etwas, was unbedingt klargestellt werden muss. Wir haben nämlich einen ziemlich gespenstischen Fund im Tourbus gemacht und wollten wissen, was es damit auf sich hat.

Hier macht Benjamin eine kurze Pause, vier Augenpaare ruhen auf ihm. Jegliches Desinteresse, jeglicher Frust ist aus den Gesichtern der Männer gewichen. Mika, Frank und Manu sehen ihn abwartend und aufmerksam, Tom hingegen mit großem Unbehagen an.

Benjamin: (geht zu einer Schublade, aus der er die Spritze mit der Nadel holt, setzt sich wieder und hält sie gut sichtbar für alle vor sich hin) Tom hat das hier im Tourbus auf dem Boden gefunden. Kann da jemand was zu sagen?

Mika: (kneift die Augen zusammen) Willst du uns verscheißern, Bennie? Das ist ´ne Heroinnadel!

Benjamin: Allerdings ist das eine. Und es ist mein voller Ernst. Also? Hat irgendwer damit was zu tun? (blickt einen nach dem Anderen an)

Tom wagt es kaum, den Kopf zur Seite zu drehen, um die Reaktionen seiner Freunde abzuschätzen. Benjamin sieht, dass Tom erneut von Emotionen übermannt wird. Frank wirkt erschrocken, Manu in Gedanken vertieft. Mikas Blick ist immer noch ungläubig.

Mika: (zu Tom) Das hast du gefunden? Im Tourbus?

Tom: (räuspert sich kurz) Ja, genau. Das muss von einem von uns stammen, wir hatten ja eigentlich niemanden als Gast da drinnen.

Mika: Spinnst du? (nervös) Von uns nimmt das doch keiner, also echt … was soll der Scheiß?

Benjamin: (blickt zu Frank und Manu) Wisst ihr irgendetwas? (Frank starrt ihn nur weiter an, Manu nickt leicht)

Manu: (leise) Ich glaub', das ist meine.

Mikas Mund klappt auf, er blickt entgeistert zu Manu. Benjamin nickt Manu wenig überrascht zu und wartet, ob er dem noch etwas hinzufügt. Tom sieht auf den Boden und muss wieder an sich halten, seine Verzweiflung nicht in groben Gesten gegenüber seinem Freund zu zeigen. Frank wendet sich mit fassungslosem Blick an Manu.

Frank: Ich wusste doch, dass mit dir irgendwas im Gange war. Diese Wunden am Arm, das war doch nicht mehr normal. Bist du denn von allen guten Geistern verlassen? Es ist unfassbar, ich … (verstummt)

Benjamin: (zu Frank) Du wusstest es?

Frank: Nein, von Heroin wusste ich nichts. Aber dass Manu anders war als sonst. Und er hatte diese Wunden am Arm, habt ihr das denn nicht gesehen?

Alle sehen sich ratlos an. Sie haben Manus Wunden entweder nicht registriert oder als normal empfunden. Niemand hat sich Fragen gestellt, selbst Benjamin nicht.

Benjamin: (zu Manu) Zeigst du sie uns mal?

Manu: (zuckt zusammen) Warum? Die … äh … sind mittlerweile verheilt. (erhebt die Stimme) Regt euch ab, ich nehm' das Zeug schon längst nicht mehr. Es ist nicht für mich gemacht, ich brauch' es nicht.

Tom: (erhitzt zu Manu) Erinnerst du dich an Sven, ja? Man könnte meinen, du bist so doof, dass du nichts dazugelernt hast! Willst du genauso enden wie er? Reicht es nicht, dass einer von uns daran zugrunde gegangen ist?

Manu: (springt sichtlich erregt auf) Lass Sven aus dem Spiel, Mann! Er kann nichts dafür!

Tom: (springt ebenfalls auf) Er ist tot, Manu! Und zwar durch diese Scheiße, die in dieser Nadel steckte und die dich auch noch umbringen wird! Du blöder Idiot, wir wissen doch genau, wo das hinführt, Sven hat uns das gezeigt!

Manu: (ergreift grob Toms Schultern) Noch ein Wort von Sven und ich brech' dir die Nase!

Frank, Mika und Benjamin sind der Auseinandersetzung mit entsetzten Blicken gefolgt und können es nicht mehr verhindern, dass sich Manu und Tom gegenseitig angreifen und ins Gesicht schlagen. Frank macht einen Satz und packt Manu, der sich von ihm wie ein wildes Tier losreißt. Ihn haben sein aufgestauter Frust, seine Verzweiflung und Hilflosigkeit unberechenbar gemacht. Manu und Tom bluten bereits, setzen dennoch zu einer weiteren Attacke an. Benjamin versucht, Tom zu bändigen. Tom scheint nicht so wild wie Manu und ist leicht unter Kontrolle zu bringen. Frank packt Manu erneut, der daraufhin aufbrüllt und ihn mit Ellenbogenhieben von sich abzuwimmeln versucht. Frank ist kräftiger als Manu, er hält ihn fest in seinen Armen. Manu kann sich kaum noch bewegen, bäumt sich in verzweifelter Wut noch einmal auf und fällt dann in sich zusammen.

Tom und Benjamin blicken verwirrt zum resignierten Manu, der ohne Widerstand in Franks Armen hängt. Tränen laufen seine Wangen herunter, und Frank hat Mühe, die eigenen zurückzuhalten. Es geht ihm unsagbar nahe, hautnah erleben zu müssen, wie viel Schmerz in Manu steckt. Er spürt ihn sogar zittern. Mika legt tröstend eine Hand an Manus Kopf. Manu reagiert darauf nicht. Mika beginnt, ihm leicht über die Haare zu streichen. Frank lockert seinen Griff um Manu, aber lässt ihn nicht los. Manu scheint jegliche Körperkraft verloren zu haben. Frank befürchtet, dass er hinfällt, sobald er ihn nicht mehr festhält. Er bringt ihn zum Sofa und legt ihn hin. Benjamin und Tom reden leise miteinander, Mika stellt sich zu Frank.

Mika: (flüstert) Manu wird verrückt. Total den Verstand verloren hat der.

Frank: (schluckt, flüstert zurück) Man muss nur einen wunden Punkt von ihm berühren, und er rastet komplett aus. Sobald Tom Svens Namen erwähnt hat, war es aus.

Mika: Wieso tut er das alles?

Frank: Was denn?

Mika: Sich mit der schlimmsten Droge überhaupt vollzudröhnen, obwohl er seinen besten Freund durch dieses Teufelszeug verloren hat.

Frank: (bewegt) Ich weiß es nicht.

Manus Atmung wird ruhiger. Er macht Anstalten, sich wieder aufzurichten, Frank hilft ihm dabei. Frank und Manu sehen sich unbeweglich an, keiner der beiden sagt etwas. Mika hockt schweigend neben Frank, starrt in Manus blut- und tränenverschmiertes Gesicht.

Frank: (leise) Manu, stimmt es, was du sagst? Hast du wirklich aufgehört mit Heroin? Hundertprozentig?

Manu zeigt keine Reaktion, senkt dann seinen Blick, hebt ihn wieder und nickt. Mika und Frank glauben ihm. Manu ist niemand, der etwas verheimlicht, wenn er direkt danach gefragt wird. So, wie er es nie verleugnet hat, dass er trinkt, hat er auch zugegeben, dass er Heroin gespritzt hat. Frank hilft ihm vom Sofa auf, auch Mika richtet sich wieder auf. Benjamin und Tom sind auf sie zugekommen.

Tom: (leise, bebende Stimme) Manu ... es tut mir leid. (zaghaft) Bist du okay, Kumpel?

Manu: Hm ... (nickt)

Tom sieht Manu an, dass er ihm nicht mehr böse ist, er sieht vielmehr unglaublich erschöpft und niedergeschlagen aus. In ihm geht es drunter und drüber, und Drogen verschlimmern seinen Zustand zusätzlich, das ist jedem von ihnen klar. Es ist einer der intensivsten bandinternen Momente, den sie jemals erlebt haben. Alle Probleme, die sich auf Tour und in den Wochen davor aufgestaut haben, sind an diesem Abend offengelegt worden. Für jeden einzelnen von ihnen ist es schwierig, sich dieser ernsten Krise zu stellen. Jetzt gilt es zu überlegen, ob Screaming Gun unter diesen Umständen weitergeführt werden kann. Im Grunde sind Frank, Manu, Mika, Tom und Benjamin für das Fortbestehen der Band. Keiner von ihnen kann sich vorstellen, dass es vorbei sein soll.

38

Die Band rafft sich bei weiteren Besprechungen wieder zusammen. Manus Kreativität bekommt neuen Schwung, der die anderen Bandmitglieder mitreißt. Screaming Gun veröffentlichen bereits im Sommer ein neues Album.

Bei der anschließenden Tour treffen Screaming Gun alte und neue Fans. Während dieser Tour hat die Band viel Spaß und fühlt sich in besonders guter Gesellschaft. Andererseits werden tagtäglich die Probleme sichtbar, die sie auseinanderzureißen drohen. Sie streiten untereinander und mit Benjamin immer öfter um Geld, das Bandmanagement oder kreative Angelegenheiten.

Gleichzeitig trinkt Manu derart exzessiv, dass er für manche Konzerte nicht mehr genug Energie aufbringen kann und somit abgesagt werden müssen. Das führt zu Spannungen zwischen ihm, Benjamin und den restlichen Bandmitgliedern. Mika beginnt, Manu zu misstrauen. Frank greift selbst immer öfter zur Flasche, um sich zu beruhigen oder abzulenken.

Tom verärgert jeden durch sein offenkundiges mangelndes Interesse, weiterhin in der Band zu spielen. Er droht mehrmals, die Tour und die Band zu verlassen, kann aber immer davon überzeugt werden zu bleiben. Manu vergräbt sich mal im Tourbus und möchte niemanden sehen, mal ist er kontaktfreudig und mischt sich unter Fans und Bekannte der Band. Frank gesellt sich oft dazu. Mit Frank versteht sich Manu noch am besten angesichts der Spannungen, die jedem Bandmitglied die Nerven rauben.

Zum ersten Mal seit der zufälligen Begegnung mit Laura ein halbes Jahr zuvor schaut Manu auf dieser

Tour Frauen wieder mit Wohlwollen an. Er hatte jegliches Interesse an ihnen verloren, seine sexuelle Lust war nicht mehr vorhanden. Alkohol und Drogen bestimmten seinen Alltag zu dieser Zeit vollständig. Frauen beachtete er nicht, es sei denn es handelte sich um seine Mutter, eine gute Freundin oder eine Freundin von jemand anderem.

Nun aber regt sich wieder Neugier in ihm, als er Frank mit einer wohlgeformten Brünette reden sieht. An diesem Abend tummeln sich viele Frauen im Backstagebereich. Diese Frauen kommen nicht nur wegen der Musik, das ist ihm klar. Reizende Gesichter und Augenpaare ruhen auf ihm und möchten mit ihm in Kontakt treten. Er selbst begreift es kaum, dass ein verlebter 35-Jähriger, wie er, noch so viel Aufmerksamkeit von Frauen erhält. Dann kann er ja doch nicht so schlimm aussehen. Vielleicht sollte er einfach nicht mehr in den Spiegel schauen und sich dabei fragen, was sie wohl noch an ihm finden könnten.

Manu geht die Gespräche mit den Konzertbesuchern locker und gut gelaunt an. Sympathische Leute machen es ihm leicht, er selbst zu bleiben. Wer ihn für einen abgefuckten Drogenheini hält, kann sich verpissen, es ist ihm sowas von scheißegal, denkt er bei sich.

Im nächsten Augenblick lächelt er einer jungen Frau mit kurzen schwarzen Haaren, Piercings und Tattoos zu, die mit einem kecken Blick auf ihn zukommt. Sie heißt Esther und ist die erste Frau in diesem Jahr, die ein körperliches Verlangen in ihm auslöst. Esthers ausgefallenes Aussehen gefällt Manu auf Anhieb. Es dauert nicht lange, bis er mit ihr zu ihrem parkenden Auto geht, wo sie übereinander herfallen. Nachdem er ihren Slip heruntergezogen hat, entdeckt er entsetzt, dass sich Esther den Intimbereich zugepierct hat. Sie lacht und sagt ihm, dass derjenige, der es schafft da durchzukommen, sie auch wirklich verdient habe. Manu weiß nicht, was er sagen soll. Früher hätte er über so einen verrückten Einfall gelacht, aber nun ist ihm danach überhaupt nicht zumute. Obwohl er erhitzt ist, zieht er sich die Hose wieder hoch und sucht das Weite. Esther ist ihm nicht mehr geheuer. Er wollte doch einfach nur normalen Sex, nichts Weltbewegendes. Sein Wunsch, diese Nacht alleine zu sein, drängt sich ihm wieder auf. Er lässt die vor Wut und Enttäuschung kreischende Esther zurück und verschwindet im Tourbus, wo er sich ein paar Flaschen Bier widmet.

Frank und Mika bringen wenig später ein paar Frauen mit in den Tourbus. Tom kommt hinzu und schnappt sich eine von ihnen, die er bereits näher kennt. Er behauptet, dass er mit ihr saufen wolle, aber sie zieht ihn fest an sich heran und fasst ihm in den Schritt. Frank legt ein paar Kondome auf den Tisch, zwinkert dann der adretten Blondine zu, die sich an ihn schmiegt.

Manu ist unschlüssig, ob er überhaupt Gesellschaft möchte. Im nächsten Augenblick findet er sich zwischen zwei Frauen wieder, mit denen er sich früher am Abend bereits unterhalten hat. Eine von ihnen zieht sein T-Shirt hoch, die andere kippt einige Tropfen Bier über seinen Bauch, beugt sich hinunter und leckt sie auf, saugt dabei an seiner Bauchfalte. Die zweite Frau küsst seine Brustwarzen. Eine Welle des Genießens packt ihn. Er spürt feste Schenkel und Pobacken über sich und kann nicht mehr erkennen, welche der beiden Frauen er gerade anfasst. Überall scheinen Brüste, Lippen und stramme Frauenhinterteile zu sein. Auf seiner Haut spürt er Hände, Zungen und heißen Atem.

Neben sich vernimmt er auf einmal ein dumpfes Geräusch, Tom und seine Bekannte wälzen sich nackt auf dem Boden. Manu dreht den Kopf zur anderen Seite und sieht Frank mit freiem Oberkörper, den ein paar Frauenhände packen und auf seine Koje zerren. Mika sitzt mit geschlossenen Augen auf der Rückbank am hinteren Ende des Busses, eine leicht bekleidete Frau kniet vor ihm und zieht ihm die Hose herunter. Es ist nicht zu fassen, denkt sich Manu, es ist tatsächlich eine richtige Orgie im Gange! So etwas ist bei ihnen noch nie so extrem vorgekommen. Er selbst hat ein halbes Jahr mit keiner Frau mehr geschlafen, und jetzt wird er gleich von zwei Frauen beglückt, das findet er sensationell. Er lässt sich von ihnen ausziehen und spürt ihre nackten Körper dicht an sich. Das Gefühl, von mehreren Frauen überfallen zu werden, ist neu für ihn, aber es gefällt ihm, er findet es aufregend und reizvoll.

Als die Nacht voranschreitet, stehlen sich die Frauen nach und nach aus dem Tourbus. Mika unterhält sich mit einer von ihnen, Frank und Tom sind eingeschlafen. Manu liegt in Gedanken versunken auf seiner Koje. Er wundert sich über die gerade zu Ende gegangene Orgie. Es war bemerkenswert, dass sich seine zwei Gespielinnen trotz heißer Gelüste eines Kondoms für ihn bedient haben. Am seltsamsten war jedoch, als er sah, wie seine Bandkollegen nur wenige Meter von ihm entfernt ebenfalls von Frauen verschlungen wurden. Bis jetzt galt immer die unausgesprochene Regel, sich gegenseitig alleine zu lassen, wenn jemand mit einer Frau zugange war. Dass sich so eine Party hier überhaupt abspielen konnte, zeigt eindeutig, dass Benjamin die Dinge nicht mehr im Griff hat. Normalerweise sorgt er dafür, dass im Tourbus die Privatsphäre der Band nicht verletzt wird und nicht jeder Besucher Zutritt hat.

39

Nach dem Konzert in Paderborn eine Woche später, als Manu mit einigen Fans spricht, erblickt er Martha, Sophie und Sonja in seiner Nähe. Die drei arbeiten bei einer Lokalzeitung im Kasseler Raum und haben mit ihm zu Beginn dieser Tour ein Interview geführt. Seitdem sind sie zu zwei Konzerten von Screaming Gun gekommen. Sie scheinen recht jung zu sein, Manu schätzt sie auf gerade mal Anfang Zwanzig. Jede von ihnen ist in seinen Augen ein wahres Prachtstück. Martha ist extrovertierter als Sophie und Sonja. Deswegen war sie es, der Manu das letzte Mal anbot, mit ihm ins Bett zu gehen, als er betrunken war und nicht mehr wusste, was er sagte. Seitdem sieht sie ihn seltsam an und hält sich von ihm fern. Mit Sophie und Sonja hingegen hat er bei deren vorigem Konzertbesuch vor wenigen Tagen viel gelacht, das hat er noch gut in Erinnerung. Er entsinnt sich auch, dass er die beiden süß und amüsant fand. Die dunkelblonde Sophie löste mit ihren vollen Brüsten und wulstigen Lippen ein großes körperliches Begehren in ihm aus, das er anschließend an einer Frau auslebte, an die er sich kaum noch erinnert. Sonja ist zurückhaltender, ihre Schönheit von einer unschuldigen und umwerfenden Art. Ihre kristallklaren blauen Augen, umrahmt von junger zarter Haut und langen dunkelbraunen Haaren, wirkten auf ihn bereits während des Interviews hypnotisierend.

Manu stellt sich zu den jungen Frauen, begrüßt jede von ihnen mit einer Umarmung. Martha scheint ihm seinen Fehltritt verziehen zu haben, auch sie scheint erfreut zu sein, dass er ihnen Gesellschaft leistet. Sonjas Augen strahlen Manu an. Ihr Blick verwirrt ihn, aber er fasst sich und bietet ihnen Flaschen aus den Bierkästen an, die für die Band bereitstehen. Er gibt sich zuvorkommend und gut gelaunt, sein Charme schindet großen Eindruck auf diese blutjungen Schönheiten, das merkt er.

Ein kurzes Gespräch ergibt sich, dann nehmen ihn zwei ihm gut bekannte männliche Fans in Beschlag, die ihm zwei Flaschen Whisky besorgt haben. Benjamin duldet auf Tour nur noch Bier und keinen harten Alkohol mehr, deswegen freut sich Manu umso mehr über das Geschenk. Er möchte den Whisky mit den beiden Geschenkgebern Jörg und Christoph, außerdem mit Martha, Sonja und Sophie leeren. Alle von ihnen nehmen seine Einladung an. Zum Trinken gehen sie hinter der Konzerthalle nach draußen. Dort wird es Benjamin eher nicht mitbekommen, dass Whisky im Umlauf ist.

Jörg und Christoph freuen sich über die Gesellschaft der drei attraktiven Frauen. Sie und Manu werden schnell betrunken. Nach einer Weile schließen sich Jörg und Christoph Martha an, die versuchen möchte eine Toilette zu finden, und entfernen sich mit ihr. Manu sitzt zwischen Sonja und Sophie auf dem Boden, legt seine Arme um beide, drückt sie an sich heran. Sophie behagt es nicht, dass Manu betrunken ist, sie löst sich von ihm. Sonja dagegen macht es nichts aus. Sie kann Manu allmählich etwas einschätzen. Zwar trifft ihn erst zum dritten Mal, hat aber das Gefühl, dass es ihm nicht gut geht. Er pendelt von einem Extrem ins nächste, scheint ihr.

Sie erinnert sich, dass er während des Interviews manchmal für Sekunden abdriftete und in tiefe Gedanken versunken vor sich hinstarrte, bevor er sich wieder fasste und sich sein Blick erneut auf seine Gesprächspartnerinnen fokussierte. Bei manchen Fragen wich er aus, andere beantwortete er bereitwillig. Sie hat schon einige Musiker für Interviews getroffen. Viele waren high, verrückt, überdreht oder sogar arrogant. Bei niemand anderem als bei Manu hat Sonja jedoch dieselbe Faszination verspürt. Er ist nach ihrem Geschmack immer noch gutaussehend, aber im Vergleich zu früher sieht er mitgenommen und unglücklich aus. Sie hat sich im Vorfeld des Interviews mit Manu über Screaming Gun informiert und ist dabei auf ältere Bilder der Band gestoßen. Die auffallende Attraktivität von Manu auf diesen Bildern hat sie erstaunt. Als sie ihn schließlich vor sich hatte, sah sie ihm an, dass er tatsächlich älter geworden und von Drogen gezeichnet war, aber seine Art zu sprechen und zu lachen hat für eine angenehme Atmosphäre gesorgt. Er hat sie und ihre Kolleginnen jederzeit als gleichwertige Gesprächspartner angesehen, war dabei bescheiden und freundlich, keineswegs arrogant.

Manus Trunkenheit macht Sonja, im Gegensatz zu Sophie, nun keine Angst. Aufmerksam beobachtet sie, wie er mit dem Zeigefinger Linien in den staubigen Boden malt. Er hat den anderen Arm immer noch um ihre Schulter geschlungen. Plötzlich haut er mit der Faust auf die Linien. Sein Blick ist dabei fest, er presst die Lippen zusammen. Sonja beschwichtigt ihn, indem sie eine Hand auf seine legt und sie an sich heranzieht. Sie umgreift seine Finger mit ihren. Sonjas zarte Berührungen lassen Manu erstarren. Wie sich richtige Zärtlichkeit anfühlt hat er schon völlig vergessen. Sonja bemerkt, dass ihn etwas beschäftigt, und dass seine Sorgen in seinem angetrunkenen Zustand die Oberhand gewinnen. Sie schweigt, blickt ihn an und streicht weiterhin über seine Hand. Was alles in diesem Mann verborgen liegt! Wenn sie ihn nur ein wenig öffnen könnte, könnte sie ihm vielleicht helfen. Das würde sie so gerne, er scheint verloren in Schmerz und Einsamkeit zu sein. Aber es sind nur Vermutungen, vielleicht ist es ja auch etwas ganz Anderes, das ihn quält? Was immer er auch für Probleme hat, sie spürt eine große Bereitschaft, ihm zu helfen. Doch würde er es ihr überhaupt erlauben, dass sie ihm hilft? Er scheint zwar nicht abweisend, aber Männer reden meist ungern über die Gründe ihrer Traurigkeit, das wird bei Manu nicht anders sein.

Sonja: (leise) Alles klar, Manu?

Manu: Hm. (blickt ihr direkt in die Augen) Du bist wunderschön.

Sonja: (verlegen) Danke.

Es wird nach Manu gerufen. Sonja blickt in die Richtung des Rufens, dann wieder zu ihm. Sie halten sich die Finger immer noch umschlungen.

Sonja: Da sucht dich jemand. Soll ich dich zum Tourbus bringen, oder bleibst du noch hier?

Manu: (lächelt verspielt) Du bringst mich? Wow, das klingt ja super!

Sonja: Ja, wenn du willst. Und Sophie auch, die ist noch hier.

Manu: Nein, nur du. (intensiver Blick)

Sonja: (nervös durch den Blick) Äh … na gut. Dann komm. (stellt sich auf, zieht ihn hoch, er überragt sie um fast einen Kopf, als sie stehen) Na also, geht doch.

Manu: Wo müssen wir denn lang?

Sonja: (lacht) Wenn du den Tourbus von hier aus nicht siehst, ist es eine gute Entscheidung gewesen, nicht alleine zu gehen.

Manu und Sonja setzen sich in Bewegung. Martha, Jörg und Christoph kehren in diesem Moment von der Toilette zurück.

Martha: (ruft Sonja nach) Aber dass du sofort wiederkommst, meine Liebe, nicht mit einem Rockstar abhauen hier! Wir fahren gleich nach Hause!

Sonja: (genervt) Jaja, schon gut! (seufzt, leise) Die ist echt total doof, die Tussi.

Manu: Es gibt viele doofe Leute.

Sonja: Da hast du Recht. (gelangen zum Tourbus) Schaffst du den Rest alleine?

Manu: (grinst) Nee, ich glaub' nicht. Ich brauch' noch 'ne Fußmassage, ein heißes Bad und eine Wärmeflasche, wäre das machbar?

Sonja: (boxt leicht in seine Seite) Jetzt bist du derjenige, der doof ist.

Manu: (lacht kurz) Na gut, aber … (zieht sie an sich heran) Wie wär's denn mit einem Kuss?

Sonja: Ähm, okay. (drückt ihm einen schüchternen, kurzen Kuss auf die Wange) Jetzt muss ich gehen.

Manu: (bemerkt ihre Schüchternheit, die in ihm zarte Zuneigung auslöst) Ich bin aber auch noch dran, bevor du gehst. (Sonja blickt ihn unschlüssig an, Manu küsst kurz und sanft ihre Lippen, beugt sich dann wieder zurück und lässt sie los, flüstert) Gute Nacht. Ich hoffe, wir sehen uns wieder.

Sonja: (nervöses Lächeln) Ja, ich glaube schon. Wenn du das willst, gerne.

Manu: (nickt) Du bist immer herzlich willkommen. Wenn du vor einem Konzert vorbeikommst, können wir dich noch auf die Gästeliste setzen.

Sonja: (strahlt ihn an) Dann komme ich nochmal. (tritt einen Schritt zurück, hebt die Hand) Bis bald.

Manu lächelt ihr zu und sieht ihr nach, als sie sich umdreht und zurück zu ihren Freundinnen geht. Eine bildhübsche, zuckersüße Frau ist sie wirklich. Sie gefällt ihm besser als je zuvor, aber er ist weit davon entfernt, sich auf eine Frau einlassen zu wollen. Tiefe Gefühle haben ihm großes Unglück gebracht. Am besten sollte man sie gleich außen vorlassen, findet er, dann bleibt alles unkompliziert.

Manu tritt in den Tourbus und sieht, dass Mika, Tom und Frank bereits in ihren Kojen eingeschlafen sind. Benjamin ist erleichtert, dass Manu aufgetaucht ist und sie endlich losfahren können. Manu legt sich in seine Koje, gleitet bald darauf in einen tiefen Schlaf, während Helmut den Bus Richtung Magdeburg steuert.

40

Nur wenige Tage später in Frankfurt muss Benjamin die Tour kurzfristig verlassen. Seine sechs Monate alte Tochter ist an schweren Koliken erkrankt und muss ins Krankenhaus. Sein Kollege Holger aus der Veranstaltungsagentur vertritt ihn für einige Tage.

Sonja taucht ohne Begleitung am frühen Nachmittag in Frankfurt auf. Sie versucht, Manu vor dem Konzert zu treffen, findet ihn jedoch nicht. Stattdessen trifft sie auf Benjamin, der gerade in sein Auto steigen möchte, um zu seiner Familie nach Kassel zu fahren. Sonja und Benjamin kennen sich durch die Lokalzeitung, bei der Sonja arbeitet und Benjamin das Interview mit Manu organisiert hat. Benjamin ruft Frank zu sich und bittet ihn, Sonja auf die Gästeliste zu setzen, da er selbst keine Zeit mehr dazu hat.

Frank nimmt Sonja mit in die Halle, wo sich die Band zum Soundcheck bereit macht. Es stellt sich heraus, dass sich Mika und Manu gestritten haben und nun nicht mehr zusammen auf der Bühne spielen wollen. Tom flucht und stellt seine Gitarre wieder hin. Nichts kann mal reibungslos laufen, schimpft er, und verlässt die Halle. Frank diskutiert die Lage mit Leuten, die den Streit mitbekommen haben. Mika taucht verärgert auf, er beschwert sich lauthals über Manus Egoismus und Instabilität.

Sonja hält sich zurück, man beachtet sie angesichts der angespannten Lage ohnehin nicht. Sie sucht nach Manu. Es dauert nicht lange, dann findet sie ihn im Schneidersitz auf dem Boden der Garderobe. Holger hockt neben ihm und redet ihm leise zu. Manu scheint abgekämpft und nervlich überlastet, umklammert krampfhaft die Bierflasche in seiner Hand. Holger erblickt Sonja, unterbricht das Gespräch und richtet sich auf.

Holger: Suchst du etwas?

Manu: (überrascht) Hey, Sonja!

Sonja: Ich wollte nur Hallo sagen, aber es ist wohl gerade unpassend.

Manu: Heut' Abend gibt's kein Konzert, Mika hat's vermasselt.

Sonja: (zieht die Augenbrauen hoch) Wie bitte?

Holger: (zu Manu) Na, nun komm schon, so schlimm war's auch wieder nicht. Ihr seid nun mal grundverschieden, da kracht's halt manchmal, aber deswegen streicht man doch kein Konzert!

Manu: Die können ja ohne mich spielen, ich hab keinen Bock heute.

Holger: Manu, es ist dein Job da raus zu gehen! Wenn du's schon nicht für Mika oder die Band tust, dann tu's für die Fans!

Manu: Hm. (sieht fragend zu Sonja)

Sonja: (lächelt zuversichtlich) Genau, die Fans. Die Leute bei euren Konzerten sind totale Freaks, die feiern euch so richtig ab! Es sind klasse Fans, Manu. Tu denen das nicht an. Die warten alle auf dich.

Holger: (nachdrücklich) Aber echt, ich bin da einer Meinung mit Sonja. (zu Sonja) Ich bin übrigens Holger, hallo.

Sonja: Hi. (drückt die Hand, die Holger ihr hinhält)

Manu: Ach, ihr seid ja blöd. So einfach ist das nicht.

Holger: Doch, es ist pupseinfach, du machst das doch fast jeden Abend!

Manu: (mit einem scherzenden Grinsen zu Sonja) Ich würd' lieber mit dir abhauen und Bier trinken.

Sonja: Kannst du auch, aber erst nach dem Soundcheck und nach dem Konzert. (schenkt ihm ihr liebstes Lächeln)

Manu: (lächelt zurück) Schön, dass du da bist.

Sonja: Ehrensache. Jetzt bist du mir aber auch was schuldig.

Manu: (zieht fragend eine Augenbraue hoch) Was?

Sonja: Na, meinst du etwa, ich bin extra nach Frankfurt gekommen, um kein Konzert zu sehen? Ich bin heiß auf eure Show! (lacht)

Manu: (grinst, wirkt entspannter) Bist du nicht gekommen, um mich zu sehen?

Sonja: Doch klar, aber unter Anderem dich auf der Bühne, verstehst du?

Manu: (rappelt sich auf) Boah, du bist fies. Ich kann dir einfach nichts abschlagen, das ist unmöglich. Komm mal her. (umarmt sie)

Sonja: (flüstert in der Umarmung) Danach kannst du mir ja erzählen, was passiert ist, wenn du drüber reden magst.

Holger: (erfreut) Na also, los geht's! (folgt Manu und Sonja aus dem Raum)

Während des Soundchecks beruhigen sich die Gemüter von Manu, Mika, Tom und Frank. Die Musik bringt die alte Magie zwischen ihnen zurück, als sie beginnen, miteinander zu jammen. Sonja findet es bemerkenswert, wie sehr Musik Leute zusammenschweißen kann. Sie freut sich über die zufriedenen Mienen der Bandmitglieder. Vor allem erfreut sie der Gedanke, dass sie Manu dazu bringen konnte, zurück zu seiner Band zu gehen. Es erscheint ihr umso unglaublicher, wenn sie bedenkt, dass sie und Manu sich erst seit so kurzer Zeit kennen. Er behandelt sie, als wären sie bereits Freunde. Vielleicht sind sie es sogar? Er kann ihr nichts abschlagen, hat er gesagt. Das war für sie ein größeres Kompliment, als wenn er ihr sagt, dass er sie hübsch findet. Seine gute Laune kehrte zurück, als sie hinzukam, und hat seine Gereiztheit verdrängt. Sein Kuss vom letzten Mal brennt ihr immer noch auf den Lippen, obwohl er dezent war. Aber Manu hat diesen Kuss sowieso nicht ernst gemeint, da macht sie sich nichts vor. Sie hat ihn zwar als Spielerei abgetan, aber trotzdem immer wieder mit mulmigem Gefühl daran zurückgedacht.

Nach dem Soundcheck stellt Manu Sonja seinen Bandkollegen vor. Sie scherzen, dass sie wohl jetzt mit dem Bandstreit ihre Story habe, aber Sonja versichert ihnen nachdrücklich, dass sie nicht zum Arbeiten hierhergekommen und außerdem keinesfalls an Schlagzeilen interessiert sei. Zuerst hat sie Bedenken, dass sie von der Band als Gast akzeptiert wird, weil sie inoffizielle und private Informationen über die Bandmitglieder oder Fotos weiter verkaufen könnte. Doch niemand von ihnen scheint sich darum zu kümmern. Sonja merkt, dass jeder einzelne von ihnen gestresst scheint und mit sich selbst genug zu tun hat. Ohne Benjamin scheinen die Dinge regelrecht aus dem Ruder zu laufen. Nur mit großer Mühe raffen sich Frank, Manu, Mika und Tom zum Konzert auf. Einmal warmgespielt, sind sie auf der Bühne jedoch nicht mehr zu halten, so kommt es Sonja vor. Sie scheinen den Stress vom Nachmittag abgeschüttelt zu haben und von jeglichen Problemen befreit zu sein.

Manu ist nach dem Konzert wieder ausgeglichen, das merkt Sonja, als sie bei Screaming Gun im Hinterzimmer sitzt. Die Band muss in dieser Nacht nach Stuttgart weiterfahren und sich von ihren Gästen verabschieden. Sonja geht zu Manu, ihr Lächeln wirkt ausgesprochen betörend auf ihn.

Manu: Kommst du nicht mit nach Stuttgart?

Sonja: (lacht) Mensch Manu, ich muss morgen wieder arbeiten!

Manu: (rümpft die Nase) Schade.

Sonja: Wenn du Lust hast, kannst du mich ja mal anrufen und mir sagen, wie es läuft. Ich gebe dir meine Handynummer.

Manu: Wow, du hast auch schon ein Handy? Da häng' ich ja voll hinterher!

Sonja: Ach so, du hast gar keins?

Manu: Nee, ich bin noch nicht dazu gekommen, mich damit richtig auseinanderzusetzen. Die meisten meiner Freunde haben Handys, Tom schon lange und Mika mittlerweile auch. Frank und ich sind da voll ahnungslos. Ich glaub, wir kommen trotzdem bald nicht mehr drum herum, uns eins zuzulegen. Ich kenne mich mit dem Zeug aber überhaupt nicht aus, muss mal jemanden anhauen, mir zu zeigen, was es da für Möglichkeiten gibt.

Sonja: Ja, so ein Ding ist super. Wenn du magst, zeige ich dir ein paar Sachen, wenn du das nächste Mal in Kassel bist. Ich kenne einen guten Vertrag, bei dem die Grundgebühr nicht so hoch ist.

Manu: (lächelt leicht) Das wär' schön.

Sonja: Meld' dich einfach bei mir. Ich fänd's auch schön, wirklich.

Sonja ärgert sich im nächsten Moment über sich selbst. Für ihren Geschmack zeigt sie zu viel Einsatz und Interesse daran, dass er sich bei ihr meldet. Sie möchte nicht den Eindruck erwecken, als wäre sie übereifrig, in Kontakt mit ihm zu bleiben. Natürlich würde sie es unglaublich freuen, wenn er sie anrufen würde, aber sie versucht, nicht zu viel Hoffnung darauf zu setzen. Sie würde sich niemals anmaßen zu denken, dass er wirklich an ihr interessiert wäre. Manu kennt so viele Leute, hat so viele Freunde und sicherlich auch viele Frauen. Warum sollte er den Kontakt zu ihr wollen? Sie ist aber auch niemand, die Männern wie ihm hinterherrennt, sie ist noch nicht einmal ein Fan seiner Band.

Manu: (blickt zu Mika, Tom und Frank, die in den Bus steigen) Ich muss gehen. (lächelt milde) Super, dass du hier warst, hat mich echt gefreut. Bis bald. (legt einen Arm um sie, zieht sie an sich heran und umarmt sie)

Sonja: (drückt ihn an sich) Viel Glück für die restlichen Konzerte. (leiser) Pass auf dich auf, Manu.

Manu und Sonja lösen sich voneinander. Er lächelt und winkt ihr zu, bevor er zu den Anderen in den Bus steigt. Sonja seufzt, dreht sich um und geht zu ihrem Auto zurück. Sie hofft inständig, ihn nicht zum letzten Mal gesehen zu haben und dass es für ihn nicht zu viel Stress auf der restlichen Tour gibt. Verwundert stellt sie fest, dass sie sich um Manu sorgt. Was soll diese starke Anteilnahme, wieso ist sie von ihm dermaßen fasziniert, obwohl sie in einer Beziehung mit Patrick ist? Patrick wohnt immer noch in Kiel, wo auch Sonja herkommt. Sonja und Patrick führen eine Fernbeziehung, seitdem Sonja in Kassel arbeitet, und sie sehen sich nicht oft. Es ist immer unbefriedigender für Sonja geworden, die Beziehung auf Distanz zu führen, aber sie ist mit Patrick bereits drei Jahre zusammen und kann ihn nicht einfach aufgeben, nur weil vier Stunden Fahrt zwischen ihnen liegen.

41

Screaming Gun haben noch zwei Wochen Konzerte vor sich, bevor sie nach Kassel zurückkehren können. Die Stimmung innerhalb der Band kippt von einem Extrem ins nächste. Es wird für alle anstrengend, so viele Krisen bewältigen zu müssen. Manu trinkt weiterhin exzessiv. Er verschwindet immer häufiger im Tourbus oder schließt sich auf der Toilette ein, um alleine zu sein. Frank ist derjenige, der ihn meistens wieder dazu bewegen kann, sich unter Leute zu mischen. Manu ist wieder aktiv mit Frauen, aber keine von ihnen befriedigt ihn richtig. Es fehlt die Vertrautheit, die er mit Laura hatte und wohl niemals mehr mit einer anderen Frau finden wird. Die sind alle nur auf einen schnellen Fick mit ihm aus, denkt er sich. Da er sich ohnehin auf niemanden einlassen möchte, ist ihm das Recht. Meistens schafft er es, seinen Verstand auszuschalten und sich gegen seine Einsamkeit abzuschotten. Doch es gibt immer wieder Momente, in denen zu viele qualvolle Gedanken wie ein Wirbelsturm über ihn hereinbrechen, und er sein Elend in Alkohol zu ertränken versucht. Seinen Suff kann er vor den Anderen nicht mehr verbergen. Er bekommt großen Ärger mit Benjamin und seinen Bandkollegen, wenn er dadurch wieder kurz vor einem Zusammenbruch steht. Das Ende der Tour ist eine Erleichterung, den Urlaub können sie alle gut gebrauchen.

***

Es ist ein warmer Samstag Anfang September, als Manu Maja zuhause besucht. Maja erzählt ihm, dass sie Kassel verlassen und nach Berlin ziehen wird. In Berlin hat sie einen neuen Job gefunden, der ihr Traumjob zu sein scheint. Manu ist traurig über die Nachricht. Maja ist in all den Jahren seine beste Freundin geblieben. Maja fällt es nicht leicht, von Kassel fort zu gehen und ihr vertrautes Umfeld zu verlassen. Für sie ist Manu ebenfalls einer ihrer besten Freunde.

Maja schenkt Manu ihr altes Handy, als er mit ihr darüber spricht, dass er sich eins zulegen möchte. Begeistert über Manus Interesse an Handys erklärt sie ihm genau, dass er sich eine Karte kaufen könne, auf der schon Geld geladen ist und die er sich dann freischalten lassen muss. Sie erklärt ihm weiterhin, dass diese Karte wieder aufgeladen werden kann, wenn er den Geldbetrag aufgebraucht hat. Kurzerhand beschließt Maja, ihn in ein Geschäft zu begleiten, damit er sich die richtige Karte kauft.

Von Maja erlernt Manu an diesem Nachmittag SMS zu schreiben. Seine erste SMS verschickt er an Sonja. Er verbringt den restlichen Tag damit, Nachrichten an jeden seiner Freunde zu schreiben. Auf diese Weise haben sie eine kleine Aufmerksamkeit von ihm und gleichzeitig seine Handynummer. Viele von ihnen rufen ihn daraufhin an, Manu freut sich darüber.

Schlumpf schickt ihm fortan regelmäßig eine SMS mit lustigen Sprüchen, und sie scherzen wie in alten Zeiten miteinander. Manu ist fasziniert davon, wie einfach man mobil telefonieren und Nachrichten versenden oder empfangen kann. Er beginnt, das Handy mehr und mehr zu benutzen, lädt seine Handykarte mehrmals auf. Sonja schreibt ihm ebenfalls zurück. Sie zeigt sich verwundert darüber, dass er bereits ein Handy hat. Aber Manu erklärt ihr, dass es nur ein provisorisches sei und er so schnell wie möglich ein richtiges mit Vertrag brauche. Sie verabreden sich, um in der nächsten Woche zusammen danach zu schauen, so wie es Sonja ihm bei ihrem letzten Treffen angeboten hat.

Manu und Sonja verbringen bald darauf einen angenehmen Nachmittag im Zentrum von Kassel. Sonja gibt ihm hilfreiche Tipps, zeigt ihm verschiedene Möglichkeiten auf. Gemeinsam finden sie schließlich heraus, was für Manu der beste Vertrag und das beste Handy ist. Manu ist stolz auf sein erstes eigenes Mobiltelefon. Seine Augen leuchten, als er es in der Hand hält. Sonja freut sich mit ihm. Erleichtert stellt sie fest, dass Manu ein überaus sympathischer und natürlicher Kerl ist, keineswegs ein aufgeblasener Rockstar, dem man nicht nahe kommen kann. In seiner Begeisterung und Zufriedenheit wirkt er unwiderstehlich auf sie. Sie lacht vergnügt, als er sie zum Spaß ein paarmal anruft, um sein neues Handy immer wieder auszuprobieren. Zum ersten Mal spürt sie, dass er seltsame Gefühle in ihr auslöst, die gefährlich werden könnten. Sofort hat sie ein schlechtes Gewissen Patrick gegenüber. Wenn der nur wüsste, dass sie Zeit mit einem anderen Mann verbringt, in den sie sich verlieben könnte, wenn sie nicht aufpasst! Es ist ihm gegenüber nicht fair, das weiß sie. Andererseits genießt sie Manus Gesellschaft so sehr, dass sie darauf nicht verzichten will. Manu und sie beginnen ein angenehmes, freundschaftliches Verhältnis, das möchte sie auf keinen Fall missen. Wieso muss er sie nur so faszinieren und nervös machen? Sie beruhigt sich damit, dass sie ihre Faszination nur als Hirngespinst abtut, das vorübergehen wird. Ihre Beziehung zueinander ist in einer Freundschaft verankert, und das ist ihr wichtig, das soll so bleiben. Solche Momente, wie damals in der Nacht, als sie ihn zum Tourbus brachte und er ihr diesen zarten Kuss gab, sind zwischen ihnen seitdem nicht mehr aufgetreten. Einerseits ist es wahrscheinlich besser so, andererseits ertappt sie sich dabei, dass sie es mit ihm gerne wiederholen würde.

∗∗∗

Manu vertreibt sich die Zeit mit Telefonieren. Er redet stundenlang mit Freunden, die er lange nicht mehr gesprochen hat und verabredet sich spontan mit denjenigen, die in Kassel wohnen. Er ist gut drauf, bis Maja Ende September nach Berlin zieht, um dort ab Oktober ihren neuen Job anzutreten. Manus Frust über ihre Abreise trübt seine Zufriedenheit. Er und Maja haben sich gegenseitig fest versprochen, viel miteinander zu telefonieren. Maja drückt Manu beim Abschied lange an sich. Dann küsst sie ihn auf beide Wangen und verspricht ihm erneut, ihn bald anzurufen und ihm genau zu erzählen, wie es ihr in Berlin ergeht.

Sonja kann nicht aufhören, an Manu zu denken. Patrick gegenüber wird sie immer kühler und einsilbiger, vermeidet es nach und nach, ihn anzurufen. Sie hat keine Ahnung, wieso die Freundschaft mit Manu ihre Beziehung mit Patrick derart beeinträchtigt. Es ist ganz alleine ihre Schuld, schimpft sie sich in Gedanken aus. So viele Frauen haben richtig tolle Typen als Kumpel und kommen damit klar. Es wäre doch gelacht, wenn sie das nicht auch hinbekommen würde. Diese heiße Phase geht sicher bald vorbei. Vielleicht ist es am Anfang einer Freundschaft mit jemandem wie Manu immer schwierig, sich gegen so ein unglaublich starkes Charisma zu wappnen. Irgendwann wird sie sich daran gewöhnen, da ist sie sich sicher.

Sonja kann sich nicht davon abhalten, Manu per SMS schöne Grüße aus Frankfurt zu schicken, wo sie einige Tage auf einer Multimedia-Messe für die Kasseler Zeitung vertreten ist, für die sie arbeitet.

Manu schreibt ihr in der darauffolgenden Nacht zurück, dass er gerade mit Freunden bei sich zuhause in seinen Geburtstag hineinfeiert. Sonja ruft ihn am nächsten Tag an, um ihm zu gratulieren.

Sonja: Na, wie spät wurde es gestern?

Manu: (lacht) Weiß nicht, aber spät auf jeden Fall.

Sonja: Wie alt bist du denn jetzt?

Manu: Boah, ich bin alt. Sechsunddreißig.

Sonja: Das ist nicht alt, finde ich.

Manu: (lacht wieder) Was? Für dich muss das doch steinalt sein!

Sonja: Naja, zwölf Jahre machen jetzt auch keinen großen Unterschied. Es kommt immer auf die Leute an, weißt du. Wenn jemand so gut drauf ist wie du, ist es doch egal. Alter ist unwichtig. Das, was sonst noch am Menschen dran ist, darauf kommt es an.

Manu: Sicher, du hast Recht.

Sonja: Und das, muss ich sagen, ist bei dir goldrichtig.

Manu: Was?

Sonja: Das, was sonst noch an dir dran ist, meine ich.

Manu: (lacht verlegen) Oh, das ist aber nett von dir, sowas zu sagen.

Sonja: Ich würd's nicht sagen, wenn ich es nicht wirklich ernst meinen würde. Ich hab dich gerne, Manu. Ich wollte dir das nur mal, besonders heute an deinem Geburtstag, gesagt haben.

Manu: (kurze Pause, leiser) Ich weiß gar nicht, was ich jetzt sagen soll. Das hört sich richtig lieb an.

Sonja: Du brauchst nichts zu sagen. Was machst du denn heute noch?

Manu: Ich glaub, ich leg mich gleich nochmal hin, ich bin echt müde.

Sonja: (ruft belustigt) Ha, also doch ein alter Sack!

Manu: Hey! (lacht auf) Und du? Arbeitest du noch?

Sonja: Ja, ich hab aber gerade ´ne kurze Pause.

Manu: Ist's in Ordnung da auf der Messe?

Sonja: Tja, anstrengend, aber interessant. Kann dir mehr davon erzählen, wenn ich wieder da bin. Ich muss jetzt wieder zurück zum Stand.

Manu: Klingt ja wirklich nach Stress.

Sonja: Ist schon okay. Noch drei Tage, dann ist es vorbei, das überlebe ich auch noch.

Manu: Dann ist ja gut. Wünsche dir noch viel … ähm … Mut.

Sonja: Danke. Und du ruhst dich mal gut aus, ja?

Manu: Klar. Bis bald, Sonja. Tschüss.

Sonja: Tschüss, Manu.

Sonja spürt nach diesem Gespräch erneut ein mulmiges Gefühl in der Bauchgegend. Sie hätte ihn gerne gesehen und ihm persönlich gratuliert, aber das wird sie nachholen. Und ein Geschenk wird er von ihr auch bekommen. Sie hat noch ein paar Tage Zeit für eine Idee.

42

Screaming Gun proben für die bevorstehende Herbst-Tour, die zwölf Konzerte umfassen wird. Die Proben finden unregelmäßig statt, nur dreimal in der Woche ist die Band im Proberaum. Manu kommt auch während dieser Zeit nicht von der Flasche los. Während er probt, ist er klar im Kopf, doch an den freien Tagen fühlt er sich verloren und vertreibt sich die Zeit mit Trinken. Das Verhältnis zu seinen Eltern hat sich durch seine Sucht verschlechtert, auch zu seinem Bruder Marius hat er weniger Kontakt als früher. Doch die meisten seiner Freunde verbringen nach wie vor gerne Zeit mit ihm. Theo hat mittlerweile eine Freundin, Susi, mit der Manu gut auskommt. Mit Theo und Susi geht er oft aus. Frank sieht er ebenfalls häufig außerhalb der Proben. Manchmal treffen sich die beiden mit Harry, der inzwischen bei einer anderen Band spielt, mit der er viel unterwegs ist. Sie nennt sich Restmüll und ist eine Punkband. Harry lädt Manu und Frank ein, zu ihrem Konzert in Kassel zu kommen.

Am Tag des Konzerts von Restmüll ruft Sonja Manu an und möchte ihm als verspätetes Geburtstagsgeschenk ein Abendessen schenken, dass sie ihm kocht. Manu bedauert, dass er am Abend schon etwas vorhat und lädt sie spontan ein, mit zum Konzert von Restmüll zu kommen. Sie verlegen das Abendessen, Sonja schließt sich Frank und Manu zum Konzert an.

Es ist einer der lustigsten Abende, die Sonja, Manu und Frank in der letzten Zeit erlebt haben. Frank trifft beim Konzert zufällig alte Bekannte wieder. Manu, Frank und Sonja lernen Harrys neue Band kennen, die sie prompt nach dem Konzert einlädt, hinter der Bühne Bier zu trinken.

Steffen, der Sänger von Restmüll, setzt sich zu Sonja und umgarnt sie diskret. Er ist überaus angetan von ihr, das ist nicht zu übersehen. Er ist nicht der Einzige, der Sonja interessant findet und ihr viel Aufmerksamkeit widmet. Mit Frank versteht sich Sonja ebenfalls blendend, sie lacht viel mit ihm. Manu freut sich, dass ihr der Abend großen Spaß macht, aber ihn stört es, dass sie der absolute Männerschwarm ist. Er fühlt sich für ihr Wohl verantwortlich, weil er derjenige war, der sie mitgebracht hat. Außerdem findet er sie selbst unwahrscheinlich hübsch und liebreizend, er kann nichts dagegen tun. Sie sieht er mit anderen Augen als die übrigen Frauen, die er kennt oder trifft. Sonja beginnt, ihm ans Herz zu wachsen. Sie ist nicht dieses junge, kleine Mädchen, für das er sie anfangs noch gehalten hat. Er hat sie besser kennengelernt und gemerkt, dass sie intelligent, reif und willensstark ist. Sie ist eine eigenständige Frau und keinesfalls ein unbedarftes Mädchen. In manchen Dingen kommt er sich im Vergleich zu ihr sogar dümmer und ungeschickter vor. Leider muss er akzeptieren, dass sie nun von allen Seiten angeflirtet wird.

Das Einzige, was gegen Manus aufkommendes Widerstreben hilft, ist, besoffen zu werden und Sonja zu ignorieren. Mit Harry und einer Flasche Wodka begibt er sich in eine Nische des Raumes. Silvio, der Schlagzeuger von Restmüll, kommt hinzu. Zu dritt leeren sie die Flasche in rasender Geschwindigkeit. Manu tut es gut, in einem kleineren Umkreis zu sein als vorher mit so vielen Leuten um sich herum, die ihn nervös machten. Er spürt allmählich Schwindel und eine allgemeine Schwäche in sich aufkommen. Harry, Manu und Silvio sitzen auf dem Boden und werden stockbesoffen. Sie können sich kaum erheben, als der Wodka zur Neige geht. Manu erkennt erst auf den zweiten Blick, dass Sonja auf einmal vor ihm steht. Sie hockt sich vor ihn, legt die Stirn in Falten. Er versteht nicht, was sie zu ihm sagt. Sie legt ihm eine Hand auf die Stirn, ergreift dann seine Hände und zieht ihn hoch. Manu wird schwarz vor Augen, als er aufsteht. Sonja legt einen Arm um ihn und führt ihn langsam zu den Waschbecken, wo sie seine Stirn mit kühlem Wasser benetzt. Das grelle Licht im Badezimmer blendet Manu, er blinzelt sie an.

Manu: Was machst du da? Das ist nass!

Sonja: Du bist glühend heiß, Manu. Ich kühl' dich nur ein bisschen ab. Du könntest Fieber haben. Und du kannst kaum gehen. Am besten hauen wir ab, ja? Komm mit.

Sonja und Manu gehen langsam Arm in Arm durch den Raum, viele Augen ruhen auf ihnen. Sonja erklärt jedem, der fragt, dass Manu krank sei und sie ihn nach Hause bringen werde. Wenn es Manu nicht so schlecht ginge, hätte er bemerkt, dass er neidische Blicke auf sich zieht. Frank begleitet die beiden hinaus.

Frank: (zu Sonja) Bist du sicher, dass du das schaffst?

Sonja: Was gibt's denn da nicht zu schaffen? Ich leg Manu hin, mach ihm Wadenwickel und einen Tee, und morgen ist er wieder fit. (zwinkert Frank zu)

Frank: Ist richtig nett von dir, dass du ihn heimbringst.

Sonja: Ich mach das gerne.

Frank: (grinst ihr zu) Der Typ hat unverschämtes Glück, dass er so ein liebes Mädel wie dich kennt.

Sonja: (errötet) Ach …

Frank: Also, bis bald, gute Nacht. War schön, dass du dabei warst.

Sonja: Ja, es war wirklich lustig mit euch, müssen wir wiederholen. (grinst, Frank ebenfalls, sie umarmen sich kurz)

Frank: (zu Manu) Bis bald, Kumpel, lass dich verwöhnen. (stößt ihm leicht in die Seite)

Manu: (leise) Aua, du Blödmann.

Frank lacht und dreht sich um, geht wieder hinein zu Restmüll. Sonja bringt Manu in ihr Auto und fährt ihn nach Hause. Dort bereitet sie Wadenwickel vor. Manu stöhnt, als sie sie ihm umlegt. Er ist sterbenskrank, denkt sie sorgenvoll. Am besten geht sie jetzt und lässt ihn schlafen. Langsam erhebt sie sich, Manu greift nach ihrer Hand, verfehlt sie aber.

Manu: (leise, matte Stimme) Gehst du schon?

Sonja: (lächelt, setzt sich wieder neben ihn aufs Bett) Du musst schlafen, so geht das Fieber am besten weg. Ruh dich gut aus.

Manu: Siehst du, kaum bin ich ein Jahr älter, bin ich schon krank und schwach.

Sonja: (lacht auf) Du bist bescheuert, Manu! (schüttelt den Kopf)

Manu: (sieht sie mit müden Augen an) Musst du wirklich schon gehen?

Sonja: Ich kann warten, bis dass du eingeschlafen bist.

Manu schließt die Augen und entgegnet nichts. Es ist lange her, dass sich jemand so rührend um ihn gekümmert hat. Wenn es ihm beschissen ging, war er meistens alleine, ob er wollte oder nicht. Und jetzt umsorgt ihn ausgerechnet Sonja, die seinetwegen auf die Party bei Restmüll verzichtet und darauf, von allen so charmant behandelt zu werden.

Manu: (flüstert) Du gehst wieder zurück zur Party.

Sonja: (fragend) Was? Nein, wieso? Ich gehe gleich nach Hause, bin total erschlagen von der Woche in Frankfurt, ich muss pennen.

Manu: (zu schwach um seine Augen zu öffnen) Ich hoffe, du schläfst gut. (leichtes Lächeln)

Sonja: Lass uns morgen mal telefonieren, ja? Gute Besserung.

Manu spürt, wie Sonja ihn auf die Wange küsst und sich vom Bett erhebt. Wie gerne hätte er sie die ganze Nacht hier, aber er findet es nicht richtig, sie darum zu bitten. Sie hat ihr eigenes Leben, sie muss morgen zur Arbeit und fit sein, anstatt sich weiter um ihn zu kümmern. Er lauscht ihren Schritten, die sich entfernen, dann fällt die Wohnungstür ins Schloss. Schließlich holen ihn die Fieberträume ein, die ihm eine turbulente Nacht bescheren.

43

In den nächsten Wochen erfindet Sonja immer wieder Ausreden, weshalb sie nicht nach Kiel kommen kann, um Patrick zu sehen. Sie erzählt ihm, sie sei zu sehr in ihre Arbeit eingespannt und müsse an ihren freien Tagen zuhause Sachen aufarbeiten. Sie sagt sogar eine Geburtstagsfeier von gemeinsamen Freunden ab, auf die sie mit Patrick eingeladen worden ist. Patrick nimmt dies hin, er hat Verständnis dafür, dass sie beschäftigt ist und macht ihr keine Vorwürfe.

In der Zwischenzeit lernt Sonja nach und nach Manus Freunde kennen. Immer öfter gesellt sie sich dazu, wenn er sich mit ihnen in der Stadt oder bei sich zuhause trifft. Binnen kurzer Zeit hat sie Theo und Susi gut kennengelernt und auch Harry, Frank, Tom und Mika häufig wiedergetroffen.

Screaming Gun Konzerte finden ab Anfang November wieder statt. Die Tour wird sechs Wochen laufen, zwischendurch hat die Band kurze Verschnaufpausen, in denen sie nach Kassel zurückkehren kann. Sonja schafft es, auf das Konzert in Kassel zu kommen. Nach dem Konzert kann die Band für eine Woche zuhause entspannen, bevor die Tour fortgesetzt wird.

Während dieser Woche Urlaub verbringen Sonja und Manu noch mehr Zeit miteinander. Sie gehen eines Abends mit Theo und Susi zu einem Abendessen in ein Restaurant. Anschließend treffen sie in einer Bar Harry und seinen Bandkollegen Silvio. Ihnen verspricht Sonja, dass sie ihrem Chef bei der Zeitung vorschlagen wird, Restmüll zu einem Interview einzuladen. Harry und Silvio freuen sich über ihr Interesse und bieten ihr als Dank an, bei ihnen auf ein Konzert zu kommen, wann immer sie wolle, sie sei ihr Gast. Außerdem kaufen sie ihr einen Gin Tonic, ihr Lieblingsgetränk, und stoßen zufrieden mit ihr an.

Manu beobachtet Sonja lächelnd. Jeder scheint sie zu mögen, sie ist solch eine attraktive, lustige und liebenswerte Frau, das hat wohl nicht nur er gemerkt. Normalerweise würde er versuchen, ihr näher zu kommen, aber eine unbestimmte Furcht hält ihn zurück. Er sehnt sich nach Nähe, Geborgenheit und aufrichtiger Liebe von einer Frau. Natürlich mag Sonja ihn, aber er hat sein Leben nicht im Griff, und das hat sie bereits gemerkt. Wie oft hat sie ihn schon unterstützt und sich um ihn gekümmert. Als er auf Tour betrunken war das erste Mal, als er ein Handy kaufen wollte ein weiteres Mal und zuletzt, als er mit Fieber im Bett lag. Sie hat es sich nicht nehmen lassen, ihn zu besuchen und Medikamente vorbeizubringen, die das Fieber senken. Dabei hat sie wahrhaftige Anteilnahme gezeigt. Doch was hat er schon für sie getan? Was könnte er ihr bieten? Er ist ein elender, instabiler Trinker mit unbeständigen Launen, die selbst ihm oft zu schaffen machen. Klar verbringen sie meistens lustige Momente miteinander, aber wenn seine depressive Verstimmung zu stark wird und er sich am liebsten nur noch verstecken möchte, würde auch sie ihn meiden wollen. Zum Glück hat sie ihn bis jetzt noch nicht in dieser Phase erlebt, das soll auch so bleiben.

In seine Gedanken versunken begibt sich Manu zur Theke, um einen Blick auf die verschiedenen Spirituosenflaschen zu werfen, kann sich jedoch nicht recht darauf konzentrieren. Der Barmann sieht ihn abwartend mit hochgezogenen Augenbrauen an. Er ist offensichtlich ein Student, Manu schätzt ihn auf Anfang Zwanzig. Der Jüngling scheint ihn nicht zu erkennen, jedenfalls lässt er sich nichts anmerken. Manu bestellt einen Whisky, von dem er noch nie gehört hat. Man muss ja alles mal ausprobieren, denkt er sich. Vielleicht sollte er es auch mal ausprobieren, Sonja richtig zu küssen. Würde sie das mögen? Er gibt zu, dass er das schlecht einschätzen kann. Aber möchte er das wirklich? Würde er sich nicht zu sehr in etwas verrennen, wenn er das täte? Gefühle der Verliebtheit gilt es mit allen Mitteln zu vermeiden, dafür ist er gerade nicht stabil genug, vor allem, falls sie nicht erwidert würden. Damit käme er jetzt nicht zurecht, da ist er sich sicher. Lass es sein, ermahnt er sich, lass sie doch in Frieden.

Er sieht auf und bemerkt, dass Sonja zu ihm blickt und ihn fragend anlächelt. Er lächelt milde zurück, blickt wieder auf sein Whiskyglas. Sonja muss wirklich denken, dass er seltsam ist und nur säuft. Aber das stimmt ja auch, er ist ein komischer Kerl, der gerne Whisky trinkt, so ist es eben. Verwundert hält er mit seinen Gedanken inne, als er Sonja auf sich zukommen sieht.

Sonja: Willst du lieber alleine sein?

Manu: Nein, schon gut. Ich hab grad nur ein bisschen nachgedacht. Passiert mir manchmal, weißt du.

Sonja: Es sieht nicht danach aus, als wären es angenehme Gedanken. (streicht sanft seine Stirn glatt) Da gibt es Regenwolken.

Manu schweigt, blickt ihr aufmerksam in die meerblauen Augen.

Sonja: (lächelt verlegen) Was ist los? Du guckst so …

Manu: Wie denn?

Sonja: (leise) Intensiv.

Manu: Wenn du es genau wissen willst, hab ich darüber nachgedacht, Dinge auszuprobieren.

Sonja: (interessiert) Ah ja? Was denn konkret?

Manu: Zum Beispiel diesen Whisky hier, den ich noch nie getrunken hab.

Sonja: Und, ist er gut?

Manu: (nickt) Willst du probieren? (hält ihr das Glas hin)

Sonja: Nein, danke.

Manu: (leise) Es gibt noch etwas Anderes, was ich versuchen wollte. (Sonja blickt ihn abwartend an) Nämlich das hier.

Er zieht sie an sich heran und küsst ihre Lippen sanft, aber mit viel mehr Druck, als dass es nur als Spielerei gelten könnte, so wie es beim ersten Mal vor einigen Monaten am Tourbus der Fall war. Sonja zuckt überrascht zusammen, erwidert den Kuss zurückhaltend. Ihre Überraschung ist so groß, dass sie sich versteift und vergisst, sich in Manus Armen zu entspannen. Der Kuss hält an, wird inniger. Manu löst sich plötzlich von Sonja.

Manu: (flüstert) Oh Gott, verdammt nochmal.

Sonja: (verwirrt) Was ... was hast du, Manu?

Manu: (fährt sich durchs Haar) Sorry, ich bin durcheinander. Nimm es mir bitte nicht übel, es ist über mich hereingebrochen.

Sonja: Wofür entschuldigst du dich? Dass du so küsst wie ein junger Gott? (ihre Augen leuchten ihn an, leise) Das war echt wunderschön, glaub mir.

Manu: (lächelt kurz, streicht sich nervös über seine rechte Wange) Jetzt hab ich es wenigstens ausprobiert. Und ja, es ist wunderschön. (leise) Viel zu schön.

Sonja: (runzelt die Stirn) Dir geht's wirklich nicht gut.

Manu: (schüttelt den Kopf) Ich glaub, ich gehe besser nach Hause.

Sonja: Möchtest du nicht drüber reden?

Manu: Nein. (leert das Glas Whisky) Ich sag denen da hinten mal Tschüss.

Sonja geht Manu innerlich aufgewühlt hinterher zu seinen Freunden. Wieso hat er nicht weitergemacht? Wie kann man so einen tollen Kuss einfach abbrechen? Er mag sie, er mag sie sogar sehr, was für ein unfassbares Glück! Aber irgendetwas Bedeutendes hat ihn davon abgehalten, sie weiter zu küssen, und dies deutet sie negativ. Er hatte vor irgendetwas große Angst. Aber eher nicht davor, dass sie ihn abweisen könnte, dazu gibt es ja auch keinen Grund. Wie könnte sie das tun, sie wird immer verrückter nach ihm. Nachdem sie ihn einmal gekostet hat, ist es für sie unglaublich schwer, nicht mehr von ihm zu bekommen.

Sonja begleitet Manu hinaus, nachdem er sich von seinen Freunden verabschiedet hat. Auf der Straße sieht er ihr verstört, doch gleichzeitig voller Zuneigung in die Augen. Im nächsten Moment schlingen sie die Arme umeinander und küssen sich stürmisch. Dieser Kuss dauert länger an, er entfacht in beiden eine überwältigende Leidenschaft. Manu hält Sonja fest in seinen Armen, drückt sie gegen die Wand. Sonja atmet schwerer und fährt durch Manus Haar. Sie liebt ihn bereits mehr, als sie es für möglich gehalten hätte. Noch während des Kusses kommen heftige Gewissensbisse in ihr auf, Patrick erscheint wie ein Gespenst in ihren Gedanken.

Leicht löst sie sich von Manu, der sogleich von ihr ablässt. Er wirkt gefasster und zufriedener als zuvor, aber immer noch verwirrt.

Sonja: (flüstert) Ich geh' lieber wieder rein, oder?

Manu: (nickt, ergreift ihre Hand) Sehen wir uns übermorgen bei Theo? Du kommst doch zu seiner Party, oder?

Sonja: Na, sicher. Ich freu mich schon.

Manu: (streicht über ihre Hand) Gute Nacht, Kleines.

Sonja: (berührt von der lieben Art, sie so zu nennen) Komm gut nach Hause. Bis bald.

Sonja geht wieder in die Bar, Manu zur nächsten Straßenbahnhaltestelle.

Sonja ist für den Rest des Abends tief in Gedanken versunken. Sie findet, dass sie sich Patrick gegenüber nicht fair verhalten hat. Bis jetzt hat sie ihm verschwiegen, dass sie Gefühle für einen anderen Mann hat, in den sie sich heute Abend endgültig verliebt hat. Manu wiederum weiß nichts von Patrick, sie hat ihn nicht ein einziges Mal in ihren Gesprächen erwähnt. Wie hätte sie auch ahnen können, dass es mit ihnen einmal so weit kommen würde und sie sich ineinander verlieben! Obwohl, sie kann Manu immer noch nicht richtig einschätzen, und weiß nicht, ob er wirklich so verliebt ist wie sie selbst. Kann sie darauf vertrauen, dass seine Gefühle echt sind? Sie schienen es zu sein, aber es gab dieses Zögern und Zweifeln in seinen Augen. Hoffentlich wird er ihr wirklich bald sagen, was mit ihm los ist, ihr schwant nichts Gutes in dieser Hinsicht.

44

Zwei Tage später findet sich Sonja bei Theo zuhause auf seiner Party ein. Manu ist bereits dort und setzt sich zu Sonja, sie scherzen und lachen miteinander. Das unbändige Flirten mit Manu erhitzt Sonja, bis dass sie einen Anruf auf ihrem Handy bekommt. Da sie sieht, dass es Patrick ist, steht sie schnell auf und nimmt das Gespräch außer Hörweite von Manu an. Patrick steht bei ihr vor der Tür und fragt, wo sie sei. Er dachte, sie sei zuhause, weil sie dort arbeiten müsse.

Sonja fühlt ein unbehagliches Gefühl in sich hochkommen. Sie muss nach Hause und Patrick treffen, muss endlich Klartext mit ihm reden. Schweren Herzens verabschiedet sie sich von Theo. Sie erklärt ihm, dass ihr Freund bei ihr auf der Matte stehe und sie dringend einige Dinge mit ihm regeln müsse. Theo versteht, dass sie Stress hat und beteuert, dass es nicht so schlimm wäre, sie solle gehen und das tun, was sie tun muss. Gleichzeitig findet er es seltsam, dass sie Manu so nahe steht, wenn sie bereits vergeben ist. Sonja erklärt Manu gehetzt, dass sie schnell nach Hause müsse und vielleicht später wiederkäme. Manu begreift augenblicklich, dass etwas Schlimmes passiert sein muss. Er drängt sie dazu, ihm zu sagen, warum sie so dringend aufbrechen möchte.

In diesem Augenblick wird Sonja klar, dass sie Manu die Wahrheit sagen muss. An Manus Reaktion könnte sie außerdem erkennen, wie ernst es ihm mit ihr ist. Sie schildert ihm die Situation, Manu starrt sie entgeistert an. Er nimmt es nicht gut auf, das merkt Sonja sofort. Aber sie hat keine Zeit, ihm näher zu bringen, dass sie drauf und dran ist, mit Patrick

Schluss zu machen. Sie verspricht ihm, ihn anzurufen und ihm genauer zu erklären, wie die Dinge stehen. Sie drückt ihm einen Kuss auf die Wange, läuft dann zu ihrem Auto. Es tut ihr leid, ihn erschreckt zu haben, als sie erwähnt hat, dass sie einen Freund hat. Sie hätte wirklich früher darüber reden sollen, aber es ergab sich nie die Gelegenheit dazu. Nun muss sie einen guten Weg finden, es Patrick schonend beizubringen, dass sie ihn nicht sehen und die Beziehung beenden möchte.

***

Als Sonja am nächsten Tag Manu anruft, wirkt er einsilbig und niedergeschlagen.
Sonja: Ich hab ihn weggeschickt, Manu. Ich fand es ziemlich daneben, dass er einfach so aufgekreuzt ist.
Manu: Wieso hast du es mir nicht gesagt? Ich meine, wenigstens nach dem Kuss hättest du's sagen können.
Sonja: Für unsere Freundschaft spielte das keine Rolle, fand ich, ich hab's deswegen nie in Erwägung gezogen. Und du hast auch nicht danach gefragt.
Manu: Wenn ich das gewusst hätte, dann hätte ich besser aufgepasst.
Sonja: (stutzt) Aufgepasst? Was meinst du damit?
Manu: Dass es nicht soweit kommt … mit uns. Das hat doch alles keinen Sinn.
Sonja: Manu, es tut mir leid. Aber glaub mir, es hat Sinn. Ich hab Schluss gemacht. Ich liebe ihn nicht mehr. Ich … ähm …. naja. (atmet nervös aus) Ich muss dich sehen, ich mag das nicht am Telefon alles besprechen.

Manu: Lieber erstmal nicht.

Sonja: Aber du bist ab übermorgen wieder auf Tour, ich will dich vorher noch sehen.

Manu: Wir sehen uns danach. Bin doch nur zwei Wochen weg.

Sonja: Zwei Wochen! Solange willst du warten?

Manu: (murmelt) Hm.

Sonja: Ich weiß, dass du enttäuscht bist. Es tut mir so leid, lass es mich wieder gut machen.

Manu: Du musst nichts gut machen. So ist es eben. Ich komm schon klar.

Sonja: Aber es ist vorbei mit ihm, Manu! Sag mal … magst du mich wirklich so sehr?

Manu: Ach komm, hör auf, ich will darüber jetzt nicht reden. Ich mag niemanden, okay? Und das wird so bleiben.

Sonja: (erschrocken) Was?

Manu: Es hat keinen Zweck. Es war verdammt nochmal nur ein Kuss.

Sonja: Nur ein Kuss? Wie bitte? (fassungsloser Laut)

Manu: Ja. Behalt ihn in Erinnerung. Es kommt nämlich nicht nochmal vor.

Sonja: (kurze Pause) Ich hab es anders eingeschätzt. (seufzt, zitternde Stimme) Schade.

Manu: Ich muss jetzt aufhören. Bis dann.

Sonja: (flüstert, um ihre Stimme im Zaum zu halten) Okay.

Sie möchte ihm noch mehr sagen, aber die Traurigkeit erstickt ihre Stimme. Manu beendet die Verbindung, Sonja sieht wie in Trance auf das Handydisplay. Dass er so negativ reagieren würde, hätte sie nicht gedacht. Sie hat alles kaputt gemacht. Die Beziehung zu Patrick sowieso, aber nun auch Manus

Gefühle, die er für sie entwickelt hat. Wieso möchte er sie partout nicht sehen? Sie könnte ihm alles besser erklären, auf ihn eingehen und seine Gefühle in seinen Augen lesen. Sie könnte darin erkennen, ob er sie immer noch gerne hat und nur empfindlich reagiert, oder ob er wirklich kein Interesse mehr an ihr hat. Wieso lässt er ihr keine Chance, das gute Verhältnis zwischen ihnen zu retten?

45

Screaming Gun setzen die Tour fort und durchleben erneut extreme Situationen. Mal läuft alles gut und niemand fängt einen Streit an, doch an manchen Tagen überwerfen sie sich so sehr, dass die Band kurz vor dem Aus steht.

Angesichts der Tourstrapazen und der Enttäuschung durch Sonja nimmt Manu, zusätzlich zum Alkohol, starke Beruhigungsmittel ein. Er lebt gefährlich, diese Kombination hat schon viele Leute umgebracht. Aber Manu ist es gleichgültig, ob auch er davon eines Tages nicht mehr aufwacht. Durch seine Depressionen ist er wieder auf dem Tiefpunkt angelangt. Er wüsste nicht, wie er sie ohne Tabletten und Alkohol aushalten könnte. Die Tabletten stellen ihn ruhig, und der Alkohol hebt kurzfristig seine Laune. Sobald die Wirkung nachlässt, merkt er, dass er am Ende seiner Kräfte angelangt ist. Tagsüber wälzt er sich unruhig auf seiner Koje, fühlt sich schlapp und antriebslos. Abends geht es ihm meistens besser, doch Mikas Genörgele über seinen furchtbaren Gesundheitszustand geht ihm so sehr auf die Nerven, dass er ihm am liebsten an die Kehle springen würde. Er findet, dass es niemandem zusteht, ihm zu sagen, was er tun und lassen soll. Manu merkt nicht, dass auch Mika Angst um ihn und die Band hat. In seinen Augen hat Mika nur kritische Worte für ihn übrig, das macht ihn aggressiv.

Bei der nächsten Auseinandersetzung innerhalb der Band verlässt Tom Screaming Gun für einen Tag, und das geplante Konzert für den Abend muss abgesagt werden. Benjamin hat Mühe, die Wogen zu glätten. Immer öfter bewältigt er die Eskalation der Streitsituationen innerhalb der Band nicht mehr.

Frank fühlt sich hilflos, während die Band von der einen in die andere Krise schlittert. Er kann seine Freunde normalerweise beschwichtigen, wenn sie aufeinander losgehen, manchmal reißt ihm jedoch selbst der Geduldsfaden. Als Tom nach seiner eintägigen Abwesenheit wieder zurückkehrt, lässt Frank ihn beinahe nicht mehr in den Tourbus. Erhitzt wirft er ihm vor, sie im Stich gelassen zu haben. Er brüllt ihn an, dass er gleich ganz wegbleiben solle, wenn er nochmal abhaut. Da ist es Benjamin, der Frank zur Vernunft bringt. Frank sieht schließlich ein, dass er hauptsächlich der Band schadet, wenn er Tom nicht mehr in seiner Nähe akzeptiert. Noch in derselben Nacht auf der Fahrt von Saarbrücken nach Mainz bringt Benjamin alle dazu, sich wieder miteinander zu vertragen.

In dieser Nacht kann Tom nicht schlafen. Er fühlt sich trotz der Versöhnung unwohl im Bus bei der Band und ist traurig darüber. Früher hatten sie so viel Spaß miteinander, jetzt bekriegen sie sich gegenseitig. Er bemerkt, dass sich jemand erhebt und in die Klokabine geht. Tom muss selbst auf die Toilette und wartet, bis dass sie wieder frei wird. Doch nichts passiert, auch nach über zwanzig Minuten ist niemand mehr hinaus gekommen. Schwerfällig erhebt er sich und geht zur Toilettentür. Dort klopft er an, macht auf sich aufmerksam, erhält jedoch keine Antwort. Als er die Tür öffnet, sieht er Manu auf dem Boden sitzen. Sein Gesicht hat er in den Armen vergraben. Tom bleibt die Luft weg. Noch nie hat Manu so einen ungesunden Eindruck gemacht wie auf dieser Tour, das hat Tom bereits Sorgen bereitet, doch dieses Bild lässt ihm regelrecht das Blut in den Adern gefrieren. Manu hat sich ins Klo übergeben und die Spülung noch nicht betätigt. Tom drückt den Spülknopf, das laute Rauschen des Wassers erfüllt die kleine Kabine. Manu hebt langsam den Kopf. Tom kniet sich vor ihn und schluckt hart. Manu macht den Eindruck, als stünde er kurz vor einer Überdosis von seinen Tabletten. Aber eigentlich ist es eine Überdosis vom Leben. Dass Manu lebensmüde ist, ist spätestens dadurch klar geworden, dass er viel zu oft eine besonders gefährliche Mischung aus Alkohol und Pillen zu sich nimmt. Tom versucht, Manu zum Sprechen zu bewegen.

Tom: Manu, hörst du mich? (Manu sieht ihn an, gibt einen heiseren Laut von sich) Scheiße, was machst du für Sachen?

Manu: (leise) Bin umgefallen und kam nicht mehr hoch.

Tom: Wie fühlst du dich?

Manu: Hm, weiß nicht. Ich bin müde.

Tom: Komm, ich helfe dir aufzustehen. (greift Manu unter die Achseln, zieht ihn mit Mühe hoch) Mann, mach dich doch nicht so bleischwer!

Manu: Lass mich, es geht nicht!

Tom: Doch, komm schon. (schleift ihn über die Erde durch die offene Toilettentür auf den Flur) Bleib hier, ich sag Bennie Bescheid.

Tom läuft zu Benjamins Bett und weckt ihn auf. Im Nu erkennt Benjamin, dass sie sofort zu einem Krankenhaus fahren müssen. Dort wird festgestellt, dass Manu unter Dehydratation und einer leichten Psychose leidet, die durch seine Tabletteneinnahme hervorgerufen worden ist.

Frank, Tom, Mika und Benjamin warten im Tourbus auf dem Krankenhausparkplatz auf Neuigkeiten über Manu und versuchen, noch etwas Schlaf zu finden. Frank döst, aber das Vibrieren seines Handys direkt neben seinem Kopf lässt ihn aufschrecken. Er öffnet die SMS, die er erhalten hat. Sie ist von Sonja, die ihn darin fragt, wann sie ihn einmal anrufen könne. Frank steht auf, er kann ohnehin nicht mehr einschlafen. Er ist neugierig darauf, was Sonja von ihm möchte und wählt ihre Nummer, als er aus dem Tourbus in die kalte Morgenfrische des Dezembers tritt.

Sonja: Frank! Hätte nicht damit gerechnet, dass du sofort anrufst!

Frank: Ja, ich war grad wach und hab mich gefragt, was so wichtig sein könnte.

Sonja: Hm, weiß du … ich versuche seit einer Woche, Manu auf dem Handy zu erreichen. Ich glaube, er will mich nicht sprechen. Wollte von dir nur hören, ob alles okay bei euch ist.

Frank: (verwundert) Er will dich nicht sprechen? Also, nee, hier ist grad gar nix in Ordnung. Manu liegt im Krankenhaus.

Sonja: (schrill) Was?

Frank: Ja, weil er heute Nacht zusammengebrochen ist. Dem geht's ganz schön kacke im Moment. Der dröhnt sich dermaßen mit Pillen und Alk zu, dass ich manchmal glaube, er wird den nächsten Tag nicht mehr erleben.

Sonja: (zitternd) Oh mein Gott! Wo seid ihr? Ich komme sofort!

Frank: Na, nun beruhige dich mal, Sonja. Es ist halb so schlimm, er kann voraussichtlich heute Vormittag wieder raus. Er hat nicht genug getrunken, nur Alkohol halt, und deswegen war er ausgetrocknet. Die versorgen ihn jetzt erstmal, ihm geht's sicherlich bald wieder besser. Aber unabhängig davon hab ich das

Gefühl, dass Manu dringend Hilfe braucht. Vielleicht wäre es am besten, sie würden ihn direkt dabehalten im Krankenhaus. Ich hab eine Scheißangst, dass das irgendwann schlimmere Folgen als diesmal haben wird.

Sonja: (bebende Stimme) Wo seid ihr, Frank?

Frank: Wo sind wir eigentlich? Irgendwo bei Kaiserslautern, glaub ich. Da sind wir jedenfalls von der Autobahn abgefahren.

Er sieht Tom nach draußen treten. Sie nicken sich gegenseitig zu, immer noch etwas kühl wegen ihres Streits vom Vortag.

Sonja: Ich muss kommen, ich kann nicht hierbleiben und hoffen, dass es ihm besser geht. Außerdem muss ich mich bei ihm entschuldigen, ich hab Mist gebaut.

Frank: Du hast Mist gebaut? Was ist denn los?

Sonja: Ach, das ist eine lange Geschichte. Ich hab ihm etwas verschwiegen, das ich ihm besser gesagt hätte, bevor wir ... ähm ... naja.

Frank: (muss unwillkürlich grinsen) Bevor ihr was?

Sonja: Ach, egal.

Frank: Seid ihr im Bett gelandet, oder was?

Sonja: Nein! (empört) Wieso denken Männer immer direkt an sowas?

Frank: Ist ja schon gut. Und du denkst, dass er sauer auf dich ist und deswegen nicht auf deine Anrufe reagiert?

Sonja: Ja, genau. Sag mal, da du ihn gut kennst, kannst du mir vielleicht doch einen Rat geben?

Frank: Dann schieß mal los.

Sonja: Hm, also ... Manu und ich haben uns geküsst, kurz bevor es auf Tour losging. Zweimal am selben Abend, wir sind regelrecht verrückt aufeinander geworden. Mehr ist nicht passiert, damit du's nur weißt. Aber dieser Kuss hat ihn total aufgewühlt. Es schien so, als hätte ihm irgendetwas Angst gemacht, er wurde auch viel zurückhaltender mir gegenüber. Dann ist die Geschichte mit Patrick passiert. Patrick ist mein Freund, jetzt Ex-Freund, ich hab mit ihm Schluss gemacht. Patrick hat mich angerufen, er kam überraschend nach Kassel, der wollte wissen, was mit mir los war. Ich hab ihn nämlich wochenlang abserviert, weil ich ihn nicht sehen wollte, und dann stand er plötzlich bei mir vor der Tür. Da hat Manu zwangsläufig mitbekommen, dass ich einen Freund hatte, und das hat ihm überhaupt nicht gefallen. Ich hab ihm zwar am nächsten Tag gesagt, dass ich die Beziehung beendet habe, aber er wollte mich trotzdem nicht sehen, und nun will er mich anscheinend auch nicht mehr sprechen. Und jetzt erfahre ich, dass er im Krankenhaus liegt! Eine Scheiße kommt nach der anderen! Was geht in Manu vor, wieso nimmt er so viel von diesem Mist ein? Ich versteh es einfach nicht, er wird sich noch umbringen!

Frank: (vernimmt ihr leises Schluchzen) Hey Sonja, jetzt beruhige dich doch mal. Ich wollte dich wirklich nicht so aufregen. Manu wird schon wieder, das Hauptproblem war akuter Flüssigkeitsmangel, der wird bald wieder hier im Bus sitzen und Witze reißen. Aber das mit dem Kuss, das ist schon … naja. Kann es sein, dass ihr euch ineinander verknallt habt?

Sonja: (leise) Ich dachte es, aber langsam bin ich mir bei ihm nicht mehr so sicher.

Frank: Ich weiß es leider auch nicht, aber ich muss dir was sagen. Wenn Manu sich verliebt, ist es echt bemerkenswert. Versteh mich nicht falsch, ich kann mir das schon vorstellen, vor allem bei dir. Aber er hat ganz schön was durchgemacht, was das angeht. Davon hat er sich vielleicht immer noch nicht richtig erholt.

Sonja: (verwirrt) Was meinst du denn?

Frank: Naja, seine letzte Beziehung ist in einem kompletten Desaster geendet.

Sonja: (leise) Oh …

Frank: Er meinte mal zu mir, dass ihn niemand mehr dazu kriegen würde, ihn so sehr einzunehmen wie seine Ex halt. Von tieferen Beziehungen will er seitdem nichts mehr wissen, so hat er das jedenfalls ausgedrückt.

Sonja: Wie lang ist das her, dieses Desaster, von dem du gesprochen hast?

Frank: Oh warte, da muss ich überlegen. Ein paar Jährchen ist das her, vielleicht drei … oder fast vier sogar.

Sonja: Und er leidet immer noch darunter? War er deswegen so unsicher, was den Kuss anging?

Frank: Weiß ich nicht, kann sein.

Sonja: Trinkt er deswegen so viel und nimmt diese Tabletten?

Frank: Bestimmt nicht nur deswegen, er macht das schon länger. Aber dieses Jahr, muss ich sagen, ist es extrem geworden. Seit seinem Rückfall vor ziemlich genau einem Jahr. Davor war er eine ganze Zeit lang mehr oder weniger clean.

Sonja: (betroffen) Boah, ist das heftig. Frank, ich möchte ihm so gerne helfen. Was kann ich nur tun?

Frank: Ihn verliebt machen! (lacht) Ich glaube, das würde ihm mal gut tun. Er braucht wirklich jemanden. Jemanden wie dich, der ihn aufrichtig mag und sich um ihn sorgt.

Sonja: Ja, ich sterbe fast vor Sorge. Und ich hab solche Angst, dass er mich nicht mehr mag.

Frank: Ich kann dazu nichts sagen, wir haben nicht über dich geredet. Ich kann ihm aber Bescheid geben, dass du angerufen hast und dass du dir Sorgen machst. Lass mich mal mit ihm reden, wenn es ihm besser geht.

Sonja: Das wäre supernett von dir. Sag ihm bitte, dass ich ihn lieb hab und er mir saumäßig fehlt. Oder warte, das hört sich doof an, so kitschig irgendwie.

Frank: (lacht) So hören sich verliebte Leute eben an. Oh Mann, bist du süß, Sonja! Und Manu hat ein unverschämtes Glück! Er wäre ja bescheuert, es nicht bei den Hörnern zu packen!

Sonja: (lacht leise) Danke für die Aufmunterung.

Frank: Na also, du lachst wieder, ist doch alles halb so wild, oder?

Sonja: Hoffentlich.

Frank: Ich melde mich bei dir.

Sonja: Ja, halt mich bitte auf dem Laufenden. Sag mir Bescheid, wenn er aus dem Krankenhaus entlassen worden ist und wie es ihm geht.

Frank: Sicher, das mache ich. Bis später dann.

Sonja: Bis dann Frank, und vielen lieben Dank.

Frank: Jo, schon gut. Tschüss.

***

Manu wird, wie erwartet, am späten Vormittag aus dem Krankenhaus entlassen. Sein Mineralien- und Flüssigkeitsmangel ist durch Infusionen behoben worden, aber sein psychischer Zustand ist nach wie vor instabil. Bei Blutuntersuchungen fand man heraus, dass die Konzentration der Beruhigungsmittel in seinem Blut extrem hoch war. Die Ärzte warnten ihn, dass dies vor allem in Verbindung mit Alkohol lebensbedrohlich werden könne.

Manu beachtet die besorgten Gesichter seiner Freunde nicht, als er zurück zum Tourbus kommt. Er ist in seiner Psychose gefangen und redet mit niemandem. Benjamin hat in der Zwischenzeit Manus Taschen und Kleidung nach Tabletten durchsucht und alle beschlagnahmt, die er finden konnte. Auf der Weiterfahrt sitzt Manu auf seinem Bett, starrt ins Leere. Er sieht traurig und nachdenklich aus. Bald sinkt er in sich zusammen und schläft den Rest der Fahrt hindurch.

Frank weckt Manu auf, als sich die Band zum Soundcheck vorbereitet. Manu hat mehr Farbe im Gesicht bekommen, aber scheint immer noch erschöpft. Trotzdem setzt er sich im Bett auf und lässt zu, dass Frank mit ihm spricht.

Frank: Hey. Wir haben gleich Soundcheck. (zieht eine Augenbraue hoch) Bist du okay?

Manu: (nickt) Ich bin gleich soweit.

Frank: Du machst uns ganz schön Sorgen. Sollen wir die Tour nicht lieber abbrechen?

Manu: Spinnst du? Wieso das denn? Wir haben verdammt nochmal Musik zu spielen, was sollen wir zuhause rumhängen?

Frank: Du hast Recht, aber … hm … na gut.

Manu: Wo sind wir überhaupt?

Frank: In Mainz.

Manu: Oh, ach so. Also, ich komm gleich.

Frank: Übrigens, weißt du, mit wem ich gesprochen hab? (Manu sieht ihn fragend an) Mit Sonja. Sie konnte dich nicht erreichen.

Manu: Hm. (nachdenklicher Blick) Was wollte sie?

Frank: Nur wissen, wie es dir geht. Ich hab ihr die Wahrheit gesagt. Dass es dir nämlich kacke geht.

Manu: (erhebt die Stimme) Wieso geht's mir kacke? Das stimmt doch überhaupt nicht!

Frank: Bist du bescheuert, oder was? Du bist schon wieder zusammengebrochen!

Manu: Na und? Ich schlaf dann 'ne Runde, und es ist wieder gut.

Frank: Du warst im Krankenhaus, Manu! Und außerdem, was soll eigentlich der Scheiß mit den Tabletten die ganze Zeit! Willst du so enden wie Jimi Hendrix, oder was? Weißt du, was für einen Bammel wir alle haben, dass du uns hops gehst? Das ist nicht mehr lustig!

Manu: (nervös) Du redest genau wie Mika! Lasst mich doch mit dem Scheiß zufrieden! Ich kratz schon nicht ab!

Frank: Es ist lebensgefährlich, was du machst. Ich hab echt das Gefühl, es wäre das Beste, die Tour abzubrechen.

Manu: (nachdrücklich) Nein, das machen wir nicht!

Frank: Es wird zu extrem mit dir, verdammt! Weißt du, was die Ärzte im Krankenhaus gesagt haben?

Manu: Mir doch scheißegal.

Frank: (fährt ihn an) Das ist genau der Punkt, dein eigenes Leben ist dir scheißegal! Ich sag dir mal was. Es gibt genug Leute, die dich saumäßig gerne mögen. Und es gibt eine Frau, die dich liebt. Wenn du schon nicht wegen dir selbst aufpasst, dann tu es für sie! Tu es für uns, für die Band, verdammt nochmal!

Manu: (skeptisch) Was hast du da gerade gesagt?

Frank: Ich hab viel gesagt, was meinst du denn? (erfreut über Manus Interesse, das ein wenig seine Sturheit verdrängt)

Manu: Eine Frau, die mich liebt? (ungläubig) Woher willst du so etwas denn wissen?

Frank: Weil sie es mir gesagt hat. Und ich weiß, dass es stimmt, auch wenn du es nicht glauben willst.

Manu: (winkt ab) Es gibt viele Frauen, die mich lieben.

Frank: Verdammt, Manu! Das ist doch nicht dasselbe, das sind Schwärmereien! Ich spreche von einer, die dich kennt mit all deinen Stärken und Schwächen, und die sich gerade am meisten Sorgen um dich macht! Du weißt genau, dass ich Sonja meine!

Manu: (ironisch) Ach, sag bloß. Du spinnst. (zeigt ihm einen Vogel) Wenn sie mich lieben würde, wäre sie ehrlich zu mir gewesen.

Frank: Macht nicht jeder mal einen Fehler? Aber besprich das doch mit ihr, sie wartet jedenfalls auf deinen Anruf.

Manu: (fahrig) Lass mich damit in Ruhe. (drückt ihn leicht weg) So, jetzt mach dich mal vom Acker, ich will mich umziehen.

Frank: (murmelnd) Na, wenigstens stehst du auf, das ist schon mal was.

Frank geht in die Halle zur Band, Manu stößt wenig später hinzu. Mika und Tom freuen sich, dass er etwas erholter aussieht, allerdings wirkt er immer noch schweigsam auf sie. Er nimmt sich eine Flasche Bier und ergreift seinen Bass, um ihn zu stimmen. Beim Soundcheck jammen die vier miteinander und genießen es in vollen Zügen. Manu singt Fetzen eines neuen Songs ins Mikrofon, den seine Bandkollegen noch nicht kennen, sie blicken überrascht zu ihm. Bei allen steigt die Laune rasant an. Benjamin möchte Manu wegen seiner Tabletten und seines Krankenhausaufenthalts zur Rede stellen, verzichtet jedoch darauf, als er sieht, wie gut der Soundcheck läuft. Dieses empfindliche Gleichgewicht möchte er nicht stören.

Auch das Konzert verläuft gut, danach trifft die Band einige der Konzertbesucher. Mit Frauen hält sich jeder von ihnen zurück. Der Stress und die Sorgen nehmen sie zu sehr ein, als dass sie in der Stimmung für Groupies und Partys wären. Manu verschwindet mit ein paar männlichen Fans, die er schon länger kennt. Er hat sie bereits vor dem Konzert getroffen und sie gefragt, ob sie ihm eine Flasche Whisky besorgen könnten. Er bekommt den Whisky von ihnen, bleibt eine Weile und unterhält sich mit ihnen.

Später in der Nacht betrinkt er sich im Tourbus und denkt an Sonja. So ein Quatsch, was Frank ihm über sie erzählt hat. Die Kleine weiß anscheinend nicht, dass er nicht mehr dazu fähig ist, jemanden zu lieben. Sie sollte sich am Besten von ihm fernhalten. Bei diesen Gedanken verspürt er einen Stich in der Brust. Er ahnt allmählich, dass er sich selbst durch seine Sturheit und seine verzweifelten Versuche, sich vor seinen Gefühlen zu schützen, noch mehr Schmerzen zufügt.

Schließlich greift er nach seinem Handy, schaltet es nach fast einer Woche wieder ein. Er möchte sehen, ob Sonja tatsächlich versucht hat, ihn zu erreichen. Immer wieder gehen neue Textnachrichten von verschiedenen Absendern bei ihm ein, er liest aber nur Sonjas Nachrichten. Sie schreibt ihm in der ersten, dass sie ihn nicht erreichen könne und er sich melden solle. In der zweiten hört sie sich bereits besorgt an. Sie entschuldigt sich darin bei ihm und lässt ihn wissen, wie wichtig es für sie wäre, mit ihm zu sprechen. In der dritten Nachricht hört sie sich unglaublich verzweifelt an. Wenn er sie nicht sprechen wolle, dann solle er wenigstens wissen, dass sie ihn niemals vergessen werde. Und er solle bitte auf sich aufpassen, sie mache sich große Sorgen um ihn, denn sie habe von Frank erfahren, dass er im Krankenhaus gewesen ist.

Manu weiß nicht, was er tun soll. Hat Frank doch Recht gehabt? Aber gleich richtige Liebe, das kann doch gar nicht sein, sie hatte die ganze Zeit einen Freund! Langsam betätigt Manu die Tasten und schreibt ihr eine Antwort, die nur aus wenigen Wörtern besteht: „Mir geht es gut. Bis bald, liebe Grüße. Manu."

46

Sonja beschließt, nach Bonn auf das nächste Screaming Gun Konzert zu fahren, um Manu zu sehen, sie kann nicht länger warten. Wenn er keinen Kontakt mehr möchte, soll er es ihr ins Gesicht sagen. Sie braucht unbedingt Klarheit über die Situation und ihre Beziehung zueinander. Außerdem muss sie ihn dazu bewegen, auf sein Leben aufzupassen. Im letzten Gespräch mit Frank hat dessen große Sorge um Manu panische Angst in ihr ausgelöst.

Mit großer Mühe kann sie sich Urlaub nehmen und fährt in ihrem Auto nach Bonn. Sie schafft es noch rechtzeitig, um die letzte halbe Stunde der Show zu sehen. Frank weiß als Einziger, dass sie gekommen ist. Sie hat ihn vorher kontaktiert und ihn gebeten, sie zu Manu zu bringen. Frank ruft sie kurz nach dem Konzert an und sagt ihr, wo er sie abholen kommt.

Als sie sich treffen, umarmen sie sich. Frank sieht ihr an, dass sie nervös ist.

Frank: Wie schön dich zu sehen, Sonja!

Sonja: Dich auch, Frank. Danke, dass du mir hilfst.

Frank: Ich find's gut, dass du hier bist. Hoffentlich könnt ihr beiden wirklich ein paar Sachen klären.

Sonja: (vorsichtig) Wie ist er drauf heute?

Frank: (zuckt mit den Schultern) Ganz okay, war schon mal schlimmer. In der letzten Zeit ist er sehr still. Ich weiß nicht, ob das was Schlechtes bedeutet. Er denkt viel nach und spricht weniger als sonst.

Sonja: Hm …

Frank: Na, dann komm mal mit.

Frank bringt Sonja hinter die Bühne, zur Garderobe der Band. Sie hören Manus Stimme durch die geschlossene Tür, er redet dort mit jemandem. Frank ist verwundert, er dachte, dass Manu alleine sei. Er bedeutet Sonja zu warten und verschwindet in der Garderobe. Sonja wartet mit klopfendem Herzen darauf, dass Manu hinauskommt oder Frank sie zu ihm hineinbringt.

Die Tür öffnet sich, Frank tritt mit Mika hinaus. Mika grüßt Sonja im Vorbeigehen, im nächsten Moment erscheint Manu mit verwundertem Gesicht hinter ihnen. Frank und Mika gehen eilig den Flur entlang und verschwinden um die Ecke. Manu steht mit freiem Oberkörper und in Jeans in der leeren Garderobe, starrt sichtlich verstört Sonja an. Er wirkt übermüdet und abgekämpft auf sie, besonders seine Augen verraten ihr, wie betrübt er ist.

Sonja: Hey, Manu. (lächelt so standhaft wie sie kann)

Manu: Sonja! (ihm fehlen durch die Überraschung die Worte)

Sonja: Können wir reden? Ich muss dir etwas sagen.

Manu: Okay. (nickt) Komm rein.

Sonja betritt die Garderobe, Manu schließt die Tür hinter ihr. Er greift sich ein T-Shirt und zieht es sich über, sieht sie dann abwartend an.

Sonja: Hör zu, ich weiß nicht so genau, wie ich das sagen soll. Ich kann seit einigen Tagen kaum noch schlafen, weil ich Angst hab. (hält kurz inne und versucht, ihre aufkommenden starken Emotionen zu bändigen) Ich hab so riesige Angst, dass du von den Tabletten, die du nimmst, eines Tages nicht mehr aufwachst. (Manu sieht sie ruhig an und entgegnet nichts) Du weißt garantiert, wie gefährlich das ist, wenn du dabei auch noch trinkst, das brauche ich dir nicht zu sagen. Es gibt sicher Gründe dafür, dass du das tust, du musst sie mir nicht sagen. Aber Manu ... kannst du dir vorstellen, wie denjenigen zumute ist, die dich mögen und nicht wissen, ob sie dich jemals wiedersehen werden? Alle denken, du könntest den nächsten Zusammenbruch nicht überleben. Weißt du, wie hart das ist, wenn man sich so ohnmächtig vorkommt und keine Ahnung hat, wie man helfen kann? (unterdrückt einen Schluchzer) Auch wenn du mich nicht sehen willst, ich musste dir das sagen. Ich kann mit dieser Angst nicht leben, ich weiß nicht, was ich tun würde, wenn ... (bricht ab, mittlerweile haben sich ihre Augen mit Tränen gefüllt)

Manu: (leise) Ich hab dir neulich doch geschrieben, dass alles in Ordnung ist.

Sonja: Sicher, aber vielleicht nur für einen Tag. Es kann dir trotzdem etwas passieren. Was ist mit morgen? Bist du dir sicher, dass du diese schädlichen Pillen nicht anrührst? Das glaube ich nicht. Wenn du mir heute schreibst, dass es dir gut geht, kann es morgen das genaue Gegenteil sein. Es ist furchtbar, wenn ich daran denke, dass du von dieser Tour vielleicht nicht mehr ... ähm ... (schluckt, atmet einmal tief durch) Wenn wir uns nicht mehr sehen, ist das eine Sache. Aber wenn dir etwas zustößt und du es nicht überlebst, ist es was ganz Anderes. Das könnte ich erst recht nicht verkraften. Und ich bin nicht die Einzige, glaub mir. Deine Familie, deine Freunde, die denken ganz genauso.

Manu: Ach, komm mir nicht mit dem Quatsch, die wissen überhaupt nichts über mich.

Sonja: Weil du ihnen nie etwas sagst! Du hast eindeutig schlimme Sachen durchgemacht! Es ist doch keine Schande, wenn man ein bisschen Unterstützung oder Trost bekommt, oder? Wieso hältst du dich von allem und jedem so fern? Wieso von mir, was hab ich dir getan? (Tränen laufen ihr die Wangen herunter) Ich wäre da gewesen für alles, was du loswerden wolltest, ich hätte immer Zeit für dich gehabt. Und vielleicht hätte ich dir sogar helfen können. Aber stattdessen servierst du mich eiskalt ab. Gut, es ist deine Entscheidung. Wenn du meinst, dass das nötig war, dann war es das eben. Aber es ist scheiße mal hart für jemanden, der dir bereits sein Herz und seine Seele geschenkt hat, von dir abgewiesen zu werden.

Manu: (schluckt) Was?

Sonja: Ja, glaub mir, aber ich schaffe das schon.

Manu: Du warst nicht ehrlich zu mir, Sonja.

Sonja: Ich finde doch, denn ich hab die Beziehung sofort beendet, als ich gemerkt hab, dass ich dich liebe.

Manu: (erfasst) Was sagst du da?

Sonja: Ich liebe dich, Manu. Und nur dich. Ich bin verrückt nach dir, ich hab solche Sehnsucht nach dir. Und ich hab wahnsinnige Angst um dich, wirklich. (weitere Tränen rollen ihr Gesicht herab)

Manu geht einen Schritt auf sie zu und spürt zarte Gefühle, die in ihm hochsteigen. Diese Frau verschlägt ihm die Sprache. Er glaubt sofort, dass alles der Wahrheit entspricht, was sie ihm sagt. Sie ist kein unehrlicher Mensch. Und es ist unglaublich, aber sie liebt ihn tatsächlich! Nicht nur ihre Worte verraten das, auch ihre Verzweiflung und ihre große Sorge um ihn. Er war blind vor Enttäuschung und hat aus einem kleinen Fehler eine riesige Angelegenheit gemacht. Sonja hat ihren Freund verlassen ... für ihn! Das wird ihm jetzt erst klar! Was muss er ihr wehgetan haben, als er sich ihr gegenüber so eisig verhalten hat. Das tut ihm auf einmal unendlich leid. Eine heftige Sehnsucht nach ihrer Nähe packt ihn. Er hebt den Arm, sanft wischt er die Tränen auf ihren Wangen ab.

Manu: Sonja, ich weiß gar nicht … (streicht über ihr Haar, flüstert) Du hast mir so gefehlt.

Sonja: (zaghaftes Lächeln) Obwohl du sauer auf mich warst?

Manu: (lächelt milde) Ich war eigentlich nicht so sauer. Ich wusste nur nicht, was ich tun sollte. Es war alles irgendwie zu viel für mich.

Sonja: (leise) Zu viele Gefühle, oder was?

Manu: Ganz genau, Kleines. Ich mag dich schon länger verdammt gerne, weißt du. Und das hat mir Angst gemacht.

Sonja kann sich den Grund dafür denken, nach dem was Frank ihr bereits erzählt hat. Sie beschließt trotzdem, ihn danach zu fragen.

Sonja: Wieso macht dir das Angst?

Manu: (schließt sie in seine Arme) Das ist eine lange Geschichte, das heben wir uns lieber für ein anderes Mal auf, ja? (blickt ihr tief in die Augen, zieht ihr Gesicht am Kinn näher zu sich, flüstert) Du bist die tollste Frau, die ich kenne. Ich liebe dich auch, Sonja.

Manu und Sonja küssen sich voller Leidenschaft das erste Mal eine lange Zeit, ohne dass einer der beiden den Kuss durch Angst oder Gewissensbisse abbricht. Sie unterbrechen ihren Kussrausch erst, als die Tür aufgeht und Benjamin mit einem Techniker aus der Crew in die Garderobe platzt. Sofort verlassen sie den Raum wieder, als sie Manu mit Sonja sehen.

Manu: (sieht ihnen nach, belustigtes Grinsen) Vielleicht sollten wir irgendwo hingehen, wo wir nicht gestört werden.

Sonja: Ich kann dir mein Auto anbieten, ich hab hier in einer Nebenstraße geparkt.

Manu: Nichts wie hin! (legt einen Arm um sie, gibt ihr einen kurzen, zärtlichen Kuss) Ich möchte wirklich mit dir alleine sein.

Sonja und Manu stehlen sich durch die Dunkelheit ins angrenzende Wohngebiet von Bonn, in dem Sonja ihr Auto an einer Straße abgestellt hat. Es ist eine kühle und feuchte Nacht, in ihrem Auto wird es sicherlich nicht besonders gemütlich sein, doch das ist Sonja nun egal. Hauptsache, Manu ist an ihrer Seite und hat ihr verziehen, erwidert sogar ihre Liebe! Die Ungewissheit, ob er sie überhaupt wiedertreffen wollte, war furchtbar für sie zu ertragen. Jetzt ist sie schwindelerregenden Glücksgefühlen gewichen. Dass Manu medikamenten- und alkoholabhängig ist, spielt für ihre Liebe keine Rolle. Sie liebt ihn wie er ist und ist sich sicher, dass dies so bleiben wird. Immer noch spürt sie den Drang, ihn wieder zu einem glücklichen Mann zu machen, egal, was sie dafür tun muss. Heute Abend hat sie bereits erreicht, dass der Trübsinn aus seinen Augen verschwunden ist.

Sonja schließt ihr Auto auf, öffnet die Fahrertür, schiebt den Sitz nach vorne und drückt Manu auf die Rückbank. Sogleich rutscht sie neben ihn, zieht die Tür wieder zu. Sie findet sich in seiner Umarmung wieder, spürt seine warmen und weichen Lippen auf ihren.

Die starke Sehnsucht, die Sonja nach Manus Nähe und Zärtlichkeit gehabt hat, äußert sich allmählich in körperlicher Begierde. Jede Berührung, jeder Kuss elektrisiert sie. Manu packt sie, drückt sie unter innigen Küssen nach hinten, so dass sie ausgestreckt auf der Rückbank liegt. Manu küsst ihren Hals, als er sich auf sie legt. Sie sind beide vollständig angekleidet, doch ihre Körper brennen aufeinander, ihre Atmung wird schwerer. Sonja legt eine Hand auf Manus Po, drückt seinen Unterkörper gegen ihren, ihre Hüfte bewegt sich in lasziven Bewegungen unter ihm. Manu kann sich ein lustvolles Aufstöhnen nicht verkneifen.

Manu: (flüstert direkt neben ihrem Ohr) Das wird ganz schön gefährlich, was du hier machst.

Sonja: (haucht zurück) Ich bin total scharf auf dich, Manu.

Manu blickt sie mit einer Mischung aus Überraschung und Begeisterung an. Er hätte nicht gedacht, dass es mit Sonja so schnell gehen würde, sie kam ihm immer besonnen und kontrolliert vor. Aber es stachelt ihn ungemein an, dass die wunderbarste Frau, die er kennt, mit ihm schlafen will. Unvermittelt wird ihm bewusst, dass er das erste Mal seit Jahren wieder aus Liebe mit einer Frau schlafen möchte, anstatt aus purer Wollust. Diese Erkenntnis lässt ihn mit Fassungslosigkeit erstarren. Sonja bemerkt, dass er inne hält.

Sonja: (zieht die Augenbrauen hoch) Ist was?

Manu: (schüttelt den Kopf) Ich zieh' dich jetzt aus, wenn du nichts dagegen hast.

Sonja: (lacht kurz) Du musst nicht alles ankündigen, was du machst, mach einfach!

Manu: (lächelt, nickt) Is' gut. (öffnet ihre Hose, streicht über ihre Schenkel, leise) Wow, Wahnsinn.

Sonja schließt die Augen, als er über ihre Beine streicht. Dann richtet sie sich auf und öffnet die Knöpfe seiner Jeans. Manu spürt ihre Hände auf seiner Erektion und seine Lust raubt ihm die letzte Selbstbeherrschung. Fast explodiert er, während Sonja ihn weiterhin an seinen intimsten Stellen massiert. Er fragt sich, ob sie es dabei belassen wird, nur Hand an ihn anzulegen, und noch keinen richtigen Sex möchte. Er beschließt, sich von ihr führen zu lassen und nur das zu machen, was sie bestimmt.

Als Sonja Manu näher an ihren Körper zieht und dann loslässt, ist er kurz davor, in sie einzudringen. Sie windet sich stöhnend, er kann ihre Begierde nicht übersehen. So gerne er sie auf der Stelle nehmen würde, seine Erfahrungen haben ihn vorsichtig werden lassen.

Manu: Sonja, ist das okay? Ich meine, ich will nicht, dass du … ähm …

Sonja: (öffnet ihre Augen) Was ist los?

Manu: Na, ich will hier keinen Unfall, weißt du. Ich hab kein Kondom.

Sonja: Ach so, das meinst du. Ich nehme immer noch die Pille, keine Sorge. (kurzes Zögern) Oder gibt es sonst einen Grund für das Kondom?

Manu: Nein, wenn du die Pille nimmst, ist alles klar.

Sonja: (zieht ihn näher zu sich, raunt ihm zu) Ja, Süßer. Du machst mich verrückt.

Manu spürt Sonjas Hände auf seinem Körper, eine neue Hitzewelle steigt in ihm hoch. Er küsst ihren Bauch, streicht über ihre Beine und Hüfte, versinkt dann mit einem genussvollen Seufzer in ihr.

Kurze Zeit später liegen sie außer Atem und überglücklich dicht aneinander gedrückt. Keiner der beiden möchte sich aus dieser wundervollen Umarmung lösen, obwohl es ihnen im unbeheizten Auto kalt geworden ist.

Die Zeit ist im Nu vergangen, Manu muss bald zum Tourbus zurückkehren, die Band wird noch heute Nacht nach Oberhausen weiterfahren. Es fällt beiden schwer, sich wieder zu trennen. Sonja würde am liebsten mit Manu diese Nacht nach Kassel fahren, anstatt ihn hier zurück zu lassen.

Sonja startet ihr Auto und bringt Manu zum Tourbus, damit er nicht durch den Nieselregen gehen muss. Es dauert noch einmal einige Minuten, bis sie sich endgültig voneinander trennen können. Sonja flüstert Manu zu, dass sie es ernst meinte mit ihrer Angst um ihn, er solle die Tabletten unbedingt sein lassen. Manu verspricht ihr, dass er aufpassen wird, steigt dann aus dem Auto und verschwindet in der Dunkelheit.

47

Für Screaming Gun stehen noch vier Konzerte über sechs Tage verteilt an. Manus Gemüt ist seit Sonjas Besuch ausgeglichener, körperlich fühlt er sich jedoch ausgebrannt, und die Konzerte werden anstrengend für ihn. Seine Tabletten gehen zur Neige, Benjamin hat ihm fast alle abgenommen, als er seine Sachen durchsucht hat. Manu steigt auf Kokain um, zu dem ihm einige Bekannte auf Tour Zugriff verschaffen. Die Hochstimmung durch das Koksen hält bei Manu nicht lange an. Die Phasen, in denen er von den Drogen wieder herunterkommt, sind extrem schmerzhaft für ihn. Er bekommt Kreislaufbeschwerden und Schweißausbrüche, wird emotional überempfindlich, so dass er manchmal zu Unrecht seine Bandkollegen beschimpft oder bei jeder Kleinigkeit aggressiv reagiert.

Bei den täglichen Telefongesprächen mit Sonja möchte Manu nicht über seine Sorgen sprechen, obwohl Sonja ihn dazu drängt. Sie merkt, dass er gestresst und krank ist, die Tour scheint ihm arg zuzusetzen. Sie redet ihm Mut zu, durchzuhalten und sich nicht immer alles so sehr zu Herzen zu nehmen, wenn ihn jemand angreift oder er sich über bandinterne Dinge ärgert.

Am Ende der Tour kurz vor Weihnachten haben Screaming Gun mit Benjamin eine Besprechung, bevor sie nach Kassel zurückfahren. Benjamin schlägt Tom, Frank, Manu und Mika vor, eine längere Bandpause einzulegen, so dass jeder von ihnen Abstand von den strapaziösen letzten Monaten bekommt. Es ist ein seltsames Gefühl für sie alle, als sie einsehen, dass es eine gute Lösung sei, Screaming Gun für eine Weile auf Eis zu legen. Niemand wagt es vorzuschlagen, die Band aufzulösen, eine Hintertür zur Fortsetzung möchte sich jeder offen halten. Dennoch leidet Manu darunter, dass die Zukunft von Screaming Gun, seinem Lebensinhalt, düster aussieht.

Das Wiedersehen mit Sonja nach der Tour erheitert Manu. Die schönen Stunden, die sie miteinander verbringen, lassen ihn seine tiefe Zuneigung spüren, die er für sie empfindet. Trotzdem merkt er schnell, dass er längst nicht mehr dieselbe starke Liebe für eine Frau empfinden kann, die derjenigen für Laura damals gleicht. Er ist sich aber darüber im Klaren, dass er Glück hat, eine Frau wie Sonja an der Seite zu haben, die ihm jederzeit beisteht und die sich liebevoll und aufopfernd um ihn kümmert, vor allem während seiner schlechten Phasen.

***

Monate später lösen sich Screaming Gun offiziell auf. Die Bandmitglieder bleiben, trotz mancher Streitereien, miteinander befreundet, gehen allerdings musikalisch getrennte Wege. Manu hat durch das Ende von Screaming Gun das Gefühl, ein Zuhause und einen Rückhalt verloren zu haben. Diesen Halt kann ihm selbst Sonja nicht bieten.

Er kommt vom Alkohol nicht los, auch auf diverse Medikamente kann er nicht verzichten. Seine Abhängigkeit hat weiterhin große gesundheitliche und seelische Beeinträchtigungen zur Folge. Sonja macht ihm keine Vorwürfe, doch Manus Schamgefühle ihr gegenüber schüren seinen Selbsthass, der ihn zerrüttet und immer wieder in einer Depression endet.

Zugleich beteiligt sich Manu an mehreren musikalischen Projekten und hat immer wieder kleinere Auftritte. Diesen Projekten widmet er sich häufig voll und ganz, doch sie machen einen deutlichen Unterschied zu Screaming Gun. Er vermisst eine solche Band wie sie, bei der er jederzeit mit Leib und Seele dabei gewesen ist und die ihn vollständig ausgefüllt hat.

Sonja unterstützt Manu in jeder Hinsicht so gut sie kann. Außerdem erträgt sie die Wechselbäder seiner Gefühle, seine extremen Stimmungsschwankungen und seinen kritischen Gesundheitszustand, der sie mehrmals dazu bringt, einen Notarzt zu rufen, wenn Manu in ein Drogendelirium fällt.

Am schlimmsten wird es für Sonja, wenn Manu anfängt, eine ungemein verletzende Attacke auf sie zu starten. Sie weiß, dass er es eigentlich nicht wirklich so meint, wenn er sie voller Wut beschimpft. In diesen Momenten erkennt man seine von Drogen verzerrte Wahrnehmung, sagt sie sich jedes Mal, um ihre Fassung zu bewahren. Doch diese gehässigen Angriffe prallen nicht einfach von ihr ab. Es zermürbt sie, wenn der Mann, den sie liebt, den Eindruck erweckt, als würde er sie verachten, als gebe er ihr die Schuld an allem, was ihm nicht gefällt, als sei sie für ihn der schlechteste Mensch der Welt.

Wenn Manu sich anschließend beruhigt, verkriecht er sich für eine Weile und ist nicht ansprechbar. Danach scheint er wieder klare Gedanken fassen zu können und behandelt sie wie eine Prinzessin, sagt ihr, wie toll er sie findet und dass er sie liebt. Er wird während dieser Phase ausgesprochen romantisch und anhänglich. Das lässt Sonja jedes Mal seine üblen Launen vergessen. Wenn Manu so ist, wie er wirklich ist, kann sie ihm nicht mehr widerstehen. Sie ist für kurze Zeit glücklich, bis dass er den nächsten Anfall bekommt.

Über die Jahre kann Sonja besser einschätzen, von welchen Pillen Manu aggressiv wird und von welchen nicht. Alkohol macht ihn nie aggressiv, doch dafür oft depressiv, was sie fast genauso schlimm findet.

Manchmal hat sie genug von Manus Kränkungen, Lügen, leeren Versprechen, falschen Hoffnungen, von der Konfrontation mit seiner Selbstzerstörung. Ihr Ärger und ihre Enttäuschung veranlassen sie öfters dazu, sich von ihm zu trennen. Doch um lange wegzubleiben macht sie sich zu viele Sorgen um ihn, außerdem ist ihre Liebe zu stark für eine endgültige Trennung.

Ihre Eltern sind gegen ihre Beziehung mit Manu, als sie merken, wie sehr sie in seine Probleme verwickelt wird. Auch manche ihrer Freunde warnen sie davor, sich nicht allzu co-abhängig zu verhalten. Sonja hingegen bleibt optimistisch und freut sich über jeden Therapieversuch, den Manu unternimmt. Keiner seiner Entzugsversuche fruchtet, er wird ständig rückfällig, worunter er selbst am meisten leidet. Sonja schmerzt es, jahrelang ohnmächtig zusehen zu müssen, wie Manu sich zunehmend selbst verliert und sein starker Wille dahinschwindet, eine radikale Therapie durchzuführen.

48

An einem warmen Sommertag, vier Jahre nach der Auflösung von Screaming Gun, ist Sonja am Rande des Aushaltbaren angekommen. Sie hat geglaubt, ihre Liebe könnte alles bezwingen, ist jedoch zur Einsicht gekommen, dass das unmöglich ist. In einem Anflug von Vernunft verlässt sie Manu, damit sie nicht selbst untergeht.

Manu wird unruhig, als sie tagelang abwesend bleibt und keinen Kontakt zu ihm aufnimmt. Er wirft ein paar Beruhigungspillen ein, trinkt eine halbe Flasche Whisky und macht sich auf den Weg zu Sonjas Wohnung im westlichen Zentrum von Kassel. Er zögert nicht, solange an ihre Tür zu poltern, bis dass sie öffnet und ihn hineinlässt.

Manu: Na also, wurde auch Zeit! (schwankt auf sie zu)

Sonja: (zornig) Sag mal, bist du total bescheuert oder was? Was soll dieses Theater? Ich hab dir doch ausdrücklich gesagt, dass du nicht kommen sollst!

Manu: Und ich find es ausdrücklich überflüssig, mir das zu sagen. Du wusstest doch, dass ich es nicht zulasse, dass du einfach abhaust!

Sonja: Und was willst du dagegen tun?

Manu: Ich bin ab morgen clean, okay?

Sonja: (lacht ironisch auf) Guter Scherz!

Manu: (zieht sie an sich heran, blickt sie ernst an) Wenn ich hierbleibe, werde ich automatisch clean, und dann kannst du mich endlich in eine Entzugsanstalt schicken, so wie du es immer vorgehabt hast.

Sonja: (schüttelt den Kopf) Der Schritt muss von dir selbst kommen, das nützt sonst nichts. Das weißt du doch.

Manu: (ergreift ihre Hände) Sag mal, liebst du mich eigentlich noch? Mal ganz ehrlich.

Sonja: (verwirrt) Ich … was soll die Frage jetzt?

Manu: Ich glaube, du wehrst dich dagegen. Ich möchte dich nicht immer so verletzen. Ich tu dir nicht gut, aber bitte … bitte bleib bei mir. Ich werde mich ändern, du wirst schon sehen.

Sonja: (ihre Unsicherheit macht sie fahrig) Sei endlich still, verdammt! Mach' es mir doch nicht immer so schwer!

Manu: (legt seine Arme um sie) Es tut mir leid, Kleines. Du bist jung und schön, du bist mir viel zu kostbar um dich zu verlieren.

Er hört sie seufzen, küsst daraufhin sanft ihre Lippen, sie löst sich von ihm.

Sonja: Lass mich alleine, ich muss nachdenken.

Manu: Ich möchte aber bei dir bleiben.

Sonja: (drückt ihn weg) Du bist dicht, ich will dich nicht sehen. Geh nach Hause, dich ausnüchtern. Ich ruf dich an, okay?

Manu: Sonja, bitte!

Sonja: (genervt) Geh jetzt endlich, Manu! Ich hab doch gesagt, dass ich mich melden werde! (schiebt ihn durch die Wohnungstür)

Manu: (enttäuscht) Ach Kacke, dann hau ich halt ab! Aber wenn ich morgen wiederkomme, lass ich mich nicht mehr so einfach abschieben, damit das klar ist!

Er hält sich am Treppengeländer fest, denn er beginnt, sich durch die Hitze und den Pillencocktail schwach und schwindelig zu fühlen.

Sonja: Jaja! Werd' vor allem mal etwas klarer in der Birne, denn so hab ich keinen Bock, mit dir zu reden! (schlägt die Tür zu)

Manu flucht vor sich hin und setzt einen Fuß auf die erste Treppenstufe. Nachdem er ein paar Stufen hinabgestiegen ist, bekommt er einen Kreislaufzusammenbruch. Ihm wird schwarz vor Augen, er sieht nicht mehr, wohin er tritt. Mitten auf den Steintreppen verliert er den Halt und stürzt hinunter. Seine Abwehrreflexe funktionieren nicht mehr, so prallt sein Schädel mit voller Wucht auf die kalten Steinstufen, auf denen er anschließend reglos liegen bleibt. Blut rinnt von den Platzwunden am Kopf seinen Hals herunter und unter sein T-Shirt, das sich am Ausschnitt damit vollsaugt. Seinen Sturz hat niemand gesehen oder gehört.

Eine Stunde später findet ihn ein Bewohner, der mit seinen zwei kleinen Kindern an den Händen die Treppen zu seiner Wohnung im zweiten Stock hochsteigt. Das verängstigte Wimmern der Kinder, die strenge Stimme des Vaters, der ihnen anordnet auf ihre Zimmer zu gehen und zuletzt seine Versuche, Manu aufzuwecken, indem er ihn fast anschreit, locken im Nu andere Bewohner auf den Flur. Von ihnen wagt es keiner, Manu zu berühren. Niemand kennt ihn oder weiß, zu wem er gehört. Ein Krankenwagen wird umgehend gerufen.

Sonjas Nachbarin tritt hinzu und erkennt Manu schließlich, da sie ihn und Sonja bereits ein paarmal zusammen gesehen hat. Sie klingelt an Sonjas Tür und teilt ihr mit, dass ihr Freund einen Unfall gehabt hat. Sonja rennt sofort die Treppen zum schwer verletzten Manu hinunter. Als sie seinen blutenden Kopf und seine tiefe Bewusstlosigkeit sieht, wird ihr klar, dass sie ihn heute verloren haben könnte. Sie klammert sich an ihm fest, zittert stark und ist vor Fassungslosigkeit nicht ansprechbar. Tränen laufen ihr unaufhörlich die Wangen hinunter. Es ist über eine Stunde her, dass er gegangen ist, hat er wirklich schon so lange hier gelegen, ohne dass sie etwas davon geahnt hat? Wie kann sie es sich jemals verzeihen, so unverantwortlich gewesen zu sein, ihn in seinem Zustand weggeschickt zu haben?

Selbst als Manu vor Ort von den Notärzten intubiert wird, lässt Sonja ihn nicht los. Einer der Sanitäter muss sie darauf hinweisen, dass er Platz brauche, um Manu behandeln zu können. Sie wird von ihrer Nachbarin sanft zur Seite genommen. Einige Bewohner sehen mit tief bestürzten Mienen zu, wie Manu versorgt und auf eine Trage gelegt wird. Einige versuchen, die Ärzte dazu zu bringen, eine Einschätzung über Manus Zustand zu geben, doch diese schweigen. Die Bewohner deuten das Schweigen als ein schlechtes Zeichen, vor allem, nachdem sie Entsetzen in deren Gesichtern gelesen haben, als sie hörten, dass Manu erst nach einer Stunde gefunden worden sei. Sonja ist klar, dass sie damit rechnen muss, dass Manu sterben wird, wenn es nicht schon längst passiert ist. Als die Sanitäter Manu wegtragen, stürzt sie zu ihm, umklammert seine Hand und sagt ihm unter Tränen, dass er kämpfen soll, dass sie ihn liebt und ihm verzeiht.

Schnell stellt sich heraus, dass das schwere Hirn-Schädeltrauma Manu das Leben gekostet hat. Er sei viel zu spät eingeliefert worden, und eine Notoperation habe ihn nicht mehr retten können, erklären die Ärzte. Zwei Monate vor seinem einundvierzigsten Geburtstag wird Manu in Wolfhagen auf demselben Friedhof wie Sven beerdigt.

***

Sonja gibt sich die Schuld an Manus Tod und unternimmt Wochen später einen Selbstmordversuch, der ihr misslingt. Sie leidet unter einem schweren Trauma und muss in psychiatrische Behandlung.

Manus ehemalige Bandkollegen Frank, Tom und Mika, sowie seine langjährigen besten Freunde Maja und Schlumpf sind bei der Beerdigung anwesend.

Schlumpf steht mit Laura seit einiger Zeit im losen E-Mail-Kontakt. Er teilt ihr kurz nach Manus Tod mit, dass er gestorben und in Wolfhagen begraben ist. Laura ist schockiert über diese Nachricht, sie stimmt sie traurig und nachdenklich. Sofort nimmt sie sich fest vor nach Wolfhagen zu fahren, sobald sie es einrichten kann.

Monate später kniet Laura vor Manus Grab und kann sich lange nicht rühren. All die schönen Erinnerungen an ihn erfüllen sie in diesem Moment, die schlechten sind vergessen. Sie bedauert erneut, dass sie nach der Trennung keinen Kontakt mehr zueinander hatten, doch jetzt ist es zu spät. Über die letzten Jahre hat sie ihn ab und zu ein bisschen vermisst und sich gefragt, was er treibt. Seltsamerweise hatte sie es im Gefühl, dass es ihm nicht gut geht. Sie ist selbstverständlich glücklich mit ihrem Mann und den zwei Töchtern, aber was wäre gewesen, wenn sie Manu damals nicht verlassen hätte? Wenn sie bei ihm geblieben wäre, wäre er dann auch glücklich geworden? War es ihre Schuld, dass er diese schlimmen Probleme mit Alkohol und Drogen bekommen hat? Diese Fragen quälen sie erneut, als sie die Blumen auf seinem Grab betrachtet. Die Regentropfen vermischen sich mit ihren Tränen. Wie sehr sie sich wünscht, er könnte ihre Reue bemerken und wissen, dass sie niemals wollte, dass die Trennung so grausam verläuft. Sie erinnert sich daran, was Schlumpf ihr erzählt hat, als er Manu ein halbes Jahr danach wiedersah. Zu dem Zeitpunkt hatte Manu zwar schon eine Entgiftung hinter sich, war aber nicht mehr derselbe wie vorher. Schlumpf fiel damals vor allem auf, dass Manu müde aussah, müde vom Leben allgemein. Anscheinend ist er diese Schwermut nicht mehr losgeworden. Deswegen ist es gut, wenn Manu jetzt hoffentlich endlich seinen Frieden gefunden hat.

Laura küsst die rote Rose, die sie anschließend aufs Grab legt, steht dann langsam auf. Der Abschied von Manu fällt ihr schwer. Er war der außergewöhnlichste Mann, den sie jemals getroffen hat. Vor genau zwölf Jahren haben sie sich kennengelernt und sich im Nu ineinander verliebt. Für sie ist es selbstverständlich, dass er immer einen Platz in ihrem Herzen einnehmen wird.

Bevor sie aufbricht, legt sie eine weiße Rose auf Svens Grab, das sich auf der anderen Seite des Friedhofs befindet. Unwillkürlich huscht ein kleines Lächeln über ihre Lippen, als sie daran denkt, dass Manu und Sven nun wieder vereint sind.